1781

Jens Steiner

DIE RÄNDER DER WELT

Roman

HOFFMANN UND CAMPE

Der Autor dankt der C. und A. Kupper-Stiftung für die großzügige Unterstützung dieses Werkes.

1. Auflage 2024

www.hoffmann-und-campe.de
Umschlaggestaltung: Lisa Busch © Hoffmann und Campe
Umschlagabbildung: © Dieter Meyrl / iStock
Satz: Pinkuin Satz und Datentechnik, Berlin
Gesetzt aus der Minion
Druck und Bindung: GGP Media GmbH, Pößneck
Printed in Germany
ISBN 978-3-455-01710-6

HOFFMANN UND CAMPE

Ein Unternehmen der
GANSKE VERLAGSGRUPPE

»Zuweilen geschah es, dass sich die Worte der Toten
mit den Gedanken der Lebenden trafen.«

Julio Cortázar

1.

Ein frühsommerlicher Morgen in den Schären von Gislövshammar. Windstille, die Welt gibt sich zart wie ein frisch gelegtes Ei. Du stehst am Rand des riesigen Landschilds, tunkst die Zehenspitzen ins Meer, die dabei entstehenden Wasserringe zerknittern dein gespiegeltes Gesicht. Kurz wirkt es, als würde es dich auslachen, und du denkst: Habe ich alles falsch gemacht? War mein Weg ein einziger Irrtum? Dann beginnst du selbst zu lachen. Über dein Spiegelbild. Über dich. Über diese Geschichte, die du so nie wolltest.

Flache Granitblöcke legen eine Spur ins Meer hinaus. Einige von ihnen sind mit runden Löchern versehen – Spuren einer Zeit, als man hier mit Vorschlaghammer und Brechstange Mühlsteine aus dem Fels schlug. Du folgst der Spur, springst von Stein zu Stein, bis du nicht mehr weiterkommst. Zögerlich hebst du den Blick und schaust aufs Meer hinaus. Diese Weite, diese Verschwiegenheit. Die Ostsee mag ein seichter Tümpel sein, jedoch: Die Rätsel um deine Herkunft, die sie birgt, hast du nie zu fassen gekriegt. Da ist etwas in diesem Meer, das nichts hergeben will.

Du setzt dich auf den äußersten Granitblock und lässt den Kopf in den Nacken fallen. Weil du die Bewegung zu schnell gemacht hast, stockt das Blut in deinen verkalkten Arterien; ein Schwindel ergreift dich, du kippst in diesen endlosen Himmel, und kurz ist es, als ob du zurückgeworfen wärst in jene ferne Zeit, als dir bei jeder Erregung der Boden unter den Füßen abhandenkam, in jenes törichte Alter, das nie mehr zurückzuholen ist. Dein Kopf damals voller wütender Gedanken, immerzu sich an den Rändern deiner Welt stoßend. Alles wollen, nichts können, alles sehen, nichts wissen. Doch jetzt bist du hier, in einer Welt mit ganz anderen Rändern, und du hebst den Kopf aus dem Mahlstrom deines Taumels. Ameisen vor den Augen, in den Gliedern ein Kribbeln. Du fühlst dich jung und zugleich greisenhaft alt.

Die Schären von Gislövshammar – walgraue, ins Meer greifende Felskrallen am Bug der skandinavischen Halbinsel. Im Sommer ein beliebtes Ausflugsziel, doch frühmorgens ist es hier menschenleer. Eine Weile lang lauschst du einer Amsel hinter dir, bis sie ihr Flöten abrupt beendet. Als ob sie über sich selbst erschrocken wäre.

Auch du erschrickst zuweilen über deine eigene Anwesenheit. Dieses Ich, so nah und unausweichlich. Du kannst dich nicht daran vorbeilügen, du bist ich, und so stehe ich jetzt auf von meinem Stein, drehe mich um und blicke zurück aufs Land. Ein Holzzaun und zwei Häuser bilden einen Scherenschnitt vor dem mild glühenden Morgenhimmel. Schön wäre es, für ein paar Tage hierzubleiben, denke ich. Doch ich weiß: Nur die stetige Bewegung verhindert, dass ich meine Rückkehr abermals hinauszögere und mich noch einmal in einen anderen verwandle. Dreißig Jahre sind genug; es ist Zeit, mich Mikkel Jacobsen zu stellen. Ich drehe mich erneut um. Die Wasseroberfläche noch immer glasig glatt; weit draußen, auf der Horizontlinie, wie von einem Kind mit weichem Bleistift hingekrakelt: die Insel Bornholm. Ein Stück östlich davon wird Christiansø sein, das Ziel meiner Reise.

Ich musste das letzte Stück bis hierhin zu Fuß gehen, ich konnte nicht anders. Man soll sich beim Reisen Zeit nehmen, damit auch die Seele ankommen kann, sagt ein indianisches Sprichwort. Mich bremste die nackte Angst. In Sölvesborg hielt ich es nicht mehr aus, stieg aus dem Bus und trottete los. Nun habe ich die Schlussetappe meines Umwegs vor mir, der vor so vielen Jahren begann. Der mich um die halbe Welt geführt hat. Und den ich nicht beenden zu müssen glaubte. Bis mich die Vergangenheit doch noch aufstöberte.

Mikkel Jacobsen. Wie wir uns die Köpfe an dieser lumpigen Kindheit wund schlugen. Beide waren wir sehr jung aus dem Norden nach Basel umgepflanzt worden, kaum als Zugezogene zu erkennen und dennoch fremd, jeder dem anderen Rettungsleine, aber auch Labyrinth. Heillos verliefen wir uns im Wesen des anderen und wussten dennoch, dass das unser einziger Weg ist. Jetzt hat Mikkel mich also gefunden, und ich bin einmal mehr auf ihn hereingefallen. Der Schlaumeier weiß noch heute, wo er mich kneifen muss, damit ich zapple.

Und doch. Etwas in mir denkt, dass Christiansø ein Ort sein könnte, von dem aus ich ihn verstehe. Von dem aus das alles einen Sinn ergibt, der die Weite des europäischen Nordens mit den engen Straßen unserer Basler Kindheit verbindet, die Geschichte meiner estnischen Vorfahren mit der Geschichte meiner Familie in Patagonien. Hinüber nach Christiansø also, die Insel der Bastionen, der Maler, der Eiderenten und Kegelrobben. Hinüber zu Mikkel Jacobsen, der mir alles gegeben und alles genommen hat.

Ich packe meine Thermosflasche ein, schnüre die Schuhe, schultere den Rucksack. Ich springe von Granitblock zu Granitblock, zurück auf den Grasboden des Festlands. Zehn Kilometer sind es bis zum Fähranleger in Simrishamn, ich habe keine Eile. Zwei Stunden Fußmarsch. Genug Zeit, um Mikkels Anfänge zu befragen. Und meine eigenen.

~

Hier ein Faden. Mein erster Aufbruch in die Welt. Es war im Jahr 1947, kurz nach meinem vierten Geburtstag. Wir hatten in kleinem Rahmen gefeiert, mit Streuselkuchen von Tante Leena und einem dreistimmigen Chor, der estnische Volkslieder zum Besten gab. Dass wir für das Fest im Raumschiff geblieben waren, hatte mich nicht gestört. Von Vater ein Nonsens-Gedicht, von Mutter eine gestrickte Mütze, ich hatte keinen weiteren Wunsch übrig. Doch die Ankunft des Frühlings änderte alles. Nun war ich fest entschlossen, die Welt da draußen zu meiner eigenen zu machen. Hölzernes Knarren unter meinen Füßen, fast rutschte ich auf den glatt gewetzten Treppenstufen aus. »Kristi, nicht so schnell.«

Als ich die Hand nach der Klinke ausstreckte, kniete sich Mutter auf meine Augenhöhe. Sie zupfte mein Hemdchen und die Hosenträger zurecht, sagte: »Du musst da nicht hinaus, weißt du?«

Wortlos stemmte ich die Haustür auf. Ich würde mich in diesen Tag hineinwuchten, koste es, was es wolle. Vom Hafen her der Motorenlärm der Lastkraftwagen und das Dröhnen der Kräne, links von mir das Johlen der Kinder am Brunnen. Wie die Motte zum Licht strebte ich darauf zu.

Es war erst April, doch das Wetter schon fast sommerlich. Die Wärme hatte die Kinder von Kleinhüningen zum Pumpbrunnen am Kronenplatz getrieben. Barfüßig tapsten sie herum, glänzende Spuren auf dem Pflasterstein hinterlassend, immer wieder hin zur Pumpe, wo ein Junge hebelte, als ob es um Leben und Tod ginge. Hin und in den Wasserstrahl greifen, schnell wieder wegrennen. Die Mutigsten blieben länger und spritzten sich vor lauter Angstlust selbst patschnass.

Mehr als einmal hatte ich ihnen vom Fenster aus zugeschaut, skeptisch, aber nicht ohne Interesse. Das Raumschiff – unsere Wohnung im ersten Stock – war mir ein sicherer Hort, ich hatte ihn nicht leichtfertig aufgeben wollen. Doch an diesem Morgen hatte mich der Irrsinn gepackt. Mein kleines Herz raste. Eines der Mädchen kannte ich vom Laden um die Ecke. Alles an ihrem Gesicht war zu groß: die Schaufelzähne, die Nasenlöcher, die Augen. Sie strahlte mich an, und mein Herz raste noch schneller. Dann der Junge mit dem tänzelnden Gang. Auch ihn kannte ich. Oft stand er am Straßenrand und kaute auf einem bräunlichen Stängel herum. Wenn ich mit Mutter an ihm vorbeiging, machte er ein paar Schritte mit, um sich gleich wieder zurückfallen zu lassen und uns herausfordernd hinterherzublicken.

Jetzt hatte der Tänzeljunge den besten Platz erobert. Beidhändig schaufelte er drauflos, in schweren Schwallen platschte das Wasser auf den Boden. Rufen, Kreischen, Johlen. Ein weiterer Junge stürzte herbei und zettelte ein Scharmützel an. Im Rücken der beiden machte auch ich einen Satz auf den Strahl zu: kurz die Hand ins kühle Nass und schnell weg. Dann kam das Mädchen mit den großen Zähnen hinzu und der Junge in der viel zu langen Hose und dieses Kind, das weder Junge noch Mädchen zu sein schien, alle waren jetzt am Brunnen, der Pumpjunge pumpte, pumpte, pumpte, alle spritzten und johlten, und ich mittendrin, ich mittendrin, ich mittendrin.

Ein Aufschrei neben mir, ein ausgestreckter Zeigefinger, Blicke, die in meine Richtung gingen; der Brunnen spuckte einen letzten Schwall Wasser aus, und für einen Augenblick war alles still. Dann ging das Geplapper los. Ich verstand kaum ein Wort. Ich hatte ihre Sprache noch nicht richtig gelernt. Aber ich sah ihre Blicke. Sah das Entsetzen in ihren Augen. Schnell versteckte ich meine linke Hand hinter dem Rücken. Rannte los, zum Raumschiff. An jenem Tag verstand ich zum ersten Mal, dass es den sechsten Finger an meiner linken Hand nicht geben durfte.

Zurück im Raumschiff also. Der Ort, in dem sich der größte Teil meines bisherigen Lebens abgespielt hatte. Mir war es ein ganzes Universum, derweil es für meine Eltern bloß eine enge Zweizimmerwohnung im alten Dorfteil von Kleinhüningen bedeutete. Man sagte hier noch immer Dorf, dabei war die Siedlung bereits Jahrzehnte zuvor zum Basler Stadtviertel geworden. Kaum jemand kam freiwillig hierher. Hier wohnten Rheinschiffer oder Arbeiter in den neuen Fabriken. Oder ein mittelloser estnischer Sprachlehrer, der nach zwei Invasionen – erst der russischen, ein Jahr später der deutschen – im heimatlichen Tartu seine Siebensachen gepackt und mit Frau und Kind das Weite gesucht hatte.

Obwohl mir das Raumschiff groß genug erschien, saß ich oft an einer der zwei Öffnungen, die uns mit der Außenwelt verbanden. Vom Küchenfenster aus sah ich hin und wieder ein Auto, öfter Arbeiter mit Handwagen, und über den Hausdächern den Siloturm des Rheinhafens und die riesigen Kräne bei den Kohlehalden. Das Fenster in meinem Zimmer ging auf den Hinterhof. Tief geduckt befand sich dort eine Schreinerwerkstatt, von der stets ein Geruch von frischem Sägemehl zu mir hochstieg. An diesem Fenster saß ich nachmittags, wenn Vater das Raumschiff in seiner Forschermission verlassen hatte. Der Schreinerlehrling kletterte in seinen Pausen gerne auf einen Stapel Bretter, um dort auf seiner Mundharmonika zu spielen. Sein zerknautschtes Gesicht wirkte dabei wie eine aufgepustete Papiertüte, aus der nach und nach die Luft entwich. Ich wartete auf den Moment, in dem nur noch ein faltiger Lappen an dem Instrument hängen würde, doch in letzter Sekunde schoss ein Fuder Luft in das Tütengesicht. Und ich selbst fragte mich, ob es wirklich der Lehrling war, der auf der Harmonika spielte, oder nicht eher die Harmonika, die auf dem Lehrling spielte.

Irgendwann wusste ich über seine Pausenzeiten Bescheid. Ein Winken und ein stilles Grinsen begrüßten sich, er legte los. Nie ein einziges Wort zwischen uns. Als ob wir uns geschworen hätten, unsere Komplizenschaft geheim zu halten. Solange er da unten für mich spielt, bleibt unser Raumschiff in Kleinhüningen, dachte ich.

Es war Vater gewesen, der mir die Idee vom Raumschiff ins Hirn gepflanzt hatte. »Nichts, mein Sohn, nichts bleibt«, sagte er eines Abends an meinem Bett und wühlte mit den Fingern in seinem Bart herum, »alles geht, vergeht, verblüht, verblasst und verstreut sich. Alles ist Streusand. Abend für Abend kommt der Sandmann, streut uns seine Prise übers Gesichtchen und zaubert uns weg von hier. Immer und immer wieder. Bis hin zu jenem Herrgottsdonnertag, an dem es keinen Ort mehr gibt auf der Welt, wo wir unser Raumschiff nicht für wenigstens eine Nacht vertäut haben. O Himmelherrgottssakrament, o Kruzifix, o Sackzement! O glorreicher Glückstag, nie werden wir dich erleben.« Dann gab er mir einen Kuss auf die Stirn und verließ das Zimmer.

Ich verstand Vater selten. Seine Art zu sprechen, irritierte mich dennoch nicht. Vielleicht, denke ich heute, war das Gemurmel, das mir damals wie ein endloser Zauberspruch vorkam, sein Bollwerk gegen eine Gegenwart, die ihm einiges abverlangte. Meinen Eltern war drei Jahre zuvor eine schwierige Flucht gelungen, sie waren der doppelten Zerstörung der estnischen Zivilgesellschaft durch die Rote Armee und die Nationalsozialisten gerade noch entkommen. Nun lebten sie in der Schweiz, doch die Möglichkeiten, die sie hier hatten, erwiesen sich als begrenzt. Und an eine Rückkehr würde noch lange nicht zu denken sein. Andererseits waren meine Eltern enge Verhältnisse gewohnt. Vater hatte in den zwanzig Jahren der estnischen Unabhängigkeit sämtliche Angebote von Freunden ausgeschlagen; er hätte es zu einer zwar nicht gut bezahlten, aber angesehenen Anstellung bringen können, doch jede sich darreichende Hand hatte er zurückgewiesen. Er hatte auch bewusst darauf verzichtet, nach Schweden zu flüchten, wie es die meisten Esten taten. Schon immer schien er auf diese eigenbrötlerische Existenz zugestrebt zu sein, die er in Basel ohne Einschränkung führen konnte – wenn auch in engeren Verhältnissen, als er es sich wohl vorgestellt hatte. Eine Klage über die Wohnung in der Arbeitervorstadt Kleinhüningen hörte ich dennoch nie, auch nicht von Mutters Seite. Vielmehr versuchten die beiden mit ihrem Blick auf die Dinge die Welt um sich herum besser zu machen, als sie war. Sanft und geduldig war dieses Bemühen. Als ob die Wirklichkeit ein verträumtes Kind wäre.

Die Ausstattung dieser Wirklichkeit bestand aus einem fensterlosen Schlafzimmer für die Eltern, einem Zimmer für den Sohn, das dem Vater von frühmorgens bis zur Mittagszeit als Arbeitsraum diente, einer Küche und einem Korridor, der nicht über die Größe eines Wandschranks hinauskam. Während Vater sich nach dem Frühstück in mein Zimmer zurückzog, um an seinen Übersetzungen zu arbeiten, richtete Mutter sich am Küchentisch ein, legte Papierbögen aus und fertigte Schnittmuster an. Sie hatte in Estland Modeschneiderin gelernt. Da sie in unseren ersten Basler Jahren Schwierigkeiten hatte, eine Arbeit zu finden, tüftelte sie an einer Idee, mit der sie bereits in Tartu geliebäugelt hatte. Sie wollte einen Katalog mit Schnittmustern herausgeben, die jede mittelbegabte Hausfrau meistern konnte.

Wäre sie bloß schneller gewesen. Hätte sie bloß das nötige Kapital aufbringen können. Dann wären wir womöglich zu immensem Reichtum gekommen, so wie Frau Aenne Burda aus Offenburg, die mit ihren Schnittmustern und ihrer Modezeitschrift wenige Jahre später Millionen von deutschen und Schweizer Frauen eine treue Begleiterin werden sollte. Doch das Schicksal hatte den Erfolg von Frau Burda und das Scheitern meiner Mutter von langer Hand eingefädelt. Als Mutter Mitte der vierziger Jahre voller Hoffnung an unserem Küchentisch saß und ihren Katalog zusammenstellte, war bereits alles entschieden. Frau Burdas Mann hatte in den späten Dreißigern eine jüdische Druckerei in Mannheim zu einem Spottpreis gekauft und im Krieg haufenweise Aufträge vom Regime bekommen. Der Mann meiner Mutter hingegen war ein Angehöriger des jungen, stolzen estnischen Bürgertums, das mittlerweile fast ganz ausgelöscht war. Kurz: Frau Burda hatte die besten Startbedingungen gehabt, meine Mutter nie eine Chance. Doch als die deutsche Wirtschaftswunderfrau sich Anfang der fünfziger Jahre mit Wucht in die Haushalte und Köpfe drängte, war Mutter längst auf einem anderen Weg. Und verschwendete keinen einzigen Gedanken mehr an ihren Katalog. Es war nicht ihre Art, einer nie gehabten Chance nachzutrauern.

Noch aber lag Deutschland in Ruinen, und meine Mutter saß am Küchentisch, hantierte mit Schere, Bleistift und Seidenpapier, während ich hinter ihrem Rücken zur Speisekammer huschte, den Schlüssel umdrehte und in den nach Trockenwurst riechenden Raum schlüpfte. Ich zog die Tür bis auf einen Spalt zu und kauerte mich neben den Kartoffelsack, hielt mein Gesicht an den Lichtstreifen. Jeden einzelnen Rückenwirbel unter dem Stoff ihres Kleids sah ich, ich sah ihre Ellbogen, die wie spitze Flügelchen über den Tischrand hinausragten, sah das Spiel ihrer Zehen unter dem Stuhl, hörte das Knistern des dünnen Papiers unter ihren Händen, das Geräusch der Schere auf der Tischoberfläche, das Kritzelkratzen, wenn sie Zwischenergebnisse auf das Sudelpapier schrieb. Ich hörte auch, wie sie den Bleistift hinwarf, hörte das Rollrattern seiner sechs Kanten auf der Tischplatte. Diese Hingabe! Nie liebte ich Mutter so sehr wie in diesen Minuten, und immer wenn meine Liebe drohte, aus der Speisekammer hinauszuschwappen und die Küche zu überfluten, setzte das Summen ein.

Als ich es zum ersten Mal vernahm, suchte ich verwundert die Dunkelheit hinter mir ab, aber da war nichts und niemand. Nur dieses Summen, langsam lauter werdend. Und mit einem Mal wusste ich: Das ist der sechste Finger, der das macht. Und dabei klingt wie ein betrunkener Mönch bei Vollmond. Komm her, dachte ich. Komm nur näher ran, du kleiner Summgeselle, ich möchte dich gerne … In diesem Moment drehte Mutter sich mit einem Ruck um. Ein Blick wie ein Hieb mit dem Holzlineal auf die Knöchel – das Summen verstummte. Ihr Gesicht hellte sich auf, ein Lächeln strich liebevoll und zugleich streng über meinen Kopf. Schon drehte sie sich zurück, und der Bleistift nahm seine Tänze wieder auf. Ich presste meine Lippen zusammen und pferchte den sechsten Finger in eine harte kleine Faust.

Ich war nicht der Erste in der Familie mit einem überzähligen Finger. Auch ein Cousin meines Vaters war elffingrig auf die Welt gekommen. Ein Bauer aus dem Nachbardorf, im Nebenberuf Tierarzt, hatte sich wenige Monate nach der Geburt um die Amputation gekümmert. Zum Einsatz kamen eine Klauenschere und eine Flasche Chloroform. Es wurde eine groteske Schnippelei. Der Onkel litt sein Leben lang unter einem schwachen Herz und an einer Hand, die in wichtigen Momenten ihren Dienst versagte. Er starb mit sechsundfünfzig Jahren. Als Großvater Jüri von meiner sechsfingrigen Linken hörte, riet er sofort zur Amputation, trotz der unseligen Geschichte seines Neffen. Doch Vater ließ es nicht zu.

Noch oft würde ich in diesen frühen Jahren die Flucht in die Speisekammer ergreifen. Dass meine Verstecklust sich mit der Zeit nicht auswachsen, sondern im Gegenteil zur verhängnisvollen Labyrinthliebe gedeihen würde, wusste ich damals nicht. Während ich mich nun, auf der letzten Etappe meines Umwegs, an jenen Anfang erinnere, spüre ich, wie sich mein Magen verklumpt, und ich denke, dass all dieses Erinnern mich um keinen Deut klüger macht. Und doch weiß ich genau: Ich muss noch einmal zurück, ein einziges Mal, bevor ich mich Mikkel stelle. Also gehe ich weiter in dieser Geschichte, dumm wie eh und je.

Ich war ein folgsamer Schüler. Ich hatte früh gelernt, worauf es ankommt im Raumschiff-Leben. Still kauerte ich in der Speisekammer, wenn Vater in die Küche kam, um sich einen Kaffee zu brauen. Rücken an Rücken führte er mit Mutter ein Pausengespräch.

»Die Hermes spuckt wieder Sätze. Wie Gletscherwasser gluckern sie aufs Papier. Herrlich.«

»Brr«, machte Mutter.

»Die reinste Musik.«

»Apropos. Leena könnte Karten für den Schubert am Samstag besorgen.«

»Du hooolde Kunst, in wie-hie-viel, gra-ha-haue-en Stunden …«

»Nicht die Lieder, Jaan. Die vierte Sinfonie.«

»Oho! Die Tra-ha-hagische!«

»Tragisch ist, dass wir auch dafür kein Geld haben.«

»Ach. Schuberts Sinfonien sind sowieso nichts gegen seine Lieder. Hast mich in eine bessre Welt entrü-hückt …«

Mutter seufzte. »Schön wär's trotzdem. Wieder mal in ein Konzert.«

»Jakob ist stinkreich, Marie. Ich verstehe nicht, warum Leena ihren Mann nicht …«

»Ach was. Jakob ist genau wie sein Biedermeierschrank. Ein Kunstwerk, prächtig zum Ansehen, aber im Grunde genommen ein Wrack. Finanziell zumindest.«

Derweil schlich ich ins Zimmer hinüber und stieg in die Truhe, die neben meinem Bett stand. Ich kauerte mich zwischen Zusatzdecken für den Winter und Ersatzleintücher und ließ den Deckel bis auf einen Spalt herab. Kam Vater herein und setzte sich an seinen Arbeitstisch, war ich ganz Auge, ganz Ohr. Ich beobachtete, wie er die Kaffeetasse hob, hörte das Pusten und das Schluckgeräusch in seiner Kehle. Sah, wie er mit dem Zeigefinger die Zungenspitze antippte, die Seiten des Wörterbuchs umblätterte. *Flitz-flitz-flitz* machte es, während die Seiten sich vom einen Stapel hoben und sich im Stapel nebenan wieder ablegten. Das große estnische Wörterbuch, eines von vier Büchern, die Vater damals auf der Flucht dabeigehabt hatte. »Mein wichtigstes Arbeitsinstrument«, wie er immer sagte. Als Vierjähriger stellte ich mir vor, dass es darum gehe, an dem Buch jene Stelle zu finden, wo man hineinblasen und das Arbeitsinstrument zum Klingen bringen konnte. Aber Vater blies nirgendwo hinein, er feuchtete bloß seinen Finger an und blätterte um.

Irgendwann sein Murmeln. Allmählich wurde es lauter, melodischer, verwandelte sich in einen Singsang. Wie ein kleiner Musikantentrupp klang das, ein Trio aus Tuba, Fiedel und Quetschkommode. Und in meiner Truhe drin schwoll zugleich das Summen meines sechsten Fingers auf.

Wurde es am Tisch wieder still, verstummte auch mein Finger. Ich hielt mein Auge näher an den Spalt und sah, wie Vater die drei gerahmten Fotos auf dem Schreibtisch betrachtete. Das größte zeigte seine Eltern, Jüri und Minni Aavik, vor ihrem Haus auf der Insel Hiiumaa, Anfang des Jahrhunderts. Der strenge Blick des Vaters, alle fürchteten ihn. Das zweite Foto zeigte meinen Vater selbst, Jaan Aavik, als Student der Universität Tartu, in den späten zwanziger Jahren. Auf dem dritten war meine Mutter zu sehen, Marie Aavik, geborene Bergmann, angebliche Ururenkelin des deutschbaltischen Weltumseglers Otto von Kotzebue, im geblümten Sommerkleid am estnischen Liederfest von 1938. Ich weiß bis heute nicht, wer das Foto aufgenommen hat, aber Mutters geschmeichelter und zugleich beschämter Blick lässt darauf schließen, dass der Mensch hinter der Kamera ihr etwas bedeutete. Es war ein Blick, den ich als Kind selten sah.

Wie hätte ich die Kraft des Erstarrungszaubers, der Vater in diesen Augenblicken erfasste, ermessen können? Ich war zwar in Estland geboren, hatte das Land aber vor meinem ersten Geburtstag verlassen. Meine Eltern hingegen mussten ihre Heimat mit einer Heftigkeit vermissen, die ihnen körperliche Schmerzen zufügte. Im Jahr 1947, als ich auf dem Kleinhüninger Dorfplatz zum ersten Mal mit der Welt zusammenstieß, hatten meine Eltern längst verinnerlicht, dass sie ihre Heimat wohl nie mehr sehen würden. Stalin hatte das Land fest im Griff; bereits während des Kriegs hatte er begonnen, es zu russifizieren, und er würde seine Arbeit wie ein gewissenhafter Chirurg weiterführen.

Auch die Geschichte, deren wahren Anfang ich hier noch immer suche, reicht in dieses Land zurück. Sie reicht zurück nach Tartu, auf die Insel Hiiumaa, und zu Opa Jüri und Oma Minni, die ich beide nur ein einziges Mal gesehen habe. So wie mein Vater ein Stück weit Jüri und Minni war, so bin auch ich sie, nur eben noch ein bisschen weniger als er. Ich bin so viele, die ich nie kannte. Ihre Träume zucken in meine eigenen Träume hinein, sie geben mir stumme Befehle, sitzen in meinem sechsten Finger und summen mir ihre Geschichte vor, und das ist keineswegs beruhigend.

Als Flüchtlinge fern der Heimat, als Paar in so einer engen Wohnung zu überleben, bedeutete für meine Eltern, stets die Form zu wahren. Man ging durch den Tag wie eine Turnerin über den Schwebebalken, Hader und Wallungen wurden auf flüchtige Gesten eingedampft. Beide hatten darin eine bewundernswerte Meisterschaft erlangt. Ich wollte es ihnen nie gleichtun. Und tat es dennoch. Erhob sich Vater von seinem Platz, um sich den nächsten Kaffee zu kochen, kletterte ich aus meiner Truhe, tippelte in die Küche, hin zu meiner Blechschatulle. Sie enthielt alles, was ich brauchte, um meinen Eltern nachzueifern: acht Farbstifte, einen Spitzer von Caran d'Ache, vier Wachskreiden und eine Telexrolle von meiner Tante. Unter dem Schnipp-Schnipp von Mutters Schere und dem Fauchen des Gasherds klaubte ich meine Arbeitsgeräte aus der Schatulle, und mein kindlicher Geist nahm seine Arbeit auf.

Mundlose Gesichter, Würfelkühe, Riesenblumen, Krakelkatzen. Ich war kaum talentierter als andere Kinder, doch mauserte ich mich bald zum Meister der Platzausnutzung. Erst wenn jede Ecke und jeder Zwischenraum mit buntem Leben bevölkert war, rollte ich die Telexrolle ein Stück weiter auf, um neue Gebiete meiner Fantasie zu erkunden.

Dann und wann holte Mutters Blick mich aus der Versenkung, ihre Augen wie ferne Sonnen. Sie musste sich dieser Ferne bewusst gewesen sein, denn es schien mir, als versuchte sie, die Sonnenwärme ihres Blicks so zielgenau wie nur möglich auf mich zu richten. So saßen wir in unserer Arbeitsküche und tauschten stumme Liebesbekundungen aus. Und irgendwann – nie blieb es aus – fiel ihr Blick auf meine linke Hand, und ich hatte den Eindruck, dass sie die Geschichte, die auf mich zukommen würde, mit all ihren Irrwegen bereits kannte.

~

Meine Zeit im Raumschiff, vertäut auf dem Planeten Kleinhüningen. Tagaus, tagein stille Arbeit. Schnittmuster für nichts und wieder nichts. Angefeuchtete Fingerspitzen auf dem Dünndruckpapier des großen estnischen Wörterbuchs: *flitz-flitz-flitz.* Und auf meiner Telexrolle tausend bunte Monster. Stetiger Tatendrang erfüllte das Raumschiff, aber auch dieser Geruch von Vergeblichkeit.

Das überdurchschnittlich warme Jahr 1947 war mittlerweile im Juni angekommen, und ich wusste: Bald würde ich meinen zweiten Anlauf wagen, um die Welt da draußen zu meiner Welt zu machen. Pausenlos drang das Kreischen der Kinder durch das offene Küchenfenster und konkurrierte mit dem nöligen Summen meines sechsten Fingers.

Meine Eltern taten das Ihrige, um mich für das nächste Mal besser zu wappnen. Bereits am Tag meines ersten Ausflugs hatten sie mir zwei tägliche Deutschstunden verordnet. Das hieß, man sprach ab sofort während des Mittag- und Abendessens kein Estnisch mehr. Irgendwie hatten sie bis dahin vergessen, dass ich die neue Sprache erst noch lernen musste. Ihre Gespräche bestanden, seit wir hier waren, aus einem Kuddelmuddel von Estnisch und Deutsch. Vater hatte ein Kindermädchen gehabt, das aus einer verarmten deutschbaltischen Familie stammte. Als er in der Schweiz ankam, sprach er ein besseres Hochdeutsch als viele, die hier aufgewachsen waren. Mutter stammte aus einer deutschsprachigen Familie. Ihr Deutsch ließ allerdings zu wünschen übrig, da man es in ihrer Familie, wie Vater meinte, über die Generationen »verschludert« habe.

Juni 1947, mein zweiter Versuch also. Ich stemmte die Haustür auf. Über den Lagerhäusern beim Hafen stieg eine Rauchsäule hoch. Linker Hand eine Linde als grün flirrendes Schattengespenst. Dahinter, am Pumpbrunnen, die Kinder. Ich wagte nicht hinzuschauen. Zögerlich ging ich zur Hecke auf der anderen Straßenseite. Kauerte mich über eine Ameisenstraße. Starrte in das Gewusel und wusste nicht, wie die Geschichte jetzt weitergehen sollte. Bis ich merkte, dass es am Brunnen still geworden war. Die Kinder standen schon fast bei mir. Das Mädchen, an dem alles groß war, erkannte ich zuerst. »Salü, Kristian«, sagte es und zeigte mir seine immensen Schaufelzähne. »Salü, Kristian«, wiederholte ein Junge, kaum größer als ich. Dann alle zusammen: »Salü, Kristian.« Vielstimmiges Giggeln.

Sie rochen nach Milch und feuchter Wolle. Als einer den Kopf zu mir neigte, sodass er fast umkippte, begriff ich, worum es ging: Sie wollten den Finger sehen. Auf nichts anderes hatten sie gewartet in all den Wochen. Meinen Namen hatten sie wohl vom alten Hitzberger erfahren, vielleicht auch von Frau Schwitter vom Laden zwei Straßen weiter. Und bestimmt hatten sie meinem Vater hinterhergeblickt, wenn er nach dem Mittagessen rausging, um seine tägliche Mission zu erfüllen. Sie hatten sich gefragt, was dieser seltsame Mann mit solch feinen Händen in dieser Welt zu suchen hatte.

»Salü, Kristian«, »Salü, Kristian«, und immer noch das Schielen auf meine linke Hand. Als ein Junge danach griff, suchte ich in meiner Panik den Blick des Mädchens, an dem alles groß war. Sie lächelte mir aufmunternd zu.

Dann sah ich den Schlaksigen mit dem Tänzelgang. Allein kauerte er in der Nähe des Pumphebels und beschäftigte sich mit seinen Murmeln. Kurz schaute er zu uns herüber, sein Blick zornig. Schon wandte er sich wieder den Murmeln zu.

Dies war meine zweite Eroberung der Welt. Auch wenn ich kaum etwas von dem begriff, was um mich herum vorging. Warum beschützte mich das Mädchen, an dem alles groß war? Warum mochten sie mich plötzlich? Und warum war der Schlaksige am Brunnen böse auf mich?

Seit jenem Tag im Juni 1947 gehörte ich nach Kleinhüningen. Ich passte nicht so schlecht hierhin. Das ehemalige Fischerdorf zwischen Basel und Lörrach war ein Ort der von weither Angereisten und knapp Geduldeten. Und es kamen viele in dieser Zeit. Basel litt heftig unter der Wohnungsnot, manche Zuzügler schliefen vorübergehend in Schulhäusern. Es wurde fieberhaft abgerissen und neu gebaut. Das alte, kleinräumig gewürfelte Kleinhüningen verschwand und machte gestaffelten Wohnblöcken Platz.

Dass wir in Basel und nicht in Stockholm gelandet waren, war auch auf Tante Leena zurückzuführen, die seit vielen Jahren hier lebte. In ihren Briefen hatte sie meinen Eltern das rauschende Leben versprochen: Einführung in die maßgeblichen Kreise der Gesellschaft, eine Wohnung, die sich sehenlassen kann, und natürlich eine angemessene berufliche Position. Vater kannte das hochfliegende Gemüt seiner Schwester. Er wusste, dass sie nicht einmal die Hälfte ihrer Versprechungen halten konnte. Doch die Anhänglichkeit, die er für sie hegte, wie auch seine Liebe zur deutschen Sprache bewogen ihn schließlich, sich gegen Stockholm und für Basel zu entscheiden.

Tante Leena hatte Anfang der dreißiger Jahre in Berlin den Spross einer altreichen Basler Familie kennengelernt und ihn, ohne zu zögern, geheiratet. Jakob Sarasin trug gestreifte Stresemannhosen, rauchte kubanische Zigarillos und roch stets leicht nach Sauerkraut. Alles an ihm sah nach 19. Jahrhundert aus, aber auch in diese Zeit hätte er wohl nicht gepasst. Jakob Sarasin passte in kein Jahrhundert. Vielleicht benahm er sich deshalb so, als ob er vor langer Zeit in einer Abstellkammer deponiert und dort vergessen worden wäre. Trotz seiner Herkunft hatte er kaum geerbt, abgesehen von einer Wohnung im Nobelquartier St. Alban. Er selbst behauptete, zwischen seinen Eltern und ihm habe sich kurz vor deren Tod eine unüberwindliche finanzielle Grube aufgetan, aus Diskretionsgründen könne er das nicht weiter ausführen. Als Vater diese Geschichte zum ersten Mal hörte, brach er in schallendes Gelächter aus. Doch das Lachen verging ihm schnell. Jakob Sarasin machte nie Witze.

Als wir ihn kennenlernten, verdiente Jakob sein Geld in einem städtischen Amt. Mehr erfuhren wir nicht über seine Arbeit – vielleicht wusste nicht einmal Tante Leena, was genau er machte. Es war, als ob er morgens das Haus verließe, um ein paar Straßen weiter in einer Tür zu verschwinden und dahinter reglos den Abend abzuwarten. Irgendjemand musste Jakob Sarasin vor langer Zeit jegliche Träume und Ambitionen von der Hirnschale gekratzt haben. Was zurückblieb, war dieser unerklärliche Geruch nach Sauerkraut und eine Bitterkeit, die sich in allerlei Schrullen Ausdruck verschaffte.

Seine Frau wirkte neben ihm wie ein frisch geschlüpftes Küken. In Leena Sarasin-Aaviks Leben gab es kein Zögern. Sie war von einer eigenwilligen Schönheit, galt als großes Freundschaftstalent und teilte mit ihrem Bruder eine künstlerische Ader, die in unserer Familie nie zuvor zutage getreten war. Leena war so vieles aufs Mal, aber was sie in erster Linie ausmachte, war dieses Feuer in ihr drin, das nie erlosch.

Leena hatte in Basel nicht nur in eine angesehene Familie eingeheiratet – viele in den besseren Kreisen machten zwar einen Bogen um Jakob, aber vor dem Namen Sarasin katzbuckelte man doch –, sie galt auch als Adlige. Meine Eltern erfuhren wenige Tage nach ihrer Ankunft, dass Leena sich hier einen abenteuerlichen Stammbaum angedichtet hatte. Dabei hatte sie nicht nur uns geschickt in den baltischen Adel eingewoben, sondern auch Mutters möglichen, aber nie bestätigten Ahnen, den Seefahrer Otto von Kotzebue, zu ihrem eigenen gemacht. Die Nummer tat ihre Wirkung: Leena galt nicht nur als exotischer Vogel, sondern zugleich als Produkt eines vertrauenerweckenden Zusammenhangs. Die Kombination von Adel und außerordentlicher Leistung – Kotzebue hatte immerhin dreimal die Welt umsegelt – wirkte beruhigend auf die Gemüter der alten Basler Gesellschaft.

Es war das Feuer in ihr drin, das Leena jegliches Maß verlieren und jede Lüge mit einer um ein kleines Stückchen größeren Lüge überdecken ließ und diese mit einer noch größeren Lüge. Vater kannte das Verfahren. Und so war er an jenem Abend anlässlich der Schweizerrunde, die Leena einmal die Woche in ihrer Wohnung versammelte, nicht überrascht, als man ihn auf die gloriose Vergangenheit der Familie ansprach. Aus dem Stegreif dichtete er eine weitere Geschichte hinzu. »Die herrlichste Figur von allen war der alte Lamsdorff«, legte er los und kicherte ob der Posse, die er himmelhoch zu stapeln gedachte, »aber warum schauen jetzt alle so verdutzt, hast du den seehundschnäuzigen Eierkopf etwa nie erwähnt, Leenchen? Nun, dann müssen wir das schleunigst nachholen. Graf Lamsdorff, meine Herrschaften, verbrachte in seinem Leben mehr Zeit in Danzig und Berlin als in Tartu. Wie einer dieser Bocksteiflinge bei Fontane trat er da auf, zumindest deuteten die alten Fotografien darauf hin: Vatermörder, Monokel, Frackweste. O ja, immerrrrr wie aus dem Ei gepellt, der Herrrrr Graf! Doch wenn er auf seinem Gut residierte, war es, als hätte er nie einen Schritt über seine Besitztümer hinaus gemacht. Die Knechte mussten ihn auf seine Klepperstute hinaufwuchten – brrrr, alte Talvike, brrrr, jetzt sei doch rrrruhig! – und ihm die Pfeife nachreichen. Dort oben blieb er den ganzen Tag wie festgewachsen auf dem Sattel. Und dann die Feste. Ach, Kinders! Zu seinem siebzigsten Geburtstag war alles, was in der Gegend Rang und Namen hatte, eingeladen. Ich stand als kleiner Steppke zwischen Ottomane und Biedermeiersekretär, vor meinen Augen ein Heer von kräftigen Mädchenwaden in Wollstrümpfen, pausenlos hin und her huschend und mit ihnen der Duft von Gänsebraten, Sauerkrauteintopf, Bohnensuppe. Strömlinge an Zwiebeln und Karotten gab es, Schweinskopfsülze, Piroggen, Piroggen, Piroggen, und zu allem dazu die unsterbliche Preiselbeermarmelade. Berge von Krautrouladen wurden von den Mädchen, die man extra vom Peipussee hatte kommen lassen, herbeigeschleppt, schüsselweise Pilzragout mit dicker Sahne obendrauf, Blinis bis zum Abwinken, hach, Blinis, Heringssalat mit Pfifferlingen, hach, Heringssalat, geräucherter Schinken, hach, huch, hui, mariniertes Flussneunauge, Scholle, Sprotte, Hornhecht, Blutwurst, Jagdwurst, Bierwurst. Nie fehlte die Rote Bete, bitte schön, meine Herren, was muss, das muss, und natürlich Soljanka mit Speck, Zwiebeln und sauren Gurken. Zum Nachtisch dann Streuselkuchen und Quarkröllchen mit Schokoladenglasur. Und die Bäuche der Herrschaften füllten sich, die Zungen lösten sich, die Finger tapsten wurstig zwischen den Speisen herum, die ihrerseits immer häufiger zu Boden plumpsten, perlten, bröckelten, das Parkett wurde glitschiger, und die strammen Mädchen vom Peipussee schwitzten, und ich kleiner Popeljaan stand da zwischen Trumeau und Hirschgeweih und konnte mich nicht sattsehen. Kinders, was waren das für Zeiten! Drei Jahre später war der alte Seehund tot.«

»Ach, mein Bruder und sein Elefantengedächtnis«, rief Leena. »Genau so war es, Freunde, genau so! Ich hab alles vor Augen wie ein frisch gemaltes Ölbild, die Farben noch immer feucht. Schweinskopf, Blutwurst, Heringssalat. Hihi! Und diese russischen Mädchen! Es ist einfach herrlich, meinem kleinen Erzählbruder zuzuhören, nicht wahr?«

Die Gäste von Leenas Schweizerrunde nickten stumm. Sie waren milde irritiert über die Wortschwälle, die der Neuankömmling auf sie niedergehen ließ. Und das in diesem makellosen, leicht überkandidelten Hochdeutsch.

Hin und wieder wurde die Runde unversehens lauter. »Aber der Hungerbühler ist doch ein Charmeur allererster Güte, Marta. Bist du dir sicher, dass er es war, der dich im Trois Rois derart angebellt hat.«

»Ooohо ja, Leena. Hungerbühler bellte wie ein Sennenhund«, rief Frau Schlumberger, »und das nicht zum ersten Mal.«

»Ach, Marta, wirklich?«, seufzte Leena, halb besorgt, halb amüsiert.

»Berner Sennenhund oder eher Appenzeller?«, fragte Vater.

»Pst, Jaan«, zischte Leena.

»Auch im Braunen Mutz übrigens«, nuschelte Herr Vögtlin nervös ins Gespräch hinein.

»Wie bitte?«

»Auch im Braunen Mutz bellt der Hungerbühler herum. Kürzlich an einem Samstagabend. Die Kellnerin hatte Tränen in den Augen, als sie in die Küche huschte. Ich war Zeuge.«

»Ach, Sie gehen in den Braunen Mutz, Herr Vögtlin«, sagte Leena, nun wieder lauter, »ist ja interessant.«

»Seit wann muss ich mich dafür schämen, dass ich in den Braunen Mutz gehe?«

»Das hab ich nicht andeuten wollen, lieber Herr Vögtlin. Ich staune nur.«

»Also, ich bin schon immer in den Braunen Mutz gegangen«, sagte Herr Vögtlin mit gekränkter Stimme. »Das heißt, so oft geh ich dann auch wieder nicht. Nicht dass Sie mich falsch verstehen.«

Herr Vögtlin schlug das rechte über das linke Bein und flötete durch die Nase. Das Fräulein Berthelod, welches das Gespräch stumm mitverfolgt hatte, warf einen Seitenblick zu Herrn Tschudi.

Die Schweizerrunde, das waren Herr Tschudi und das Fräulein Berthelod, Herr Meierhans und das Ehepaar Schlumberger, oft auch Frau Schlumbergers Bruder, der nervöse, stets leise durch die Nase flötende Herr Vögtlin. Manchmal war auch die spindeldürre, alle anderen überragende Frau Gisin dabei, pausenlos damit beschäftigt, sich kleiner zu machen. Und mittendrin natürlich Leena Sarasin-Aavik, Nachfahrin des großen Deutschbalten Kotzebue. Knapp außerhalb des Kreises, in einem blinden Winkel, saß Jakob und rauchte stumm seine Zigarillos ab. Noch weiter draußen ich. Die Erwachsenen beachteten mich kaum mehr als eine alte Hauskatze, die sich alle halbe Stunde streckt und in eine neue Schlafposition kringelt. Nur wenn wieder mal ein Gegenstand herunterfiel und am Boden zerschellte – im Laufe der Jahre demolierte ich den ganzen Bric-à-Brac, der in der Wohnung herumstand –, blickten sie sich kurz um. Jakob lächelte verträumt, Leena schnitt bereits das nächste Thema an. Es war eine der angenehmeren Eigenschaften des Ehepaars Sarasin, dass es sich um zerbrochene Einrichtungsgegenstände nicht scherte. Wahrscheinlich waren Leena und Jakob sogar froh um diesen stillen Jungen, der ihren Hausrat ungefragt dezimierte.

Oft drehte sich das Gespräch um das Theater. »Ein Graus, dieser Don Carlos gestern auf der großen Bühne«, rief Leena, während ich unter einem Schaukelstuhl lag und durch einen Wald von behosten und bestrumpften Beinen spähte. »Mir dreht sich jetzt noch der Magen um. Was hat dieser Mann bei uns in Basel schon geboten, eine Ausnahmeerscheinung, keine Frage. Und jetzt das! Ich kann's mir nicht erklären, ich kann's mir einfach nicht erklären, Freunde. Der Marquis von Posa zum Beispiel! Seit wann interessiert sich das Publikum für Rückenansichten. Und dann diese Blasiertheit, das hat der alte Schiller nicht in diese Figur hineingelegt.«

»Das alles hat ja bereits letztes Jahr angefangen«, entgegnete Frau Schlumberger, »im Kirschgarten, wissen Sie noch? Ich erinnere mich, als ob es gestern gewesen wäre. Den Gajew hat er da gespielt. Schrecklich! Man hat ja nicht so richtig drauf geachtet, weil die Anja so brillant war, aber schon da ist ihm der Erfolg zu Kopf gestiegen. Fürchterlich, dieser Mann.«

Derweil schielte Mutter in die Richtung von Frau Gisin. Deren Reaktion dauerte kaum länger als einen Wimpernschlag an. Niemand sah die Röte, die den zwei Frauen ins Gesicht stieg. Niemand außer dem Beobachter unter dem Schaukelstuhl.

Je länger diese Abende dauerten, desto gelangweilter wirkte Mutter. Mit ihren stillen Blickwechseln konnte sie sich nur kurzzeitig ablenken. Kleine Zuckerstückchen für jene Wünsche, die für immer tief in ihr drin verborgen bleiben würden.

In der Estenrunde fühlte sie sich wohler. Da gab es andere Protagonisten, andere Themen, andere Peinlichkeiten. Eine Vermischung mit der Schweizerrunde war schon deshalb nicht möglich, weil Leenas Flunkereien nicht für die Ohren der Estenrunde gedacht waren. Ihre Hauptdarsteller: das Ehepaar Saar, Herr Uibo, meine Eltern, Leena, Jakob.

Das Ehepaar Saar war ein Jahr vor uns aus Tartu nach Basel gekommen. Herr Saar verschonte nichts und niemandem, machte sich über alle lustig. Jede Alltagsbegegnung erlebte er als Komödie: »... und dann sagt doch dieser Herr Müsli, vielleicht hieß er auch Hüsli oder Knüsli: Säged Sie emol, Häär Saaaaar, händ Sie lieber e Stumpe oder e Kruuume under dr Naase, oder rauched Sie am Änd gar nööd?, worauf ich dem guten Mann entgegne: »Jetzt hören Sie mal, Herr Mäuslein, zu den schönsten Exemplaren gehört mein Riechorgan zwar nicht, da mögen Sie recht haben, aber Rauch hab ich an seinem Ende noch keinen aufsteigen sehen.« Ein Gluckern hüpfte durch seine Brust, Vater kicherte leise mit. Die beiden verstanden sich aufs Beste.

Herr Uibo war einige Jahre vor dem Krieg nach Basel gekommen und hatte in der chemischen Industrie gearbeitet. Bald hatte er begriffen, dass es in diesem Kosmos wimmelte vor Nazifreunden und die Basler Chemieunternehmen im nationalsozialistischen Deutschland den großen Reibach machten. Herr Uibo, ein kleiner Buchhalter von außergewöhnlichem moralischem Rückgrat, kehrte der Chemie noch vor dem Krieg den Rücken.

Irgendwann passte ich nicht mehr unter den Schaukelstuhl. Stattdessen saß ich in meiner Ecke und las. Ab und an legte sich mein Blick kurz auf den Buchrand, erfasste das Täppeln von Vaters Füßen, und ich wusste, dass er im Kopf ganz woanders war. War Vater überhaupt jemals da, wo er gerade war? Neben ihm Mutter, mit kaum sichtbaren Zuckungen im Gesicht das Gespräch kommentierend. Aus welcher Welt waren die beiden gekommen? Und in welcher Welt hatten sie mich abgeholt?

Ein Blick traf mich, fordernd und freundlich zugleich: Mutter. Sie wusste immer, wann ich taumelte in meiner Ecke. Still deponierte sie ihr Lächeln bei mir. Doch ich erwiderte es nicht. Ich hatte etwas gewittert. Mutter würde mir das Land, aus dem sie mich einst geholt hatte, nie zeigen. Ich würde es mir selbst suchen müssen. Irgendwo in einer Falte zwischen Estland und Basel lag es, mein Herkunftsland, und wartete auf mich. Auch jetzt noch suche ich meinen allerersten Anfang. Noch immer habe ich keine Ahnung, wo er sein könnte.

~

Bei den Sarasins am Sevogelplatz blieb ich der Satellit, der mit Abstand um das Geschehen kreiste. In Kleinhüningen hingegen war ich längst mittendrin. Die Kinder der Schiffer und Hafenarbeiter nahmen mich als denjenigen, der ihnen an jenem Apriltag in seiner ganzen Kühnheit und Verletzlichkeit entgegengetreten war. Allen voran Marie-Luise Kalbermatten, von der ganzen Welt nur das Mareili genannt.

Das Mareili war die ältere Schwester sämtlicher Kinder vom Kronenplatz. Bereits im Kindergarten hatte sie heulende Kameraden vom Boden aufgehoben und ihnen mit der eigenen Spucke den Dreck von den Schürfwunden abgerieben. Das Mareili war von Anfang an zu groß und zu gütig für ihr Alter gewesen. Was wir anderen lange nicht wussten: Das Mareili war auch früh zur Geschäftsfrau geworden. Ab der zweiten Klasse ließ sie Matrosen mit zweifelhafter Neigung im Schatten des Siloturms unter ihren Rock schauen. Und kassierte für jeden Blick zwanzig Rappen. Ein Jahr später hatte sie eine beträchtliche Stammkundschaft. Ein weiteres Jahr später verpasste sie einem von denen, die herumfingern wollten, ihre erste Ohrfeige. Spätestens, als sie in der sechsten Klasse war, hatten sich alle Lüstlinge von ihr abgewandt.

Die Kinder vom Kronenplatz, das waren neben dem Mareili die kleine Gerda, der stets verheult dreinschauende Friedel, Jolanda, Franz, Hubi, Emilie, das Kläuslein und Michi, die ich lange für einen Jungen gehalten hatte. In ihren Spielen übernahm ich jede Rolle, auch wenn es nur die eines Pfostens war, der die Ecke des Spielfelds markierte. Und natürlich war da auch Mikkel, der Tänzeljunge, stets aus dem Hintergrund unser Tun beobachtend. Ab und zu zeigte er uns, wie man es besser machte, um sich gleich wieder zu verziehen. Als ob ihn das alles nicht interessierte.

Kleinhüningen war in den Jahren nach dem Krieg zu dem

geworden, was man ein aufstrebendes Stadtviertel nennt. Der Hafen wurde vergrößert, man baute Fabriken und Wohnblöcke. Ein kleines Zahnrad im brummenden Maschinenraum der Schweizer Nachkriegswirtschaft. Doch viele Menschen, die hier lebten, kamen zeitlebens auf keinen grünen Zweig.

Da war Mareilis Mutter, die alleinerziehende Anna Kalbermatten. Sie verdiente ihren Lebensunterhalt in einer Wäscherei im benachbarten Klybeck-Quartier. Genauso wie ihre Tochter betätigte sie sich nebenbei als Geschäftsfrau. Einem Matrosen aus Koblenz kaufte sie alle paar Wochen ein paar Stangen Schmuggelzigaretten ab und brachte sie am Hintereingang der Wäscherei päckchenweise an den Mann.

Da war der alte Hitzberger, dem das Haus gehörte, in dem wir wohnten. Man erzählte sich, dass ihm vor Jahren die Frau davongelaufen war. Nacht für Nacht habe er sie, damals noch ein notorischer Wirtshaussäufer, wachgebrüllt, aus dem Haus und durch die Straßen geschimpft, bis sie schließlich zu einer Bekannten gerannt sei, die ein freies Kanapee hatte. Am nächsten Morgen, wenn er seinen Kater ausgeschlafen habe, sei die Frau zurück gewesen, und der Tag habe seinen Lauf genommen, als sei nichts geschehen. Doch eines Morgens sei sie nicht da gewesen. Als Hitzberger Wochen später endlich begriffen hatte, dass sie nie mehr zurückkäme, habe er sofort mit der Sauferei aufgehört. Trocken wie ein Mormone, von einem Tag auf den anderen. In meiner Kleinhüninger Zeit verließ er kaum je seine überheizte Wohnung. Manchmal sah ich hinter den Fenstern sein Mondgesicht voller Wut und Zermürbung. Kreuzte er meinen Weg, verspürte ich augenblicklich vehementen Stuhldrang.

Zum Kleinhüninger Menschenkabinett gehörte auch Frau Schwitter vom Dorfladen. Frau Schwitter hatte eine bemerkenswerte Eigenschaft: Sie schlief nicht und wurde dennoch nie müde. Ihr Körper hatte eine interessante Lösung gefunden, um mit dem Schlafmangel umzugehen. Er reduzierte sämtlichen Kräfteaufwand. Einer Echse gleich bewegte sich Frau Schwitter zwischen den Regalen, tippte in Zeitlupe die Beträge in die Kasse. Eines Tages würde man sie leblos hinter ihrer Ladentheke finden, ein Bündel reptilischer Lederhaut, wie zum Trocknen über den Schemel gehängt.

Weil Frau Schwitter nie schlief, konnte man zu jeder nächtlichen Stunde an die Hintertür ihres Ladens klopfen. Hatte Vater bis spätabends in der Stadt seine Englischstunden gegeben, gelüstete ihn manchmal nach Sardinen, und er rannte zu Frau Schwitter hinüber. Feierlich wurde dann am Küchentisch der Dosendeckel aufgerollt, feierlich schenkte er sich und Mutter einen Schnaps ein. Ich wurde auf den väterlichen Schoß gehoben, und dann verschlangen wir mit triefenden Händen unsere Sardinen und wurden dabei ganz anders. Vater erzählte einen schlechten Witz auf den anderen, Mutter neckte ihn, ich selbst lachte, obwohl ich wenig verstand, und alle drei zappelten wir herum und schleckten uns die öligen Finger ab, und für eine Weile wurde es laut in der sonst so stillen Wohnung. So musste Familienglück nach dem Bilderbuch aussehen. Wir wussten, dass es nicht lange halten würde. Unser Glück war von einer anderen, dunkleren Art.

Bei den Kindern von Kleinhüningen mauserte ich mich zur Attraktion – und dies nicht nur wegen des Fingers. Von Estland hatten sie zuvor nie gehört, mein Deutsch fanden sie lustig, meine Willigkeit, alles mit mir anstellen zu lassen, berauschend. Es war dem Mareili zu verdanken, dass ich nicht in einem Sandhaufen vergraben erstickte oder im Hafenbecken ertrank.

Eines Tages aber war das Mareili nicht da. Vielleicht war sie drüben im Klybeck bei ihrer Mutter, vielleicht stand sie am großen Hafensilo und ließ einen Matrosen die Konstruktion zwischen ihren Beinen studieren. Jedenfalls war das Mareili nicht da, und die anderen Kinder hatten einen Plan gefasst.

Da war dieser schweinsgesichtige Kohlefahrer Löffel, der nach Feierabend gern auf einen Humpen oder zwei im Wirtshaus reinschaute, bevor er seine Heimfahrt antrat. Fettglänzende Fratze, stets nach Streit suchende Augen, dralle Fäuste – man wollte dem Löffel lieber nicht in Armreichweite kommen. Es hieß, dass er seit fünfzig Jahren bei seiner Mutter wohne und diese ihm mit dem Teppichklopfer den Buckel verdrosch, wenn er mit einer Alkoholfahne nach Hause kam. Diesen Gerüchten hatte mal einer auf den Grund zu gehen. Also hoben die Kinder vom Kronenplatz mich als Auskundschafter auf die leere Pritsche des Kohlelasters, während der Löffel in der Krone sein Feierabendbier in sich reingoss.

Auskundschaften beim Löffel, was bedeutete das? Bevor ich nachfragen konnte, waren sie davongerannt, der Friedel, die schnelle Jolanda, der Franz, der Hubi, das Mädchen Michi. Ratlos saß ich auf den schwarzrußigen Jutesäcken, aber ich heulte nicht, das war ja der Vorteil an mir, das hatten sie längst herausgefunden, ich heulte nie.

Just als die Tür der Krone aufflog, bog Mikkel Jacobsen um die Ecke. Er trat an den Kohlelaster heran und machte das Räuberleiterchen. Ich blickte ihn stumm an und machte keinen Wank. Ich weiß nicht, was Mikkel aus meinem Blick las, aber seine Neugier auf meine Kratzbürstigkeit schien mit jeder Sekunde zu wachsen. Dann drehte er sich um und verschwand. Just als der Löffel einen letzten Spruch in die Gaststube schrie und die Tür losließ, rannte auch Mikkel davon. Ich legte mich flach auf die Jutesäcke.

Das Dröhnen des Motors, der Kohlestaub, die jähen Kurven –

es war, als ob ich mitten durch die Höhle führe. Dass wir die Brücke ins Klybeck überquerten, nahm ich gerade noch wahr. Alles Weitere ging im Gewitter meiner Panik unter. Häuser kippten an mir vorüber, als ob man ihnen ein Bein gestellt hätte. Jede sich entfernende Straßenlaterne ein letzter Rettungsanker, den ich nicht mehr erwischt hatte. Mein Blick suchte den überzähligen Finger, in der Hoffnung, dass er mir etwas Schönes vorsumme. Vergeblich. Ich war dem schweinsgesichtigen Teufel ausgeliefert. Er fuhr mich direkt zur Abgabestelle für dumme Jungen.

Irgendwann hörte ich dieses Röhren. Ich hob den Kopf und sah den Schreinerlehrling, weit weg, auf seinem Solex. Jetzt bremste der Kohlelaster ab – quer auf der Straße ein Camion –, ich schlug mit dem Kopf gegen die Wand. Der Löffel hupte, der Camion kam aus seiner Ausfahrt nicht heraus, nichts bewegte sich. Nur der Lehrling auf seinem röhrenden Solex. Immer näher kam er, und jetzt erkannte er mich, er winkte, ein Lachen ging quer über sein Tütengesicht. Doch dann ploppte der Camion aus der Ausfahrt, und der Löffel trat aufs Gas. Ich blickte flehend auf den kleiner werdenden Fleck aus Lehrling und Solex. Hatte er begriffen, dass er mich retten musste?

Ja, er hatte. Nächste Kreuzung, ein Polizist regelte den Verkehr, erneuter Stillstand. Ich sah, wie der Lehrling sich duckte, um noch schneller zu sein. Komm, komm, komm, flüsterte ich, und er kam, kam, kam. Kaum hatte er abgebremst, kippte ich schlaff in seine Arme. Der weiße Handschuh des Polizisten wedelte, der Löffel trat erneut aufs Gas. Und weg war der Kohlelaster.

Der Lehrling lud mich an der Brücke über dem Flüsschen Wiese ab. Ich brachte kein Wort heraus. Ich sah nur die Hautfetzen auf seinen Lippen und wollte sie ihm zum Dank abzupfen. Seine Mutter koche Blutwurst mit Sauerkraut, sein

Lieblingsgericht, sagte er mit erstaunlich tiefer Stimme. Dann klopfte er mir auf die Schulter und röhrte davon. Ich setzte mich auf das Mäuerchen über der Wiese.

Mikkel tauchte auf. Mit ausgestrecktem Finger schabte er eine Schneise in die Rußschicht auf meiner Wange. Dieses Tänzeln, dieses seltsame Lächeln. Er sagte: »Erzähl endlich!« Was wollte er von mir? Konnte er nicht einen anderen umtänzeln?

Mikkel kletterte die Böschung zur Wiese hinunter. Am Ufer angekommen, blickte er zurück und sagte: »Komm!« Ich wollte nicht. Doch Mikkel wandte seinen Blick nicht ab von mir. An allen Körperstellen begann es mich zu jucken. Ich wand mich, kratzte mich, kniff mich. Schließlich stand ich auf und kletterte ihm hinterher. Mit einem Stofftaschentuch, das er im Fluss anfeuchtete, wusch er mir das Gesicht sauber.

»Du warst drin, nicht? Du warst in der Wohnung vom Löffel.«

Ich sagte nichts. Er lachte. Dann sagte er: »Schon gut, ich weiß Bescheid. Und jetzt gehen wir.«

Am Kronenplatz ein Riesenhallo. »Erzähl, Kristi!« – »Wie sieht die Mutter vom Löffel aus? Hat sie wirklich diese drei langen Haare auf der Nase?« – »Wie sieht dem Löffel sein Kinderzimmer aus?« Ich brachte den Mund noch immer nicht auf, doch Mikkel übernahm alles für mich. Er legte die Hand auf meine Schulter und legte los, schwafelte den anderen Kindern alles, was sie hören wollten, zu einem riesigen Brei von einer Geschichte zusammen. In dieser Geschichte hatte Mutter Löffel nicht nur drei sehr lange Haare auf der Nase, auch Käfer krochen ihr aus den Ohren, um nach einem kurzen Spaziergang in den Nasenlöchern wieder zu verschwinden, und wenn Mutter Löffel für ihren Sohn kochte, brutzelte sie als Fleischzugabe zu den Kartoffeln Würmer in der Bratpfanne und würzte sie mit getrockneten und zerstoßenen Kellerasseln, und während der Löffel heißhungrig seine Mahlzeit verschlang, hockte Mutter Löffel neben ihm auf ihrem Blechhafen und rauchte, und jedes Mal wenn es unter ihr Plumps machte, stöhnte und kicherte sie und nahm einen neuen Zug an der Zigarette. Die Kinder vom Kronenplatz kreischten vor Ekel und Vergnügen, und es war mir, als ob ich das alles nicht nur selbst erlebt hätte, sondern auch selbst erzählte, und als läse Mikkel meine Gedanken, rief er: »Und glaubt bloß nicht, das wäre erfunden! Kristi hat das alles mit eigenen Augen gesehen!« Und dann fuhr er fort mit der Geschichte, erzählte, wie der Löffel sich in der Küche splitternackt in einen Bottich stellte und Mutter Löffel ihm Wasser über den Kopf schüttete und ihn mit der Scheuerbürste abschrubbte und wie das braune Wasser von der Spitze seines Pipiwutz tropfte, worauf die Kinder wieder kreischten, und wie der zerzauselte und noch halb feuchte Löffel einer Bahnschranke gleich ins Bett kippte und sofort einschlief und wie Mutter Löffel ihm »Schlaf, Kindlein, schlaf« vorsang und der Löffel mit aller Kraft loszusägen begann. Das Vergnügen der Kronenplatzkinder nahm kein Ende. Ich selbst stand da, auf meiner Schulter noch immer Mikkels Hand, und ich dachte: Genau so war's, ich hab alles mit eigenen Augen gesehen!

Als die ersten Mütter sich aus ihren Küchenfenstern lehnten und zum Abendessen riefen, stupste Mikkel mich in den Rücken. »Du lügst«, hauchte er in mein Ohr. »Lügst die anderen einfach an! Und bekommst nicht einmal eine lange Nase dabei.« Sein Blick voller Straflust.

Mikkel Jacobsen. Weit oben saß er, hoch über uns allen. Zog hier, zog dort an einem Faden, und die Welt tanzte. Die Kinder vom Kronenplatz merkten sich seine Kniffe, doch fehlte ihnen die Kaltschnäuzigkeit, sie anzuwenden. Was sie nicht wussten:

Mikkel war auf der Suche. Nach einem, bei dem die Kniffe nicht funktionierten.

Er fand mich. Ich tat immer genau das Gegenteil von dem, was er mir sagte. In den Monaten, die folgten, schickte er mich in Hinterhöfe oder auf leere Frachtschiffe, um ihm Trophäen zu holen. Ich ging willig, doch nahm ich nichts mit, kehrte aber auch nicht um, um Bericht zu erstatten. Stattdessen drang ich immer tiefer ein ins fremde Territorium, stieg Kellertreppen hinab, öffnete Bodenluken oder kletterte wacklige Leitern hoch. Wurde ich erwischt, stellte ich mir vor, wie Mikkel in seinem Versteck mein Erwischtwerden auskostete, als ob es sein eigenes Erwischtwerden wäre. Er fühlte den Schauder, das Herzklopfen, die Schamröte – all das, was in mir nicht stattfand. Ich ließ sämtliche Zurechtweisungen reglos über mich ergehen.

Stießen wir nach einem dieser Experimente zu den Kronenplatzkindern, kam ich mir vor, als hätte ich heimlichen Doktorspielen gefrönt. Ja, auch ich hatte gefunden, wonach ich gesucht hatte. Mikkel Jacobsens Gegenwart war eine riesige Hand, in die ich mich blind fallen lassen konnte. Ihre Oberfläche: rau, warm, von einem rätselhaften, aber nicht unangenehmen Geruch.

~

Ein halbes Jahr nach meiner wilden Fahrt auf Löffels Kohlewagen wurde ich eingeschult. Mutter drückte mich am Fuß der Schulhaustreppe, über ihre Wange kullerte eine einzelne Träne. Ich begriff nicht, warum, ich wagte nicht nachzufragen. Mutter war eine Frau, die keine Fragen ans Leben hatte, und sie hatte mich früh zu einem Kind gemacht, das keine Fragen an seine Mutter hatte.

»Keine Angst. Es kommt schon gut«, sagte sie.

»Ich hab keine Angst.«

»Die Lehrerin ist bestimmt eine Liebe.«

»Ja.«

»Verlier deine Sachen nicht.«

»Nein.«

Neben uns Mütter, die ihr Kind in den Schwitzkasten nahmen, aber auch Mütter, die ihr Kind vorsorglich mit einer gedämpften Ohrfeige eindeckten – »dass du unserer Familie ja eine gute Falle machst!«. Ich stieg die Treppe hoch, drehte mich noch einmal um. Mutters Blick auf meine linke Hand sorgenschwer.

Es ging ganz ordentlich. Das mit dem Finger hatte sich mittlerweile herumgesprochen. Hänseleien nahm ich wie einen dreckigen Hosenboden – ich kümmerte mich nicht darum. Ich lernte schnell, mein exzentrisches Deutsch wurde in Kürze zurechtgewalkt. Nur mit dem weißen Papier haperte es. Das Fräulein Inderbitzin schaffte es nicht, mir beizubringen, dass die leeren Ränder in Heften nicht dafür da sind, um mit Zeichnungen gefüllt zu werden. Sie war eine Liebe, wie Mutter prophezeit hatte, sie erklärte es mir ein zweites, drittes, viertes Mal, doch kaum hatte sie mir den Rücken zugewandt, arbeitete meine Hand weiter. Anderswo hätte ich längst Hiebe auf meine elf Finger bekommen. Nicht beim Fräulein Inderbitzin. Ein einziges Mal hatte sie versucht, streng zu sein. Es war an dem Tag, als der stets wütende Gustav Lohr eine Schultasche aus dem Fenster geworfen hatte. Da holte sie den Bambusstab hervor. Doch sie brachte es nicht übers Herz. Schon vor dem ersten Schlag stieg ihr die Röte ins Gesicht. Wortlos schickte sie Gustav zurück an seinen Platz.

Wenige Tage nach meinem Schuleintritt begleitete ich Vater zum ersten Mal auf seinem Nachmittagsgang. In den Jahren meiner Vorschulzeit hatte ich ihm jeweils hinterhergeschaut, wenn er nach dem Kaffee Joppe und Schirm ergriffen hatte und aus der Tür verschwunden war. Ich hatte mir diesen Gang wie einen Stollen vorgestellt, der auf das Mittagessen folgte und den Vater durchqueren musste, damit der Tag auf der anderen Seite weiterging. Mit Nischen, in denen zu lösende Rätsel auf ihn warteten, aber auch mit Schleusen und Portalen, an denen er ein Pfand zu entrichten hatte, um weiterzukommen.

Wir gingen die Dorfstraße hinunter. Neben mir das Tock-Tock von Vaters Regenschirm. Vor uns ein Mann, der geräuschvoll den Rotz aus seinen Nebenhöhlen zusammenkratzte und eine grüne Blatter auf den Gehsteig spuckte. Vater lächelte stillvergnügt. *Tock-tock, tock-tock.* Als wir die Brücke über die Wiese passierten, ging das Gemurmel los. Ich war alles andere als überrascht. »Da gehen sie also, die beiden Aaviks, rücken über die Brücke an. Dieses finnougrische Lumpenpack, diese falschen Russen, der Kleine und sein Spazier-Hüne aus Kleinhüningen, sie schieben rüber und eiern sich rein in den weichen Teig des Klybeck, und oha, jetzt, da ist bereits das Rattern, hörst du es, Bub? Schau, wie er schmiergrau über die Brücke donnert, der Kipplaster, säuberlich beschildert, ›Baggenstoss Transporte GmbH Arlesheim‹, drin am Steuer das arme Schwein aus Arlesheim, und unter der Buckelhaube eingekerkert der Achtzylinder. Riechst du seine Rußluft, Bub? Diese Drecksluft, an der wir am Schluss allesamt und sonders sterben, aber nicht nur an ihr, nein, auch an der Rußluft des Lebens und der Kälte in unseren Herzen, ja, auch an ihr werden wir zugrunde gehen. Am Schluss werden unsere Herzen so kühl geworden sein, dass wir uns nicht einmal an den süßen Weckbroten unserer Erinnerungen aufwärmen können. Wir sterben an Ruß und Kälte, und ... oh, jetzt pass auf, da kommt der alte Matrose Heydrich im Krängelgang, auch ihn zieht's über die Brück ins Klybeck. Griezi, Härr Heydrich, wie gooht's und stooht's, aber das Knotengesicht lässt sich nicht so schnell aus der Reserve locken. Einmal Grantler, immer Grantler, Grrrrziwohl, hmpffrr … So, und jetzt lässt du das bitte, alter Jaan, der Junge muss nicht gleich am ersten Tag das ganze Hölloch des Lebens, er muss jetzt einfach mal dabei und ein bisschen mit an der Seite vom alten Plauderjaan und die Blicke üben, die Stechblicke ins Klybeck rein, diesen Speckgurt im Armutsgürtel von Kleinhüningen. Hier zum Beispiel, dieser Stumpenrest am Boden, so einen würden die hungeräugigen Kleinhüninger nie und nimmer liegenlassen, so einen herrlichen Stumpenrest, den würden sie *stante pede* aufheben und sich anzünden und den Stumpenrauch sofort in die Lungenflügel hinabziehen. Drecksluft, Orkusluft, käch, käch, käch. Ja, so hat er auch immer gehustjammert, der alte Jüribüri, Altertotervater, im Jahr achtunddreißig war's, ein Jahr bevor Europa im dunklen Gewölk verschwand, ist er stramm auf die Straße raus, im Kopf seinen Dienstplan, wie zu jeder Tagesstunde, immer, immer hatte er den Dienstplan parat, so ist er auf die Straße raus und rein in die Kühlerhaube. Alle halbe Stunde ein Auto auf der Hauptstraß von Kärdla, und er hat den Moment genau erwischt. Ein sauberer Schnitt am Schluss dieses Lebens, in dessen Verlauf er mir nie etwas von sich selbst, der alte Jürlilein, nie, nie, nie etwas von all den Späßchen, die bestimmt auch in seinem Oberstübchen herumflatterten, ein-, zweimal zumindest, so ein schlimmer Pflichthengst kann er nicht gewesen sein, doch all die Jahre war er stumm, ein einziger Fehlsender. Ach, Jüri, alter Vatermann, aber jenun, wir wollen nicht, nein, wir wollen jetzt wirklich nicht, wir wollen das Klybeck durchkämmen, wir zwei, der Bub und ich, wir gehen dem Kleinbasel an den Kragen, tidelitt, tidelaa …«

Dies war also Vaters Stollen, den ich mir immer vorzustellen versucht hatte. Begleitet von seinem endlosen Geplapper, meist auf Deutsch, mit wenigen estnischen Einsprengseln, querten wir Straßen, Grünanlagen und offene Höfe. In einem dieser Höfe sah ich das Mareili und seine Mutter. Sie gaben ein seltsames Bild ab. Während die Mutter mit wutrotem Gesicht Wüstes in die Richtung einer verschlossenen Tür zischte, wohl gegen einen Vorgesetzten, der längst weg war, versuchte das Mareili, sie an einem Zipfel ihrer Jacke zurückzuhalten. Ein schusseliger Tanz, komplett aus dem Takt geraten. Und als der Blick des Mareili auf meinen Blick traf, begriff ich umgehend, dass der Scham nicht zu entkommen ist. Wie eine brennende Salbe wird sie einem von den eigenen Eltern in die Haut gerieben, Tag für Tag, Jahr für Jahr.

Vater und ich gingen weiter, hin und her zwischen dem Rheinufer und den Eisenbahngleisen an der deutschen Grenze, eine unsichtbare Zickzacklinie durch die nördliche Vorstadt Basels ziehend. Ich sah nicht viel bei diesem ersten Gang. Den Staub, den meine Füße aufwirbelten. Zebrastreifen. Bordsteinkanten. Die feuchte Schnauze eines Hundes an meiner Hose.

Von der zweiten Klasse an ging ich regelmäßig auf seine Gänge mit. Die Scham sank in mich ein und wurde weich und geschmeidig. Und mein Blick, er öffnete sich. Ich begann, der Fülle der Stadt, die Vater anzapfte, gewahr zu werden. Obwohl ich ihm oft nur mit halbem Ohr zuhörte, montierte er allmählich ein Abbild seines komplizierten Wahrnehmungsapparats in mich hinein. Und immer wieder sah ich das Mareili, das in dem immer gleichen Hinterhof ihre Mutter daran hinderte, auf den immer gleichen Vorgesetzten loszugehen. Das in den Straßen Kinder vom Boden hob, ihnen die ins Fleisch gedrückten Sandkörner von den Knien wischte. Das im Schatten des Hafensilos ihren Rock lüpfte und das von den Matrosenhänden noch feuchtwarme Geldstück einsteckte, um sogleich davonzueilen, zur nächsten Pflichterfüllung, zum nächsten heimlichen Geschäft.

Selten sah ich auch Mikkel. Unsichtbar wollte ich sein in diesen Sekunden, er wusste das, weil Mikkel Jacobsen alles über mich wusste. Salü, Kristi, ich seh dich, ich seh dich, sagte sein Blick. – Ja, Mikkeljacobsen, antwortete mein Blick, ich bin hier, du bist da, ich weiß. Und jetzt biegen mein Alter und ich um die Ecke, und du siehst mich nicht mehr. Tschüss. – Kristi, Kristi, pass auf, hinter dir! Der Bölimann! – Ich dreh mich nicht um, Mikkeljacobsen, nein, ich dreh mich nicht um. – Kristi, Kristi, das Tram überfährt dich, wenn du nicht hinschaust, es macht Pflaumenmus aus dir, und dann kratzt dich dein komischer Papi vom Gleis und löffelt dich in ein Konfitüreglas. – Mir doch egal, Mikkeljacobsen, mir doch schnurzegal!

Das sagten meine Augen. Doch ihr Wagemut konnte die Scham nicht wegmachen. Wie ein großer Klumpenstink saß sie in meiner Hose.

~

Jede Kindheit ist ewig. Und doch ging alles viel zu schnell. Auf den Straßen von Kleinhüningen malträtierte ich mich selbst, bis ich keuchend in unsichtbaren Seilen hing. Schutz bot mir das Raumschiff. Aber die Pein des Heranwachsens drang irgendwann auch in dieses ein. Vaters Schlürfen, sein Aufsammeln der Brotkrümel mit befeuchteten Fingerkuppen. Mutters nicht enden wollende Haarbürsterei vor dem Spülbecken und wie sie, wenn sie endlich einmal fertig damit war, die Haare von den Borsten zupfte und gewissenhaft in den Mülleimer spedierte. All dies wurde immer unerträglicher.

Bis zu dem Tag, als Tante Leena sich für mich zu interessieren begann. Sie hatte sich nie etwas aus Kindern gemacht. Dass sie nicht Mutter geworden war, bedeutete für sie alles andere als ein Scheitern. Doch nun wandte sich ihre Aufmerksamkeit auf einmal diesem stillen Sohn ihres Bruders zu. Mutter registrierte es voller Misstrauen. Es erschwerte ein Verhältnis, das noch nie einfach gewesen war. Beide Frauen wussten, dass sie vom Temperament der anderen profitierten. Einfach machen wollten sie es sich dennoch nicht.

Mit Spaziergängen fing es an. Ich verwirrt, Leena ratlos, ständig unpassende Fragen stellend. Am Claraplatz trafen wir scheinbar zufällig einen gewissen Signor Tommasini, der sich als Leenas Italienischlehrer entpuppte. Wenige Tage später saß ich in seiner Wohnstube zwischen Leena und den Frauen Golz und Steger. Es roch nach Mandeln und Mentholzigaretten, hinter mir tickte eine mannshohe Pendeluhr.

Die drei Schülerinnen gaben sich lernfreudig, aber noch wichtiger war es ihnen, möglichst viele anzügliche Witze in einer Stunde unterzubringen. Ich verstand kaum ein Wort, aber das Gekicher und manchmal ein »Aber doch nicht vor dem Jungen, Rita« zeigten mir an, dass es hier um jenes Thema ging, mit dem das Mareili hinter dem Silo ihr Geld verdiente.

Erst vertrieb ich mir mit Zeichenstift und Papier die Zeit. Doch eines Tages brachte mir Frau Steger ein Buch mit Faltanleitungen mit, und das Falten wurde zu meiner liebsten Beschäftigung bei Herrn Tommasini. Es war weniger das Ergebnis, das mir Genugtuung verschaffte, als die Empfindung der Fingerspitzen beim Umlegen des Papiers und dem Ansetzen von Daumen und Zeigefinger an der Falzstelle. Dann der Moment, der meine ganze Aufmerksamkeit in Beschlag nahm: das Ziehen des Falzes. Zu spüren, wie das Papier sich deinem Willen beugt, wie es deine Idee des Falzes aufnimmt, sich hineingibt in die Umarmung von Daumen und Zeigefinger. Das war es, genau das. Und in einer anderen Region meines Gehirns dieser

Wunsch, für den ich damals noch keine Worte hatte: gerade Linien ziehen zu können, Linien durch mein kleines Leben, in dem bis anhin alles undeutliche Schraffur gewesen war.

Fast bis zum Ende meiner Schulzeit blieb ich Teil der Italienischstunden von Herrn Tommasini. Ich bekam Zitronenlimonade und am Schluss ein italienisches Himbeerbonbon auf den Weg. Ich tat mein Ding, während die Großen ihr Ding taten. Dennoch lagerten sich mit der Zeit einzelne Klänge aus ihrer Welt in mir. Jahre später würde mein guter Freund Gio sich krummlachen ob den Sätzen, die ich ihm wie unfreiwillige Clownnummern vorführen würde. Offenbar wusste Herr Tommasini, der fast sein ganzes Leben in Basel verbracht hatte, nicht mehr richtig Bescheid, wie korrektes Italienisch klang.

Die wöchentliche Stunde bei Herrn Tommasini blieb nicht der einzige Termin, den ich mit Tante Leena wahrnahm. Das Gefriemel meiner Eltern in der Küche war mittlerweile von der gleichen Grausamkeit wie das Geräusch von Kreide auf Wandtafel in der Schule, und so nutzte ich jede Gelegenheit, um von zu Hause wegzukommen. Oft war ich nun auch im Tennisklub dabei, wo Leena in ihrer weißen Tennishose Kaffee trank und den anderen Klubmitgliedern beim Spielen zuschaute. Am äußersten Rand ihrer Wahrnehmung: der ans Tischbein gestellte Tennisschläger und ich, an meinem Sirup nippend.

Als einmal einer der Spieler in einem Wutanfall seinen Schläger krachend gegen den Netzpfosten schlug, murmelte sie: »Auf einem Tennisplatz habe ich meinem Bruder fast das Ohr abgebissen. Das war auf der Insel Hiiumaa. Der Sand war gelb.«

Ich musterte meinen Sirup. Das zerkratzte, tausendmal gespülte Glas. Die rote Farbe von Cassis.

»Nicht nur ihm. Einem halben Dutzend Kindern habe ich das Ohr fast abgebissen.«

Ein Filzball kullerte auf uns zu. Kurz vor meinem rechten Fuß machte er halt.

»Überall Ohren. Ich musste sie alle wegbeißen. Alle.«

Ich stellte mir Leena vor, als kleines Mädchen am Tennisplatz von Hiiumaa, auf dem gelben Sand die Ohrstücke mit Bissrand, um ihren Mund das Blut. Irgendwo die anderen Kinder, ohrlos und mit verheulten Gesichtern davonrennend.

»Wer die Sache versiebt, hat die Wahl: Tracht Prügel oder alle Böden aufwischen. Auch wenn sie bereits blitzblank sind.«

Ich wusste nicht, was »versiebt« heißt. Ich wusste auch nicht, was das mit dem Tennisplatz und den abgebissenen Ohren zu tun hatte. Doch in meinem Kopf setzte sich diese düstere Collage zusammen: die Fabrik mit ihrem gusseisernen Tor, Arbeiter in Kitteln, zu ihren Arbeitsplätzen strömend; hinter der Fabrik das Haus des Betriebsleiters, in seinem Inneren geflüsterte Wortstafetten, fliegende Staubwedel und stets penibel geputzte Böden. Und in diese Stille hinein, einem Vogel gleich, der in eine Fensterscheibe kracht: die Tracht Prügel.

Opa Jüri hatte in einer Textilfabrik auf der Insel Hiiumaa eine wichtige Position innegehabt, doch Vater und Leena hatten selten davon erzählt, überhaupt blieb mir ihre Kindheit größtenteils verborgen. Fünf oder sechs Fotografien gab es bei uns aus dieser Zeit, aufbewahrt in jenem vergilbten Umschlag, der mit »Album« beschriftet war. Auf den Aufnahmen sah man windschiefe Lebkuchenhäuser vor düsteren Wäldern oder Kiesstrände und dahinter ein Meer, so glatt, als ob es zugefroren wäre. Ich stellte mir vor, wie man frühmorgens mit dem Boot vom Festland auf die Insel übersetzte, unter den Füßen das müde Stampfen des Motors, rundherum Nebel, und dieses spiegelglatte Meer erschiene einem, als könne man von der Reling abspringen, um dann über seine Oberfläche davonzurutschen, in den Nebel hinein und immer weiter. Und dann, von einem Augenblick auf den anderen, wäre sie da, die Insel Hiiumaa, wie eine Fata Morgana, der Welt des Sichtbaren einen kurzen Besuch abstattend. Die Welt von Opa Jüri war für mich ein fernes Terrain, doch schien sie mir durch Leenas und Vaters Schweigen hindurch ständig zuzuwinken.

Einer der Tennisspieler kam heran und hob den Ball auf. Kaum hatte er sich umgedreht, machte Leena einen Ton, zwischen Seufzer und Schmerzenslaut schwankend. Dann wischte sie sich mit einer Handbewegung die Schreckensstarre aus dem Gesicht und sagte: »So, ich glaube, die Signora braucht noch einen Kaffee. Sirup für Klein Cristiano?«

Dies war die andere Leena. Verletzlich wie ein in den Wäldern ausgesetztes Kind, die eigenen Ängste und Rasereien dicht im Nacken. Nach und nach schälte sie sich aus der Leena vom Sevogelplatz heraus. Ich erzählte niemandem von ihr. Sie sollte mein Geheimnis bleiben.

Als ich in die dritte Klasse kam, nahm sie mich zum ersten Mal mit ins Museum. Zu allen Seiten hin grüßend, schlenderte sie durch die Ausstellungsräume. Auch die gerahmten Blumensträuße, Berglandschaften und Ruinen schien sie anzusprechen: Herr van Gogh, Monsieur Calame, alles in Ordnung bei Ihnen? Schließlich gelangten wir in einen Raum, in dem eine einzelne Skulptur stand. Leena lächelte, als ob sie einen alten Freund wiedersähe. Dann ging sie in die Knie. Und weinte.

Dies war die dritte Leena. Ich wollte mich hinter sie knien, meine Wange auf ihren gebeugten Rücken legen, das Pochen ihres Herzens spüren. Auch diese Leena wollte ich vor allen anderen geheim halten. War ich mit ihr unterwegs, gab es keinen Mikkel, der mich hinterrücks erwischte und erröten ließ. Es gab auch keine Mutterblicke, die an mein Kinn griffen und es mit sanftem Druck anhoben. Keinen väterlichen Wortschwall. Es gab nur diese großzügige Person, die mich in eine Welt voller Rätsel einführte.

Ich weiß nicht, wie viel Zeit vergangen war, bis Leena sich an jenem Tag wieder erhob und sagte: »Ist sie nicht eine wunderschöne Frau?« Ich starrte auf die Bronzeskulptur. Dachte nach über diese Frage, die ich mir nie zuvor gestellt hatte. Ob etwas schön war.

Leena packte zwei Zeichenblöcke und Stifte aus. »Ich von hier aus, du von dort drüben. Achtung, fertig, los!« Ich setzte mich im Schneidersitz an die gegenüberliegende Wand. Ich schaute Leena zu, wie sie ein Auge zukniff und mit dem anderen bestimmte Punkte auf der Skulptur fixierte. Wie sie Striche auf ihrem Block machte, während ihre Zunge im Mundraum auf Wanderschaft ging. Aha, abzeichnen sollte ich also. Ich kniff beide Augen zu. Nein, so ging es offenbar nicht. Ich kniff nur ein Auge zu. Ach so, jetzt. Ich schielte zu Leena hinüber, starrte erneut auf die Skulptur. Wanderte auf den scharfen Kanten und Dellen ihres Körpers herum. Dann verließ ich sie und begann zu zeichnen – ohne noch einmal den Blick zu heben. Es war phantastisch.

Als ein älteres Paar in den Raum trat, legte Leena ihren Stift hin. »Und?«, rief sie zu mir herüber. Die ältere Frau zuckte zusammen, während ihr Gatte Leena ausgiebig musterte, als ob sie ein Werk von Alexandre Calame oder Vincent van Gogh wäre.

»Wenn du mir deines zeigst, zeig ich dir meines«, sagte Leena. Ich blickte zu der Skulptur hoch, zum ersten Mal, seit ich zu zeichnen begonnen hatte. Nein, die sah ganz anders aus als das, was auf meinem Blatt war. Meine Skizze lag auf dem Papier wie die Trümmer eines Felssturzes.

Leenas Zeichnung glich der Skulptur keineswegs mehr als meine. Ein Wuchern in hauchfeinem Graphitgrau. »Schön«, rief sie, als sie die Blätter nebeneinanderhielt. Ich blickte auf Leenas Kritzelgewucher und meine Felsbrocken und runzelte die Stirn. Ich wusste nicht, was »schön« bedeuten sollte. Aber es hatte Spaß gemacht. Und ich wollte wiederkommen. Felsbrocken aufs Papier stoßen.

Als Leena mich an jenem Tag nach Hause brachte, blickte Mutter von ihren Schnittmustern kaum auf. Sie sagte: »Soso, da sind sie wieder, unsere zwei Abenteurer.«

»Jahaaa«, flötete Leena begeistert, während ich meine Zeichnung auf den Tisch legte. Die Tür zu meinem Zimmer stand offen. Vater war bereits weggegangen, um in der Stadt seine Englischstunden zu geben.

»Dann kann die Frau Mutter ja anfangen zu kochen, was?«, sagte Mutter und blickte noch immer nicht auf von ihren Schnittmustern.

»Ich hab Kuchen dabei, Marie. Vom Eschbach.«

»Der Bub kann sich nicht ständig von Kuchen ernähren.«

»Tut er doch gar nicht.«

»So?«

Die beiden Frauen blickten sich wortlos an.

Mutters Starren. Leenas Lächeln. Ein Kammerspiel, tausendmal gesehen, und doch war sein friedlicher Ausgang nie gesichert. Keinerlei Verachtung war diesen Blicken beigemischt, nur das Wissen, dass sich nichts auflösen ließ in dieser komplizierten Beziehung. Tante Leena war ein Mensch voller Talente und leistete sich den Luxus, diese nicht zu nutzen. Mutter hingegen beutete all ihr Können aus und wusste, dass sie zeitlebens an gläserne Decken stoßen würde. Dass Leena ihr nicht helfen konnte, war ihr klar. Doch dass Leena nicht einmal den Anschein einer Anstrengung unternahm, musste sie kränken. Heute denke ich, dass sie Leena durchaus bewunderte dafür, wie diese sich ihr schickes Leben erschnorrte.

Und dann war da noch die Geschichte von Jaan und Leena Aaviks Anfängen auf der Insel Hiiumaa, die Geschichte vom Betriebsleiter Jüri Aavik und seinem bizarren Reich. Auf welcher Bühne auch immer das Drama der stummen Blicke gespielt wurde, immer stand diese Geschichte als Kulisse im Hintergrund.

~

Aufwachsen bedeutet, durch Türen zu gehen, die für immer hinter dir zugeschlagen werden. Kaum hat dich deine Neugierde in den nächsten Raum gelockt, ertönt in deinem Rücken der Knall und das Schrapp-Schrapp des Schlosses. Der einzige Weg führt ins Licht hinaus, das unbarmherzig grelle Licht des Erwachsenseins.

Eines Tages saß dieses Mädchen bei Signor Tommasini. Wie frisch aus ihrem eigenen Bonbonpapier ausgepackt wirkte sie, auf den Lippen dieser unwahrscheinliche Glanz. Lächelte stumm vor sich hin, als wüsste sie alles über die Welt und ihren Platz darin. Sie machte mich wahnsinnig. Ich wollte das nicht zulassen. Die Unkonzentriertheit. Dieser Schwall, der mir durch die Gedärme fuhr, als ob ich mich gleich vor aller Augen entleeren müsste. Ich fand sie anmaßend mit ihrem Tagebuch, in das sie bedeutungsvoll blinzelnd schrieb – und musste doch immer wieder in ihre Richtung schielen.

Silvia Caprez war die Nichte von Frau Golz. Ich hörte der Plauderei der Damen nicht zu, aber als Frau Golz von Silvias Familie zu erzählen begann, bekam ich alles mit. Sie wohnten an einer Straße, die den seltsamen Namen Im Surinam trug, Silvias beste Freundin heiße Alessandra, Tochter von Italienern, und deshalb könne Silvia auch ein paar Worte Italienisch, die sie nun stolz aufsagte, und nach wie vor wirkte es, als ob sie noch etwas feucht wäre vor lauter Neugeborenheit. Ein-, zweimal warf sie einen kurzen Blick in meine Richtung, er zielte auf meine linke Hand, ich sah es genau, und ich sah auch den Ekel in ihrem Gesicht, versteckt hinter ihrer blödsinnigen Vornehmheit. Warum musste ich sie dennoch ständig anschauen? Wie würde ich das wieder wegkriegen?

Die Woche darauf war sie nicht mehr da, und die Damen verloren kein Wort über sie. Im Surinam, dachte ich. Ich wollte Silvia einen Besuch abstatten, ihr das mit meiner Hand erklären, dass der Finger sich berühren ließ und nichts dabei passierte, dass ich ihn problemlos bewegen konnte. Aber wo war diese komische Straße?

Weitere zwei Wochen vergingen, Silvia kam nicht wieder. Ich plünderte mein Sparschwein, fuhr zum Claraplatz. Im Surinam, Im Surinam, sagte die Dame im Fahrkartenhäuschen. Doch, doch die Straße kenne sie. Die müsse irgendwo hinter dem Badischen Bahnhof sein.

Badischer Bahnhof. Tausendmal gestreift auf den Runden mit Vater. Auf dem Vorplatz die zwei Brunnen mit diesen Märchenmonstern, zu denen er seine abstrusen Geschichten spann. Wir waren auch schon auf der Rückseite des Bahnhofs gewesen, aber die Straße Im Surinam hatten wir offenbar verpasst. Ich hätte mich daran erinnert. Vater konnte sich endlos über Straßennamen auslassen.

Ich hatte ihn in letzter Zeit nicht mehr hören können. Dieses pausenlose Hineingreifen in die Welt. Doch ich hatte ihm meine Meinung nicht gesagt, weil ich wusste, dass er den Quatsch, wenn er ihn nicht auf seinen Runden loswurde, abends am Küchentisch nachholen würde. Vorträge zur Geschichte des Katzenkopfpflasters oder zu den Eigenarten alpiner Volkstrachten. Theorien darüber, was der Schrei der Silbermöwe mit dem Nordländer anstellt. Schwärmereien über Lieblingsschriftsteller. Herman Melville, James Joyce, Wilhelm Raabe. Ganze Absätze trug er aus ihren Büchern vor, um dann freihändig weiterzufabulieren, von einer Sprache in die andere fallend, vom Estnischen ins Englische, vom Englischen ins Deutsche, vom Deutschen ins Russische. Und natürlich konnte man keinen Satz sagen, ohne dass der Mann am Tischende seine ironischen Bemerkungen nachschob.

Je näher ich der Straße Im Surinam kam, desto schneller lief ich. Je schneller ich lief, desto weicher wurden meine Beine. Eckhaus, hatte Frau Golz gesagt. Eckhaus mit hübschem Apfelbäumchen im Vorgarten. Da war es. Ich eilte daran vorbei und um den Block herum. Und nochmals das Gleiche. Im ersten Stock musste ihr Zimmer sein. Flüchtiger Blick zum Fenster. Und weiter.

An einem flachen Gebäude schräg gegenüber war ein Tor, das einen Spalt weit offen stand. Fräsgeräusche, Stimmen. Über dem Tor, weiß auf die Fassade gepinselt: »Hoffmann, Sanitärinstallationen GmbH«. Wenn ich auf Hoffmanns Dach hinaufkäme, dachte ich. Dann. Freie Sicht auf den ersten Stock. In meiner Brust quoll eine kalte Wolke auf. Angst und Mut spielten Fingerhakeln in mir drin.

Zwei Minuten später war ich auf den Ahornbaum neben Hoffmanns Werkstatt geklettert und stieß mich ab. Das weiche Kupferblech der Dachrinne bog sich, als ich mich an ihm festkrallte, aber die Rinne hielt mich. Nun war ich drüben und auch wieder nicht, denn ich hatte zwar die Dachrinne in den Händen, aber zugleich hing ich immer noch am Baum fest. Etwas in meinem Rücken ließ mich nicht los, ein Ast vielleicht. Strampeln, strecken, winden, alles nutzlos. Die Dachrinne wieder loslassen? Mich in den Baum zurückpendeln lassen, um es noch einmal zu versuchen?

Wenn ich in diesem Augenblick gewusst hätte, dass ich mich

mit jeder Bewegung fester in mein Unglück verstricken würde. Aber ich wusste gar nichts. Und vielleicht hätte es ohnehin nichts geändert. Ich ließ die Dachrinne los, warf mich zugleich in einer schnellen Bewegung herum, streckte den Arm aus, um irgendetwas zu fassen, und das gelang mir auch, ich umklammerte den Ast, doch es half nicht viel, denn nun hing ich mit zwei Stellen meines Körpers an dem Baum, und zwar so, dass ich kaum eine Bewegung machen konnte.

Wut ergriff mich. Auf mich selbst, auf Vaters Redetick, auf Mutters fanatische Vernünftigkeit, die nie, aber auch gar nie Pause machte. Auf die Frauen bei Signor Tommasini. Der ganze Pudding meiner Kindheit kam hoch wie saurer, übel riechender Mageninhalt, und natürlich dachte ich auch an Silvia, die nie mehr bei Signor Tommasini aufgetaucht war, aber jeden Moment hier auf der Straße oder an ihrem Fenster stehen konnte.

Ein Mann fuhr auf einem Fahrrad heran. Auf der Höhe meines Baums hielt er seinen Zeigefinger an den Nasenflügel und schnaubte einen Fladen Rotz auf die Straße. Dann näherte sich ein Auto, hellgrün mit weißem Dach. Langsam tuckerte auch dieses vorbei und mit ihm ein Gesicht, das mir sehr bekannt vorkam. Ein dreister Scherz meines Gedächtnisses? Oder war ich bereits vom Baum gestürzt und träumte das alles? Das Bremslicht des Autos leuchtete auf, im Getriebe ertönte ein Rumpeln. Der Wagen heulte rückwärts heran. Ja, auf dem Beifahrersitz saß Mikkel. Am Steuer: sein Vater.

Nein, meine Rettung bedeutete diese Fügung nicht. Im Gegenteil. Jede noch so verzwickte Lage hat das Recht, noch einen Tick verzwickter zu werden. Da er mich so nicht herunterholen konnte, eilte Mikkels Vater in Hoffmanns Werkstatt. Kurz darauf kam er mit einer Leiter zurück, im Schlepptau Sanitärmeister Hoffmann höchstpersönlich. Als Mikkels Vater die Leiter hochkletterte, standen da nicht nur Hoffmann und Mikkel, sondern auch drei Mitarbeiter Hoffmanns, eine alte Frau und ein Junge, der dreinblickte, als hätte die ganze Welt ihn beleidigt. Und als Mikkels Vater mich endlich von dem Baum gelöst hatte und mich über seine Schulter legte, kamen – natürlich genau in diesem Moment, natürlich! – drei Mädchen in meinem Alter hinzu, und ja, natürlich! Natürlich war eine von ihnen Silvia Caprez. Sie ließ sich nicht einmal dazu herab, mir ihre Verachtung zu zeigen.

»Toll, dass du dabei bist, bei der ersten Fahrt von unserem Lloyd«, sagte Mikkels Vater, als wir um die Ecke bogen. Im Rückspiegel seine weißen Zähne. Ich hatte keine Ahnung, wer der Lloyd war.

»Sag dem Kristian hurtig die Daten des Motors, Mikkelmann.«

»Der Lloyd hat einen Zweitakt. Mit Doppelzylinder. Oder so ähnlich«, sagte Mikkel in seiner gespielt gelangweilten Art.

»Zweizylinder-Zweitakter, um ganz präzis zu sein«, korrigierte Mikkels Vater. »Vierhundert Kubikzentimeter, dreizehn PS und ein Dreigang-Schieberadgetriebe, falls ich das noch hinzufügen darf. Aber ich will mich nicht überplustern. Oder wie sagt man?« Der Mann strahlte. »Der Lloyd ist unser großer Bub, nicht wahr, Mikkel?«

»Der Opel Kapitän ist aber größer.«

Mikkels Vater sagte »Meggel«, nicht »Mickel«, wie die Kinder vom Kronenplatz. Weich und voller Zuwendung klang es. Mikkel absorbierte die Liebe seines Vaters wie ein Schwamm, ohne sich dessen bewusst zu sein.

»Wir sind jedenfalls sehr stolz auf den Lloyd, weißt du, Kristian. Ach, übrigens, wir zwei kennen uns ja nur vom Sehen her. Aber ich weiß schon viel über dich. Mikkel hat mir nämlich schon dies und das und das und dies erzählt von dir. Ich bin Ole. Freut mich, dich endlich mal richtig kennenzulernen.«

Er lenkte mich ab, das war unendlich großzügig und fürsorglich, und doch war es zu spät. Die Schmach von der Surinamstraße hatte sich bereits in mir eingenistet. Wie ein Bandwurm würde sie sich die nächsten Jahre von mir ernähren. Und immer wenn ich ganz nah dran wäre, sie zu vergessen, würde sie erneut anfangen, an meinem Innern zu knabbern.

Herr Ole demonstrierte mir die Funktionen der Knöpfe. Der Lloyd galt damals als das Billigauto der unteren Mittelschicht und war kaum mehr als eine Kartonschachtel auf vier Rädern. Selbst gegen den Allerweltskäfer war der Lloyd ein Witz. Immerhin war er größer als das fahrende Ei namens Isetta, das bald durch die hiesigen Straßen kurven würde. Mikkel hätte sich einen Opel Kapitän gewünscht, aber Herr Ole machte sich nichts aus Statussymbolen, und das Geld dazu hätte er dann vielleicht doch nicht gehabt. Er arbeitete als Ingenieur beim Rheinhafen und war bereits während des Kriegs an der Fertigstellung des zweiten Hafenbeckens beteiligt gewesen. Als solcher hätte er sich einen besseren Wohnort als Kleinhüningen leisten können, aber ihm gefiel es, in der Nähe seines Arbeitsplatzes zu sein. Außerdem litt er als Däne unter ausgeprägtem »Meeresdrang«, wie er es nannte. Der Rheinhafen war in der Schweiz der einzige Ort, an dem sich dieser Drang ansatzweise stillen ließ.

Mit einem Fingerschnipsen verwandelte Herr Ole die Kleinhüninger Gegenwart in einen Schwank voller liebenswürdiger Trampel. Ein zweites Fingerschnipsen, und er hatte sich aus dem Staub gemacht, und man selbst blieb zurück mit den Kleinhüninger Trampeln und fand sie nicht mehr lustig. Ein Charmeur, dieser Herr Ole. Charmeur und notorischer Kindskopf.

An diesem Tag steuerte er seinen Lloyd, als ob er ein ganz bestimmtes Ziel hätte, doch irgendwann begriff ich, dass es ihm einfach nur Spaß machte, an dem Steuerrad herumzudrehen. Bei jeder Kreuzung bog er ab, wie es am angenehmsten war. Einmal links, einmal rechts. War es zwischendurch still im Auto, meldete sich meine Scham erneut. Hatte Silvia ihren stillen Sieg von langer Hand geplant? Nie mehr raus auf die Straßen, beschloss ich. Doch wohin, wenn in der Wohnung keine Ecke blieb, in die Mutters Blicke und Vaters Stimme nicht hinreichten?

»Ich habe kürzlich mit deinem Vater geplaudert. Interessanter Mann, sehr interessanter Mann«, sagte Herr Ole.

Ich gab keine Antwort. »Das sieht man als Sohn und dazu noch in deinem Alter vielleicht anders«, fuhr Herr Ole lächelnd fort. »Trotzdem. Ich finde, du kannst stolz sein, lieber Kristian.«

Ich dachte: Worauf?

»Dieses Universum, das in seinem Kopf drinsteckt«, sagte Herr Ole. »Teufels Wahnsinn! En poggersfür, eggemeggelman?«

Er schaute seinen Sohn an. Dieser nickte und sagte: »Mmh.«

»Wie heißt das auf Deutsch, Sohn?«

»Mordskerl«, sagte Mikkel.

»Mordskerl? Poggersfür? Wirklich?«

»Mmh.«

»Klingt mordsgefährlich.« Herr Ole lachte.

Ich dachte an Messer in behandschuhten Händen und an Körper, die schlaff zu Boden sacken. Mordskerl. Ich wollte selbst ein Mordskerl sein in diesem Augenblick, ich wollte böse sein, böse und unsichtbar. Nochmals an die Surinamstraße, dort eine gewisse Arbeit erledigen und dann verschwinden, für immer.

2.

Simrishamn. Häuser in Indischgelb, Minzgrün und Pastellblau, gesäumt von mannshohen Stockrosen. Auf dem gepflasterten Hauptplatz reiht sich ein Volvo an den anderen, der Bäcker bietet drei Zimtschnecken zum Preis von zwei an. Eine Stadt wie ein Gemälde, unter einer dicken Lasur von Glückseligkeit.

Am Ende der Einkaufsstraße der Anleger. Einmal täglich setzt die Fähre über nach Allinge an der Nordostspitze Bornholms. Von dort muss ich weiter nach Gudhjem, wo die kleine Christiansø-Fähre auf mich wartet. Wenige Stunden noch, und ich bin dort, wo ich seit bald dreißig Jahren sein sollte. Dort, wo ich einst meinem Leben entlaufen bin wie jener sprichwörtliche Mann, der schnell Zigaretten holen geht und dabei spurlos verschwindet.

Nicht nur damals bin ich abgehauen. Ein Erbe meiner Eltern: fliehen und nirgendwo richtig ankommen. Andere haben es besser gemacht. Mein einstiger Zimmergenosse Ilmar sagte einmal: »Deine Generation wird die erste sein, welche alle Hindernisse, die einem guten Leben entgegenstehen, aus dem Weg räumt.« Er hatte recht, der gute Ilmar. Meine Generation hat sich von niemandem etwas vorschreiben lassen, hat sich nie auch nur einen Millimeter geduckt, ein Abgang durch die Hintertür kam für sie nicht infrage. Und ich selbst? Nun ja. Hier stehe ich, mit meinem Rucksack, der alles beinhaltet, was ich mit meinen sechsundfünfzig Jahren besitze: Jacke, Pulli, Unterwäsche, Socken, eine Ersatzhose, ein Skizzenbuch, eine Handvoll Stifte, zwei Bücher, den Umschlag mit den Fotos aus Argentinien. Ich weiß nichts vom guten Leben, das meine Generation so klug zu führen gelernt hat.

Und nun Mikkels neue Volte. Natürlich ahne ich, warum er mich zu sich gelotst hat. Aber noch immer mache ich einen weiten Bogen um diese Brandwunde in meinem Gedächtnis, die nie ganz verheilt ist. Sie, die Eine. Der Anfang unseres letzten Zerwürfnisses. Und jetzt: die Hoffnung, sie bei ihm zu sehen. Die Angst, vor ihr zu stehen, in meiner ganzen Blöße. Eine Angst als fremde Hand an der Kehle, gleichermaßen kühl wie glühwarm.

Obwohl ich den Anlass seines Briefs zu kennen glaube, hat das Schreiben mich zutiefst irritiert. Einmal mehr weiß ich nicht, ob ich einfach nur zu dumm bin, um die Logik hinter seinem Handeln zu begreifen. Ich setze mich an die Kaimauer, klaube den Brief aus der Tasche, der mich vor wenigen Wochen in Tallinn erreicht hat.

Sehr geehrter Freund Kristian,
wir hoffen, es geht dir gut. Wir sind hier sehr zufrieden, aber ich möchte dich dennoch freundlichst bitten: persönlich zu uns nach Christiansø zu kommen. Es ist nicht weit, die Fähre ist äußerst komfortabel mit Kaffee und Bier und verschiedenen Menüs zum günstigen Preis. Bitte, Kristian, bitte komme nach Christiansø. Hier wirst du für deinen Aufenthalt ein eigenes Zimmer haben mit Aussicht aufs Meer inklusive Filterkaffee und dänischen Butterkeksen. Du darfst so lange bleiben, wie du willst, aber auch gleich wieder gehen danach.

Mit freundlichen Grüßen
Mikkel Jacobsen (von Basel)

P. S. Unsere Adresse: Jacobsen Mikkel, Mühlenhügel, Christiansø, Danmark

Ich erinnere mich gut an Mikkels Handschrift. Knapp leserlich, bar jeder Eleganz. Zu viel Raum zwischen den Wörtern, die Buchstaben einen Zacken zu steil nach vorn stürzend. Auch der Schrift in diesem Brief geht jegliche Geschmeidigkeit ab. Aber sie ist akkurat. Als ob der Schreiber sich jeden einzelnen Buchstaben mit Bedacht vorgenommen hätte. Doch was mich wirklich irritiert, ist die Nachricht selbst. Zu gehoben und zugleich zu plump, um noch ironisch zu sein. Zu distanziert für den Mikkel, den ich kannte. Was meint er mit »gleich wieder gehen danach«? Warum sagt er »wir«? Weshalb zum Teufel kann er nicht einfach sagen, dass es um sie geht, sie, die Eine, um die sich alles drehte damals?

Die Fähre legt in einer Stunde ab. Vor dem Café am Anleger sitzen und warten sie, die Vertreter meiner Generation, in ihren abenteuerfarbenen Cargohosen: Beige, Heidegrün, Kaki. Am äußersten Tisch ein stummes Ehepaar. Das Ausrufezeichen ihrer Zigarettenhand und das Fragezeichen seines Wohlstandsbauchs belauern sich gegenseitig. Zwei Symbole dieser sich bald zu Ende neigenden neunziger Jahre, von einer bedingungslosen Hingabe ans gesundheitsschädigende Laster erzählend, wie sie wohl bald nicht mehr möglich sein wird. Der Mann schabt mit dem Gäbelchen Kuchenkrümel zusammen und schaut auf. Sein Blick geht in meine Richtung. Er kneift die Augen zusammen, reckt den Kopf um wenige Millimeter. Hat er ihn gesehen? Hat er?

Nein, er hat nicht. Gelangweilt dreht er Kopf ab. Manche erkennen meine Polydaktylie auf den ersten Blick, andere sehen den überzähligen Finger an meiner linken Hand auch nach Tagen oder Monaten nicht.

Manchmal kommt mir dieser Gedanke: Dass auch ich blind bin und mein Leben nur die Vorderseite einer Apparatur darstellt, die Mikkel Jacobsen von hinten bedient. Ich kann noch so lange ihre Oberflächen abtasten – nie wird es mir gelingen, jenen entscheidenden Spalt zu entdecken, den Finger hineinzustecken und zu rütteln, bis die Apparatur in sich zusammenbricht. Nie wird es mir gelingen, diese Zauberbude zu entlarven, weil Mikkel sie nach mir unbekannten Regeln erbaut hat.

Das stille Ehepaar erhebt sich, ein anderes Paar übernimmt den Tisch. Die Melodie ihrer Sätze entlarvt sie als Dänen. Kaum sitzen sie auf ihren Stühlen, zünden sie sich ihre Zigaretten an. Prince light extradünn. Mit ihnen ändert sich die Atmosphäre in jener Ecke des Cafés, eine Plaudrigkeit entsteht, von der sich das benachbarte Paar dankbar anstecken lässt. Ein Gelächter aus knarrenden Raucherkehlen geht durch die Runde.

Eine der Frauen erinnert mich an Sissel. Ihre sehnigen Hände, die leicht gebeugte Haltung. Wie Sissel wird sie alle ihr anvertrauten Aufgaben zeitlebens mit Gewissenhaftigkeit und Entschlossenheit erledigt haben. Ein Leben wie ein unverwüstliches Spinnrad.

Sissel. Die Mutter, die ich nie hatte. Der Tag, an dem ich sie kennenlernte, steht mir so klar vor Augen, als sei es gestern gewesen. Es war der Tag, der am Anfang meines bald endenden Umwegs stand.

~

Als Herr Ole seinen Lloyd endlich am Hochbergerplatz parkte, drehte er den Zündschlüssel und sagte: »Na, Jungens? Ein Glas Milch und Erdbeertörtchen bei uns oben?«

Ich schielte zu Mikkel. »Wir gehen spielen und kommen später nach«, sagte er.

»Aber du, Kristian, du hast doch Lust auf leckere Erdbeertörtchen, nicht wahr?«

Herr Ole legte die Hand auf meine Schulter und drückte mich sanft in Richtung Haustür. Ich wehrte mich nicht.

In der Wohnung empfing uns Frau Jacobsen mit unwiderstehlicher Herzlichkeit. »Schau, der Kristian. Zeit, dass du mal bei uns vorbeischaust. Ich habe Mikkel immer gesagt: Warum lädst du ihn nicht mal ein? Ich bin übrigens die Sissel.«

Aus einem Nebenzimmer war ein Geräusch zu hören – ich habe es jetzt noch im Ohr, eine Art mürrisches Seufzen –, und augenblicklich schien eine Welle des Kummers und der gleichzeitigen Erleichterung durch die Gesichter vor mir zu schlagen.

»Ach ja, und der Erik gehört selbstverständlich auch noch dazu«, sagte Herr Ole und zeigte zu der halboffenen Zimmertür hin.

Kaum jemand in Kleinhüningen wusste von Eriks Existenz. Er verließ weder die Wohnung noch sein Zimmer, er sprach mit niemandem. Er gehörte nicht dazu, selbst wenn Herr Ole das Gegenteil behauptete. Erik war ein einsamer Komet, der zeitlebens nie auf einen anderen Himmelskörper treffen würde. Erik war Autist. Ob es in seiner Welt eine Sprache gab, wusste niemand. Manchmal gab er Töne von sich. Sie konnten alles bedeuten. Meist jedoch war er still, und immer wieder kam es vor, dass die Familie Jacobsen ihr jüngstes Mitglied schlichtweg vergaß. Man saß zusammen, verschlang mit Zuckerguss übertünchte Backwaren, Herr Ole erzählte Schwänke von der Arbeit, man lachte, und von einem Moment auf den anderen sprang Frau Sissel auf, schaufelte mit erstarrtem Gesicht ein süßes Stück auf einen Teller und huschte damit in Eriks Zimmer. Derweil lauschten Herr Ole, Mikkel und ich den Geräuschen, die durch die offene Tür drangen. Als läge da drüben eine todkranke Person.

Von jenem Tag an saß ich oft am Tisch der Jacobsens und ließ mich von ihren weichen Melodien einlullen. Im Gegensatz zu meinem Zuhause, wo zeitweise mehr Deutsch als Estnisch gesprochen wurde, verzichtete man hier auch in Anwesenheit eines Gastes nicht auf die geliebte Muttersprache. Anfänglich verstand ich kein Wort, doch wie bei Signor Tommasini nahm ich die Sprache schnell auf und begann in halben oder ganzen Sätzen zu antworten. Dänisch sprechen zu lernen ist für Erwachsene eine Qual, die korrekte Aussprache kaum zu bewältigen. Die unhörbaren Stoßlaute, das pflaumig weiche D, die verschluckten Konsonanten – eine Sprache voller Fallen. Ich war damals gerade noch jung genug, um mich mit den tausend Zungenbrechern anzufreunden.

Frau Sissel war der Lebensmotor in der Wohnung am Hochbergerplatz. Ich mochte sie auf Anhieb. Ihre Haut war stets leicht gerötet, als ob sie eben gerade aus einem Bottich eisigen Wassers gestiegen war. Überhaupt schien ihr Körper pure Lebensenergie auszuschwitzen. Eine Energie, mit der sie die drei Männer ihrer Familie zusammenhielt: den fahrigen Mikkel mit seinen Aggressionsschüben, Erik, der Erik war, und Herrn Ole, der nicht immer so aufgeräumt daherkam wie am Tag der Jungfernfahrt mit dem Lloyd. Ihre Mutterrolle erfüllte sie, wie die Zeit es von ihr verlangte. In allen Haushaltskünsten war sie besser als meine Mutter. Die dänischen Gerichte, die sie auftischte, unterschieden sich wenig von unseren estnischen – Salzkartoffeln, Fisch, Frikadellen, Rote Bete. Nur der Kohl und das Sauerkraut, die bei uns fast täglich auf dem Teller lagen, fehlten hier öfter.

Frau Sissel erlaubte mir, jener Art von Verliebtheit zu frönen, der in den Ländern des Nordens wenig Spielraum zugestanden wird. Es ist die Sohnesverliebtheit an der Schwelle zur Männerverliebtheit. Kurz: Frau Sissel war die Mutter, die ich mit meinen Blicken verschlingen konnte. Ich bin sicher, dass sie Bescheid wusste, wenn ich sie auf diese bestimmte Weise anschaute. Saßen Mikkel und ich über unseren Hausaufgaben, stellte sie sich manchmal hinter mich, und wenn sie mir etwas in meinem Heft zeigte, spürte ich, wie ihr Arm an meiner Wange vorbeistreifte und ihre Brüste auf meine Schulterblätter drückten. Sie wusste ganz genau, wie es mir in diesen Sekunden erging, und sie wusste, dass ich wusste, dass sie wusste.

Nun gehörten Mikkel und ich also zusammen. Herr Ole hatte uns zu mehr als Freunden gemacht, das war uns vom ersten Moment an klar, und wir akzeptierten es. Ich wurde Mikkels Bruder, weil Erik Erik war. Weil Herr Ole Herr Ole war. Und weil Frau Sissel die süßesten Süßigkeiten buk. Ich liebte ihre überzuckerten Zimtschnecken, das nussige Wienerbrot und die mit Marzipan gefüllten Birkesbrötchen. Oft ging ich nach der Schule direkt zum Hochbergerplatz, ohne vorher daheim reinzuschauen. Mikkel und ich bekamen etwas Süßes, dann setzte sich Frau Sissel mit uns hin und half uns bei den Hausaufgaben. Sie war nicht so gut wie meine Mutter, die alle Ergebnisse lange vor mir wusste, doch sie knobelte mit Leidenschaft mit, machte sich über ihre eigene Langsamkeit lustig und gab uns so das Gefühl, klüger zu sein.

Nach und nach legte sich unsere Freundschaft über das, was vorher gewesen war. Noch immer juckte und biss es mich, wenn Mikkel mich anstarrte. Doch die Kühle in seinem Blick wich einer Dankbarkeit über das Arrangement seines Vaters. Ohne Ole hätten wir es nicht geschafft, auch Mikkel wusste das. Der Tänzeljunge von Kleinhüningen, allzeit bereit, andere aus dem Tritt zu bringen, war lange einsam gewesen. Dass ich sein Bruder geworden war, hatte ihn gerettet.

Für die Kinder vom Kronenplatz war nun alles komplizierter geworden. Ein Auftritt von Mikkel hatte ihren Puls hochschnellen lassen. Er war derjenige gewesen, der neue Spiele und wüste Wörter eingeführt hatte, aber er hatte für sie immer auch Gefahr bedeutet. Nun, da ich zu seinem Dunstkreis gehörte, war er zwar harmloser geworden für sie, ich hingegen unberechenbar. Doch bei alldem blieb Mikkel der furchteinflößende Junge aus dem komischen Dänemark, ich der Fingerkobold aus dem fremden Nordosten. Zwei früh getrennte Brüder, die nie wieder ganz zusammenzubringen sind.

~

Wie die Vergänglichkeit sich in die Kindheit schleicht. Als einzelne Fussel durch Hintereingänge geweht, in den Ecken sich zusammenrottend, bis sie schließlich zur unübersehbaren Wollmaus geworden ist. Kleinhüningen wuchs und wuchs, und zugleich schrumpfte die Welt um mich herum. Ich selbst schlurfte mittlerweile auf viel zu langen Füßen durchs Viertel, die Hosenbeine auf Hochwasser. Leena holte mich seltener ab, aber noch immer war ich gerne mit ihr im Museum. Auch die Runden mit Vater gab es noch, ich konnte es ihm nicht ausschlagen. So zogen wir Aaviks in Basel unsere Kreise, die nie größer wurden. Bis zu meinem zwölften Geburtstag.

Leena hatte alles organisiert. Wir würden rausfahren, richtig raus diesmal, in die echte Schweiz, weg von dieser Bastardschweiz am Dreiländereck. Herr Saar, der seit Kurzem ein Auto besaß, würde unser Chauffeur sein. Es sollte eine Fahrt werden, die alles bisher Gekannte im Exil der Aaviks übertreffen würde. Nach Spiez würden wir fahren, ins Herz des Berner Oberlands, dort mit der Bahn auf den mehr als zweitausend Meter hohen Niesen hinauf, wo wir die ganze, die echte Schweiz im Blick haben würden.

Als Herr Saar und Leena mit dem Käfer vorfuhren, war Vater weg. Wir fuhren durchs Klybeck. Nichts. Wir fuhren zurück nach Kleinhüningen. Nichts. Wir fuhren zu den Langen Erlen.

Da sehen wir ihn, am Flussufer, einer Katze einen Vortrag haltend. Verärgertes Gezischel zwischen Mutters Lippen, Leena lacht. Als die Rheinbrücke überquert ist, sagt Leena: »Und jetzt noch schnell zum Gilgen am Spalenberg. Ich hab eine Torte bestellt.« Also fährt Herr Saar zum Gilgen am Spalenberg. Leena mit wehenden Rockschößen über das Trottoir, da entdeckt sie ein bekanntes Gesicht. »Na, die Frau Geiser. Wie schön. Man sieht sich ja nie.« Als sie sich eine Viertelstunde später von Frau Geiser verabschiedet, steht da Herr Uibo. Erneutes Geplauder, obwohl die beiden sich erst vor zwei Tagen gesehen haben. Zehn Minuten später die gemeinsame Erkenntnis, dass Herr Uibo doch gleich mit. Einwand von Herrn Saar aus dem heruntergekurbelten Fahrerfenster, dass seine Frau dann aber auch. Gemeinsamer Beschluss, schnell den Umweg zu Saars. Frau Saar mit zerzaustem Haar und frisch glänzender Vorfreude im Gesicht die Treppe hinuntergestolpert, dann sechs Leute in Herrn Saars Käfer gequetscht. In dem Moment, als die finale Tür zuschlägt, Leenas Erkenntnis, dass die Torte immer noch beim Gilgen ist. Also nochmals an den Spalenberg. Danach endlich raus aus der Stadt, in Windeseile in Richtung Olten. Stellt sich heraus, der Käfer bekommt die Windeseile nicht hin. Tankstelle, mehr Luft bitte auf die Reifen, und bei der Gelegenheit auch noch volltanken und die Fliegen von der Windschutzscheibe gekratzt, danke schön. Mittlerweile alle Passagiere ausgestiegen, weil Sardinenbüchse. Beschluss, sich einen schnellen Kaffee im nahe gelegenen Tea-Room. Wirklich bezaubernd, dieses Lokal. Mittendrin ein Fischaquarium, wie kommt man denn auf so was? Eine Dreiviertelstunde später geht's weiter in Richtung Olten. Jetzt schon zügiger, aber noch immer alles andere als Windeseile. In Olten die Erkenntnis, dass bald Mittag vorbei. Sichtung eines Gasthofs durch Frau Saar. Gemeinsamer Beschluss, dass eine Stärkung niemandem schade, der Bub dürfe sich sein Menü plus Dessert natürlich selbst auswählen. Der Bub wählt Kartoffelstock mit braunem See, die Erbsen und der Hackbraten gleich auch noch in dem Schlamm getränkt. Während er Kartoffelstock schaufelt, denkt er an die Niesenbahn. Die Erwachsenen starten derweil eine Kontroverse über Woroschilow, Stalins Nachfolger auf dem Sowjetthron. Nach dem Kaffee noch einen Kaffee, weil ausgezeichnet. Der Bub schaufelt Milchreis mit Zimt und denkt noch immer an die Niesenbahn.

Sie bekamen es einfach nicht hin. Nicht einmal an meinem Geburtstag schafften sie es, richtig aufs Land hinauszufahren. Immer blieben sie stecken. Möglich, dass die Landschaft jenseits der Stadt sie zu sehr an Estland erinnert hätte, als dass sie es ertragen konnten. Ihr Estland, das ihnen so sehr fehlte.

Nach einem Stadtspaziergang in Olten kehrten wir um, in der festen Absicht, im Sommer dann aber wirklich, mit Bergbahn und allem und Tutti-Frutti-Eis für den Bub, aber das alles sei ja nicht tragisch, denn man habe immerhin gut gegessen, versicherte man sich gegenseitig, als man am Schluss bei Leena saß und die ramponierte Torte vom Gilgen verspeiste. Ich stellte mir eine Niesenbahn vor, ohne Talstation, ohne unteren Anfang. Alle halbe Stunde kam sie oben an, ohne jemals unten abgefahren zu sein.

Zurück in unserer Wohnung, schloss Vater sich in das Zimmer ein. Nur ein paar Zeilen, die ihm während der Fahrt eingefallen seien, es dauere nicht lange. Allein saßen Mutter und ich am Küchentisch. Ich wusste, es tat ihr unendlich leid. Aber sie sagte nichts. Wir hörten Hitzberger unter uns seine Holzscheite in feine Anfeuerstäbe spalten, sahen durchs Fenster die übliche Rauchwolke am Hafen.

Als Mutter im Schlafzimmer verschwand, stand auch ich auf. Ich hatte es nicht geplant, aber in dem Moment, als Mutter durch den Türrahmen der Küche geschritten war, hatte ich gewusst, was zu tun war. Ganz langsam bewegte ich mich in der Speisekammer, um nichts umzustoßen. Seit Jahren war ich nicht mehr da drin gewesen, jetzt aber schien mir diese enge Kammer der einzige Ort auf der Welt, wo ich wirklich hingehörte.

Erst war das Summen kaum zu hören. Allmählich wurde es lauter, ging in ein Wispern über, komplett unverständlich. Bilder zogen durch meinen Kopf, schwer wie schwangere Wolken im Westwind. Ich sah schattige Gestalten, grotesk verzogene oder aufgeblasene Variationen der Menschen, die mein Leben bevölkerten. Die einen waren so dick, dass sie kaum gehen konnten, wallende Säcke über halslosen Köpfen, andere schwebten vor lauter Leichtigkeit fünf Millimeter über dem Erdboden. Eine Lange mit Pferdegesicht sauste zwischen den anderen Figuren hin und her, um in einer furiosen Gier immer wieder eine von ihnen anzuspringen und ihr ein Stück Ohr abzubeißen. Ein eiköpfiger Alter mit Schnauz saß auf einem Klapperpferd, schwang ein Lasso und riss torkelnde Kinder reihenweise von den Füßen. Ein kugelrunder Junge trieb knapp über den Köpfen einer Kinderschar dahin. Die Kinder sprangen hoch, um ihn zu packen, erreichten ihn aber nicht. Der Junge weinte murmelgroße Tränen.

Ich hob meinen sechsten Finger dicht vors Gesicht, hielt ihn ans Ohr. Nein, das war nicht der Finger. Das war mein Mund, der hier vor sich hin wisperte. Ich legte die Fingerspitzen auf meine Lippen. Ich spürte die Sprechbewegung, das Herausquellen der Worte, ich spürte, wie sie sich ihren Weg durch den Kartoffelstock und den Milchreis kämpften, und mir schien, dass sie sich auch durch sämtliche Portionen von Speckkuchen, Salzheringen, Kartoffelsalat und gesüßtem Haferbrei kämpften, die ich in meinem Leben je gegessen hatte, durch die drei Dutzend Märchen von Friedrich Kreutzwald, die Mutter mir tausendmal vorgelesen hatte, durch Vaters und Leenas erschwindelte Possen aus dem alten Tartu.

Ich bin das Schweigen, sagte mein Wispern, das Schweigen deiner Eltern, das Schweigen ihrer Vergangenheit, das Schweigen Hiiumaas. Und ich begann zu ahnen, dass diese ferne Vergangenheit dran war, sich in meine ganz persönliche Zukunft zu verwandeln, und ich ahnte auch, dass der Niesen und seine Bahn für immer ein Traum bleiben würden. Nie würde ich in diese Schweiz hineingelangen. Aber wo war mein eigener Ort, für welchen Ort war ich gemacht?

~

Mutter hatte kurz nach meinem Schuleintritt eine Halbtagsstelle in einer Wäscherei gefunden. Sie war mit der festen Absicht in die Firma eingetreten, diese so schnell wie möglich wieder zu verlassen. Kaum ein Jahr später kam sie in einer Schneiderei unter, doch auch diese war ihr nicht gut genug, und so kämpfte sie sich weiter hoch und landete schließlich als Hilfsschneiderin am Theater.

Ihre neue Anstellung bedeutete für mich, dass ich meine Abende meist elternlos verbrachte. Oft war ich bei den Jacobsens, manchmal blieb ich allein zu Hause, aß Brot, Käse und Wurst oder Reste vom Mittag, las die *Abenteuer des Tom Sawyer* und den *Zauberer von Oz*. Oder ich zeichnete. Und manchmal saß ich einfach am Fenster, betrachtete die toten Fliegen auf dem Sims und stellte mir eine verkehrte Flucht aus Kleinhüningen vor. Hinein in die Speisekammer und von dort aus, durch ein Portal in der Rückwand, in die von Hitzberger glühig geheizten Tiefen des Hauses – so tief hinein, dass ich irgendwann in das Land gelangen würde, das dahinterlag. Ich hatte von diesem Land keine klare Vorstellung. Dem Wunsch, in es hineinzugelangen, tat dies keinen Abbruch.

Es muss in jener Zeit gewesen sein, als ich das Buch *Libahunt* entdeckte. Es stand in einem Bücherregal im Schlafzimmer der Eltern, versteckt hinter einer Reihe von Fachwörterbüchern. Unberührt, eingeschlagen in rotes schönes Papier, verzurrt mit gelber Schnur.

Libahunt war ein Theaterstück. Es handelte von Tiina, einer angeblichen Werwölfin. Ich las die ersten Seiten und wusste sofort: Nie wieder würde ich auf so eine Geschleckte wie Silvia hereinfallen. Tiina, die Missverstandene, die Unangepasste, die war es. Die Wilde aus den estnischen Wäldern zog mich in ihren Bann just in jenem Moment, als ich mit aller Kraft versuchte, den estnischen Geschichten von Jaan, Marie und Leena Aavik keinen Glauben mehr zu schenken. Sie wurde meine heimliche Geliebte.

Immer wieder las ich, wie das Waisenmädchen in einer piefigen Bauernfamilie aufwächst, dann von einer eifersüchtigen Göre beschuldigt wird, ein Werwolf zu sein, und in die Wälder zurückrennt. Man weiß nichts über ihre Existenz in den Wäldern. Nicht einmal ein oberschlauer Jaan Aavik, der tausend Bücher gelesen hat, aber für den Rest seines Lebens in Kleinbasel herumstromern wird, denn über Tiinas Waldleben steht nichts in dem Stück, fast alles davon wird ausgelassen. Gerade deswegen folgte ich ihr ins tiefste Unterholz, in die Wurzelhöhlen und hinauf in die Eichen, wo sie die Nächte verbrachte. Gemeinsam fanden wir eine Astkuhle, die so breit war, dass wir beide genug Platz fanden, geschützt von hochrankenden Waldreben. Ich blickte mit Tiina über ein Land hinaus, dessen Zugang ich in einem schmalen Schlitz zwischen den Aavik'schen Geschichten gefunden hatte. Tiina half mir, es auszustaffieren. Ich folgte ihrem Zeigefinger, der rätselhafte Landmarken abzählte: ein toter Baum, dessen Silhouette einen Mann darstellte, sich mit einem abgezehrten Arm ins Hirn langend; der Spiegelglanz eines Weihers, von patrouillierenden Enten aufgeritzt; eine Hütte, die alle paar Minuten ein Geräusch von sich gab, als schlage sich ihr viel zu großer Bewohner den Kopf an ihrem Blechdach. Tiinas Wälder waren das Gegenstück zum Wispern und den Bilderabfolgen in der Speisekammer – genauso dunkel und verstörend, aber sie waren meine eigene Welt.

So taumelte ich in diese Jugend hinein, in immer neue Anfänge: zuweilen im Gespann mit diesem Jungen, der in derselben Weise an mir hängengeblieben war wie ich an ihm, noch öfter aber allein, auf verstörende Bühnen stolpernd, mich immer mehr in seltsamen Fresken verlierend.

~

»Heinrich, bitte!«

»Geh du jetzt Figuren schauen. Ich komm dann schon.«

»Heinrich, die Leute.«

»Hier ist niemand.«

»Und wenn jemand kommt?«

»Dann kommt er eben. Er sieht mich ja nicht, weil ich das hier hinter dem Apoll erledige.«

»Warum gehst du nicht auf die Toilette und erledigst das dort?«

»Toiletten sind schmutzig. Wenn mir die UH aus Versehen auf den Boden fällt, zieh ich sie nicht mehr an.«

»Aber, Heinrich, warum musstest du die UH denn überhaupt verkehrt herum …«

»Erika, bitte!«

»Ich leg sie dir doch immer richtig herum hin, Heinrich.

Wie kann einem so etwas passieren? Die Unterhose verkehrt he…«

»Psst, jetzt schweig und geh!«

Heinrich zwängte sich zwischen der Apollofigur und einer Frau mit halb entblößter Brust in eine Nische. Eine Nische, in die ich aus meiner eigenen Nische heraus besten Einblick hatte. Ich schaute Heinrichs Verrichtung mit reglos schwebender Bleistifthand zu. Langsam rupfte er sein Hemd aus dem Hosenbund, löste den Gurt, öffnete Knopf und Reißverschluss. Mit einem sackigen Geräusch fiel die Hose auf sein Schuhwerk.

Seit ein paar Wochen besuchte ich regelmäßig jene ehemalige Fabrikhalle, in der ein Teil der Basler Antikensammlung mit Abgüssen von griechischen und römischen Plastiken untergebracht war. Eingeführt hatte mich Leena, die einen der Aufseher kannte. Ein talentierter Bildhauer, wie sie sagte, aber auch ein schlechter Geschäftsmann. Drei Tage die Woche saß dieser Bildhauer, Schmalz hieß er, in dieser Halle und parierte das Schweigen der erstarrten Griechen und Römer mit seinem eigenen Schweigen. Trat ich ein, winkte er mich heran und streckte mir eine Blechdose mit Keksen hin. Nahm ich einen, schüttelte er die Dose energisch, was hieß, dass ich mindestens noch einen zu nehmen hatte. Dann kicherte er schelmisch und zauberte hinter seiner Theke einen Schemel hervor, den er mir feierlich überreichte. Nochmals das Kichern, ich verdrückte mich in die hinteren Regionen der Halle.

»Heinrich, ich glaub, es kommt jemand.«

»Pst.«

»Hast du die UH schon runter?«

»Erika!«

»Und verwechsel nicht innen und außen. Sonst musst du alles nochmals von vorne.«

Heinrich antwortete nicht. Er hatte zu tun. Sein Problem

war, dass er die richtig umgedrehte Unterhose nur mit einer Hand hochziehen konnte, denn mit der anderen Hand musste er sich am Apollo abstützen. Er zog und zerrte, aber der Unterhosenzipfel, der unter der Schuhspitze festklemmte, wollte sich nicht lösen. Ich widerstand dem Drang heranzuspringen und zu helfen.

Ich hätte irgendwo zeichnen können, aber der Vorteil der Abgusshalle war, dass hier oft stundenlang kein Besucher auftauchte. Manchmal holte ich ein mitgebrachtes Buch aus meinem Beutel und las für eine Weile, dann griff ich wieder zum Stift, und wenn ich Hunger hatte, spazierte ich zur Theke. Kaum hatte er mich erblickt, zückte Schmalz seine Keksdose und streckte sie mir schüttelnd hin. *Schrapp-schrapp-schrapp* machte es, und ich klaubte mir zwei, drei der trockenen Stücke heraus und verschwand wieder.

»Heinrich?«

»Was!«

»Heinrich, ich habe mir Gedanken gemacht. Könnte ich dir nicht eine UH nähen, die vorne und hinten gleich ist? Also ohne Eingriff, mit auf beiden Seiten schön viel Platz, sodass du dir keine Sorgen machen musst, wie herum richtig ist?«

»Ch!!!«

»War das ein Ja?«

Heinrich, der seine Unterhose nun immerhin bis über die Kniekehlen gebracht hatte, arbeitete schweigend weiter. Der Apollo, in seiner unendlichen Großmut, nahm den angetatterten Mann, wie er war. Die peinliche Sache mit der UH schien den Apoll nicht zu stören. Warum denn, er hatte ja selbst keine UH an. Überhaupt, das Schweigen dieser Figuren. Ich bewunderte es. Es war Teil ihrer stillen Größe und edlen Einfalt. Die Schmerzen, die Anstrengung, die Müdigkeit, die man ihren Gesichtern ablesen konnte – sie ertrugen alles still. Diese

Heldinnen und Helden wirkten, als ob sie zwischen Zahnfleisch und Backe allesamt eine kleine Pille hätten, die ihnen eine stetige Dosis Abgeklärtheit abgab.

Als Heinrich alle Peinlichkeit wieder eingepackt und den Platz hinter dem Apoll verlassen hatte, arbeitete meine Hand weiter. Mal mit mehr, mal mit weniger Druck bewegte sie den Stift übers Papier, mein Blick suchte das Gesicht des Apollo, seinen Mund, die fast unsichtbare Spannung in seinen Wangen.

Mein Zeichenlehrer hätte kaum Freude an mir gehabt. Selten schaffte ich es, eine Figur in ihrer Ganzheit abzuzeichnen. Immer zog es mich zu den Zwischenräumen, zu einem Arm der Nachbarfigur, zu den Details: Fingerglieder, Haare, Ohrmuscheln. Ich zeichnete Mangrovenwälder von Unterschenkeln und dazwischen Fragmente von Hintergrund. Mein ganzes Zeichenglück bestand in den Wanderungen meiner Hand, in der Fahrt der Bleistiftspitze auf dem leicht rauen Papier. Um dieses Glückes Willen setzte ich den Stift nie ab. Die Folgen: Linienzöpfe, Graphitknoten, scheinbar beliebig verteilte Schraffuren.

Vielleicht ging es immer nur um die Hände, denke ich heute, während ich zugleich an die Stunden bei Signor Tommasini und das Wohlgefühl in meinem pressenden Finger denke, der seinen Falz ins Papier streicht. Vielleicht waren es die Hände, die mich in ihrem stillen Hunger nach dem perfekten Gegendruck durch dieses Leben geführt haben.

~

Die Zeitungen. Wie er sie nach beendeter Lektüre ungefaltet auf den Boden warf. Es stieß mich ab, es faszinierte mich. Der einzige Zeitungsleser, den ich kannte, war Jakob. Stundenlang konnte er sich hinter seiner Samstagsausgabe der *National-Zeitung* verstecken. Wenn er einen Bund ausgelesen hatte, faltete er ihn akkurat und platzierte ihn in seiner Zeitungsablage. Nie hätte er ihn auf den Boden fallen lassen so wie dieser Jimmy hier.

Es war mein erster Besuch im Theater. Wieder einmal war es Leena gewesen, die sich um mein kulturelles Wohl gekümmert hatte. Wir waren zu dritt, Leena, Vater und ich – Mutter saß hinter der Bühne und flickte Jimmys zerrissene Hemden –, und Leena fragte sich wohl bei jedem von Jimmys Wutausbrüchen, ob sie mich nicht lieber mit einem Klassiker ins Theater eingeführt hätte.

Ich war nicht nur von Jimmy Porters Art, die Zeitung auf den Boden zu schmeißen, fasziniert. Auch von seiner Lautstärke und seiner Rücksichtslosigkeit. Der Held des Stücks *Blick zurück im Zorn* schnauzte seine Frau und deren Freundin pausenlos an, ging mit seiner Trompete allen auf die Nerven und ließ jede und jeden an seinem Leiden teilhaben. Ein Rebell der Unterschicht, der die Ungerechtigkeit der britischen Gesellschaft vorführte. Ganz Europa war entsetzt und begeistert, seit er ein Jahr zuvor erstmals auf die Bühne getreten war.

Als alles vorbei war – Jimmy und seine Freundin Alison wieder auf Feld eins des Ehespiels –, stand ich im Entrée und schaute den Herrschaften zu, wie sie sich gegenseitig in die Mäntel halfen. Würde Mutter jetzt kommen? Was genau hatte sie zu tun hinter der Bühne, jetzt, wo alles vorbei war? Wir gingen auf ein Glas ins nahe Restaurant. Ich dachte an den Sprühnebel, der im Scheinwerferlicht vor Jimmys Mund aufgewallt war, wenn er Alison beschimpft hatte, an sein rechtes Hosenbein, das hinten in der Socke gesteckt hatte. Derweil Vater und Leena zu reden anfingen. Ich wusste, wie Vater sich für Unflätigkeiten begeistern konnte. Unflätigkeiten, von denen es in diesem Stück mehr als genug gegeben hatte. Es dauerte eine Weile, bis ich begriff, dass die beiden von anderen

Dingen sprachen. Noch länger dauerte es, bis ich begriff, dass sie trotzdem über das Stück sprachen.

»Weißt du noch, Onkel Mart aus Rapla, Leenchen? Soldatesk karger Strich in der Landschaft, aus dem sich ein unschöner Blähbauch wölbte. Nach zwanzig Jahren Ehe warf er sich vor seiner Frau auf den Boden und …«

»… legte ihr das Scheitern der Ehe wort- und tränenreich dar. Ich weiß, Jaanlein, ich weiß.«

»Dann ging er in die Kneipe und kippte sich einen hinter die Binde.« Vater lachte.

»Ach, Tante Eda«, seufzte Leena, »nie hat sie sich davon erholt.«

»Mart ebenso wenig. Aber er war konsequent. Er verschwand aus ihrem Leben, für immer und ewig. Immer gebeugter schleppte er sich durch die einsamen Birkenwälder seiner Trauer, Geiernacken über gefälteltem Hals, und den ewigen Tropfen an der Nasenspitze trug er wie ein Banner seiner Niederlage vor sich her …«

Vater zeichnete den alten Süffel in der estnischen Provinz als Gegenstück zum tobenden, breitbeinigen Jimmy Porter, der alle um sich herum beleidigte. Ich schielte zum Eingang. Wann würde Mutter kommen? Was machte sie an all den Abenden nach der Arbeit im Theater, in dieser Stunde zwischen Bühnenvorhang und dem Klackern des Schlüssels in unserem Türschloss?

~

Auf einmal waren sie alle weg. Mikkel mit Ole beim Schuhmacher, um sich eine neue Sohle machen zu lassen. »Dauert keine zehn Minuten, wir sind im Händerumdrehen wieder zurück«, hatte Ole in seinem schrägen Deutsch gesagt. Kurz darauf war auch Sissel davongeeilt. Telefon von der Freundin: Ihr ältester Sohn habe sich das Bein gebrochen, sie müsse mit ihm ins Krankenhaus, ob Sissel kurz vorbeischauen könne wegen den Kleinen? Im Türrahmen hatte sie mir zugerufen: »Du schaust ein bisschen nach Erik, Kristi, gell?«

Ich hatte noch nie nach Erik geschaut. Wie ging das, nach Erik schauen? Hieß das nur hineingehen in sein Zimmer und schauen, oder hieß das mit ihm sprechen, mit ihm spielen?

Er saß vor einem Stapel Spielkarten. Eine Karte nach der anderen hob er auf. Schaute sie an, legte sie nach einem mir unbekannten System ab. Auf mein Räuspern hin erstarrte er. »Hej med dig«, sagte ich, weil ich davon ausging, dass Erik kein Deutsch verstand. Noch immer schien er nicht alles über die eine Karte, die er seit meinem Räuspern in der Hand hielt, herausgefunden zu haben. »Kreuz Bube«, sagte ich in meinem zusammengeklaubten Dänisch. »Sieht aus wie ein Kleeblatt. Ist auch eins. Man sagt aber Kreuz. Auf Deutsch zumindest. Keine Ahnung warum. Und der Bube ist kein Bube. Sieht ganz anders aus als wir zwei. Wir zwei sind Buben. Der nicht. Eher ein Ritter oder so.«

Eriks Blick hob sich, bis er knapp an mir vorbeizielte. Nochmals kratzte ich ein paar Worte zusammen, irgendwas über Kartenspiele oder Spielkarten oder Kartenstapel. Obwohl Erik mich nicht anschaute, spürte ich, wie sein Blick mir ans Kinn griff. Es erinnerte mich an die Hand des Zahnarztes, der den Kopf des Patienten in die richtige Position rückt. Doch im Gegensatz zum Zahnarzt ließ Eriks Blick mich nicht mehr los, und mein schlaff gewordener Mut kullerte wie eine Murmel die Bahn dieses Blicks entlang, kullerte in Erik hinein und dann leise klirrend in seine Tiefe hinab.

Irgendwann die auffliegende Wohnungstür, und Oles Stimme vom Korridor her: »Hallihallo! Kristi, das ist aber lieb, dass du mit Erik … ach je.« Ole stand hinter mir, seine Hand legte sich auf meine Schulter. »Komm, Kristi. Gehen wir mal das Essen schauen in der Küche.« Und er griff mir unter die Achseln und hob mich auf. Als ob er wüsste, dass ich das selbst nicht schaffen würde.

~

»Ich erzähl dir was.«

»Interessiert mich nicht. Komm, gehen wir ans Wasser.«

»Du wirst es nicht glauben, Kristi.«

»Dann musst du's mir auch nicht erzählen.«

»Besser, du hörst es von mir als von jemand anderem.«

»Kommst du jetzt endlich? Klauen wir dem Bürgin ein paar Angelsilche. Dann gehen wir zum Dreiländereck raus zum Fischen.«

»Gut. Die Geschichte erzähl ich dir unterwegs.«

Ich ging voraus, ausgreifenden Schritts, zum Bürgin, einem der wenigen, die hier noch Fische aus dem Fluss holten und sie verkauften. Ich versuchte, Mikkel von seiner Geschichte abzulenken, aber er war unbeirrbar.

»Vor zwei Tagen hab ich deine Mutter gesehen.«

»Ich auch. Stell dir vor, ich sehe sie sogar jeden Tag.«

»Am Petersplatz, auf der anderen Flussseite drüben.«

Ich sagte nichts. Mikkel war ohnehin nicht aufzuhalten.

»Sie war mit einer Frau.«

Ich starrte auf den Fluss hinaus, boxte mit imaginären Fäusten jeglichen Gedanken, der an mich herankam, weg.

»Sie haben sich geküsst. Hinter einem Baum.«

Noch ein Schlag. Und noch einer.

»Auf den Mund.«

Mikkel nahm keine langen Umwege. Schlenderte ein paar

Schritte in seine Geschichte hinein, selten direkt auf das Ziel hinzu. Dann ein schneller Satz, und schon war er da, wo er sein wollte. Zwischen mir und dem Fluss nun dieser Gedanke an meine Mutter und die unbekannte Frau, den Kuss. Ein Gedanke, so groß wie der Kohleberg am Kai. Er ließ sich nicht wegboxen.

~

Im Jahr 1957 geriet die Welt in Bewegung. In Liverpool begegneten sich John Lennon und Paul McCartney und begannen, gemeinsam Lieder zu komponieren. In New York heiratete der Schriftsteller Arthur Miller die Schauspielerin Marilyn Monroe, und alle Welt tratschte. In Monaco heiratete Fürst Rainier die Schauspielerin Grace Kelly, und alle Welt schwärmte. Zum Abschluss dieses fulminanten Jahres würde der Sowjetmensch einen Hund als seinen Stellvertreter ins All schicken. Laika, die Streunerin aus Moskaus Straßen, würde es nicht überleben.

In Kleinhüningen manifestierten sich diese Nachrichten wie flüchtige Windhosen, die in den Hinterhöfen das Laub tanzen ließen. Kaum waren sie erlahmt, fragte man sich, ob man sie sich nur eingebildet hatte. Doch auch meine Welt stand nicht still. Zum vierzehnten Geburtstag hatte ich ein gebrauchtes Fahrrad geschenkt bekommen. An Pfingsten machte ich mit Mikkel meine erste große Tour. Wir hatten versprochen, zweimal täglich im Restaurant Schiff anzurufen, deren Servierhilfe umgehend Meldung an Sissel im zweiten Stock gab. Also suchten wir mittags und abends einen Gasthof auf, fragten nach dem Telefon und schrien unser »Alles in Ordnung hier« in den Hörer. Dann fuhren wir weiter, auf die Gepäckträger geschnürt Zeltplane und Stangen, im Rucksack Zahnbürste und frische Unterhosen.

Die erste Nacht verbrachten wir im hinteren Fricktal, wo ein Bauer uns auf einer gemähten Wiese zelten ließ. Meine Beine zuckten vor Erschöpfung, der Kopf war schwer wie ein Kürbis. Dennoch tat ich kaum ein Auge zu. Neben mir wand sich Mikkel, murmelte und stöhnte und schmatzte im Schlaf. Schlotternd vor Kälte, wartete ich auf den Sonnenaufgang.

Um sieben Uhr hörte ich Schritte im Gras. Es war die Frau des Bauern, die uns warme Milch brachte. Mikkel zog sich am Tassenhenkel ins Wachsein hinein und strahlte die Bauersfrau an, derweil ich mir klebrige Schlaflosigkeit aus den Augen rieb. Weiter ging's über den Bözberg hinunter nach Olten und gleich wieder bergan. Mikkel entschwand früh am Horizont. Kraftlos strampelte ich kurz vor der Dämmerung die letzten Kurven hoch nach Langenbruck. Als ich ankam, saß Mikkel am Dorfbrunnen und plauderte mit zwei Mädchen. Die beiden würdigten mich keines Blicks. Unser Zelt stellten wir diesmal in der Nähe des Kurhauses auf, eine freundliche Angestellte der Kurhaus-Wäscherei brachte uns zwei Wolldecken. Wärme, wenigstens genug Wärme diesmal, dachte ich.

Auch die zweite Nacht wurde zur Qual. Wieder Mikkel, der sich im Schlaf wand und schmatzte und stöhnte. Einmal hatte ich den Eindruck, er sei wach, und ich flüsterte: »Mikkel?« Es kam keine Antwort. Als kurz darauf wieder dieses Stöhnen zu hören war, fragte ich mich, ob der nächtliche Mikkel ein ganz anderer Mikkel war. Ein Mikkel, der mich nicht kannte, ein Mikkel von vor der Zeit, als wir uns begegnet waren.

Am dritten Tag flitzte Mikkel erneut davon. Kurz vor dem Basler Stadtrand kam ich von der Straße ab und landete in einem Bach. Dort lag ich mit seltsam verdrehten Beinen, auf der Stirn ein Brennen, auf den Wangen salzige Tränen. Andere Radfahrer, Autos und Laster rauschten oben vorbei, niemand sah mich. Ich schloss die Augen. Hinter den Lidern ein hin und her zuckender Schwarm Fische. Dies würde das Ende sein von Kristian Aavik, diesem misslungenen Experiment. Das Wasser krabbelte eisig über mich hinweg. Langsam verwandelte die Kälte sich in eine betäubende Schutzschicht, die sich zwischen mich und die Welt schob. Immer weniger bekam ich mit von dem Kratzen und Rauschen und Gellen da draußen.

Bis ein Schatten auf mich niederstürzte. »Kristi, Kristi!« Wie, was? Und weshalb musste diese Schattenfigur so an mir herumzerren? Sie hob mich auf ihre Schultern, kletterte die Böschung hoch, rutschte auf halber Höhe aus. Ich erlebte einen kurzen Moment der Schwerelosigkeit, dann klatschte ich zurück ins Nass. Mein rechtes Bein tat höllisch weh. »Kristi, komm«, rief Mikkel und beugte sich erneut zu mir herab, schlang seine Arme um mich. Warum konnte ich nicht hierbleiben, in meinem schönen, eisig kalten Wasser?

Irgendwann endete auch dieser Tag. Irgendwann lag ich fiebertrunken in meinem Bett, und der Schlaf übermannte mich. Ich bekam nicht mehr mit, wie Vater sich auf das Bett setzte und mit Bleistift ein schief lachendes Gesicht auf den Gips an meinem Bein zeichnete. Tagelang grinste dieses Gesicht in meinem Zimmer herum, ohne dass ich es bemerkte. Als man den Gips sechs Wochen später von dem bleichen Bein schälte, war es nicht mehr da.

Wie ein Gladiator in der Arena trug ich mit den Gesandten meiner Fieberträume endlose Verfolgungsjagden aus. Schaffte ich es zwischendurch, den Blick ins Publikum zu heben, sah ich Mutter, den heiß gewordenen Lappen auf meiner Stirn durch einen kühlen ersetzend, und, hinter ihr, Mikkel. Immer war er da in diesen ersten Tagen. Blickte ich in seine Richtung, winkte er mir aufmunternd zu. Ich wusste nicht, ob er mir Mut für die nächste Jagd machen wollte oder ob es ein Abschiedswinken war. Was machte er hier? Warum wartete er auf mich, nachdem er mir drei Tage lang davongefahren war?

Ich schloss die Augen, die Treibjagd ging weiter. Gleich würden mich meine Verfolger haben. Ich sah ihre Gesichter als verwischte Kohlezeichnung, als wildes Quellen in Grautönen, und irgendwo in diesem Quellen drin saßen ihre Augenpaare, stechend klar. Doch sie erwischten mich nie.

Nach fünf Tagen besserte sich mein Zustand. Mutter stopfte mir ein großes Kissen in den Rücken und brachte Tee mit Honig. Mikkel war nicht mehr da. Meine Frage nach ihm ragte wie ein Hebel aus der Wand vor mir. Ich wagte es nicht, ihn zu betätigen.

In jenen Wochen dachte ich öfter zurück an jene Zeit, als unser Raumschiff in Kleinhüningen gelandet war. Ich erinnerte mich, wie ich an dem Fenster zum Hof gesessen hatte, sah diese nahezu durchsichtige Version meiner selbst: federleicht, fast schwebend in dieser fremdartigen Welt. Nun saß ich wieder am Fenster. Der Schreinerlehrling war schon lange nicht mehr hier. Er sei auf der Walz, hieß es, irgendwo in Norwegen, Schweden oder Finnland, und er würde so schnell nicht zurückkommen. Seine Freundin habe jedenfalls einen neuen. Was ich nicht wusste: Auch Mikkel würde so schnell nicht zurückkommen. Und ich würde ihn nicht suchen. Ich hatte Angst vor ihm.

Das Jahr 1957 endete mit dem ersten Reaktorunfall Europas und der Geburt des ersten Trabants im Automobilwerk Zwickau. Diese Welt hatte Großes vor, und so ging es im folgenden Jahr weiter: erste Operation an einem offenen Herzen, erste Unterquerung des Nordpolareises mit einem U-Boot. Die Schweiz feierte ihre eigenen Revolutionen und tat sich mit der Einführung eines regelmäßigen Fernsehprogramms hervor.

Mein eigenes Leben steuerte auf jene Frage zu, die mich endgültig aus der Kindheit hinauswuchten würde. Ich hatte nie einen Berufswunsch geäußert, so wie das andere Jungen tun: Lokführer, Radiosprecher, Boxer. Auch meine Eltern hatten das Thema nie ernsthaft angesprochen. Es war die Schweizerrunde, die sich der Sache annahm.

»Wir haben ja die besten Gymnasien weit und breit«, sagte Herr Schlumberger.

»Hat der Junge denn die entsprechenden Noten?«, fragte Herr Meierhans. Als wäre ich nicht anwesend.

Vater wandte sich mit einem dünnen Lächeln zu mir um. »Jaja, die hat er. Oder sagen wir mal so: Er wird sie dann schon noch haben.«

Ich war kein schlechter Schüler, aber Vater hatte recht. Es würde nicht einfach werden. Wenn ich es denn überhaupt wollte.

»Nicht zu vergessen die humanistische Tradition in Basel«, dozierte Herr Schlumberger weiter. »Die alten Sprachen öffnen viele Türen, das darf man nicht vergessen.«

Es war Leena, die das Gespräch in eine andere Richtung führte: »Auch nicht zu vergessen: Kristi ist künstlerisch sehr begabt.«

Die Runde schwieg. Bis das Fräulein Berthelod piepste: »Was will er denn selber, der junge Mann?«

»Ja, was will er selber. Sehr schön gesagt, Fräulein Berthelod«, meinte Herr Tschudin, und wandte sich an Vater, »was will er selber?«

»Er hält sich bedeckt«, sagte Vater. Diese Ironie. Dieses boshafte Leuchten in den Augen.

Doch was wollte ich denn wirklich? Wenn ich am Hafenbecken stand, wollte ich Matrose sein. Wenn ich das frische Sägemehl im Hinterhof roch, wollte ich Schreiner sein. Als ich im Theater gesessen und Jimmy Porter zugesehen hatte, war mein größter Wunsch gewesen, Schauspieler zu sein. Was ich aber am liebsten tat, war zeichnen. Doch wie kam ich zu einem Beruf, in dem ich so zeichnen durfte, wie ich es wollte?

Als ich das nächste Mal in der Basler Abgusshalle erschien, sagte Schmalz: »Willst du mal Steine hauen?«

Kurz darauf stand ich in seinem Atelier und schwang zum ersten Mal in meinem Leben einen Bildhauerknüpfel. Der Sandstein, auf dem ich herumhauen durfte, war weicher, als ich gedacht hatte. Auch hier, in Schmalzens Schuppen zwischen Bahngleis und dem Gelände eines Schrotthändlers, bekam ich Kekse, aber nicht nur deswegen tauchte ich bereits eine Woche später wieder hier auf. Mir gefiel das Hauen, das Abbrechen der Stücke. Mir gefiel auch das Gewicht der Eisen in meiner linken Hand.

Es stellte sich heraus, dass die Sache von Leena eingefädelt worden war. Nicht dass sie mich zum Bildhauer machen wollte. Sie wollte mir Wahlmöglichkeiten schenken – und sie glaubte tatsächlich an meine künstlerische Veranlagung.

Eines Tages forderte Schmalz mich auf, mich an seinen Tisch zu setzen. »Talent vorhanden, das auf jeden Fall. Aber bei mir gibt's keine Lehre. Hab ja den Meister nicht, und genug Arbeit hab ich auch keine. Oder hast du hier schon mal einen Kunden gesehen?«

Ich wartete ab. Schmalz schlürfte geräuschvoll seinen Kaffee.

»Musst zum Heiner gehen. Der nimmt Lehrlinge. Hat er zumindest mal gemacht.«

Pause. Dann, als ob ich nachgefragt hätte: »Ja, der Heiner eben, wie heißt er noch mal? Egal, fällt mir dann schon noch ein. Hat sein Atelier in Bettingen draußen. Wir fahren zusammen hin.«

Ich wagte nicht, Schmalz zu enttäuschen, und so standen wir

wenige Tage später vor einem grau verputzten Einfamilienhaus mit flachem Anbau. Am Tor ein Emailleschild: »Bildhauerei Stöcklin. Grabmale, Brunnen, Restaurierungen«. Schmalz polterte mit der Faust ans Tor. Lautlos schwenkte es auf. Ich erkannte eine staubige Schutzbrille auf hoher Stirn, darunter einen misslaunigen Blick.

»Heiner, kennst mich noch?« Schmalz lächelte unsicher. »Wie geht's denn so?«

Heiner Stöcklins Blick ungerührt. Er peilte an Schmalz vorbei auf mich. Mein Drang, mich hinter Schmalzens Rücken zu verstecken, wurde mit jeder Sekunde unbändiger. Dann fiel Heiner Stöcklins Blick auf meine linke Hand. Die Augen zu Schlitzen, die grauen Lippen schnürchendünn. Bloß weg von hier, dachte ich. In dem grauen Gesicht tat sich ein Loch auf, eine heisere Stimme sagte: »Kommt rein!«

Lange schaute Heiner Stöcklin meinen sechsten Finger an. »Und du kannst ihn komplett frei bewegen, in alle Richtungen?« Ich nickte. »Interessant. Rechtshänder?« Ich starrte die Schutzbrille auf seiner Stirn an, nickte. Seine Augen verengten sich abermals zu Schlitzen. »Sehr interessant.« Dann drehte er sich um und griff nach dem schwersten Setzeisen, das er hatte. »Da, halt mal.«

Niemand hatte das richtig gewollt. Heiner Stöcklin hatte sich ein paar Jahre zuvor geschworen, nie mehr einen Lehrling zu nehmen. Zu faul, zu schmutzig. Schmalz führte mich aus reiner Dankbarkeit gegenüber Leena zu Heiner Stöcklin. Sie hatte ihm immerhin die Arbeit in der Abgusssammlung vermittelt. Leena wiederum hatte eher an eine Kunstgewerbeschule für mich gedacht. Die Bildhauerei sollte bloß als Inspiration dienen.

Niemand hatte sich das ernsthaft ausgemalt. Bis Heiner Stöcklin an unserer Tür stand. Nach seinem Besuch die Gespräche zu Hause, bei Leena, in der Schweizer- und in der Estenrunde. Wie schaut's denn jetzt aus mit dem Gymnasium? Bevor die Frage eine Antwort fand, kam Heiner Stöcklin ein zweites Mal. Ob er sich nur für meinen Finger interessierte oder ob er mich wirklich wollte, wusste ich nicht. Ich wusste nur, dass er mich an dem Schnuppernachmittag in Ruhe gelassen hatte. Er hatte mich nicht vollgeplappert, er hatte mich nicht herumdirigiert, sondern mich einfach machen lassen. Bei seinem dritten Besuch hatte er einen Vertragsentwurf dabei.

~

Eine halbe Stunde dauerte die Fahrt nach Bettingen. Jeden Tag war ich zu spät dran. Bog ich kurz vor der Wiesebrücke nach Riehen ab, sah ich sie, weit vorne. Im Gegensatz zu mir war sie immer pünktlich. Ganz langsam fuhr sie, damit sie nicht schwitzte, wenn sie in der Firma ankam. Das Mareili war nun das Fräulein Kalbermatten und machte eine Lehre als Bürokauffrau in einem Riehener Baubetrieb. Die Pubertät hatte die Intimität der Kronenplatzbande getilgt, in der Schule hatten wir uns der üblichen Triage hingegeben: sie zu den Mädchen, ich zu den Buben.

Ich war mir sicher, dass sie mich herankommen hörte. Fast unmerklich verlangsamte sie ihre Fahrt. Schloss ich zu ihr auf, schaute sie stur geradeaus. Und lächelte. Das war ihre Begrüßung. Wir wussten beide: Wenn wir reden, funktioniert's nicht, aber schweigend passen wir gut zusammen. Die zehn stillen Minuten zwischen dem Wieseufer und dem Bahnübergang von Riehen, wo sie abbog, waren unser tägliches Gespräch. Die Scham und die unausgesprochene Hoffnung auf einen Durchbruch in unseren Leben waren das Fundament dieser seltsamen Freundschaft.

Die Arbeit mit Fäustel, Knüpfel, Eisen, Fräse. Das Heben und Drehen der Steine. Die Botengänge nach Riehen oder zum Friedhof hinunter und gleich wieder den Bettinger Hügel hinauf. Die kurzen Pausen, Kaffee um neun, ein Eingeklemmtes und ein Glas Most um zwölf. Kam ich abends zu Hause an, konnte ich vor Müdigkeit kaum gerade auf meinem Stuhl sitzen. Es wurde Herbst, es wurde Winter. Erst als die Temperaturen wieder stiegen, kam ich besser klar mit diesem Leben. Ich lernte Walter und Berni kennen, zwei Steinbildhauer im gleichen Lehrjahr. Mit ihnen zog ich samstagnachts durch die Innenstadt.

In jener Zeit hatte ich für ein paar Monate einen seltsamen Gast in meinem Zimmer. Er hieß Ilmar, war ein Freund meiner Tante Kaisa, die in Estland lebte und die ich nur über Briefe kannte. Ilmar war ein paar Jahre jünger als meine Eltern. Er hatte in Tartu als Musiklehrer gearbeitet und nebenbei Gedichte geschrieben, hieß es. Worauf er in meinem Zimmer wartete, wollte er mir nicht erzählen.

Ich mochte Ilmar. Oft spielte er mir auf seinem Lootspill vor, einer Art Handorgel. Wenn er nicht auf seinem Lootspill spielte, erzählte er wüste Witze. Wenn er keine wüsten Witze erzählte, trank er Schnaps. Vater brachte ihm hinter Mutters Rücken ständig Nachschub. Alpenbitter, Pflümli, Kirsch, Vater fand immer wieder etwas Neues für den disziplinierten Kleinschnäpsler Ilmar. Kleine anständige Schlucke, dann den Flachmann schnell unter das Campingbett geschoben. Ilmar rauchte wie ein Schlot, Ilmar schnarchte, Ilmar besetzte den ganzen Abend mein Zimmer, und doch hatte ich nichts gegen seine Anwesenheit. Er war einfach da und wartete, bis das Leben ihn erneut am Ärmel packen würde. Er plauderte ein bisschen vor sich hin, zwischendurch griff er zu seinem zerfledderten *Nippernaadi* und las mir daraus vor. Ich kannte das Buch, die

Geschichte vom lebenslustigen Vagabunden Toomas Nippernaadi, die Estenrunde bei Leena hatte tausendmal über das Buch gestritten, Vater hatte mir hundertmal daraus vorgelesen. Doch wenn Ilmar daraus rezitierte, klang das viel besser und vor allem lustiger als bei Vater. Eines Tages verschwand Ilmar so unauffällig, wie er angekommen war.

Erst viel später fand ich heraus, dass Ilmar als Mitglied einer antisowjetischen Organisation denunziert worden war. Knapp entkommen, war er zwei Jahre lang durch Europa vagabundiert, über Finnland, Schweden, Dänemark, Deutschland bis in die Schweiz. Während dieser Zeit hatte er in unbenutzten Kammern und auf den Dachböden von Auslandesten geschlafen. Herr Uibo aus Leenas Estenrunde war Teil eines Netzwerks, das Flüchtlinge schnell verstecken oder weitergeben konnte. Meine Eltern unterstützten das Netzwerk, sie hätten gerne öfter Leute aufgenommen, aber das wollten sie mir nicht zumuten. Ilmar blieb die große Ausnahme.

Dies war die Zeit meines ersten Lehrjahrs. Ich schlug Granite, Travertine und Buntsandsteine, gravierte Inschriften, setzte Grabmale, stellte Abgüsse aus Gips her, fertigte Skizzen an. Und ganz nebenbei bestätigte ich Stöcklins Theorie: Meine linke Hand mit ihrem zusätzlichen Finger war stärker und präziser als die linken Hände aller meiner Vorgänger. Ich verbrachte Monate allein mit diesem grauen mürrischen Mann, wechselte kaum ein Wort mit ihm, und der Stein unter meinen Händen wurde zu demjenigen, der mit mir die Gespräche führte. Er stellte mir Fragen, über die ich nachdenken durfte, und manchmal gab er mir eine Antwort, die ich nicht gesucht hatte.

Und dann war er plötzlich wieder da. In der einen Hand zwei Bierflaschen, in der anderen den Lenker seines Fahrrads, stand mein verloren gegangener Freund an Heiner Stöcklins Tor. Ich hätte ihn fast nicht erkannt im ersten Moment. Seine Stirn war höher geworden, sein Kopf ein knochiges Ei, das aus dem Nest seiner dünnen Haare hervorlugte. Es hatte etwas hilflos Bittendes, wie er grinsend die Bierflaschen in die Höhe streckte. Etwas von forciertem Aufbruch in eine neue Ära. Nun denn.

Mikkel und ich stiegen auf unsere Fahrräder und fuhren zur Eisernen Hand hoch, einem langgezogenen Hügel, der als Schweizer Zipfel in das Gemeindegebiet der deutschen Stadt Lörrach hineinragt. Am Waldrand ließen wir die Fahrräder ins Gebüsch kippen und trampelten uns ein Nest ins hohe Gras. Die Flaschen knallten aneinander. Brühwarm, das Bier, aber egal.

Wir tranken, wir schwiegen. Fast ein Jahr hatten wir uns nicht gesehen, in einem Alter, in dem sich so viel verändert. Wo in diesem Jüngling steckte mein alter Freund? Ich war irritiert, ich war ratlos.

»Ziemlicher Grummelkopf, dein Chef«, sagte Mikkel irgendwann.

»Er ist schon recht.«

»Sagt er manchmal auch etwas?«

»Nein. Aber ich hab ja meinen Vater. Einmal pro Woche mache ich noch immer die Runde mit ihm. Er braucht es mehr denn je. Sein Kopf platzt fast. Er übersetzt jetzt diesen amerikanischen Autor. Melville. Der mit dem Wal.«

»Du meinst *Moby-Dick*? Ist doch schon lange übersetzt.«

»Er übersetzt ihn ins Estnische.«

»Ach so, ja. Apropos Amerikaner. Hab grad den *Mann im Roggen* gelesen, von Salinger. Typ mit komischer Mütze irrt in Neu-York herum, auf der Suche nach Rettung vor seiner Umgebung. Ich liebe ihn.«

Noch getraute er sich nicht, mir in die Augen zu blicken.

Doch ich verstand auch so, dass er mich zurückerobern wollte. Seine Not war fast mit Händen zu greifen.

»Noch nie was gehört davon«, sagte ich, »dafür habe ich Kerouac gelesen. Kennst du?«

»Klar. Wer nicht. Unser Beat Man. Cortázar?«

»Wie bitte?«

»Julio Cortázar. Argentinier, lebt in Paris. Das reinste Genie. Ich lese grad eine Geschichtensammlung. *Bestiarium.* So was hab ich noch nie, und ich hab schon einiges. Wenn ich fertig bin, geb ich's dir.«

Wir kamen beide aus lesenden Familien, doch auf diese Weise hatten wir noch nie über Bücher gesprochen. Bücher als Eroberungen. Als Erfahrungen, die man nur mit guten Freunden austauschte.

»Was macht deine Mutter?«, fragte Mikkel und blickte durch das Braun der Bierflasche in die Sonne.

»Theaterschneiderei. Spaziergänge. Sorgen.«

»Was für Sorgen denn?«

»Um die Einrichtung der Welt. Um Vater. Um mich.«

In meinem Gedächtnis kurz die Kussszene mit der fremden Frau. Ich bin sicher, auch Mikkel dachte daran. Aber er sagte nichts. Stattdessen: »Hast du Hunger?«

»Mmh.«

»Hab noch zwei Brotscheiben dabei. Und eine Wurst.«

»Na, los. Hol das Zeug hervor.«

Wir teilten redlich. Tranken dazu unser lauwarmes Bier. Blickten hinab auf die Basler Vorstadt. Warum jetzt, Mikkelmann?, dachte ich. Es war immer klar gewesen, dass er aufs Gymnasium gehen würde. Weil er gescheit war. Weil er gute Noten hatte. Und vielleicht auch, weil niemand gemeint hatte, ihm eine Alternative aufzeigen zu müssen. Er war beliebt im Gymnasium, wie ich vernommen hatte. Viele Freunde, auch das eine oder andere Mädchen interessierten sich für ihn. Warum also tauchte er ausgerechnet jetzt wieder auf?

Fortan stand er regelmäßig am Werkstatttor. Oft hatte er länger zu warten, weil Stöcklin eine Arbeit beenden wollte und ich ihm dabei helfen musste. Nie beklagte Mikkel sich, nie bettelte er meinen Lehrmeister an, mich früher gehenzulassen. Manchmal dieser Blick aus Stöcklins Augen, dieser Hauch von Neugierde. Mein schüchterner Lehrling hat also einen Freund, der extra für ihn den Hügel hochfährt und auf ihn wartet. Wie zum Teufel hat er sich den verdient? Ich wusste es auch nicht, aber da war wieder dieses Gefühl, oder vielmehr der Wunsch: Mikkel als riesige Hand, in die ich mich fallen lassen konnte. Die sich fest um mich schloss, rau und warm.

Rituale. Das warme Bier zum Beispiel. Oft fingen wir mit einem solchen an und besorgten uns erst danach ein kühles. Da die Eiserne Hand als Lieblingsplatz zu weit weg war, suchten wir uns einen näheren Ort. Auf dem Hügel oberhalb des großen Friedhofs fanden wir eine Lichtung. Manchmal machten wir ein Feuer, brieten eine Wurst, dazu gab es einen halben Brotlaib oder kalte Kartoffeln, und wenn es eindunkelte, kletterten wir auf unseren Baum, eine gestauchte Buche, die sich auf fünf Metern Höhe mit einer anderen Buche verknotete. Auf dieser Kreuzung zweier faltiger Elefantenrüssel fanden wir bequem Platz.

Auch das Vorlesen auf dem Baum wurde zum Ritual. Bald hatten wir unseren eigenen Kanon, Bücher und Autoren, die andere in unserem Alter nicht lasen, Bücher, die uns ganz allein gehörten, mit Cortázar als Zentralgestirn. Gemeinsam lasen wir x-mal sein *Bestiarium* und auch den anderen Band mit Geschichten: *Ende des Spiels*. Wir liebten es, wie er das Unheimliche durch Seitentüren in die Geschichten eindringen ließ, die Beiläufigkeit, mit der er seine Figuren vor halb durchsichtigen Kulissen hin und her rückte, das Poltern im Rücken des Betrachters, die gewundenen Sätze. Mikkel hatte dieses ausgeschnittene Foto aus einer Zeitschrift, immer trug er es auf sich, zweimal gefaltet. Bald brachen die Falze, und er musste die Teile zusammenkleben, wobei ein leerer Spalt blieb, der Cortázars Gesicht zweiteilte und dadurch noch interessanter machte: Der Schriftsteller mit Zigarette im Mundwinkel, in einem schattigen Zimmer sitzend, das Kinn leicht angehoben, der Blick – aus diesen weit auseinanderliegenden Augen, wie die eines Wesens aus einer fernen Welt –, der Blick links aus dem Bild hinaus, als ob er dort die Verkörperung jener dunklen Energie entdeckt hätte, die durch seine Geschichten raunte.

Auf unserem Baum improvisierten wir eigene Versionen von Cortázars brüchigen Einrichtungen. Von Straßenkötern regierte Städte, in denen Nacht für Nacht Menschen verschwinden. Ein Friedhof, auf dessen freien Flächen Grabsteine wachsen, graviert mit den Namen noch lebender Bürger. Ein Haus, das schnarcht. Eine Katze, die haart und haart und haart – jeden Tag hinterlässt sie monströse Wollknäuel auf ihrem Lieblingssessel. Mikkels Erfindungen waren spektakulärer, sie ergriffen ganze Gesellschaften. Meine hingegen versteckten sich meist in Häusern – als unheimliche Nester, die ständig ihren Platz wechselten.

Die Stunden auf dem Baum waren die beste Zeit unserer neuen Freundschaftsära. Hier, fünf Meter über dem harten Muschelkalk des unteren Wiesentals, waren wir abgekapselt von den komplizierten Verschränkungen der Stadt, unserer Familien, der Schule. Mikkels Zuneigung zu mir schien mit jedem Mal größer. Seine kalte Spiellust: überwunden. Es war, als würde er den ganzen Tag auf unseren Abend warten. Als hätte alles andere in seinem Leben keine Bedeutung mehr.

Wir hoben die Gegenwart auf, indem wir die Stunden auf dem Baum ins Unermessliche dehnten. So eng unser Plätzchen zwischen den Ästen, so groß die Freiheit unserer Gedanken. Dass unsere Freundschaft fast alle Hindernisse, die noch auf sie zukommen würden, überwinden sollte, war zweifellos auf diese Abende zurückzuführen. Wir hatten endlich Oles Wunsch erfüllt. Beste Freunde, auf immer. Es euphorisierte mich so sehr, dass ich die Welt da unten komplett vergaß.

Doch es kam der Tag, an dem ich zum ersten Mal seit Langem wieder zu den Jacobsens hinüberging. Sissel freute sich unbändig über mein Kommen. Ich lauschte ihren Alltagserzählungen, schaute ihr bei ihren Verrichtungen zu. Mikkel sei grad nicht da, aber er käme bestimmt bald. Ein Stück Kuchen, ein Glas Limonade? Sissel schaute begeistert zu, wie ich den Kuchen verschlang. Es könne sich nur um Minuten handeln, sagte sie lächelnd. Eine Stunde später machte ich mit Erik eine Runde durchs Viertel. Einige Schritte an der Wiese entlang, zum Rheinufer hinunter, in Sichtweite stets die Hausecke, an der Mikkel gleich auftauchen würde.

Als wir in die Wohnung zurückkehrten, fasste Sissel sich ein Herz. Es könnte sein, dass es doch etwas länger dauere. Mikkel sei nämlich bei einer Geburtstagsfeier. Er sei allerdings nur widerwillig hingegangen, weil er sich in dieser Gruppe schon länger nicht mehr wohlfühle. Deshalb denke sie, dass er bald aufkreuzen werde. Noch ein Stück Kuchen? »Wo ist diese Feier?«, fragte ich. Als ich die Antwort endlich aus ihr raushatte, rannte ich die Treppe hinunter und stieg auf mein Fahrrad. Ich wollte sehen, wie widerwillig Mikkel war. Ob die Mitglieder dieser Gruppe über mich, Mikkels treuesten und besten Freund, Bescheid wussten.

Was folgte, lässt sich nur in losen Stücken zusammentragen, in Bildern mit abgefetzten Rändern. Meine Fahrt über die

Wettsteinbrücke, später das Fahrrad nachlässig in einen Thujastrauch hinein und der Blick zum offenen Fenster im ersten Stock: Stimmen, Musik, aneinanderknallende Bierflaschen. Mein Hinaufhangeln am Fallrohr, meine Wange am warmen Kupferblech, Mikkels Lachen aus dem Lichtviereck heraus. Dann plötzlich eine Hand mit Zigarette, direkt neben meinem Gesicht. Ein Schnippen, fliegende Glutkrümel. Mein Husten, meine zitternde Hand. Mein Fall, das Bersten meines Körpers im Rosenstrauch. Oben im Fenster Gesichter, anschwellendes Gelächter. Ihre Schritte im Treppenhaus, mein Davonrobben auf feuchter Erde, das Knacken eines Käfers unter meiner Hand. Irgendwo eine Öffnung im Zaun und die Flucht. Es folgt ein schneller Wechsel von Licht und Dunkelheit, von Stille und Schritten, ein Auto, eine Straßenbahn, an einer Ecke ein erschrecktes Gesicht: »Aber Sie sind ja voll Blut, junger Mann!« Neuerliche Flucht, ein Pfosten, der mir einen dumpfen Kuss auf die Stirn gibt, dann Bäume, Laternen, ein plätschernder Brunnen. Wo war ich gelandet? Lachende Menschen, abseits im Schatten ein sich küssendes Paar. Es sind zwei Frauen. Eine von ihnen mit mir bekannter Silhouette, sie macht eine Kopfbewegung, sie legt ihre Hand auf die Hüfte ihrer Liebhaberin, sie streicht sich eine Strähne hinters Ohr. Also doch, denke ich und wende mich blitzschnell vom Anblick meiner Mutter ab.

Ein Fliederstrauch umarmt meinen Körper, wieder ertönt ein Bersten. Immer schneller folgen die Nachtbilder aufeinander, bis ich irgendwo hinfalle und nicht mehr aufstehe. Dunkelheit um mich herum, undurchdringliche Dunkelheit. Irgendwann über mir Mikkels Kopf, wie der aufgehende Mond am Nachthimmel. Sanft und freundlich, sein Blick. Seine Hand streckt sich mir entgegen. »Kristi, was machst du denn? Komm, wir gehen nach Hause.«

Ich begriff, dass ich ihn nicht suchen durfte. Dass er mich an jenem Abend vor dem Haus seines Schulfreunds ins Gestrüpp kriechen gesehen und mit den anderen über mich gelacht hatte, um eine Stunde später geduldig meine Wunden mit Alkohol abzutupfen, ohne die Vorfälle auch nur mit einem Wort zu erwähnen, das begriff ich nie. Tatsache war, dass es zwei Mikkels gab. Der eine brauchte mich, der andere kannte mich nicht.

Meinen besten Freund traf ich am Tor von Heiner Stöcklins Werkstatt, ich las mit ihm Bücher in luftiger Höhe, sprang mit ihm bei der Kraftwerkinsel von Birsfelden in den Rhein. Ich zeichnete ihn, während er mir auf Dänisch *Niels Klims unterirdische Reise* von Ludvig Holberg vorlas oder mir von Marco Polo erzählte. Er wiederum wollte von mir mehr über die Fabelwesen an der Fassade des Münsters wissen, die ich in mein Zeichenbuch kopierte: den Skiapoden, einer Menschenfigur mit nur einem Bein und einem riesigen Fuß, den sie liegend als Sonnenschirm benutzt; Elefanten mit seltsam hängenden Ohren, die wie Drachenflügel anmuteten; Männer mit geflochtenen langen Bärten; geflügelte Hunde. Wir äfften unsere Väter nach, Mikkel erzählte von seinen Großeltern und seiner Tante in Dänemark, die er einmal im Jahr besuchte.

Nie sprachen wir über den Mikkel, der sich geweigert hatte, mich zu kennen, und dessen Freunde. Es war der Pakt, den ich einzuhalten hatte. Sein anderes Leben musste sein anderes Leben bleiben, damit unsere Ewigkeit Ewigkeit werden durfte. Ich stellte den Pakt nie infrage und merkte nicht, wie mein Unmut darüber stetig anwuchs.

~

Im Jahr 1960 erschien in Amerika der Roman *To Kill a Mockingbird* und wurde zum Bestseller. In Hamburg traten die zwei Freunde Paul McCartney und John Lennon zusammen mit George Harrison erstmals unter dem Namen The Beatles auf. In Kleinhüningen saß ein Halbwüchsiger fest. Er konnte weder raus aus dem Land noch weiter in das Land hinein. Wut speiste sich in kleinen Dosen in sein System ein.

Wäre ich in diesen Jahren auf eine Schlägerei gestoßen, ich hätte mich hineingeworfen, hätte mich gerauft, bis der bittersaure Pegel in mir drin auf ein erträgliches Maß gesunken wäre. Doch der unsichtbare Dirigent meiner Jugendtage dirigierte mich an ihnen vorbei, er ließ nicht zu, dass ich mich selbst zum Problemfall machte. Und so arbeitete ich mich an den aufgebänkten Steinen in Heiner Stöcklins Werkstatt ab. Ich verkroch mich vor der Welt, indem ich zeichnen ging. Ich verschlang Bücher und hielt sie sorgsam vor Vater versteckt. Und irgendwann dachte sich der Dirigent eine Lektion für mich aus, verpackt als Geschenk mit Schleifen im Haar und einem süßen Lächeln im Gesicht.

Sie hieß Marianne und war ein Jahr älter als ich. Sie hatte schmale, lange Hände, einen unnachahmlichen stelzigen Gang und eine Neugierde, die sich am liebsten durch wortloses Starren Ausdruck verlieh. Es war unangenehm, sich diesem Starren ausgesetzt zu wissen, und es war aufregend. Wenn ich ihren Blick auf mir spürte, wusste ich, jetzt, jetzt wird gleich etwas passieren, etwas, was ich noch nie erlebt habe.

Marianne war der Spross einer Vorzeigefamilie, die seit Generationen in Binningen, einem Basler Vorort, ansässig war. Sie verbrachte ihre Samstagnachmittage mit ihren Freundinnen in den Cafés der Basler Innenstadt. Danach schauten sie sich im Kino einen Film an und gingen zeitig wieder nach Hause. Irgendwann würde der Mann auftauchen, der die passende Fortsetzung zu ihrem Binninger Stammbaum schreiben würde. Dass sie einem wie mir begegnete, gehörte nicht zum Plan.

Es hatte zwei Zusammenstöße innerhalb einer Woche gebraucht. Samstagabend, ich auf dem Fahrrad unterwegs mit Walter und Berni. Berni etwas zu schnell um eine Hausecke herum, haarscharf verpasste er die drei Mädchen. Zetern und Schimpfen, Berni beschwichtigte, er konnte das, er hatte den Charme. Der Unmut mündete in Geplauder und Geschäker, ich registrierte das unterdrückte Hüftwiegen, aber auch den durchdringenden Blick der Rotblonden. Zwei Wochen später erneut eine Hausecke, diesmal kein Haarscharf, sondern ein Mitten-Hinein, und zwar umgekehrt: Eins von den Mädchen fuhr Walter an, der seinerseits in Bernis Richtung kippte, woraufhin alle drei in einen Strauch krachten. Kein Zetern diesmal, nur erschreckte Sprachlosigkeit, dann das Sortieren von Wallungen und Wehwehchen, das schließlich in einer Neuauflage des Geschäkers vom letzten Mal mündete. Wir nun mutiger als beim letzten Mal: Ein Gläschen zur Versöhnung, bitte-bitte, das könnt ihr uns nicht ausschlagen, da vorne die Weinbar, kennt ihr die?

Wir besuchten die Weinbar nicht, weil die Mädchen auf ihrer Vernünftigkeit beharrten. Allerdings waren sie nicht vernünftig genug, um nicht eine Stunde lang mit uns durch die Gassen zu ziehen und sich dann von mir, der als Einziger der Jungen noch ein intaktes Fahrrad hatte, nach Binningen begleiten zu lassen, die Rotblonde auf meinem Gepäckträger. Erst am nächsten Morgen entdeckte ich den Zettel mit der Telefonnummer, den sie mir in die Jackentasche gesteckt hatte.

Marianne. Ihr aufwühlender Blick, ihre Fragen, die ich alle beflissen beantwortete, ohne dass sie sie aussprechen musste. Der hauchfeine Flaum über ihrer Oberlippe. Ihr Desinteresse an meiner linken Hand.

Marianne. Ihre weißen Brüste, die nie die Sonne gesehen hatten, auf der Unterseite die bläulichen Adern. Der Geruch ihrer

Angst und ihrer Lust, wenn ich ihr die Unterhose herunterzog. Die kupferfarbenen Schamhaare und die darunter angedeutete Spalte. Ihre gekreuzten Füße auf meinem Rücken, wenn ich auf ihr lag, der Gegendruck ihres Beckens, ihr forschender, nach innen gekehrter Blick, während ich mich schwitzend abmühte. Dieses Ringen mit der eigenen Lust, das der Jungspund als Rennen versteht. Am Anfang ging alles immer viel zu langsam und am Ende alles immer viel zu schnell.

Marianne. Sie plauderte gerne und viel, doch ihre Wünsche drückte sie stets ohne Worte aus. Ich erfüllte sie ihr alle, ausnahmslos.

Eines Tages traf es der Zufall, dass sie gleichzeitig vor Heiner Stöcklins Werkstatt ankamen. Ich hatte Mikkel nichts von ihr erzählt. Er war von einer ausgesuchten Höflichkeit ihr gegenüber. Als ich fertig war, zogen wir zu dritt los, Mikkel und ich zeigten ihr unsere Lichtung im Wald, unseren Baum. Mikkel erzählte Geschichten, wahre und erlogene, lobte mich über den Klee, und ich freute mich, dass er alles so nahm, wie es war.

Die nächsten Wochen war ich fast täglich mit Marianne zusammen, und ich merkte lange nicht, dass Mikkel nicht mehr auftauchte am Tor von Heiner Stöcklins Werkstatt. Er war einfach verschwunden nach seiner großen Darbietung, und ich begriff nichts. Als ich kurz vor den Schulsommerferien Sissel auf der Straße antraf, sagte sie: »Hat Mikkel dir schon geschrieben?«

»Was?«

»Aus Kopenhagen.«

»Was?«

»Er geht ab September in Dänemark zur Schule. Er ist jetzt schon hingegangen, um sich bei seiner Tante einzurichten. Hat er dir wirklich nichts erzählt?«

Ich saß alleine auf unserem Baum. Im Bauch Wut und Trauer, mein Gesicht brannte wie nach einer Ohrfeige. Kein Wort hatte er gesagt, nicht das geringste Anzeichen hatte ich bemerkt. Und nun war er weg. Als hätte es die Stunden auf dem Baum nicht gegeben.

Unter mir ein pulsierender Teppich aus braun-beige geschecktem Mulch. Ich stellte mir meinen Fall vor, von der gestauchten Buche in diesen pulsierenden Mulch hinein, weiter durch ihn hindurch, ein endloser Fall. Sich in nichts auflösen. Jedes Gefühl zerstückelt und zerstäubt. Jede Erinnerung erst zu Staub zerrieben und dann vom Winde verweht, für immer.

Wie konnte er mir das antun? Mein ganzer Kopf ein Brand. Meine Hände zwei Schraubstöcke. Mein Herz eine verlangsamte Explosion, kein Ende nehmend. Kaum merklich rotierte der Sternenhimmel über mir, und der Mond hörte nicht auf mich anzustarren. Erst mit dem Morgengrauen stieg ich von der gestauchten Buche herab. Hob mein Fahrrad aus dem Gestrüpp und fuhr nach Hause.

3.

Wie ein riesiger Muskel wölbt sich die von der Schiffsturbine erzeugte Welle aus dem Meer. Weit hinten sinkt sie zurück, derweil die Schaummoränen links und rechts von ihr zerfasern. Hier und da ein einzelnes Segelboot, dessen Besitzer auf mehr Wind hofft. In der Ferne die Hügel der südschwedischen Küstenlandschaft. Simrishamn ist bereits hinter den Horizont gekippt.

Ich habe meinen Platz mit Bedacht ganz hinten im Schiff gewählt. Den Blick auf die voraus liegenden Inseln, auf das Kommende wäre kaum zu ertragen. Also lasse ich mich vom Wummern der Motoren betäuben. Wenige Passagiere hier. Einer in seine Zeitung vertieft, die Frontseite erzählt in dicken Lettern von der serbischen Tragödie. Ein anderer hat sich gerade einen Kaffee geholt. Er setzt sich hin, leckt sein Zuckerbeutelchen aus, um auch noch das letzte Körnchen zu erwischen. Eine dritte Person hat sich zum Schlafen in ihren Sitz verkrümelt. Ich sehe nur ihren dunklen Haarschopf über die Rückenlehne lugen. Ich stelle mir eine Studentin vor, die auf Bornholm einen Sommerjob antritt, und beneide die Sorglosigkeit, mit der sie sich dem Schlaf hingibt. Eine Schwäche, die ich mit meinen Generationsgenossen teile: Menschen unter dreißig grundsätzlich für glücklich zu halten.

Ich denke: Warum nicht in Allinge sitzen bleiben? Ich könnte mich hinter die Truhe mit den Rettungsringen ducken, um mir die Rückfahrkarte zu ersparen. In zwei Tagen zurück in Tallinn sein. Oder ganz anderswo. San Sebastian. Nizza. Maribor. Mikkel für immer vergessen. Und neu anfangen.

San Sebastian. Nizza. Maribor. Ich weiß genau, nur im Süden

könnte mir ein Neuanfang gelingen. Denn im Norden bin ich jedes Mal gescheitert. Kopenhagen. Fitz Roy. Tallinn. Es war der Norden, der mich immer wieder scheitern ließ. In meiner Kindheit raunte er mir durch Vaters Mund Geschichten von Licht und Schatten zu. In Kopenhagen legte er mir seine täuschenden Schleier übers Gesicht. In Fitz Roy – o ja, denn in Argentinien ist der Norden im Süden – blies er mir seine Winde unters Fell. Der Norden ist ein borstiger Geselle, der es nicht nötig hat, sich mit dir gutzustellen. Der Norden ist auch ein schwarzes Loch auf der estnischen Insel Hiiumaa, das nichts in sich birgt und aus dem doch ständig neue Figuren in die Geschichte der Menschheit hinausklettern.

Eine Bewegung im Haarschopf der Schlafenden, zeitgleich blättert der Zeitungsleser um. Ich wechsle das Überschlagbein, blicke erneut zurück auf die Welle. Ich denke an die Briefe, die Mikkel mir in den Siebzigern nach Basel schickte und die ich erst Jahre später las. Über sie nie ein einziges Wort. Ich beantwortete keinen seiner Briefe. Ich schaffte es nicht.

Der Haarschopf senkt sich unter die Kante der Rücklehne und reckt sich unvermutet wieder in die Höhe. Ja, es ist eine Frau. Ja, sie ist jung. Sie steht auf. Als sie an der Tür ist, sehe ich ihr Gesicht kurz von der Seite, und ich zucke zusammen. Das Profil, denke ich. Kann das sein? Kann das wirklich sein? Lange ist es her, seit ich dieses Profil zum letzten Mal gesehen habe, aber ich werde es nie vergessen.

Die Tür knallt hinter der Frau zu, mein Kopf füllt sich mit schimmerndem Quecksilber. Es schmerzt, es elektrisiert mich. Sie, denke ich. Sie, die Eine. Erst mit einiger Verzögerung setzt die Vernunft ein. Sie ist jetzt knapp über fünfzig. Und diese Frau, die eben gerade verschwunden ist? Fünfundzwanzig, allerhöchstens dreißig. Unmöglich also. Dennoch. Das Profil. Stirn, Nase, Kinn, in diesem unvergleichlichen Verhältnis.

Ich warte, sie kommt nicht wieder. Ich stehe auf, gehe bis auf die Höhe ihres Sessels. Keine Jacke, kein Buch, keine Tasche. Steht sie draußen, Wind im Haar, die Gedanken weit voraus, in einer Welt, die ich nicht kenne? An wen denkt sie jetzt?

Ich gehe zur Tür, reiße sie auf, wanke über das Schiff, hin und zurück, rauf und runter. Ganz vorne an der Reling steht eine mit ähnlicher Frisur und dieser leicht bulligen Haltung, aber nein, es ist nicht sie. Ich kehre auf meinen Sitz zurück.

Jeder kann sich mal täuschen. Vielleicht habe ich gedöst, bin aufgewacht, und das Nachleuchten meines Traums hat sich auf diese junge Frau projiziert. Vielleicht war sie gar nie da. Wieder kommt in mir der Verdacht auf, dass diese Welt hier, diese Apparatur nur für mich gebaut wurde. Dahinter Mikkel Jacobsen, an den Hebeln der Apparatur sich prächtig amüsierend.

Und jetzt? Zurück in meine Geschichte, zurück zu ihren tausend Anfängen. Zurück zum Schmerz und zur Scham. Es bleibt mir ohnehin nichts anderes übrig.

~

Dreimal die Woche ging ich mit meiner Zeichenmappe unter dem Arm vom Rand des 14. Arrondissements zur Rue de la Grande Chaumière, in die Académie. Tauchte ich dann ein in das matte Licht, das durch die Milchglasscheiben fiel, war die Außenwelt wie ausgelöscht. Der fleckige Holzriemenboden, die vergilbten Plakate, der Geruch nach Terpentin und feuchtem Ton – ich liebte den Ort. Die Kunstakademie im Quartier Notre-Dame-des-Champs war legendär, zahlreiche Ikonen der neueren Kunstgeschichte hatten hier gelehrt und gelernt.

Unser Zeichenlehrer war ein alter Russe, der sich Sergius nannte. Traten wir morgens ins Zeichenzimmer, begrüßte er uns mit dem Rücken. Warteten wir auf einführende Worte, bezichtigte er uns der Faulheit. Sämtlichen Frauen im Kurs versuchte er an die Wäsche zu gehen, die Männer würdigte er keines Blicks. Er kritzelte in unsere Zeichnungen hinein, Fragen beantwortete er grundsätzlich nicht. Senkte sich seine Stifthand von hinten auf mein Zeichenbrett herab, verschob meine Hand ihr Tun in eine andere Ecke des Blatts und machte dort weiter, während ich zugleich das Entstehen von Sergius' übergriffiger Schnellskizze verfolgte. Er war zweifellos ein guter Zeichner, arbeitete zwar krakelig, fing aber die Dynamik, die Proportionen eines Körpers mit dem ersten Strich ein.

Ich war in allen Kursen der Jüngste. Ausgerechnet mit dem Ältesten freundete ich mich an. Gianni stammte aus der italienischen Bildhauerstadt Pietrasanta. Sein Alter wollte er mir nicht verraten, ich schätzte ihn auf etwa sechzig. Sein Interesse an mir war grenzenlos und unerklärlich. Er fragte mich über meinen Lehrmeister aus, über den Buntsandstein, die Architektur des Basler Münsters, die Schweizer Frauen. Wir besuchten Museen und Ausstellungen, aber nie sprachen wir über Kunst. Mir gefielen dieser stets erstaunte Ton in seiner Stimme, seine schlechte Haltung, seine schuppenübersäten Schultern. Ich war gerne mit Gianni unterwegs.

In meinen vier Pariser Monaten wohnte ich bei einer Madame Duhamel im Quartier Petit-Montrouge. Kaum war ich von meinen Kursen zurückgekehrt, tauchte sie an meiner Tür auf, um den Pfeilwurz am Fenster zu gießen. Er brauchte offenbar täglich frisches Wasser. Madame Duhamel erzählte mir, dass vor Jahren schon einmal ein Künstler in diesem Zimmer gehaust habe. »Er war genau wie Sie, Monsieur, pausenlos hat er gearbeitet. Inoffiziell zumindest.« Auf meine Frage, wie sie das meine, sagte sie: »Eh bien, Monsieur Debord hat zwar wie ein Wahnsinniger gearbeitet, aber seine Freunde durften das nicht wissen, verstehen Sie? Nun, ich verstehe es selber nicht ganz, aber mon Dieu, wer begreift schon, was diese Bohémiens wollen. Guy Debord war ja so ein blitzgescheiter Mann. Immer ernst. Und schön anzuschauen. Genau wie Sie.« Was er denn für Kunst gemacht habe? »Ach, was weiß ich. Ich verstehe nichts davon. Aber er ist jetzt berühmt. Sogar Picasso hat ihn gelobt.«

Meine Pariser Monate waren eine Zeit der Freiheit und der Ungewissheit. Ich wusste, ich befand mich auf einer Schwelle. Zurück lag die Lehre, zurück lag auch die Zeit mit Marianne, die irgendwann doch noch den richtigen Mann für ihren Lebensplan gefunden hatte. Obwohl ich längst darauf vorbereitet gewesen war, zerrissen mich die Trauer und die Scham, als sie es mir gestand.

Jetzt ging ich also täglich in die Chaumière, und die Scham blieb für einige Stunden vor der Tür. Doch kaum war ich wieder draußen, ging sie erneut neben mir her, wie ein Streuner, der in mir sein neues Herrchen sah. So zog ich durch die Straßen des 5. und 6. Arrondissements, Boulevard Raspail, Odéon, Boulevard Saint-Michel, Rue Mouffetard, rastlos, süchtig nach dieser bittersüßen Dauernarkose, die die Stadt mir zufügte.

Aber da war nicht nur die Scham. Da war auch ein Loch: Mikkels Abwesenheit. Noch erinnerte sich meine Wirbelsäule an das zarte Schwingen, das seine Nähe in ihr ausgelöst hatte. Nun hatte ich ihn mehr als zwei Jahre nicht mehr gesehen. Ich wusste, bald würde ich an jener Stelle, wo ich das Schwingen gespürt hatte, ein totes Stück Jugend in mir herumtragen. Mikkel, mein alter Mikkel. Er fehlte mir.

Seit einigen Wochen überkam mich zuweilen dieser Fliegezustand, eine Art Schraubbewegung in meiner Wahrnehmung. Anfänglich hatte ich mich schnellstmöglich auf eine Bank gesetzt, um dort ihr Ende abzuwarten. Doch dann begann ich, die Reize der Schraubbewegung auszukosten. Es war auf dem breiten Mittelstreifen des Boulevard Raspail, wo ich sie zum ersten Mal herausforderte. Auf dem Randstein torkelte ich dahin und ließ meine Wahrnehmung den immer gleichen Sturz auf die Fahrbahn tun.

Meine Experimente wurden waghalsiger. Ich machte Pirouetten auf der Kreuzung Boulevard Saint-Michel und Rue Soufflot, und in der Nähe der Sorbonne sauste ich ungebremst ein Treppengeländer hinab. Nachdem ich einmal rückwärts über einen Markt gerannt war, dabei einen Obststand umgeworfen, vor dem zeternden Händler die Flucht ergriffen hatte und schließlich keuchend auf einer Bank niedergesunken war, setzte sich ein bärtiger Typ neben mich. Seine Augen voller Bewunderung, seine Finger das Kraushaar unter seinem Kinn zupfend.

»War das grad eine Situation, Kumpel?«

»Wie bitte?«

»Haha. Nicht schlecht.«

»Entschuldigung, ich verstehe nicht.«

»Du bist einer von uns. Also, ich meine, von ihnen. Ich seh's dir an, Kumpel.« Er flüsterte, als würden wir belauscht.

»Von wem?«

»Scherzkeks. Hast du Debord gesehen in letzter Zeit?«

»Debord? Guy?«

»Ich wollte ja rein in seinen Kreis, ich wollte es so sehr, weißt du? Wochenlang hab ich mich vorbereitet, aber ich hab's vermasselt, hab zu viel geredet, vor allem über den Situationismus, natürlich, was denn sonst, ich rede ständig vom Situationismus, ich bin völlig besessen davon, aber genau das verträgt Debord nicht. Weißt du, was er am Schluss meines Sermons gesagt hat? Weißt du's?«

»Nein.«

»›Den Situationismus gibt es nicht.‹ Voilà. Das hat er gesagt.

Guy Debord himself. Scheiße. Und jetzt find ich ihn nicht mehr. Ich will's wiedergutmachen, aber ich find ihn nicht mehr. Weißt du, wo er ist?«

»Nein.«

»Man soll ihn nicht suchen, sagen sie. Er hasst es.«

»Warum suchst du ihn dann?«

»Scheiße, Mann, weiß auch nicht. Ich will eben dabei sein. Das ist groß, diese Bewegung, das ist genau das, was ich immer wollte, seit ich vor zwei Jahren das Scheißkaff Ambazac im Scheiß-Haute-Vienne verlassen habe.«

Erst jetzt realisierte ich, wie stark er nach Knoblauch roch. Seine Finger zwirbelten immer schneller in den Barthaaren herum.

»Ich hab Texte geschrieben für ihre Zeitschrift, über die Situation an sich, über die Psychogeographie, die Notwendigkeiten, die anstehen. Sie haben sie alle abgelehnt, jeden einzelnen meiner Texte. Ich ging ins L'Estrapade, alle waren sie da, Debord, Pinot Gallizio, Asger Jorn natürlich, die Bernstein, ich hab mich Abend für Abend von der entferntesten Ecke her durch den Qualm zu ihnen vorgearbeitet, hab ihnen gelauscht, und dann hab ich allen Mut zusammengenommen und ihn angesprochen, und ich hab's vermasselt, ich hab's einfach vermasselt. Debord verträgt so einen wie mich nicht. Scheiße, Scheiße, Scheiße. He, vielleicht könntest du mir helfen.«

»Wie denn?«

»Wir könnten eine Situation kreieren. Du bist gut, du kannst das, du hast das Gespür dafür und den Mut. Und dann gründen wir selber eine Gruppe.«

»Hm.«

Wir setzten uns in eine Bar, und der Typ quasselte mich für den Rest des Abends voll. Er redete so viel, dass ich am Schluss recht viel Ahnung hatte von den Situationisten und ihrem Anführer Guy Debord, der sich übrigens keinesfalls als Künstler verstanden haben wollte, wie Madame Duhamel glaubte. Ich wusste Bescheid über das kapitalistische Spektakel, das sich in unser aller Leben hineinfresse, von der notwendigen Umgestaltung der Gesellschaft. Von der Kunst, die das Spektakel reproduziere und also abgeschafft werden müsse. Vom Dänen Asger Jorn, der zwar Künstler war, aber die Gruppe mit seinen Bildern finanzierte und für den Debord deswegen eine Ausnahme machte. Um halb zwei Uhr nachts verließ ich die Bar, an deren Namen ich mich am nächsten Tag nicht mehr erinnerte. Auch den Namen meines Gesprächspartners wusste ich nicht mehr, vielleicht hatte er ihn mir gar nicht verraten. Ich sah ihn nie wieder. Erst später kam ich auf den Gedanken, dass der Typ wohl davon ausgegangen war, mich im gleichen Lokal wiederzutreffen, so wie sich die Situationisten Abend für Abend im L'Estrapade trafen, die Leute um Hemingway damals in der Closerie des Lilas, die Avantgarde im Deux Magots.

Zwei Tage später erschoss Lee Harvey Oswald in Dallas den amerikanischen Präsidenten Kennedy, nochmals zwei Tage später wurde Oswald selbst von einem gewissen Jack Ruby erschossen. Die Zeitungen waren wochenlang voll von Kennedy, Oswald und Ruby. Ich interessierte mich nicht für die Weltgeschichte. Lieber stellte ich Guy Debord nach. Der Typ mit den Zwirbelfingern hatte mir an jenem Abend ein Foto von ihm gezeigt: Pilzfrisur, dicke runde Brille, asiatische Augen. Ich trieb mich in der Gegend der Rue du Bac herum, wo Debord angeblich wohnte, zusammen mit seiner Freundin, die der Typ nur die Bernstein genannt hatte. Ich ging auch ins L'Estrapade, setzte mich in eine Ecke und versuchte, durch den Qualm irgendetwas zu erkennen. Was ich sah, waren reihenweise Typen in der Art meines Bartzwirbeltypen. Sie schienen allesamt Guy

Debord aufzulauern, der nicht da war. Ich sprach einen von ihnen an.

»Weißt du, wo er ist?«

»Letzte Woche war er in Dänemark.«

»Bei Jorn?«

»Jorn wurde aus der Gruppe ausgeschlossen, Mann!«

»Echt?«

»Sagt man.«

»Und jetzt ist Debord also wieder in Paris?«

»Du sprichst seinen Namen hier besser nicht aus, klar?«

»Warum?«

»Könnte ein Fehler sein. Vielleicht auch nicht. Besser vorsichtig sein.«

»Weil du in die Gruppe aufgenommen werden willst?«

»Woher weißt du das?«

Es blieb mein einziger Besuch im L'Estrapade.

Anfang Dezember kam ein Anruf von Mutter. Es gäbe eine Wohnung im Klybeck, ein Zimmer mehr, etwas teurer, aber das ginge in Ordnung, wir müssten bis Mitte Monat alle unsere Sachen packen, ob ich bitte in einer Woche zurück sein könnte.

In meinen letzten Pariser Tagen ging ich kaum noch in die Académie. Ich stromerte in der Stadt herum, führte meinen Schamhund spazieren, ließ mein Gehirn torkeln, ertrug das Gewäsch von Madame Duhamel. Dann ging ich zum Gare de Lyon und stieg in den Zug. Nichts war passiert. Ich hatte es geschafft, Kleinhüningen zu entkommen, ich war in Paris gewesen, an der Académie de la Grande Chaumière, beim großen Sergius. Doch was sollte jetzt aus mir werden?

In einem feucht müffelnden Waggon sitzend, hörte ich noch immer Mutters Stimme am Telefon. Mutter, aus der nie das geworden war, was sie sich einst gewünscht hatte. Mutter, die keine Aussicht hatte, jemals nach Estland zurückzukehren.

Der sich dann aber auf ganz andere Weise doch noch eine Tür aufgetan hatte. Im Frühling vor meinem Aufenthalt in Paris durfte sie für ein Wochenende nach München zu einem Theaterfestival fahren. Ein Regieassistent vom Basler Theater, der mit seiner Frau hingehen wollte, war krank geworden. Da Vater seinerseits an diesem Wochenende einen Übersetzerfreund traf, fuhr ich mit. Es war im Zug irgendwo zwischen Lindau und München, als sie mir erzählte, was ich längst geahnt hatte: »Da ist jemand anderes in meinem Leben. Aber nicht so, wie du denkst.«

Ich dachte: Also nicht die Frau vom Park, die ich stets für Frau Gisin gehalten hatte?

»Da ist jemand, eine Person, die ich liebe, auf ganz andere Weise, aber ich bleibe bei Vater. Wir bleiben zusammen, du musst keine Angst haben.«

Also doch eine Frau. Mikkel hatte recht gehabt.

»Vater und mich verbindet viel, Kristi. Ich kann mich nicht trennen von ihm. Doch die andere Person, die vor einiger Zeit in mein Leben getreten ist, gibt mir etwas, das mir Vater nicht bieten kann.«

Klar, dachte ich. Wenn sie Frauen liebt, ist das nur logisch. Und ich habe kein Problem damit. Solange diese Frau gut zu meiner Mutter ist.

»Irgendwann werde ich euch verraten, wer es ist«, sagte Mutter. Und damit hatte sich das Thema erledigt.

Ich habe nie herausgefunden, was Glück für Mutter bedeutet. Ob sie in all den Basler Jahren jemals glücklich war. Ob sie das Glück überhaupt brauchte. Was ich weiß, ist, dass sie sich in kleinen Schritten immer mehr Terrain erschloss. Im Theater stieg sie nach zehn Jahren zur Chefkostümbildnerin auf. Sie wurde Präsidentin eines Klubs von Kunstfreunden. Sie hatte einen Mann, mit dem sie eine Vergangenheit teilte, über die ich wenig wusste. Einen Kauz, der in Basel durchaus Bewunderung hervorrief. Und sie hatte nun offenbar eine Frau für ihr Liebesleben.

~

Der Abschied von der Kleinhüninger Schulgasse fiel uns nicht schwer. Ich dachte an den Lehrling mit dem Knautschgesicht, an die engen Gassen, die es nicht mehr gab, und die in alle Winde verstreute Kronenplatzbande. Ich dachte auch an Mikkel. Das Schwingen in meiner Wirbelsäule. Seine Aufmerksamkeit als warme und seltsam riechende Hand, die sich fest um mich schloss. All dies seit zwei Jahren nur noch Erinnerung.

Selten war ich in dieser Zeit bei seinen Eltern gewesen. Drei-, viermal, aus Pflichtgefühl und um für Erik den großen Bruder zu spielen. Über den abwesenden Mikkel hatten wir bei meinen Besuchen kaum gesprochen. Ole und Sissel waren sich seines brüskierenden Verhaltens sehr wohl bewusst – und heillos überfordert von der Situation. Ich selbst war immer überzeugt gewesen, Mikkel hätte sich als Erster zu melden. So hatte ich geduldig auf seine Entschuldigung gewartet. Und meine Geduld verwandelte sich nach und nach in eine Wut, die am Grund meines Bewusstseins vor sich hin simmerte.

Und dann war er wieder da. Genau wie damals, an Heiner Stöcklins Werkstatttor. Als ob nichts. Als ob erst gestern. Mit seinen üblichen zwei Bier holte er mich ab, um mit mir in der Langen Erlen auf einen Baum zu klettern. Es war viel zu kalt, um zu klettern, aber er wollte es unbedingt. Er erzählte von Leuten, die er zufällig getroffen hatte, dem Mareili, das seit Kurzem verlobt sei, vom Hubi, auch er damals Teil der Kronenplatzbande, stets ein loyaler Mitläufer, nun zum jüngsten Platzwart aufgestiegen, den der FC Basel je gehabt hatte und der sich mit Gratiskarten Freundschaften erkaufte. Mikkel sprach von seinen Lektüren der letzten Monate – Kafka, Queneau, Calvino –, er tat alles, um mir zu gefallen, und dann, wie aus dem Nichts heraus, die Aufforderung: »Komm nach Kopenhagen, Kristi. Es ist ein Zimmer frei für dich. Bezahlen tust du natürlich nichts dafür. Du musst nur deine Sachen packen. Alles steht bereit, Kopenhagen wartet auf dich! Du hättest schon viel früher kommen sollen!«

Aufgewühlt ging ich nach Hause. In meinem Zimmer drückte ich still mein tränenüberströmtes Gesicht in das Kopfkissen. Meine Gedanken ein Schwarm wild durcheinanderschreiender Möwen.

In den ersten Tagen an der Offenburgerstraße baute ich Vater ein Bücherregal, dann half ich eine Woche lang bei Stöcklin aus, der eine große Brunnenrestaurierung am Laufen hatte. Ich ging in die Antikensammlung und aß Schmalzens Keksdose leer, ich spazierte nach Riehen und hoffte insgeheim, das Mareili zu sehen. Ich setzte mich mit Klemmbrett und Zeichenstift in die Palmenhalle des Botanischen Gartens. Und machte stundenlang keinen Strich.

Ich sollte also zu ihm nach Kopenhagen. Als ob es so einfach wäre. Was wusste er eigentlich von mir? Und überhaupt, für wen hielt er sich? Zimmer frei für dich, Kopenhagen wartet, ha! Als ob ich in den letzten zwei Jahren nichts anderes getan hätte, als auf ihn und sein bescheuertes Kopenhagener Zimmer zu warten!

Um mich abzulenken, ging ich mit Vater spazieren. Der Fabulierer von Kleinhüningen hatte schon vor meinem Parisaufenthalt zunehmend gegen meine Widerstände zu arbeiten gehabt. Ich hatte in seine Monologe hineingelacht, hatte missbilligende Geräusche gemacht, und manchmal war ich ihm einfach davongelaufen. Nun tippte er mich beim Erzählen ständig mit dem Finger an, legte die Hand auf meinen Unterarm, streifte mich flüchtig an der Schulter. Er wusste, sein Sohn würde ihm abhandenkommen, wenn er nicht lernte, wie er ihn neu greifen konnte.

»Motive, überall Motive«, murmelte er, »hier, schau, mein Sohn, die Breitbeinigkeit des Trampiloten, seine Pause nervös wegrauchend. Dort, im Fenster gegenüber, das Ellbogenkissen eines notorischen Zaungasts, fleckig, viel zu lange schon im Gebrauch. Und da, pass auf, da drüben, das Bier-Bukett an der Parkbank, flüchtig und doch beißend. Ach, diese Gier nach Mi-Ma-Motiven, ich bin ihr komplett ergeben …«

Er blieb stehen. Stocherte mit leeren Augen im Straßenraum herum. Es erinnerte mich an Leena im Tennisklub: eine stille, schwarze Pfütze.

»Kristi«, sagte er. Und schwieg erneut.

»Kristi, mein Sohn, pass auf …«

Er zupfte an meinem Jackenärmel. Dann ging er weiter.

Weihnachten verlief wie immer. Fast. Am Tisch im Sarasin'schen Salon saßen diesmal neben meinen Eltern, mir, Leena, Jakob und Herrn Uibo auch noch der ehemalige Flüchtling Ilmar und eine junge Frau. Sie sagte kaum etwas und wickelte dennoch alle Männer im Raum um den Finger. Vater glänzte mit seiner Rhetorik, Jakob war stets bereit mit seinem Feuerzeug, wenn sie zur Zigarette griff, und ich selbst wollte mit ihr auf der Stelle abhauen, weit weg, an die Biskaya, nach Griechenland, auf die Azoren. Sie war hinreißend. Ihr ratloses Lächeln, das Spiel der Sehnen an ihrem Hals, die Hände in ihrem Schoß. Und dann all die Teile ihres Körpers, die unter Kleidern versteckt auf Ilmars Lust warteten.

Ilmar hatte endlich seine Aufenthaltserlaubnis bekommen. Er wohnte in Zürich und machte nach seiner Odyssee an jenem Punkt weiter, an dem er in Estland aufgehört hatte: Musikunterricht und Gedichte schreiben. Er veröffentlichte in den Exilzeitschriften, die in Schweden, Kanada oder Deutschland erschienen; man war aufmerksam auf ihn geworden. Und Vater war stolz auf ihn. Er betrachtete Ilmar als seinen Schützling.

Auch wie immer war an diesem Abend, dass sie von mir wie von einem Abwesenden sprachen.

»In Paris war er also. Damals ging's nach Italien, heute muss es Paris sein. O tempora, o mores. Apropos: Lebt Picasso eigentlich noch?«

»Jetzt, wo der Junge zurück in Basel ist, gilt es jedenfalls Pflöcke einzuschlagen. Sich für eine Richtung zu entscheiden. Künstlerisch, meine ich.«

»Ist nicht zwingend. Picasso hat auch alles aufs Mal gemacht.«

»Jetzt hör mal, Leena. Dein Neffe ist zweifellos talentiert, aber der Vergleich mit Picasso verbietet sich!«

»Lebt er nun oder nicht, der Picasso?«

»Sein Ableben hat sich zumindest noch nicht herumgesprochen.«

»Er nimmt eine neue Periode in Angriff. Die graue.«

Schallendes Gelächter.

Am nächsten Tag ging ich zu Jacobsens rüber.

»Ich hab einen Entschluss gefasst. Ich brauche dein Zimmer nicht, Mikkel. Aber ich schaue mir Kopenhagen mal an.«

»Und wo willst du wohnen?«

»Na ja, für eine Nacht kann ich das Zimmer ausprobieren meinetwegen.«

»Kristi! Mein Freund! Du kommst!«

Mikkel strahlte.

»Kopenhagen hat mich schon immer interessiert«, sagte ich. »Schon lange bevor du hingegangen bist.«

»Klar. Darfst aber auch gerne eine zweite Nacht im Zimmer bleiben.«

»Nicht nötig. Ich geh ja dann gleich weiter.«

»Alles klar.«

»Und mein Gepäck lasse ich sowieso im Bahnhof.«

»Sicher.«

Wir spielten das Spiel noch eine Weile weiter. Ob Mikkel begriff, dass ich jeden einzelnen Satz ernst meinte, fand ich nie heraus. Ich würde mir Kopenhagen anschauen, und dann würde ich nach Hause gehen und meinetwegen Pflöcke einschlagen.

Zwei Jahre lang hatte ich ihn nicht gesehen. Aber er war mein Bruder. Das Band, das Ole geknüpft hatte, war nicht mehr aufzutrennen. Doch es war ein Band, das sich mir in jedem Augenblick um den Hals schlingen und mir die Luft nehmen konnte. Ich wusste das. Ich hatte nichts vergessen.

Am Tag vor unsrer Abreise machte ich eine letzte Runde mit Vater. Er war lange stumm. Blieb immer wieder stehen. Seufzte. Und ging weiter. Irgendwann einzelne Sätze: »Offenes Küchenfenster. Geschirrgeklapper. Ach, Fellin, du alte Tante von einem Dorf. Mit deinen Gassen wie ein zu enger Kragen.«

Weitergehen. Stehen bleiben.

»Wirtshausschilder, als Krakenhände nach Gästen langend. Nächte, wie mit Schnapslasur bestrichen. Tartu. Altes, großes Tartu.«

Weitergehen. Stehen bleiben.

»Der Hinterkopf des kleinen Jungen dort, gekrönt von dem viel zu großen Haarwirbel, siehst du ihn? Eine dorre Distel, die ihren Blätterkranz in die Lüfte streckt. Darunter der dünne Nacken. Bietet sich dem väterlichen Klammergriff von hinten geradezu an. Kärdla. Königin von Hiiumaa.«

Weiter. Und weiter. Und weiter.

»Druckstellen. Seit der frühesten Kindheit die gleichen. Kärdla. Fellin. Tartu. Drauf drücken, autsch. Pass bloß auf, mein Sohn! Auch du wirst sie haben, die Druckstellen.«

Pause. Schweigen. Kurz sah ich ein Bild vor meinem inneren Auge: ich selbst, dreißig Jahre später, durch eine Stadt fern meines Kindheitsorts taumelnd, in Erinnerungen verstrickt, so wirr wie unentrinnbar. Die gleiche Verzweiflung, die gleichen Manien und Verbohrtheiten.

»Die Druckstellen im Gedächtnis sind immer die gleichen, aber wer weiß schon, wie's wirklich war«, fuhr Vater fort. »Lug und Wahrheit sind ein tückisches Geschwisterpaar.«

Wieder ging er weiter. Wankend. Trat auf die Fahrbahn, ohne aufzuschauen. Ich zog ihn am Kragen zurück, ließ einen Kleinlaster vorbeidonnern.

Am vierten Januar stiegen Mikkel und ich in den Zug Richtung Hamburg. Am Gleis standen Mutter und Leena. Vater hatte sich in seiner Arbeitskajüte verschanzt.

~

Das mythologische Quartier von Kopenhagen ist Teil des Stadtteils Nørrebro. Seine Straßen tragen die Namen von nordischen Gottheiten: Odin, Heimdall, Balder, Ægir. Mikkels Tante besaß eine Wohnung in der Thorsgade. Da sie auf dem Landsitz ihres wohlhabenden Mannes residierte, hatte sie in der Stadt keinen Bedarf. Die Zusammensetzung der Schlafenden in der vierten Etage des Hauses Thorsgade 62 schien sich jede Nacht zu ändern. Es gab in der Wohnung eine relativ große Küche, in der ununterbrochen gegessen wurde, dazu vier Zimmer. In drei davon befanden sich je ein Bett und mindestens eine zusammengerollte Matratze. Platz für sechs bis zehn Schläfer. Selten waren wir drei offiziellen Bewohner allein.

Mikkel war seit einem halben Jahr Student der dänischen Literatur. Kaum hatte er nach unserer Ankunft die Wohnung betreten, verfiel er in einen Aktivismus, der kein Ende nahm. Er unterhielt Lesegruppen, die nächtelang über eine einzige Seite diskutierten. Er kritzelte seine Studienbücher mit Bemerkungen voll, sodass der Text kaum mehr zu lesen war. Er reparierte Geräte, indem er sie Teil für Teil auseinandernahm, obwohl er keine Ahnung von Technik hatte. Seine Furchtlosigkeit gegenüber verlorener Zeit und Mühe war einer äußerst komfortablen Situation zu verdanken: Solange er seiner Tante regelmäßig Besuch abstattete und für ein paar Stunden ihr Geschwätz ertrug, kam sie für all seine Ausgaben aus. Ein Arrangement, von dem Ole und Sissel nichts erfahren durften. Für sie verdiente er seinen Lebensunterhalt mit dem Erteilen von Deutschstunden.

Natürlich blieb ich länger. Und natürlich hatte ich das Zimmer, das für mich reserviert war, bereits in der ersten Nacht nicht für mich allein. Es war weit nach Mitternacht, als ein haariges Wesen sich mit einem Deckenknäuel vor der Brust durch die Tür schob. Ich hatte den Typen Stunden zuvor in der Küche angetroffen. Jørgen oder so. Langes Haar, dicke Brille, um seinen Schädel herum eine Duftaureole aus Menthol. Leise vor sich hin flüsternd, breitete er seine Decke aus. Als ich mich umdrehte, um ihm klarzumachen, dass ich schlafen wollte, stellte er auf laut um.

Ob ich die Aalborger Wurst gestanzt hätte.

»Wie bitte?«

»Was verstehst du nicht, Leif? Wurst? Stanzen?«

»Aalborg.«

»Der war nicht schlecht. Ich hab sie jedenfalls gerädelt, die Aalborger Wurst. Falls du verstehst, was ich meine.«

»Hatte ich mir zuerst auch überlegt«, erwiderte ich aufs

Geratewohl, »aber dann hab ich sie doch gerieben.« Ich hatte keine Ahnung, was hier vorging.

»Kann man auch, mein lieber Leif, kann man auch.«

»Ich heiße Kristian«, sagte ich.

Jørgen oder so lächelte und stocherte mit dem kleinen Finger in seinem rechten Ohr herum. Dann strich er sich mit der anderen Hand knirschend über den Bart. Was es mit der Aalborger Wurst auf sich hatte, hatte ich noch immer nicht herausgefunden.

»Du kommst aus der Schweiz, richtig?«

»Richtig.«

»Da gibt's einen Ort, der heißt Dreckloch.«

»Kenn ich nicht.«

»Ist vielleicht nur eine Fehlinformation. Was dagegen, wenn ich jetzt schlafe?«

»Ich war ja selber schon dran.«

Er zog sich die Hose von den Beinen. Zum Vorschein kam eine Unterhose, die wohl genug Stoff für ein ganzes Bettlaken hergegeben hätte. Er legte sich auf die Bettdecke und die Hose als Bettdecke auf sich.

»Eins noch, bevor wir schlafen, Leif.«

»Ich heiße Kristian.«

»Eins noch, Willibald. Jørgen kommt nachher noch hier rein. Aber keine Angst. Er ist still wie ein Grab.«

»Ich dachte, du bist Jørgen.«

»Das dachte ich auch. Und ich tu's immer noch.«

Und damit war Ruhe. Der andere Jørgen tauchte später tatsächlich auf, legte sich neben dem ersten Jørgen auf die Bettdecke. Einer Mumie gleich lag er da, mit auf dem Bauch gefalteten Händen. Der erste Jørgen drehte sich zur Seite und legte den Kopf auf den Oberarm des zweiten Jørgen. Ein Murmeln zwischen seinen Lippen, dann war er eingeschlafen.

Zu jeder Tages- und Nachtzeit herrschte in der Wohnung Geschäftigkeit. Holte ich mir nachts in der Küche etwas zu essen, sah ich Mikkels Gesicht im Schein einer Tischlampe, neben ihm weitere Gesichter, wie Eier in einem gemachten Osternest, auf dem Tisch Bücher, Notizen, Biergläser, Brotkrümel. Nahm ich mir aus dem Obstkorb einen Apfel, traf mich womöglich Mikkels Blick, und vielleicht sogar hob sich seine Hand zu einem Winken, und vielleicht sogar war es ein Heranwinken, ein Komm-ich-will-dir-etwas-erzählen-Winken, doch bevor ich die Handbewegung deuten konnte, war Mikkel wieder in das Gespräch verwickelt, und ich drehte mich um und ging in mein Zimmer zurück. Auf dem düsteren Korridor irgendein Jørgen oder Jon oder Jens, wir nickten uns freundlich zu. Dann war ich wieder in meiner Ecke und blätterte in der vergilbten Geschichte der Stadt Kopenhagen aus dem Jahr 1931, die Ole mir in Basel mitgegeben hatte.

Dass ich mich schon immer für Kopenhagen interessiert hatte, stimmte nicht. Ich hatte keine Ahnung von dieser Stadt. Ich suchte das Meer, konnte es aber nicht finden. Immer wieder traf ich auf die Voldgade und den breiten H. C. Andersens Boulevard, jene zwei Magistralen, die diese Stadt regierten. Immer wieder auch der Rathausplatz, der bestimmt fünfmal so groß war wie der Rathausplatz von Basel. An Tagen, an denen ich zu müde für die langen Gänge war, lief ich durch die nähere Umgebung der Wohnung: Sankt Hans Torv, die Kreuzung Nørrebros Runddel, der Assistenzfriedhof und das daneben liegende Rhabarberquartier, eines der Armenviertel dieser Stadt.

Tagtäglich wanderte ich mich in einen Rausch. Zwischendurch kehrte auch mein Fliegezustand von Paris zurück. Auch hier schaute kaum jemand hin, wenn ich an den Straßenrändern entlangtorkelte. Minzgrüne Kupferdächer stürzten auf mich ein, Baumkronen, Fensterbrüstungen. Ich tänzelte wackelnd über die Gehsteige, ich rannte in der letzten Grünsekunde über den H. C. Andersens Boulevard, die Gefahr bis zum Äußersten auskostend.

Kam ich abends an die Thorsgade 62 zurück, traf ich Mikkel in geballtem Tatendrang an. Berge von gebrauchten oder ungebrauchten Hilfsmitteln und Abfall häuften sich um ihn herum an. Kaum je zu bestimmen, worum es ging.

»Hey, Kristimann! Wo warst du?«

»Hast du mich etwa gesucht?«

»Komm, wir essen.«

»Wo ist das Meer? Kopenhagen ist doch eine Hafenstadt.«

»Immer Richtung Osten laufen. Bis du nasse Füße hast.«

»Ach so. Ich habe übrigens einen Sack Kartoffeln gekauft.«

»Wunderbar. Jørgen macht fürs Leben gern Kartoffelstempel.«

»Welcher Jørgen?«

»Gute Frage.«

Und schon war Mikkel anderweitig beschäftigt.

Nein, keine Eifersucht. Er lebte hier seit mehr als zwei Jahren sein Leben. Klar, hatte er seine Freunde, seine Pläne, sein Ding, das er durchzog. Ich hatte damit gerechnet. Also keine Eifersucht. Ich ließ sie nicht zu.

Von Jørgens wimmelte es an der Thorsgade 62 nur so. Der Mumienjørgen war – so viel glaubte ich, in Erfahrung gebracht zu haben – unser offizieller Mitbewohner. Man sah ihn selten. In jener ersten Nacht hatte er bei mir geschlafen, weil jemand in seinem Zimmer giftige Farbe verschüttet hatte. Der Bartjørgen mit der Aalborger Wurst war bei uns zwar nicht offiziell gemeldet, schien aber Dauergast zu sein. Dann gab es noch einen anderen bärtigen Jørgen, den ich in der ersten Zeit nicht vom Aalborg-Wurst-Jørgen unterscheiden konnte. Sein linkes

Augenlid flatterte wie ein nervöser Falter. Er strich es mit dem kleinen Finger glatt, drei-, vier-, fünfmal pro Minute. Aalborg-Wurst-Jørgen und Flatterlid-Jørgen schienen beste Freunde zu sein, weshalb es nicht selten vorkam, dass sie beide in meinem Zimmer schliefen. Sie hatten eine merkwürdige Art, ihre Nächte durchzubringen. Geschlafen wurde in Schichten von zwei Stunden. In der Wachzeit, die jeweils eine halbe bis ganze Stunde dauerte, lasen sie, rauchten, redeten gedämpft.

»Kunst. Drei Stichworte dazu, schnell!«

»Pastell, Haudrauf, Suppenhuhn.«

»Sehr schön. Und du, Leif?«

»Kristian.«

»Und du, Flemming?«

»Weiß nicht.«

»Bloß nicht zu viel nachdenken. Macht alles kaputt. Ich zähl bis drei. Eins …«

»Hm…«

»Zwei …«

»Kritzel.«

»Drei. Auch eine schöne Antwort: weißnicht, hm, kritzel. Das gefällt mir.«

Von einem Moment auf den anderen schlief man wieder. Zwei Stunden später erneut einer, der wach dasaß, im Kerzenlicht lesend oder rauchend. Dann ein Zweiter, der sich regte. Leise ihr Gespräch.

»Was für ein Traum eben gerade! Meine Oma klettert mit mir auf den Schultern eine Hausmauer hoch. Unten Leute, verschrumpelte Äpfel nach uns werfend. Keiner trifft. Dann Oma auf dem Dach oben, einen Walzer tanzend, ich immer noch auf ihren Schultern. Die Äpfel der Leute fliegen uns um den Kopf, ihr Aufschlag auf der Bitumenpappe ein dumpfes Pochen. Ich war glücklich, einfach nur glücklich.«

»Man wacht immer auf, wenn's am schönsten ist«, sagte der andere. »Oder am schlimmsten.«

Stille. Wie auf Kommando blickten sie zu mir herüber.

»Hast du auch geträumt, Leif?«, fragte Flatterlid-Jørgen.

»Kristian.«

»Hast du auch geträumt, Jesper?«

»Ja, hab ich.«

»Und?«

»Ich seh's vor mir. Aber die Worte.«

»Probier's!«

»Schweinebraten. Filzball. John Lennon«, sagte ich.

»Schön.«

»Sägemehl. Niesen. Kunstleder.«

»Was ist Niesen?«

»Ein Berg.«

»So was kenne ich nicht. Stell ich mir vor wie fernes Wetterleuchten.«

In der ganzen Zeit unserer Bekanntschaft weigerten sich die beiden Jørgens, sich zur besseren Unterscheidung Zunamen zu geben. Genauso unverrückbar ihre Weigerung, mich bei meinem richtigen Namen oder wenigstens bei irgendeinem bleibenden Namen zu nennen. Ich war Leifwillibaldflemmingmorten, ob ich es wollte oder nicht.

Während Mikkel ständig Neues anfing, begnügten die Jørgens sich damit, Vorhandenes auseinanderzunehmen. Sie erleichterten Autos nächtens um ihre Raddeckel, Bushaltestellen um ihre Sitzbretter, die Bar an der Ecke um ihre Aschenbecher. Den eingesammelten Kram bewahrten sie für später auf. Alle ihre Unternehmungen waren Vorbereitung auf das, was da noch kommen sollte. Die unendliche Geduld, mit der sie vorgingen, konnte einen rasend machen. Man musste als Zusehender durch das Dickicht seiner eigenen Raserei hindurch, um in jener weiten Ebene anzukommen, in der sich die Jørgens bewegten.

Aalborg-Wurst-Jørgen hatte im Jahr zuvor ein Kunststudium abgebrochen, nun half er tageweise bei einem Zimmermann aus. Wichtiger schien ihm aber das zu sein, was er die Umstülpung nannte. Es handelte sich dabei um eine Art gesellschaftlicher Revolution, die theorielos daherkam und deren Umrisse sich erst dann konkretisieren würden, wenn sie stattfände. Flatterlid-Jørgen war durchaus auch für die Umstülpung, doch viel mehr bedeuteten ihm Freunde. Alles andere waren fern am Horizont äsende Zebras in der Savanne seiner Tage.

Bald sehnte ich die Nächte mit den Jørgens herbei. Die beiden waren bezaubernd in ihrer Traumseligkeit. Aber auch irritierend in ihrer Blindheit. Immer wieder versuchte ich, meine linke Hand so zu platzieren, dass sie meinen sechsten Finger sahen. Ich kratzte mich auffällig lange im Gesicht, ich verschränkte die Finger ineinander und legte mein Kinn auf meine Faust, doch die Jørgens sahen ihn nicht, den sechsten Finger. Oder sie hatten beschlossen, ihn für nicht erwähnenswert zu betrachten.

Am Morgen saß ich meist allein am Frühstückstisch. Vor mir Honigbrot und Kaffee, im Hintergrund ab und zu ein Schlurfen. Meist waren es Mikkel und irgendein Jan, Jon oder Jens, kichernd und sich gegenseitig knuffend. Ich stopfte mir den Rest meines Honigbrots in den Mund und verließ fluchtartig die Wohnung. Allmählich war mir klar geworden, dass ich mich hatte übertölpeln lassen von meiner Sehnsucht nach der alten Geborgenheit in seinem Blick. Es würde nicht das letzte Mal sein, dass mir so etwas passierte.

Das Arbeiter-Kopenhagen, das königliche Kopenhagen, das Hafen-Kopenhagen. Ich klapperte sie alle ab. Das Buchladen-Kopenhagen, das Bahnhofs-Kopenhagen, das Hinterhof-Kopenhagen. Das Schulkinder-Kopenhagen, das Bäckereiduft-Kopenhagen, das Eckensteher-Kopenhagen. Asphalt-Wüstenei und Zuflucht, Stinkstadt und Sonnenscheinlabyrinth. Kopenhagen war alles zugleich. Es war die fremde Schwester von Kleinhüningen, es war die Cousine des mir unbekannten Tartu aus Vaters und Leenas Erzählungen. Ich fand keine Ruhe in dieser Stadt. Und jeden Abend kehrte ich zu Aalborg-Wurst-Jørgen und Flatterlid-Jørgen zurück.

»Dieses Haus ist eine Raubtierfalle«, sagte Flatterlid-Jørgen. »Eigentlich sollten wir die ganze Nacht draußen sein, das Leben in seiner Grausamkeit feiern. In der Morgendämmerung würden wir uns unter einen Baum legen, das Blut von unseren Lefzen leckend. Hört ihr dieses Miauen unten auf der Straße?«

»Wir sollten besser unsere Zukunft feiern«, sagte Aalborg-Wurst-Jørgen. »Sie wird uns den Boden unter den Füßen wegziehen.«

»Umstülpung?«

»Umstülpung, jederzeit! Jetzt hör ich die Katze auch.«

»Das bin ich«, sagte ich.

»Wer? Du, Leif?«

»Ja. Ich habe eine leichte Nasenscheidewandverkrümmung. Immer wenn ich wegdöse, beginnt mein rechtes Nasenloch zu piepsen.«

Aalborg-Wurst-Jørgen wackelte mit dem Kopf und grinste.

Treibende Kraft hinter der Idee von der Umstülpung war ein gewisser Kasper, wie ich später erfahren würde. Auch Kasper machte der Thorsgade 62 regelmäßig seine Aufwartung. Kampierte er in meinem Zimmer, sprach er ständig von einem weiteren Jørgen, der ein großer Künstler und zugleich Nichtkünstler sei, was seiner Idealvorstellung offenbar sehr nahekam. Ich brauchte eine Weile, bis ich verstand, dass es sich bei dieser Person um keinen Jørgen, sondern um Jorn handelte – den minimalen klanglichen Unterschied, den Dänen zwischen Jorn und Jørgen machen, hatte ich fälschlicherweise auf Kaspers schlaffe Sprechweise zurückgeführt. Es ging also um Jorn, den großen Asger Jorn aus Silkeborg, der eigentlich Asger Jørgensen hieß und einen Bruder namens Jørgen, also Jørgen Jørgensen, hatte, welcher sich aber Jørgen Nash nannte und ebenfalls Künstler und Nichtkünstler war.

Hatte sich Kasper einmal bei mir niedergelassen, schlief für den Rest der Nacht niemand mehr in dem Zimmer. Als ich Mikkel einmal allein antraf, sprach ich ihn auf Kasper an. Ja, das Problem sei bekannt, doch Kaspers Onkel sei Präsident einer Stiftung, die rebellische Talente fördere, womit sich hier so ziemlich alle gemeint fühlten, was dazu führe, dass niemand sich getraue, Kasper rauszuwerfen. Aber er werde ein Wörtchen mit ihm reden. Dann klingelte es an der Tür, und zwei Kommilitonen Mikkels tauchten auf. Man hatte ein Projekt am Start, irgendeine Ausstellung in einem Hinterhof. Ich hätte mich hinzusetzen können, sie hätten mich bestimmt aufgenommen in ihren Kreis. Doch ich ging raus, in die Stadt, die mir keine Ruhe ließ.

Fluchten, jeden einzelnen Tag. Feigheit, Kleinmut, Schiss. Ich wusste, auf Distanz konnte Mikkel mir nicht gefährlich werden. Ich hatte Angst davor, doch ich brachte nicht einmal den Mut auf, mir meine Angst einzugestehen. War ich seinetwegen hierhergekommen? Blödsinn. Ich hatte gerade nichts zu tun gehabt in Basel, ich hatte nicht in der neuen Wohnung meiner Eltern bleiben, mir in der Stadt kein Zimmer suchen wollen. Auch auf Pflöcke einschlagen hatte ich keine Lust gehabt. Stattdessen wollte ich herausfinden, was ich mit meinen Händen anfangen konnte. Was ich unter Kunst verstand.

An der Thorsgade 62 bekam ich genug Erklärungen, was

Kunst sein sollte und was nicht. Die Jørgens hatten jeden Tag neue Ideen, die sie schwankend zwischen Ernsthaftigkeit und ironischem Spott vortrugen. Kasper hingegen hatte immer die gleiche Idee, doch sie kam jeden Tag in neuem Gewand daher. Natürlich machte er auch selbst Kunst beziehungsweise etwas, was er hartnäckig als »Kunst-Nicht-Kunst« bezeichnete.

Wenige Wochen nach meiner Ankunft in der Stadt hatte er eine nackte Jungfrau Maria auf die Kirche Unserer Lieben Frau gepinselt, dazu den Satz »Ich will endlich auch mal Sex«. Eine Aktion, die, so behauptete er zumindest, ihm ein Lob von Jørgen Nash eingebracht habe. Die hingepinselte Jungfrau hatte es tatsächlich gegeben, drei Tage lang, die Presse kümmerte sich eingehend um das Thema, doch ob Kasper ihr Urheber war und ob Nash ihn dafür gelobt hatte, das wusste niemand außer Kasper. Für ihn waren Aktionen dieser Art kleine Schritte in Richtung Umstülpung. Eine Antwort auf die Frage, ob er sie als Kunst verstand oder nicht, verweigerte er hartnäckig. Lieber wetterte er über die bürgerlichen Kunstinstitutionen.

»Ich sage nur: Kunst gehört aus den Museen befreit! Rotten wir uns zusammen, Leute, und stürmen die Ausstellungshäuser! Holen wir die Kunst da raus!«

»Ohohoho«, murmelte Flatterlid-Jørgen und tupfte auf seinem Lid herum.

»Museen sind staatlich subventionierte Begräbnisstätten der Kunst!«

»Jahaaa«, machte Flatterlid-Jørgen.

»Und dann machen wir unser eigenes Museum? Im Wald oder so? Am Strand?«, fragte Aalborg-Wurst-Jørgen.

»Jørgen, Jørgen, Jørgen, du hast's immer noch nicht begriffen«, sagte Kasper.

»Drum frag ich ja.«

»Du fragst zu viel, Jørgen.«

»Fragen sind wie geröstete Zwiebeln«, antwortete Aalborg-Wurst-Jørgen. »Ich tu sie überall hinzu, aufs Brot, auf die Kartoffeln, zur Wurst. Ich kann nicht anders.«

Flatterlid-Jørgen lachte leise.

»Kunst ist Ernst, und Kunst ist kacke«, sagte Kasper. »Guy Debord, den ich einst verehrte und den ich nun aufs Äußerste verachte, sagte: Ereignisse spielen, Situationen schaffen, das ist der Weg. Unser Weg. Daraus entsteht die Umstülpung. Die Kunst aber, die in den Museen hockt, die wird sich auflösen. Und mit ihr die ganze lahme Scheißzivilisation.«

»Ach, Guy Debord hat das Wort Umstülpung selber verwendet?«, fragte Flatterlid-Jørgen.

»Natürlich hat er es verwendet, du Affenkönig!«

»Debord hat viel gearbeitet. Inoffiziell«, sagte ich leise.

»Was weißt du schon?!«

»Ich hab in seiner Wohnung gewohnt. Also nach ihm. Er war schon weg, als ich kam.«

»Wo?«

»Paris. Petit-Montrouge. Bei Madame Duhamel. Sie hat ihn mir ganz genau beschrieben. Pilzfrisur, dicke runde Brille, asiatische Augen. Die Bernstein war seine Freundin.«

»Die Bernstein ist noch immer seine Freundin, du Blödi.«

Was ich erst viel später erkannte: Kasper war in seiner Erscheinung eine fast perfekt gelungene Kopie von Guy Debord, wie er mir von Madame Duhamel beschrieben worden war. Pilzfrisur, dicke runde Brille, asiatische Augen. Wenn es ihm bewusst gewesen wäre, hätte er schleunigst etwas dagegen unternommen. Kaspers Verachtung für Guy Debord kannte keine Grenzen.

Allerdings: Wäre Kasper selbst der Häuptling einer Avantgarde-Bewegung gewesen, er hätte sich wohl ähnlich wie Debord benommen. Die Brüder Nash und Jorn waren nicht die Einzigen, die aus der Situationistischen Internationalen ausgeschlossen worden waren. Das Ausschließen von Mitgliedern schien geradezu Debords wichtigste Aktivität zu sein. Manche Mitglieder schloss er mehrmals aus. Andere schloss er aus, behielt sie aber dennoch im Kreise seiner Gruppe. Und dann gab es noch diejenigen, die er ausschloss, obwohl sie gar nie Mitglied gewesen waren.

Kaspers Ausfälle waren unterhaltsam und zugleich kaum zu ertragen. Zwei-, dreimal war ich in diesen Nächten verduftet und hatte mich ganz oben im Haus auf dem Treppenabsatz hingelegt. Und hatte dort besser geschlafen als erwartet. Und zu Mikkel? Nein, zu Mikkel ging ich nicht. Ich ging nie zu Mikkel.

~

Wer am Morgen des 25. April 1964 eine der Kopenhagener Zeitungen aufschlug, sah die berühmte Meerjungfrau – kopflos. Unbekannte hatte ihn am Vortag abgesägt und mitgenommen. Schnell kursierten Gerüchte. Jørgen Nash erzählte der Presse, er kenne den Täter, würde aber dessen Namen nicht verraten. Die Orakelei dauerte nicht lange, bis jemand verkündete, dass der Täter kein anderer als Nash selbst gewesen sein könne. Doch seine Schuld konnte nicht nachgewiesen werden. Es wurde ein Kopfgeld ausgesetzt, aber der Täter fand sich nie. Der abgesägte Kopf der Meerjungfrau ebenfalls nicht.

Kasper sprach es nicht direkt aus, aber in den Tagen nach dem 25. April gab er in der Thorsgade immer wieder Hinweise, dass eigentlich nur er der Täter gewesen sein könne; es sei ein Skandal, dass die Presse und die Polizei nicht längst hinter ihm her seien. Er war beleidigt.

Der Vorfall mit der Meerjungfrau führte zu einer despotischen Versteifung Kaspers. Seine Theorien wurden zu Festungen, seine Argumente zu Lanzen, mit denen er auf alles einstach, das in seine Nähe kam. Die Jørgens behalfen sich unterschiedlicher Strategien, um ihn im Zaum zu halten. Einmal lenkten sie ihn mit Ersatzdiskussionen ab, ein anderes Mal stimmten sie ihm vorbehaltlos zu. Eine Frau hätte dieser Wohnung gutgetan, doch Frauen tauchten in diesem Frühjahr selten bei uns auf.

Auch ich war Zielscheibe von Kaspers Angriffen. Ich hatte eine Behauptung über Debord in die Welt gestellt und sollte das bitter bereuen.

»Und du warst also wirklich in Paris? Wann?«

»Letztes Jahr.«

»Kannst du das bezeugen, Kunstfreund?«

Er machte sich nicht zum ersten Mal lustig über mich. Aber es schien ihn gleichzeitig zu fuchsen, dass ich Debord tatsächlich gesehen haben könnte.

»Ich war an der Grande Chaumière, bei Sergius. Er war mal mit Ossip Zadkine befreundet. Ich hab tausend Skizzen gemacht in Paris. Panthéon, Odéon, Mouffetard, Gobelins.«

»Gobelins? Ich hasse Teppiche. Teppiche sind bourgeois.«

»Die Straße. Heißt eben so.«

»Ah. Die Straße.«

»Bei der Place d'Italie.«

»Italie. Schön, schön. Der übliche Paris-Kitsch, nehme ich an. Jeder fällt drauf rein, ausnahmslos jeder. Sogar Jorn. Aber er blieb ja länger und hat dann was Schlaues daraus gemacht. Sowieso der einzige Künstler mit Hirn. Jetzt zeig endlich mal her, deine Skizzen.«

»Ist nur so ein Gekritzel.«

»Jaja, schon gut. Zeig!«

»Ich denk mir normalerweise nichts dabei. Ich schaue einfach nur hin, und die Hand macht ihre Arbeit. Keine Ahnung.«

»Jetzt hol endlich dein verdammtes Skizzenbuch hervor, Mann!«

Stumm blätterte er das Buch durch, auf seiner linken Schulter das Kinn von Aalborg-Wurst-Jørgen, auf der rechten das von Flatterlid-Jørgen. Als er fertig war, brüllte er los. Die Jørgens kicherten und tätschelten mir dabei die Schulter. Sie wollten nicht so fies sein wie Kasper, immerhin waren sie meine Schlafkumpane und wollten das auch bleiben, aber auch für sie war der Fall klar: Ich hatte mich als Hinterwäldler zu erkennen gegeben, der mit seinen Arbeiten einer verkrusteten, paternalistisch-kapitalistischen Gesellschaft Honig ums Maul schmierte.

Am nächsten Tag stand ich im Morgengrauen auf, packte mein Skizzenbuch ein und verließ ohne Frühstück die Wohnung. Ich streifte durch die Arbeiterviertel, schaute den Lieferanten zu, die Milch, Kartoffeln, Fisch in die Läden brachten. Ich machte ein frühes Mittagsschläfchen in einem Gesträuch des Botanischen Gartens. Ich suchte eine einsame Bank, auf der ich mein Skizzenbuch wie absichtslos liegen lassen konnte, um es für immer zu vergessen. Ich brachte es nicht übers Herz. Stattdessen saß ich da und blätterte das Buch durch, wieder und wieder.

Was ich jeweils abgezeichnet hatte, war selten zu erkennen auf dem Papier. Striche, die sich in Garben zwängten, hier in graphitenen Druckzentren kondensierten, dort sich in flirrende Staffelungen auffächerten. Dennoch konnte ich nicht anders, als mein Tun abzeichnen zu nennen. Ich setzte mich in die Welt, sah sie, roch sie – und zeichnete. Immer war ich angewiesen auf die Welt beim Zeichnen. Ohne die Welt, also das, was als Formen und Farbkörnungen in meine Augen, als Vibrationen auf mein Trommelfell traf, das, was meinen Fingern und Füßen Widerstand leistete, Stränge von Licht, die

Trommelwirbel der vorbeifahrenden Autos, das Rattern der Straßenbahnen, der Pflasterstein der Altstadt, ohne dies alles konnte ich nicht zeichnen. Und ohne das Abzeichnen konnte ich nur gehen, immer weiter, immer weiter, ohne Ziel.

Und ich ging weiter. Durchs Rhabarberquartier, durchs Kartoffelquartier, rein ins Lateinerviertel zwischen Universität, Frauenkirche und dem Runden Turm, dann wieder hinaus ins mythologische Viertel.

In der Ægirsgade stand eine Frau vor einer Komposition von Äpfeln, Kartoffeln, Zwiebeln, einer geplatzten Tüte Mehl und einem geborstenen Glas Joghurt. Aus ihren Jackenärmeln ragten verzitterte Hände, an der einen Hand hing ein zerrissenes Einkaufsnetz. Ihrem Mund entwichen Wörter, so winzig, dass sie in eine Kinderfaust gepasst hätten.

»Gute Frau. Kann ich Ihnen helfen?«

Sie wimmerte weiter. Ich verstand nichts.

»Kommen Sie, ich helfe Ihnen.« Ich sammelte ihre Sachen ein.

»Wo wohnen Sie denn? Ich trage Ihnen die Sachen heim.«

Lange dauerte es, bis sie sich in Bewegung setzte. Zwanzig Meter weiter ihre Haustür. Den ganzen Weg hinauf in den obersten Stock seufzte sie so inständig, als würde die Welt hinter ihr vom Nichts aufgefressen.

Ich brachte es nicht übers Herz, sie zu verlassen. An ihrem Küchentisch plauderte ich über Nichtiges, sie tat den Mund noch immer nicht auf. Ich fand in einer Dose ein paar Butterkekse. Sie waren feucht und weich. Ich aß sie trotzdem alle auf.

»Wie soll man das aushalten«, sagte die Frau irgendwann, und es klang wie in eine dieser kleinen braunen Medizinflaschen hineingeflüstert. »Wie soll man das nur aushalten?«

Richtig, dachte ich, wie soll man das aushalten.

»Man weiß, dass man sich damit abfinden muss, man weiß es schon lange. Aber es wird trotzdem immer schlimmer.«

»Ja«, sagte ich. Ich fand auch, dass gerade alles schlimmer wurde.

»Seit einem Jahr hab ich nichts von ihm gehört.«

»Seit einem ganzen Jahr?«

»Einem ganzen Jahr.«

»Sie waren ihm bestimmt immer eine gute Frau.«

Zum ersten Mal blickte sie mir in die Augen. Dann ging ein Schlottern durch ihren Körper. Ihr Klapperskelett wackelte, ihr zerzauselter Dutt fiel auseinander, ihre Klauen legten sich auf das eingefallene Gesicht.

»Ach, der Bert«, krächzte sie durch die Finger hindurch. »Ein grässlicher Mann war er. Und ich ihm eine grässliche Ehefrau. Zum Glück ist er tot. Die Explosion damals in der Fabrik, sie kam genau zum richtigen Zeitpunkt.«

Ah, so, dachte ich. Dann also ihr Sohn?

»Wo ist ihr Sohn denn hin?«

»Das weiß ich ja nicht. Vielleicht ist er hier in der Nähe, vielleicht in Rom oder Paris oder Malmö. Ständig hat er von diesen Orten gesprochen, mein kleiner Jørgen. Dort müsse er hin, dort würden sie ihr nächstes Ding aushecken.«

»Wer?«

»Was weiß ich. Irgendwelche Freunde. Ich hab sie ja nie gesehen. Jedenfalls ist er weg, und sein Zimmer auf dem Dachboden steht leer. Nur die Zinnsoldaten sind noch da.«

Und da strömte auf einmal eine Energie in die Frau. Sie packte mich am Handgelenk und zog mich mit. Das Zimmer auf dem Dachboden war ziemlich groß. An der Stirnwand ein Bett und eine Lampe, daneben ein Tisch, dazu eine Reihe von Obstkisten, die als Ausstellungsfläche für die Zinnfiguren dienten. Tief in der Dachschräge standen Kartons voller undefinierbarer Objekte. »Seine Basteleien«, sagte die Frau, als sie meinen Blick sah. »Er hat fürs Leben gern gebastelt, mein kleiner Jørgen. Bis er diese Leute kennenlernte.« Über dem Tisch eine Dachluke. Ich stellte mich darunter. Der Blick ging über eine grau-braun-rot gewürfelte Dachlandschaft.

Ich kam erst am folgenden Morgen wieder aus der Dachkammer heraus. Nachdem Frau Vestergaard mir die Geschichte von der Zinnsoldatenliebe ihres entflohenen Sohns noch einmal erzählt hatte, zeigte sie mir seine Schulzeichnungen, seine Aufsätze, seine Basteleien, und als wir endlich alles durchgearbeitet hatten, fragte sie mich nach meinem Leben aus, und ich erzählte ihr von meiner Lehre, meinen Zeichnungen, meiner aktuellen Situation, und da der Deckel zufälligerweise perfekt auf den Topf passte, vereinbarten wir, dass ich Jørgens Dachzimmer bis auf Weiteres warm halten würde.

Meine neue Bleibe erinnerte mich an das Raumschiff. Ich war ganz oben, versteckt, über allen anderen. Dennoch schlief ich nicht in dieser ersten Nacht. Ich stellte eine der Obstkisten auf den Schreibtisch, setzte mich obendrauf und öffnete die Luke. Die tagsüber bunte Dachlandschaft war jetzt eine Collage von glatten bis körnigen Schattierungen, sorgsam aufeinandergestapelt. Vexierbilder, in denen die Hintergründe mit den Vordergründen Verstecken spielten. Saß da jemand in dem Mansardenaufbau schräg gegenüber, im Geviert des offenen Fensters? War der Kamin dort sein eigener Schatten oder umgekehrt?

Den ganzen Abend hatte ich darauf gewartet, dass Frau Vestergaard die Fotos hervorholen würde. Erster Geburtstag, erster Schultag und der ganze Rest. Irgendwann wird der Moment kommen, in dem sie mir die Bilder ihres kleinen Jørgen zeigt, dachte ich. Aber der Moment kam nicht. Und mein leiser Verdacht, dass Jørgen in diesem Augenblick an der Thorsgade 62 saß und mit einem anderen Jørgen und einem lauten Kasper die Umstülpung diskutierte, fand weder Bestätigung noch Richtigstellung.

Am nächsten Morgen brachte sie mir zwei Scheiben Honigbrot und Kaffee. Dann ließ sie mich gehen. »Du hast ja zu tun.« Ja, ich hatte zu tun. Durch die Stadt stromern, wie üblich. So vergingen Wochen, ich weiß nicht mehr, wie viele. Ich hätte zurück zur Thorsgade gehen sollen, die keine zehn Minuten von meiner neuen Mansarde entfernt war, aber ich tat es nicht. Ich hätte zu Skizzenbuch und Stift greifen können. Ich tat es nicht. Ich stromerte nur.

Eines Morgens sah ich am Hintereingang der Carlsberg Glyptothek einen Trupp bekittelter Frauen und Männer aus einem Kleinbus steigen. Sie trippelten an einem Wachmann vorbei, der damit beschäftigt war, seine Pfeife auszukratzen. Niemand beachtete mich, als ich der Putzequipe folgte. Ich schloss mich in eine Toilette ein und wartete. Als ich wieder rauskam, war die Putzequipe noch immer da – und nach wie vor beachtete mich keiner. Also setzte ich meine Beschäftigung von draußen fort: Ich stromerte.

Irgendwann stand ich vor diesem düsteren und zugleich gespenstisch leuchtenden Gemälde. Es zeigte ein nächtliches Zimmer: hohe Wände, tannengrüne Tapeten, bis zum Boden reichende Vorhänge. In der Mitte ein großer Tisch, rechts ein Bett mit Baldachin. Der ganze Raum bevölkert von einer Gesellschaft junger Männer. Manche diskutieren, andere hören stumm zu, rauchen oder halten ein Instrument, auf dem sie eben gerade noch gespielt haben. Vereint und zugleich vereinzelt wirken sie, selbstvergessen und doch lebhaft. Als hätten sie schon viele Stunden ihres Lebens in dieser Gesellschaft, in diesem Raum verbracht. Dieser wird erleuchtet von zwei Lichtquellen, die auf dem Tisch stehen, aber von den Männern verdeckt werden. Hohe Schatten werden an die Wände geworfen, die Gesellschaft ist in ein dramatisches Chiaroscuro versetzt. Von manchen Gesichtern ist nichts als ein schmaler Streifen erhellt, andere Köpfe sieht man lediglich als Silhouetten.

Die Fülle des Bildes schien etwas in sich zu bergen, für das ich keine Bezeichnung fand. Irgendwo da drin steckte noch etwas, das sich mir nicht zeigen wollte. Ich bückte mich nach dem Schild unter dem Rahmen. Das Gemälde trug den Titel *Eine Tabaksgesellschaft*. Der Maler, Wilhelm Bendz, hatte es im Jahr 1828 gemalt.

Ich suchte das Bild akribisch ab. Fand Stellen – Schlitze, Scharten, Kehlen –, in die Bendz das unauffindbare Namenlose gesteckt haben könnte. In der linken, hinteren Ecke zum Beispiel, hinter dem Mann mit dem Cello. Was kauerte da? Und der Überwurf des Betts: Er reichte nicht bis ganz an den Boden, da war ein dunkler Spalt, oder sah ich das falsch? Was lag unter diesem Bett? Und dann, hinten mittig, der Vorhang am rechten Fensterflügel. War er nicht leicht ausgebaucht?

Ein Geräusch, aus einem der Nebenräume. Ich bewegte mich zum Durchgang hin. Niemand da. Ich lief wieder auf das Gemälde zu. Und tat, was ich mir in all den Minuten zuvor vorgestellt hatte: Ich zog mich am Rahmen hoch und zwängte mich in das Bild hinein. Erst kroch ich in die Ecke hinter dem Notenständer, aber da war mir nicht wohl, deshalb machte ich mich so dünn, wie es nur ging, und stellte mich hinter den halb gezogenen Vorhang in der Mitte. Durch das Gewebe des Stoffes sah ich nun das Zimmer der Tabaksgesellschaft von der anderen Seite, ich sah die zwei Öllampen auf dem Tisch und die Tafel, die einer der Männer ins Licht hielt, ich sah das Gesicht des Mannes mit dem Hut, der am Bettpfosten lehnte, dieses Gesicht, von dem der Museumsbesucher nur einen Streifen sieht, all das erkannte ich nun aus meinem Versteck im Bild drin. Dann nahm ich eine schummrige Bewegung wahr, geradeaus, also draußen, vor dem Bild. Ein verschattetes Gesicht. Augen, die suchten. Ein Mund, der Ratlosigkeit kaute.

So berührten wir uns. Das versteckte Ich im Bild und das betrachtende Ich vor dem Bild. Die Ratlosigkeit im und die Ratlosigkeit vor dem Bild. Staunen, im und vor dem Bild. Sie tasteten sich gegenseitig ab und wussten nicht, was sie voneinander halten sollten. Nur eines war klar in diesem Augenblick: Ich hatte eine Antwort gefunden. Eine Antwort darauf, was Kunst für mich war, warum ich zeichnen musste, seit ich klein war, und warum ich gerne in Museen ging. Durch eine Kunst wie diese konnte ich die Welt berühren, und die Welt, sie fühlte sich in dieser Kunst an wie die glatte, feuchte Haut eines Wals, wie das geladene Gewehr von Lee Harvey Oswald, wie ein Auge ohne Lid.

Ich wusste, ich würde das Kasper so nicht sagen können. Ich würde es überhaupt niemandem sagen können, denn wenn ich über Kunst sprechen soll, versagen mir erst die Sprache, dann das Denken und schließlich auch der Wille. Was ich über Kunst weiß, sitzt in meinen äußersten Fingerspitzen, dicht unter den Rillen. Hier, inmitten von Bendz' *Tabaksgesellschaft*, war es kurz in mein Denken hinaufgeschwappt.

Ich kletterte aus dem Bild, schritt durch die Ausstellungsräume, trat durch den Haupteingang auf die Straße und drehte ab, um über die Lange Brücke in den Stadtteil Christianshavn hinüberzuwandern. Als ich den Amager Boulevard entlangging, spürte ich, wie die letzten Reste der Erleuchtung aus meinem Denken perlten. Ich betrat den Grünstreifen am alten Wassergraben, der den westlichen Teil der Innenstadt umgab. Eine leere Bank unter einer Erle, ich setzte mich hin.

Dies ist der Moment, dachte ich. Ich hatte die Kopenhagener Straßen mit ihren Menschen, den gelben Trams und den grünen Tuborg-Bierschildern in den Hängeregistern meiner Erinnerung abgelegt. Ich konnte mindestens ein Dutzend neue Schimpfwörter auf Dänisch. Ich kannte die dänischen Biersorten, Wurstsorten und Brotsorten. Ich hatte ein paar junge Däninnen kennengelernt. Nur eine von ihnen traf ich ein zweites und ein drittes Mal, aber immerhin, auch auf diesem Gebiet hatte ich Erfahrungen gesammelt. Ich wusste Bescheid über die Umstülpung, die in dieser Stadt bevorstand. Ich hatte Frau Vestergaard kennengelernt, deren Sohn mit seinen Freunden irgendein Ding drehte und sie darob vergessen hatte. Und ich hatte die *Tabaksgesellschaft* von Wilhelm Bendz in einem gut temperierten Raum meines Gedächtnisses verstaut. Mehr war nicht zu holen. Mikkel auch hier ein Phantom, genauso wie in Kleinhüningen. Die Jørgens zwei routinierte Schildkröten in ihrem ewigen Teich. Kasper eine Energie, der ich immer unterlegen sein würde. Außerdem hatte ich in den letzten Monaten fast mein ganzes Erspartes aufgebraucht. Es war Zeit zu gehen. Zeit, sich einen Lebensunterhalt zu verdienen.

Auf der Kanincheninsel schräg links flogen Krähen auf. Sie war ein Teil der alten Befestigungsanlage, hatte mir ein Alter erzählt, der wie ich die Stadt durchstromerte. Buckliger Plauderbold, etwas streng sein Geruch, man wollte ihm nicht zu nahe kommen, aber der Mann war von einem einnehmenden Schalk. Das mit den Kaninchen auf der Insel sei Humbug, hatte er mir verraten. Auf dem winzigen Eiland gebe es höchstens ein paar Enten, die ihre Brut aufzögen. Hinter der Insel sah ich das andere Ufer des Stadtgrabens, zwischen seinen Sträuchern lugten die Baracken einer ehemaligen Kaserne hervor. Auch dies wusste ich vom Gebuckelten. Ein paar der Baracken wurden noch genutzt von der Armee, die meisten standen leer. Dass hier in wenigen Jahren der Freistaat Christiania einziehen würde, sollte ich erst viel, viel später erfahren.

Am anderen Ufer saßen drei Männer, in eine Diskussion vertieft. Einer von ihnen erhob sich abrupt, lief vom Wasser weg und verschwand von der Bildfläche. So wie ich es jetzt dann gleich tun würde. Ich würde von dieser Bildfläche hier verschwinden, und irgendwo, auf einem anderen Bild, würde ich mich zwischen die Menschen pinseln, und niemand würde merken, dass ein neuer hinzugekommen war.

Ich dachte an Basel, an Paris. Ich dachte an Spanien, die Toskana, Sizilien. Orte, die ich nur auf Bildern oder im Kino gesehen hatte und die ich gerne bereisen wollte.

In diesem Moment legten sich zwei Hände auf meine Augen, und die Welt verdunkelte sich. Hinter mir ein stimmloses Kichern, die Hände rau und ruhelos. Ein Kind, dachte ich, bis ich die merkwürdige Geruchsmischung auf den Händen registrierte: Kernseife, Moos und Kaffee.

Dann endlich die Stimme: »Na?«

Ich griff nach den zwei Händen und zog sie herunter.

»Mikkel. Du.«

Mikkel schwang seine Beine über die Banklehne und setzte sich neben mich.

»Hab dich beobachtet. Von da drüben.« Er zeigte zum anderen Ufer.

»Ah, du warst das.«

»Genau. Ich war das. Und dann bin ich schwuppsdiwupps!«

Schwuppsdiwupps, dachte ich und nickte stumm. Ich stellte mir Sizilien vor, seine Küste, seine Dörfer.

»Schön, dich wieder mal zu sehen«, sagte Mikkel. »Wo bist du eigentlich die ganze Zeit?«

»Hier, dort, überall«, murmelte ich.

Er lachte.

»Mikkel, hör zu«, sagte ich und schaute ihm zum ersten Mal in die Augen. »Ich gehe.«

»Wie meinst du das?«

»Danke fürs Zimmer. Aber die Jørgens und der Kasper haben eine bessere Verwendung dafür.«

»Moment mal, Kristi. Wir haben uns ja kaum gesehen.«

»Kann man so sagen.«

Mikkel legte die Hand auf meinen Oberarm. Es fühlte sich an wie einer dieser Essiglappen, in die Mutter mich eingewickelt hatte, wenn ich krank gewesen war. Ich zog den Arm weg und blickte auf das Wasser hinaus. Toskana, dachte ich. Pappelreihen, Hügel, endlose Nachmittage.

»Du warst nie da«, sagte Mikkel.

Ich sagte nichts.

»Wo warst du die ganze Zeit, Kristi?«

»Wo warst du denn? Sag mir das mal, Freund. Wo warst du, verdammt nochmal?« Das Bild der Toskana löste sich vor meinem inneren Auge auf. Meine Hände wurden zu Fäusten, meine Kaumuskeln blähten sich.

»Ich? Aber hör mal, Kristi, ich war immer da. Ich bin doch der König der Thorsgade 62. Ich sitze quasi rund um die Uhr auf meinem Thron.«

Er lachte erneut. Ich schwieg. Ich war maßlos enttäuscht. Von ihm, aber noch mehr von mir selbst. Dass ich auf ihn hereingefallen war, wieder einmal. Auf den Tänzelmikkel von Kronenplatz, der nun der Königsmikkel von der Thorsgade war.

»König von der Thorsgade, soso«, sagte ich leise.

»Kristi! Was ist los mit dir?«

»Ich stand die ganze Zeit vor deinem dämlichen Thron, Mikkel! Immer wieder stellte ich mich hin, doch der König lächelte nur und regierte weiter. Hast du das nie gemerkt?«

»Hör auf mit dem Scheiß, ja, Kristi?«

»Hör doch du auf mit deinem Scheiß. Holst mich an deine Thorsgade und steckst mich ungefragt in dieses Zimmer rein.

Dieses Zimmer, das mit allen möglichen Leuten bevölkert ist.«

»Du hast doch deine ganze Kindheit lang ein Zimmer geteilt! Was bist denn du für ein Spießer geworden!«

Ich wandte mich ab. Ich fuhr mir mit der flachen Hand übers Gesicht, schubste mit der Schuhspitze einen Zigarettenstummel weg. Vielleicht hatte er recht. Vielleicht hatte ich mich tatsächlich der Eifersucht hingegeben. Vielleicht war das alles mein Fehler. Die Wut darüber löste mir die Zunge. Endlich sprach ich an, was seit Mikkels Abgang nach Kopenhagen im Raum gestanden hatte.

»Was ist eigentlich damals passiert?«

»Wann?«

»Du weißt, wann, Mikkel. Bald drei Jahre ist es her.«

»Ach, damals. Wir hatten das ja lange geplant mit meiner Tante. Das war immer schon klar gewesen, weißt du? Dass ich für ein Jahr hier zur Schule gehen würde. Aber, na ja …«

Mikkel war kein Zauderer. Doch jetzt knubbelte er nervös an den Fingernägeln herum.

»… ich habe es nicht übers Herz gebracht. Es dir zu sagen.«

»Aha«, murmelte ich. Es schnürte mir die Brust zusammen vor Wut, aber mehr als dieses eine Wort kam nicht heraus.

»Kristi, ich war ein Feigling. Es tut mir leid.«

Ich schüttelte den Kopf und schwieg.

»Es tut mir wirklich leid. Was soll ich dir sonst sagen?«

Ich fuhr mit der Hand über die Stelle am Oberarm, an der Mikkel mich berührt hatte. »Dass du mir Marianne nicht gegönnt hast zum Beispiel?«, sagte ich.

»Marianne? Ach ja, so hieß sie.«

»Hör auf mit dem Schwachsinn, Mikkel! Du erinnerst dich ganz genau. Du hast mir Marianne nicht gegönnt, so war's doch. Du warst eifersüchtig.«

»Ach, Kristi …«

»Warst du eifersüchtig?«

Mikkel zuckte mit den Schultern. Vom anderen Ufer des Wassergrabens her war ein Knall zu hören, dann stieg bei den Militärbaracken eine Rauchwolke auf. Mikkel und ich schauten dem Geschehen ungerührt zu. Noch ein Knall. Leute, die in Richtung Christianshavn gegangen waren, kehrten zögerlich um.

»Übrigens wusste ich von Anfang an, dass sie eine Nummer zu groß ist für mich«, sagte ich. »Ich wollte sie trotzdem. Trophäe.«

»Nicht zu groß. Eher die falsche Nummer«, murmelte Mikkel.

»Eine Eingeborene aus dem Binninger Freisinn, mit Stammbaum in Frakturschrift.«

»Und, gab es später noch eine Richtige?«

»Ach, Mikkel. Die Richtige kommt jede Minute um die Ecke gelaufen. Du hechelst ihr hinterher, stellst dir dabei den Moment vor, in dem du sie ansprichst, stellst dir ihr Lachen vor, ihre Ablenkungsmanöver, ihren suchenden Blick, das Zögern zwischen ihren halb geöffneten Lippen, diese unerträgliche Beiläufigkeit, und während du dir den Moment noch etwas deutlicher auszumalen versuchst, ist deine Chance auch schon wieder vorbei.«

Mikkel lachte leise. Versöhnung, erster Schritt. Aber ich wusste genau, da war noch immer diese Energie in ihm drin. Ich hatte sie nicht vergessen. Eine Energie, die ihn sein Bedauern augenblicklich vergessen lassen konnte. Grau und kalt war sie und nicht zu bändigen.

»Ja, ich war eifersüchtig. Vom ersten Moment an, in dem ich sie sah, wollte ich sie dir wegnehmen. Ich war ein Ekel.«

Ja. Fand ich auch.

»Bleib bitte, Kristi.«

Rührend, dachte ich. Aber du bist mir zu gefährlich, Kumpel. Und ich bin deiner nicht würdig.

»Wir machen's besser jetzt. Ich mach's besser. Versprochen.«

In meinem Mund ein leeres Kauen. Aus meiner Nase ein Schnauben.

»Kristian Aavik, du bist mein bester Freund. Ehrlich.«

Ich wusste, der geringste Lufthauch konnte das eben Ausgesprochene in Mikkels Hirnwindungen neu sortieren. Und mir selbst war wegen meiner Eifersucht womöglich noch weniger zu trauen. Doch vielleicht hatten wir beide nichts Besseres verdient. Vielleicht musste es so sein. Unsere Schwächen waren wie Magnete. Immer wieder würden sie sich finden.

»Okay, ich bleibe«, sagte ich. »Bis Ende Sommer. In meiner eigenen Wohnung.«

»Deiner eigenen Wohnung?«

Ich erzählte ihm von meiner Begegnung mit Frau Vestergaard. Von ihrem verlorenen Sohn Jørgen. Von dem leer stehenden Dachgeschosszimmer und den Zinnsoldaten.

4.

Die Tür zum Schiffskorridor knallt zu, ich schrecke hoch. Wo vorhin der Kaffeetrinker saß, liegen jetzt nur noch ein zerdrückter Pappbecher und ein Plastiklöffel. Linker Hand der Sessel, auf dem bis vor Kurzem die junge Frau geschlafen hat. Nur der Zeitungsleser ist noch da. Jetzt gehören wir zusammen, denke ich. Doch der Mann würdigt mich keines Blicks.

Warum war ich in jenem Frühjahr in Kopenhagen geblieben? Ich hätte Abschied nehmen können, freundlich, aber bestimmt aus Mikkels Leben hinauslaufen. Ich tat es nicht. Alter Reflex, den ich bis heute nicht unter Kontrolle habe: diese Bereitschaft, das Untunliche zu tun, die unstillbare Neugierde auf das Ausmaß der Katastrophe.

Sie hat mich keinen Deut schlauer gemacht, diese Neugierde. Viel zu spät begriff ich, was Mikkel schon immer gewesen war: ein Chamäleon. Wir sind eine Generation von Chamäleons. Unablässig an der Selbstverwandlung arbeiten, stets die nächste Wiedergeburt im Blick. Und dieser Wahn, andere in die eigenen Wiedergeburtspläne einbauen zu müssen. Allen voran Mikkel, der es sich bald nach meinem Verschwinden zur Aufgabe machte, seinen Mitmenschen zu einem neuen Leben zu verhelfen.

Ich denke an die Briefe, die er mir schickte. Briefe, die mich in meinem patagonischen Versteck nie erreichten. Ich las sie erst viel später in Basel. Wie er darin seine Lieblingstheorien auswalzt: Wilhelm Reich, Reformpädagogik, Summerhill und so weiter. Wie er von den Problemkindern erzählt, die er in den späten Siebzigern auf einen verlassenen Bauernhof holt. Wie er sie erst einmal machen lässt und dabei den Sumpf ihrer jugendlichen Ziellosigkeit Schritt für Schritt trockenlegt: Arbeit und Kunst. Kühe melken, Strohskulpturen, Schlammporträts. Wie er den Jungen Suchbewegungen vorspielt und sie dabei glauben macht, dass sie selbst es sind, die sich neu erschaffen. Wie er von seinen liebsten Zöglingen erzählt: Tom Kristensen, einem hageren, wutstrotzenden Jungen aus dem Wohnblockviertel von Albertslund; Per Højholt, dem Sohn eines verschollenen Hochseefischers aus der Hafenstadt Hanstholm; Marie Bregendahl, einer Bauerntochter aus Südjütland, die sich im Alter von dreizehn Jahren die Zunge rausgeschnitten hatte. Mikkels Rolle als ihr Retter. Bescheiden, selbstlos, den anderen immer einen Schritt voraus.

Vom Eigentlichen sprach er in seinen Briefen nie. Von ihr, der Einen, um die es doch im Grunde ging. Ihr, deren Namen ich nach wie vor von mir fernhalten muss. Ihr, deren verdrehtes Abbild eben noch zwei Sitzreihen weiter vorne gesessen hat. Wäre ich doch aus Kopenhagen verschwunden in jenem Sommer 1964. Stattdessen blieb ich, und alles wurde anders, weil immer alles anders wird.

~

Frau Vestergaard freute sich, dass ich länger blieb, und holte das Fahrrad ihres kleinen Jørgen aus dem Keller. Mit einem Lappen rieb ich den Kohlenstaub ab. Schnell hatte ich mich in die Rolle des Ersatzsohns gefunden. Morgens, nach einem Frühstück in ihrer Küche, fuhr ich mit einem Butterbrot und einem Apfel im Gepäck los. Während ein paar Wochen half ich in einem Bauunternehmen aus, das ein historisches Gebäude renovierte. Keiner in der Firma kannte sich mit den Fensterstürzen, Sockeln und Konsolen aus Naturstein aus, sie wussten nicht einmal, was für Steinsorten da verbaut waren. Ich recherchierte und kam zu dem Schluss, dass hier schwedischer Granit und Sandstein aus Niedersachsen verwendet worden waren. Ich konnte das Ausmaß meiner Eingriffe selbst bestimmen, oft mogelte ich nach Strich und Faden, meißelte an manchen Stellen ganze Partien zurück, um das Profil wieder sichtbar zu machen, während ich andere Stellen stehen ließ, wie sie waren. Ein Spezialist hätte sich ob der Unterschiede die Haare gerauft, aber hier gab es keine Spezialisten. Alle waren zufrieden.

Dann war eine Weile lang nichts, und ich verbrachte meine Vormittage in den Museen oder versuchte mich an Architekturzeichnungen. Stundenlang saß ich auf meinem Klappstuhl am Rathausplatz und zeichnete die ehemaligen Prachthotels Bristol und Palace ab oder die Börse auf der Insel Slotsholm mit ihrem aus vier Drachenschwänzen gewundenen Spießturm. Einmal erblickte ich dabei Kasper. Er stürmte mit ausgestreckten Armen durch die Menge vor dem Tivoli, ein dänisches Volkslied krächzend. Fünf Minuten später lag er zappelnd auf dem Gehsteig. Drei, vier Mitspieler, die er aufgeboten hatte, tanzten dabei um ihn herum. Die Jørgens waren nicht dabei. Bestimmt saßen sie in irgendeinem Café und erzählten sich gegenseitig ihre Träume.

In jenen mittleren sechziger Jahren tauchten im Stadtbild Kopenhagens immer mehr Figuren auf, die die Politur der gesellschaftlichen Einrichtung ankratzten. Jørgen Nash und die Leute um ihn herum waren die Pioniere gewesen, ihre Adepten weiteten die Störungen in den ganzen Stadtraum aus. Einen Leuchtturm dieses Gefüges stellte der Dichter Otto Sigvaldi dar, der in dieser Zeit begann, in Papageien-, Troll- oder Rübezahlkostüme gekleidet durch die neue Einkaufsstraße zu wandern und einem verdutzten Publikum seine Werke feilzubieten. Dann war da der Sohn des Finanzministers Grünbaum. Ole Grünbaum war als junger Mann in Amsterdam gewesen und hatte von dort neue Praktiken der Unruhestiftung importiert. Von der Redaktion der *Politisk Revy* aus schleuderte er seine Pfeile ins Fleisch des Spießertums. Auf den Straßen und in den Kollektiven zahllose Aktivitäten. Kunst war Störung, Störung war Politik, Politik war Nichtpolitik, Nichtpolitik war Nichtkunst, Nichtkunst war Kunst. Umstülpungen. Umstürze. Reinkarnationen. Junge Männer, die gegen die Ordnung ihrer Väter rebellierten und sich dabei gegenseitig ausstachen. Auch Frauen gehörten zu der Bewegung, doch keine trat als Anführerin auf. Im Fahrwasser der männlichen Galionsfiguren wallten sie in Begeisterung auf, ohne diese Galionsfiguren jemals infrage zu stellen.

Die Seelen der rechtschaffenen Dänen gerieten ob dieser Unbotmäßigkeiten in einen ganz anderen Aufruhr. Dass das Jungvolk in dem neuen Wohlfahrtsstaat der Sozialdemokraten aufbegehrte, ging ihnen nicht in den Kopf. Dieser Staat war doch bereits fortschrittlich wie kaum ein anderer in Europa! Staatsminister Jens Otto Krag, dieser dänische Kennedy, das war doch einer für die Zukunft, der hörte auf die Jugend. Wenn nicht er, wer dann? Was wollten die denn noch? Undankbarkeit, unersättliche! Unersättlichkeit, undankbare!

Während ich an jenem Tag auf meinem Klappstuhl saß und den sich auf dem Gehsteig aalenden Kasper beobachtete, musste ich an die Fotos denken. Es hatte eine Weile gedauert, bis ich sie in Frau Vestergaards Wohnzimmer entdeckt hatte. Ich erkannte den Jungen auf den Bildern sofort: Der kleine Jørgen mit den Zinnsoldaten hatte sich in den Umstülpungskasper von der Thorsgade verwandelt.

Samstags blieb ich nach dem Frühstück in Frau Vestergaards Küche und telefonierte nach Basel. Vaters Stimme klang, als hätte jemand ein faustgroßes Knäuel Glaswolle in den Hörer gestopft. Ich wusste, das war seine Versenkung in die Arbeit, seine glückselige Verlorenheit. Doch schwang da nicht auch ein Hilferuf mit? Ich schaffte es nicht nachzufragen. Mutter wiederum wurde von der Sorge um Oma Minni aufgefressen. Minni lebte bei einer Nichte in einem Vorort von Tallinn, fast blind, komplett taub, konnte kaum mehr aufstehen vor Rückenschmerzen. Mutter versuchte seit einer Weile herauszufinden, ob eine Einreise nicht doch möglich wäre, Vater redete es ihr aus.

Und sonst? Mikkel. Einmal mehr Mikkel. Denke ich an jenen Sommer, werde ich zum Paläontologen, der vor einer Höhlenzeichnung aus tiefer Vorzeit steht. In der Hand die Taschenlampe, deren Lichtkegel die Felswand absucht: Da, da sind sie, die zwei Glücksjäger, als stetig sich erneuernde Schnellskizze – auf dem Fahrrad, Bücher unter dem Arm, auf der Wiese beim Kastell, Bier in der Hand, auf einem hingetupften Baum mit breiter Astmulde. Etwas verzittert wirken sie, diese Strichhelden, doch immer einander zugewandt.

Die Monate des Kopenhagener Sommers 1964 sind als federnde Energie in meinem Gedächtnis abgelagert. Selbst auf der Astmulde ihres neuen Lieblingsbaums bleiben die zwei Freunde nie ruhig. Mit großen Gesten zupfen sie an ihren Lektüren herum, bearbeiten sie wie Knetklumpen: Cortázar (wieder und wieder!), Kafka, Ernesto Sabato, ein noch dunklerer Argentinier als Cortázar. Karen Blixen, Elsa Morante. Alles Sternstunden des Modernismus. Ja, sie haben Geschmack, die beiden.

Die Vermischung mit anderen Figuren dieser Kopenhagener Gegenwart, auch die gibt es auf dem Wimmelbild dieser Monate. Der Pakt zwischen den Freunden sieht das zwar nicht vor, aber zuweilen schieben sie sich dennoch in Größeres hinein. Ballungen von Kunstmachern und Kunstverwünschern, Politikzerstörern und Politikerneurern, Musikalischen und Unmusikalischen. Meist klinkt sich der eine früher aus der Vermischung aus und verschwindet. Was der jeweils andere tut, wenn sie einander nicht sehen, wollen sie nicht wissen.

Ich sehe auch jenen einsamen Ausflug des einen in die Glyptothek. Wie ein Meisterdieb schlüpft er im Rücken des Türstehers ins Museumsgebäude. Er könnte auch Eintritt bezahlen, aber das schelmische Spiel lässt er sich nicht entgehen. Ich sehe, wie er kurze Zeit später in die Düsterkeit seines Bilds hineinklettert und dem Gespräch der zehn Tabaksfreunde lauscht. Ich sehe, wie er sich wünscht, da nie mehr rauszumüssen. Ich sehe, wie er an die Zukunft denkt. Ende des Monats wird er aus Kopenhagen abreisen, die Zugfahrkarte ist bereits gekauft. Er weiß, was er in Basel zu tun hat, und er freut sich nicht darauf: Er wird sich um seine Eltern kümmern müssen.

Ich sehe, wie er irgendwann wieder aus dem Bild hinausklettert, wie er durchs Museum rennt, dann durch die Straßen, nicht mehr zu stoppen. Ich weiß, er rennt sich in eine Vergessenheit hinein. Ich weiß es nur zu gut. Ich kenne mich.

~

Diese Monate. Undeutliches Territorium. Verborgene Durchschlupfe. Heute, kurz vor dem Ende meiner letzten Etappe, schreite ich das alles noch einmal ab, Posten für Posten, und verspüre dabei ein Brennen im Magen. Das Brennen ist sie, die Eine, ich weiß es. Schon seit Längerem ist sie am Horizont dieser Geschichte zu sehen, ein irrlichterndes Huschen. Jetzt, wo der Moment ihres Auftritts kommt, breitet sich das Brennen in mir aus wie eine wütende Infektion. Ich weiß, ich muss da durch. Ich will da durch. Ich will es alles nochmals erleben. Das Glück. Die Fehler. Den Schmerz.

Es war der 13. August, als ich Selma Olsen zum ersten Mal

sah. Ein außerordentlich schwüler Tag, meine Nase erinnert sich noch heute an den feuchten Mief in meiner Kammer. Ich hatte mir einen Aussichtsturm aus Tisch und Stuhl unter die Luke gestellt, blickte über die Dächer hinweg in den dämmrigen Himmel. Die Gestalt auf dem Mansardendach rechts von mir bemerkte ich erst, als sie in den jäh aufleuchtenden Lampenschein eines Fensters geriet. Eine wankende Silhouette, ein Kichern wie klirrende Murmeln in einer hohlen Hand. Es war die Stimme einer jungen Frau. Jetzt wuschelte die Frau sich mit den Händen durchs Haar, ihr Oberkörper kippte dabei spielerisch hin und her.

Manchmal reicht eine schemenhafte Bewegung, und gerade ihre Flüchtigkeit führt dazu, dass jede von ihr ausgehende Phantasie maßlos wuchert. Ich war elektrisiert. Eine Viertelstunde verging: Die Frau wankte, murmelte und kicherte, ich ließ sie keine Sekunde aus den Augen. Dann erhob sie sich und trippelte über die Dachziegel um den Mansardengiebel herum. Leichtsinnig ihr Schritt. Als ob es den Abgrund nicht gäbe. Ein kaum merkliches Stolpern, ein leise gejuchztes »Hovsa!«, mein Herz ergoss sich in einem stillen Schwall in den Brustraum. Dann war sie weg.

Ich lief den Rest der Nacht durch die Straßen, kehrte immer wieder zurück in die Ægirsgade und blickte hoch zum obersten Fenster des Nachbarhauses. Bei Sonnenaufgang trank ich drei Kaffee am Vesterport, den Nachmittag verschlief ich in meinem Lieblingsstrauch im Botanischen Garten. Später trug ich meine fiebrigen Gedanken durch die Stadt.

Als die unbekannte Frau in der nächsten Nacht wieder auftauchte, war ich auf meinem Posten. Lange stand sie im Rahmen ihres Mansardenfensters, ohne Geländer, ohne Sicherung. Sie blickte auf die Straße hinab, und kurz schien mir, als ob sie über das Ungeheuerliche nachdächte, als ob sie es jetzt gleich tun würde. Dann kletterte sie flink hinaus und um die Mansarde herum. Setzte sich hin. Warm, die Ziegel. So stellte ich es mir zumindest vor. Lange war es still. Ich betrachtete ihre Silhouette und dachte: Jetzt die Welt zum Stillstand bringen, auf immer und ewig!

Dann ihre Stimme: »Warum kommt er denn nicht raus, warum?«

Wen meinte sie?

»Wohl einer von der schüchternen Sorte.« Leises Kichern.

Sprach sie mit mir?

»Ja, er. Er dort unter dem offenen Glasdeckelchen. Den ich übrigens schon ein paarmal beobachtet habe. Er soll bloß nicht glauben.«

Ich hielt den Zeigefinger auf meine Brust, aber sagte noch immer nichts.

»Ach, er will nicht«, sagte sie.

Ich, viel zu leise: »Meinst du mich?«

Wieder dieses Wiegen mit dem Oberkörper. Ihr Gesicht neigte sich zur Seite, ein Lichtschein glitt darüber, nur kurz sah ich das Lächeln. Stumme Glut in meinen Gliedern, ein Schwelen, ein Pochen, meine Zunge ein toter Fisch. Es war, als ob ich das Dänische verlernt hätte. All die weich geschliffenen Konsonanten dieser Sprache stolperten in den nächsten Minuten über meine Lippen. Jeder lustig gemeinte Spruch geriet zu grob. Weil mir nichts Besseres einfiel, erzählte ich ihr von meiner Mansarde und von Frau Vestergaard. Dann schwieg ich. Der Nachthimmel, die Lichter darunter, die Wärme, die aus den Häusern aufstieg. Und da drüben sie. Sie, sie, sie. Sie wiegte ihren Oberkörper hin und her, betrachtete die Sterne. Ich dachte: Rück doch ein bisschen weg von dem Dachrand, rück doch bitte weg, nur ganz wenig, bitte!

Selma Olsen, kleine Selma Olsen. Keine eins sechzig war sie.

Wirkte auf den ersten Blick bullig, was sie aber durchaus nicht war. Es hatte mehr mit ihrer Haltung zu tun. Die Haltung einer Sportlerin, Handball, Fußball, stets leicht in den Knien, den Kopf im Nacken, die Schultern hochgezogen, stets bereit für Ballannahme, Dribbling, Schuss. Als Kontrapunkt zu dieser Skelettstarre ihr Blick: immer unterwegs, immer zehn Fuß über den Köpfen der anderen schwebend. Ihre Nase war nicht sehr elegant, aber auch darin entdeckte ich einen Charme, dem nicht zu widerstehen war. Zwischen zwei süßen Grübchen dieses Lächeln, das vielleicht nur eine falsch herum in die Weichteile ihres Gesichts geklemmte Skepsis war. Selma Olsen, meine kleine süße Selma Olsen war ein einziges Oszillieren, ein kraftvolles Stets-woanders-Sein. Ihre Haare dick und dicht, ihr Gesicht konnte ich nicht fassen, asiatisch war es und irgendwie doch nicht. Ich war blöd genug, ihr die Frage zu stellen, die nur einem bleichen Europäer einfallen kann: »Woher kommst du?«

»Rate!«

»Japan?«

Schwaches Lächeln. »Nein.«

»Südamerika?«

Kopfschütteln, wieder dieses Lächeln. Kein Wunder. Ich hätte auch über einen wie mich gelacht.

»Ich komme aus dem Land der Moose«, sagte sie.

»Ah«, sagte ich, und meine europäische Blödheit war nicht kleiner geworden.

»Sisimiut.«

»Wie bitte?«

»Grönland.«

»Ah. 'tschuldigung. Ich dachte, du …«

Großzügig und zugleich mit einer Brüskheit wischte sie meine Entschuldigung weg. Dass ich sie für eine Asiatin gehalten hatte, fand sie nicht erwähnenswert. Stattdessen sagte sie: »Was glaubst du, wie hoch wir hier sind?«

»Äh, keine Ahnung. Fünfzehn Meter vielleicht?«

»Wie viele Knochen du dir nach einem Sprung von hier aus wohl zerschlägst?«

Selma bewegte ihren Oberkörper nach vorn, um besser auf die Straße hinuntersehen zu können. Zwei unsichtbare, aber eisig kalte Hände schlangen sich um meine Brust, ich bekam kaum Luft. Konnte sie nicht aufhören damit?

Doch sie war bereits wieder ganz woanders. »Hvis dit liv går helt i fisk – så ta' fri en uge / Sig farvel til bord og disk …«, sang sie nun gespielt kindhaft, der Blick irgendwo zwischen Dächerlandschaft und Milchstraße schwebend. Das Lied lief in letzter Zeit ständig in Frau Vestergaards Küchentransistor, gesungen von diesem Teenagermädchen namens Gitte Hænning.

Ich war irgendwann doch noch aus meiner Luke gekrochen, hatte mich mit schlotternden Gliedern in den flachen Winkel oberhalb eines Kamins geklemmt. Hier fühlte ich mich einigermaßen sicher. Hier sah ich aber auch den Abgrund, der mich von Selma trennte. Zweieinhalb Meter breit, drei vielleicht war der Durchgang zwischen den Häusern. Ein Mutiger hätte einen Satz darüber gemacht und sich mit einem Augenzwinkern an ihre Seite gesetzt.

»… smid det overbord / vi starter på en frisk / Tag ud og fang lykken …«, sang sie weiter. Dieses naseweis blöde Schlagerlied. »Geht dein Leben grad den Bach runter, nimm eine Auszeit und fang das Glück ein …« Bei jeder anderen hätte der Zauber an dieser Stelle zu bröckeln begonnen. Nicht bei Selma Olsen.

Ich bekomme Schwindel, wenn ich auf einem hohen Dach sitze. Doch sämtliche Regeln, die über mein bisheriges Leben gewaltet hatten, waren in diesem Moment außer Kraft gesetzt. Ich saß fünfzehn Meter über der Straße, und der Schwindel löste sich auf in der glückseligen Schwammigkeit meiner Wahrnehmung. Ich kannte Selma noch kaum, ihr Gesicht zeigte sich mir noch immer nur verschattet, aber in dem Moment, als ich sie festhalten wollte, damit sie nicht hinunterfalle, begriff ich, dass ich in den einundzwanzig Jahren zuvor nichts, aber auch gar nichts über die Liebe gewusst hatte. Marianne war nicht mehr als ein schwacher Widerschein dessen gewesen, was Liebe sein konnte. Selma hingegen war noch nicht einmal da, und doch wusste ich bereits in diesen Minuten, dass ich mir jede erdenkbare Blöße geben würde um ihrer willen.

»Ich hab dich noch nie gesehen hier oben. Also vor gestern«, sagte ich.

»Soso. Bist du etwa der Dachwächter von der Ægirs?«

»Kann man so sagen«, erwiderte ich. »Und Kaspers Bettwärmer. Haha.«

»Kasper?«

»Er heißt eigentlich Jørgen. Der kleine Bub von Frau Vestergaard. Entlaufen und nie mehr aufgetaucht. Du, wollen wir vielleicht mal …«

»Den kenne ich. Der hat früher hier an der Dachluke Drachen steigen lassen. Sind alle abgestürzt. Dann hat er eine Schere genommen und die Schnüre gekappt, und die Drachen sind auf die Straße gekracht. Und er hat still geweint, der Kasperbub. Hab ich alles gesehen.«

Sie schwieg. Auf meiner Zunge noch immer die Frage, die eine Frage, die ich jetzt irgendwie herausbringen musste.

»Mein Vater ist auch auf die Straße gekracht«, fuhr sie fort, »vom dritten Stock. Eigentlich gar nicht so hoch, wenn man sich's vorstellt. Acht, neun Meter vielleicht. Aber er ist kopfvoran gelandet. Stockbesoffen. Das einzige Mal in seinem Leben, dass er betrunken war.«

»Das ist ja furchtbar.«

»Sechs Jahre und zweiundzwanzig Tage ist es her. Er hatte geglaubt, Mutter hätte ihn mit einem anderen betrogen.«

»War das in Similisut?«

»Sisimiut, ja. Sisisisisimiut, pipperliput. In unserem Wohnblock.«

»Was? In Grönland gibt's …«

»Ja, die gibt es. Übrigens ist es wahr, dass Mutter ihn mit einem anderen betrogen hat. Aber nicht mit dem, den mein Vater meinte. Und bereits ein Jahr früher. Ich war ja dabei, ich selber. In der Kiste.«

Ich wollte etwas erwidern, ich wollte sagen, dass ich sie auch mochte, nein, ich mochte sie nicht, das Wort passte nicht, viel zu harmlos, ich wollte ihr sagen, dass ich sie …

»Ich bin schon immer ein Kistenkind gewesen. Immer sich verstecken und horchen, wer da kommt. Die in Mutters Schlafzimmer, zum Beispiel. Aber an jenem Tag wäre ich besser nicht … Ach, egal. Ich finde, wir sollten uns mal treffen da unten. Kann man das so sagen? Entschuldigung, ich kenne die Regeln vom Sichkennenlernen nicht so gut.«

»Macht nichts, ich kenne die Regeln auch nicht. Aber ich treffe dich gerne, Selma Olsen. Bitte, triff mich! Ich meine, es wäre nett.«

Sie lachte verlegen. Dann sagte sie: »Dein Finger.«

»Welcher?«

Sie sagte nichts.

»Ah, den meinst du.«

Sie lächelte. Dann sagte sie: »Er hört mir zu. Er sitzt an deiner Hand und hört mir zu. Und zwischendurch erzählt er mir was.«

»Was denn?«

»Von deiner Geschichte. Alice-im-Wunderland. Kristian im Koboldland, irgendwo in ein Loch gefallen und dann lange,

lange durch ein weites schreckliches Reich gewandert, aber leider war er viel zu schnell. Hätte sich gründlicher umschauen sollen, weil: Durch so ein Land kommt man vielleicht nicht so bald wieder. Die Frage aber ist: Wo ist er ins Loch gefallen? Im Norden glaube ich. Ja, der Kristian kommt aus dem Norden, aber nicht aus diesem Norden hier. Finnland vielleicht, keine Ahnung.«

»Estland. Dort bin ich jedenfalls geboren, im zweitletzten Jahr des Kriegs. Ein paar Monate später sind wir in die Schweiz geflüchtet. Ich hab nichts gesehen von der Welt. Nichts von Estland, nichts von Russland oder der Taiga. Schon gar kein Wunderland. Nur Kleinhüningen. Und Paris.«

Selma lachte. Ich wollte zu ihr hinüberspringen, über diesen Todesgraben, und mich mit einem Augenzwinkern neben sie setzen. Ich wollte diese zwei Grübchen mit den Händen betasten, die Nase, ich wollte ganz nah heran an diese Augen, so nah, dass ich kopfvoran in sie hineinstürzte. Und nie mehr raus, nie mehr raus aus diesen Augen.

Sie lachte schon wieder. An ihrem Mansardenfenster ertönte ein dumpfes Grummeln. Sie erhob sich.

»Wohin gehst du?«, fragte ich.

»In mein dunkles Wunderland«, sagte sie. »Der Troll ruft mich. Morgen, am Eingang des Friedhofs, gleiche Zeit, okay? Ich zeige dir was dort.«

~

Johannes Brandt hatte alle Anlagen, um zu einem Sorgenkind zu werden. Schmalbrüstig, kurzatmig und von einer verblüffenden Ungeschicklichkeit. Keine Konstitution für das raue Klima in Upernavik. Doch bereits im Alter von sechs Jahren hatte er sämtliche körperlichen Nachteile wettgemacht. Er konnte schreiben, auf Grönländisch genauso wie auf Dänisch, er zählte alle Siedlungen an der Westküste auswendig auf, dazu alle dänischen Könige der Häuser Oldenburg und Glücksburg. Die sechste Klasse übersprang er, das Abitur bestand er mit Bestnote. Er wurde belohnt mit einem Stipendium der Uni Kopenhagen. So entkam er der unerbittlichen Schlinge, die ihm seine Familie und die grönländische Geschichte ausgelegt hatten. Während er in Dänemark linnéische Taxonomie büffelte, schwärten zu Hause die Arbeitslosigkeit, die Alkoholsucht, die Abhängigkeiten. Seine Familie war mittlerweile von Upernavik weiter in den Süden nach Sisimiut gezogen, doch hatte sich kaum etwas verändert. Der Vater, vor Jahren auf einem Fischtrawler verunfallt, lebte von der Invalidenrente; die Mutter hatte für eine kurze Zeit Arbeit im Krankenhaus, doch bald wurde sie entlassen, weil sie ständig ihre Schicht verschlief. Johannes' Schwester Isa machte es besser. Sie übernahm die Stelle der Mutter, sie lernte dazu, sie hielt sich. Mit vierundzwanzig Jahren heiratete sie einen zehn Jahre älteren Bus-Chauffeur, der internationale Gäste vom Flughafen ins Ortszentrum fuhr. Aqqaluk Olsen war kein schlechter Mann. Pünktlich. Friedfertig. Sanftmütig. Dazu ein Abstinenzler, von denen es in Grönland nicht viele gab. Er gehörte der einflussreichsten Familie in Sisimiut an, war aber der Spross eines kaltgestellten Asts. Jede seiner Bewegungen im Ort wurde mit eisigen Augen registriert. Isa hatte ihn in einem lichten Moment der Vernunft geheiratet, doch sie konnte nicht zu ihm stehen, dem Flughafenfahrer Aqqaluk Olsen. Und so hielt sie bald Ausschau nach dem Mann, der ihr zustand; sie prüfte den einen oder andern, und obwohl sie sich in Diskretion übte, machten die Gerüchte im engen Sisimiut bald die Runde.

Mit sechsundzwanzig wurde Isa schwanger. Es war ein Mädchen. Wer der Vater war, wusste niemand. Isa blieb mit ihrer

Tochter bei Aqqaluk. Im Kindergartenalter begann die kleine Selma, Kochtöpfe vom dritten Stock auf die Köpfe der Passanten zu werfen. Dass dabei nichts Schlimmeres geschah, war der Tatsache zu verdanken, dass die Leute in Grönland selten ohne gut gefütterte Kopfbedeckung nach draußen gingen. Isa riss sich für ihre Tochter zusammen. Dies ist mein Leben, dies meine Tochter, sagte sie sich, während Selma weiter schwere Gegenstände aus dem Fenster warf. Ab ihrem Schuleintritt verhaute Selma alle, die sich ihr in den Weg stellten, inklusive aller Jungen. Ihre Konstitution reichte mindestens für Thule und die Baffin-Insel dazu.

An dem Tag, als Selma zum ersten Mal einen Mitschüler krankenhausreif schlug, hatte Isa längst wieder ihre Männererkundungen aufgenommen. Da Aqqaluk am Abend jenes Tages einen Sonderflug zu bedienen hatte, war Selma allein zu Hause. Noch immer war sie böse, böse auf alle und alles, die Wut in ihr drin ein eingesperrtes Raubtier. Sämtliche Wände des Wohnzimmers waren großflächig mit Ketchup und Remoulade beschmiert, als Aqqaluk endlich nach Hause kam.

Im Sommer 1954 wurde Selma Olsen zum ersten Mal nach Kopenhagen gebracht. Für sechs Wochen zu Onkel Johannes und seiner Frau Annegret, einer an Kindern nicht interessierten Süddänin aus Esbjerg. Sie sprach einen merkwürdigen Dialekt, den Selma kaum verstand. Einen Tag im Freizeitpark Tivoli und einen Besuch in der Domkirche von Roskilde, das war das Kinderprogramm, das sich die beiden für die Nichte ausgedacht hatten. Den Rest der Zeit durfte Selma im Wohnzimmer mit Büchern und einer Strickliesel verbringen. Doch statt sich mit der Strickliesel zu beschäftigen, träumte sie davon, auf dem Rücken einer Wildgans in die Südsee zu fliegen, und kritzelte Annegrets Zeitschriften voll.

Zwei Tage vor Selmas Rückflug brannte Ida mit einem Mann

unbekannten Namens nach Reykjavik durch, gleichzeitig fuhr Aqqaluk seinen Bus in einen Felsrücken und landete mit zwei gebrochenen Armen im Krankenhaus. So kam es, dass Selma an der Kopenhagener Ægirsgade blieb. Annegret nahm es zähneknirschend hin. Auch Johannes war nicht einverstanden, dass man seine Nichte bei ihm zwischenlagerte, aber er hatte seinen eigenen Weg aus der Trostlosigkeit von Sisimiut nicht vergessen. Deshalb setzte er sich jeden Tag nach der Arbeit mit Selma hin und steuerte sie geduldig durch die Hausaufgaben. Danach wechselte er ins Grönländische und fragte Selma über ihren Tag aus. Damit sie die Sprache nicht vergaß. Es waren immer die gleichen Fragen, richtig neugierig war er nicht, doch Selma kamen diese wenigen Minuten wie eine Stippvisite in Sisimiut vor. Als ob sie eine Runde durch den Freundeskreis machte, und bei allen gab's etwas zum Knabbern: hier ein Schälchen Krähenbeeren, dort ein Tellerchen getrockneter Ammassat, den grönländischen Trockenfisch, den sie so liebte.

Nach einem Jahr wurde sie zurück nach Grönland verfrachtet. Ida und Aqqaluk empfingen sie mit Gesichtern wie glatt geschabte Wachstiegel. Sie schickten Selma ins Handballtraining, damit sie sich austoben konnte. So vergingen drei Jahre. Dann erwischte Selma ihre Mutter mit einem weiteren namenlosen Mann, den sie für einmal in der eigenen Wohnung traf. Selma hatte sich im falschen Moment in jener Kiste versteckt, in der Idas Rentierfellstiefel lagerten. Selma war verstört, sie nahm das Werfen von Kochtöpfen erneut auf, nun aber gegen ihre eigene Mutter. Aqqaluk, der seine Arbeit als Busfahrer mittlerweile verloren hatte, bekam wenig davon mit. Tagaus, tagein saß er im Imbiss neben dem Supermarkt und stopfte Hotdogs mit gerösteten Zwiebeln in sich hinein. Alkohol rührte er nach wie vor nicht an.

Nochmals ein Jahr später verschwand Ida spurlos. Als sie

nach drei Tagen noch immer nicht aufgetaucht war, kaufte sich Aqqaluk zwei Flaschen Rum und stürzte betrunken von der Veranda im dritten Stock. Er war auf der Stelle tot. Die zweite Flasche hatte er noch nicht einmal angerührt. Am Tag der Beerdigung tauchte Ida wieder auf, sie hatte mit einem kanadischen Hubschrauberpiloten einen Kurztrip nach St. John's auf der Insel Neufundland gemacht. Doch es war längst zu spät. Johannes holte Selma zum zweiten Mal nach Kopenhagen. Jeden Tag die Hausaufgaben und eine Viertelstunde Grönländisch, dann Klettern auf dem Dach und Tagträume von einer Weltreise auf dem Rücken einer Wildgans.

~

Ende August kauften Selma und ich vom Rest meines Steinmetzlohns ein Zelt und reisten per Anhalter in die dänische Südsee. Schwerelose Blumenkohle wurden an durchsichtigen Fäden über den Himmel gezogen, darunter Meere von Gräsern, einzelne Höfe, kaum Wälder. Die Eintönigkeit der Landschaft störte uns nicht. Im Gegenteil, so hatten wir mehr Zeit für uns. Dennoch reisten wir bald weiter, von Insel zu Insel nach Jütland und dort an die Westküste, immer zu den Klippen hin, zu den sandigen Küstenwäldern.

Auf der Insel Fanø blieben wir zwei Wochen. Unser Zelt stand auf einer Lichtung zwischen Kiefern, Zwergbirken und Heidekraut. Manchmal hörten wir das Rascheln der verwilderten Kaninchen oder eines Rehs. Manchmal gingen Wanderer an uns vorbei, und wir hielten inne in unserer Liebesarbeit. Sobald die Schritte verklungen waren, machten wir weiter. Mein Hunger auf Selma wollte kein Ende nehmen. Er laugte mich aus, wob eine bleischwere Fiebrigkeit in meine Glieder. Von Selmas kleinem gedrungenem Körper ablassen konnte ich dennoch nicht. Selmas Kräfte hingegen kannten keine Erschöpfung. Es war, als ob ihre Konstitution in mir ihr Thule gefunden hätte. Jeden Tag galt es, mich zu bezwingen.

Am 2. April 1965 heirateten wir. Mit dabei beim Fest waren: meine Eltern, Leena und Jakob, Johannes und Annegret Brandt, Mikkel, eine junge Frau namens Frida, Frau Vestergaard, Lasse, ein schwedischer Steinmetz, der einige Monate mit mir gearbeitet hatte, sowie Åse und Britt, zwei Freundinnen Selmas. Selma fand, dass Heiraten etwas viel zu Großes sei für einen Menschen wie sie. Doch auch sie wusste, dass wir es als verheiratetes Paar einfacher hatten, zu einer gemeinsamen Wohnung zu kommen. Und außerdem: Wir waren füreinander geschaffen. Ihr Leben hatte von Anfang an den Zweck gehabt, in mein Leben zu münden und umgekehrt. Nichts konnte diese Geschichte aufhalten.

Die Hochzeit fand in der Grundtvigs Kirke statt, einer sandgrauen Hallenkirche, von deren schierer Weite unser kleines Grüppchen fast verschluckt wurde. Nur einer hielt der räumlichen Wucht stand: Jakob Sarasin. Mitten in dem Programm, das ein verschnarchter Pfarrer mit kaum hörbarer Stimme abspulte, erhob sich der Mann, den ich in Basel als ewigstummes Schmauchjaköbli kennengelernt hatte, trat nach vorne und übermalte mein altes Bild von ihm. Mit kraftvoller Stimme sprach er von den frühen dreißiger Jahren, als er seine Frau zum ersten Mal getroffen hatte, schilderte die Szene als robuste Komödie, räsonierte – mit zwinkerndem Seitenblick auf Tante Leena – über die wahre Liebe als Blitzeinschlag, über die Ehe als Paartanz und so weiter. Was er erzählte, war nicht wichtig. Nichts als aneinandergereihte Plattitüden. Wichtig war sein Auftritt, sein Vorhandensein in der Welt. War der Sevogelplatzjakob, wie ich ihn kannte, bloß eine Theaterrolle gewesen?

Später, als wir alle in einem gutbürgerlichen Restaurant – großzügige Einladung von Onkel Johannes – saßen, murmelte Leena mir ins Ohr: »Papa geht's nicht gut.«

»Ist was passiert?«

»Deine Mutter will versuchen, nach Estland reinzukommen.«

»Das will sie schon lange.«

»Aber jetzt ist es ihr Ernst. Jaan macht das nervös, furchtbar nervös.«

»Warum denn?«

»Warum? Ach, Kristi. Wenn du wüsstest.«

»Du könntest Mutter begleiten.«

»Ich? Aber ich hab doch auch Angst.«

Lautes Gelächter unterbrach uns. Der Wein hatte Selmas Sorgen zum Verschwinden gebracht. Seit das Essen abgeräumt war, trug sie der kleinen Runde einen Schlager nach dem anderen vor – auch ein paar deutsche, die sie mit komischem Akzent herunterratterte. Drafi Deutschers »Shake Hands« oder »Drei Musketiere« von Conny Froboess. Vater war begeistert. Diese kleine Grönländerin hatte Schmackes. Zum Dank gab er ein paar Geschichten aus dem alten Estland zum Besten. Sie handelten von Grafen, Schmugglern und hingebungsvollen Sängern, die Damenherzen im Akkord erweichten. Alles, was er erzählte, war erstunken und erlogen. Dass es ihm nicht gut ging, konnte ich nicht erkennen.

»Was ist mit Jakob?«, flüsterte ich in Leenas Richtung.

»Was soll mit Jakob sein?«

»Er ist so anders.«

»Jakob ist immer anders.«

»Ich kenne ihn so nicht. So wie vorhin in der Kirche.«

»Ach, das Jaköbli. Ich bin mir jeden Tag nicht sicher, ob er's wirklich ist.«

Leenas Sprüche. Ich kannte sie. Aber dass Leena dabei ihre Hand auf meinen Arm legte, mit einem Druck, der wie ein Sichabstützen wirkte. Das war neu. Eine unvermutet laute Stimme unterbrach uns.

Es war Frida, Mikkels Freundin, die versuchte, ein schwedisches Lied zur Stimmung beizutragen. Sie wurde dabei rot wie eine reife Tomate. Ich hatte Frida bis jetzt nur einmal gesehen. Damals wie auch an diesem Tag schien mir, als ob Mikkel sie an seiner Seite nur knapp duldete. Doch der Eindruck täuschte. Die beiden würden mehr als fünf Jahre ein Paar bleiben. Ich selbst mochte diese spindeldürre, schüchterne Schwedin aus Helsingborg, die sich in beinharter Arbeit den Mut abrang, sich den Menschen zu zeigen, in der Gesellschaft eine Rolle zu spielen. Ich mochte das Erröten, das sie standhaft ertrug, ich mochte, dass sie sich für ihre Scham nicht schämte.

Fünf Tage blieben meine Eltern und die Sarasins in Kopenhagen. Vater traf sich mit zwei estnischen Übersetzern, die in Stockholm lebten, Mutter ließ sich von Selma den Friedhof, den Südhafen und andere seltsame Orte zeigen, Jakob machte sich unsichtbar, so wie er es schon immer getan hatte. Von seiner Mitteilsamkeit keine Spur mehr.

Ich ging mit Leena in die Carlsberg Glyptothek.

»Ach, Kristi«, sagte sie, als wir durchs Atrium wandelten. »Ich freue mich für dich, wirklich. Selma tut dir gut. Aber wollt ihr nicht nach Basel kommen? Wir brauchen dich.«

»Selma muss ihre Ausbildung beenden. So lange bleiben wir auf jeden Fall hier. Aber ich komme mit nach Estland. Nächstes Jahr. Du, ich, Mutter. In Ordnung?«

»Himmelherrgott, nein!«

»Warum denn nicht?«

»Zurück nach Hiiumaa, nein. Das würde ich nicht schaffen.«

»Wegen Opa Jüri?«

»Wegen mir selbst, Kristi, wegen mir selbst. Ich war ein schreckliches Kind. Die Insel Hiiumaa hat alles Böse, das in einem Kind stecken kann, aus mir herausgekitzelt. Ich war ein kleiner Teufel, reihenweise habe ich andern Kindern die Gesichter verkratzt, die Finger blutig gebissen, o ja, ich war das Beißmonster von Kärdla, die reinste Hexenbrut. Du hättest die Angst in den Augen der anderen Kinder sehen sollen, wenn ich auftauchte …«

»Leena?«

»Ja?«

»Erzähl lieber nicht weiter. Mir graut's.«

Sie lachte. Dann hielt sie meinen Arm. Als ob die Erinnerung ihr den Boden unter den Füßen wegzuziehen drohte.

Und schon waren sie wieder weg, und Selma und ich probierten dieses Spiel namens Eheleben aus. Wir hatten keinerlei Talent dafür, doch glücklicherweise war da niemand, der etwas von uns erwartete. Nicht einmal die Spießer Johannes und Annegret. Sie hielten Selma für ein exotisches Tier, das nichts dafür konnte, dass es so war, wie es war. Jetzt war es ausgeflogen, und man hatte wieder seine Ruh im Haus.

Auch dem Haus unserer jungen Ehe entflog Selma ständig. In der Regel landete sie an Orten, an denen allerhöchste Lebensgefahr drohte. Ich rannte ihr hinterher, stolperte durch die Straßen des Viertels, um sie einzufangen. Ich fand sie auf einer Mauerspitze über dem Peblinge Sø balancierend oder freihändig auf irgendeinem Brückengeländer sitzend. Langte ich keuchend bei ihr an, war es immer wie im letztmöglichen Augenblick. Selma, meine kleine Selma. Als sei sie von derselben Fallsucht angesteckt wie ich damals in Paris.

Natürlich hatte ich Angst um sie, aber da war noch etwas anderes. Es war eine Lust in diesen Jagden. Wir hatten uns die Ehe als bürgerlichen Schleier übergeworfen, doch darunter tummelten wir uns noch immer wie jene zwei verfemten Seelen, als die wir uns auf jenem Dach der Ægirsgade kennengelernt hatten.

Die Wohnung, die wir gefunden hatten, befand sich an der Stevnsgade, wenige Hundert Meter von der Ægirsgade entfernt. Frau Vestergaard hatte ich erst zwei Tage vorher über meinen Auszug unterrichtet. Sie war untröstlich gewesen. Johannes schenkte uns ein Bett, von Frau Vestergaard bekam ich zwei Stühle und das Tischchen für die Küche. Lasse, der schwedische Steinmetz, überließ uns einen Kleiderschrank. Den Rest kauften wir uns nach und nach zusammen. Im Sommer ging ich noch ein paarmal auf Baustellen, bis Johannes fand, so könne es nicht weitergehen. Er besorgte mir an der Uni, bei der er seit zwanzig Jahren angestellt war, eine Arbeit. Das Naturhistorische Museum war eben in einen Neubau umgezogen. Dabei hatte sich herausgestellt, dass der Platz am neuen Ort nicht reichte. Also ließ man Teile von Lager und Archiv vorläufig am alten Ort. Seit Jahrzehnten hatte sich niemand darum gekümmert.

Ich war Regalbauer und Kistenrücker. Ganz allein werkelte ich in den Kellern vor mich hin. Mein Vorgesetzter kam sporadisch vorbei, hörte sich meine Fragen an, versprach, sich um Lösungen zu kümmern, verschwand wieder. Irgendwann hatte ich begriffen, dass ich ihm keine Fragen mehr zu stellen brauchte.

Selma hatte im Frühjahr ihre Ausbildung zur Krankenpflegerin begonnen. Verletzungen hatte sie schon immer spannend gefunden. War ein Kind in der Schule gestürzt, hatte sie stets als Erste zur Stelle gestanden, um die Schürfwunde zu untersuchen. Als sie bei Johannes und Annegret ihren Berufswunsch kundtat, meldete die verhärmte Frau Bedenken an. Das Mädchen sei zu impulsiv, zu fahrig. Doch Annegret sollte nie recht bekommen. Selma, das zeigte sich sehr früh in ihrer Ausbildung, war die geborene Krankenpflegerin. Im weißen Kittel war sie die Ruhe selbst.

~

Am Schluss, wenn alles vorbei ist, sind es die kleinen Bilder, die für das Große dieser Zeit stehen. Man geht sie durch wie eine Handvoll Restmünzen, die einem nach einer Auslandsreise geblieben sind.

Von der Arbeit müde nach Hause zu kommen. Sich hineinzuwerfen in die Kuscheligkeit und sich gegenseitig den Tag zu erzählen. Während ich selbst kaum etwas zu berichten hatte, erzählte Selma ausschließlich Dinge, von denen mir schlecht wurde: »Das Hämatom an Herrn Davidsens Wange hat sich übrigens nochmals ausgeweitet. Zwei Fingerbreit jetzt, von einem düsteren Pflaumenblau und mitten hindurch der Blitz der genähten Platzwunde. Er will immer drin herumfingern und an den Fäden zupfen, der Herr Davidsen, aber ich sage ihm …« – »Ist gut, Selma. Danke für den Bericht.«

Das Muttermal hinter ihrem Ohr. Die Narbe unter der Kniekehle, fünf Zentimeter lang, die sie seit ihrem elften Lebensjahr hatte. Die winzige Kerbe in der rechten Augenbraue. Landmarken auf meinen Wegen über Selmas Körper.

Die erste halbe Stunde nach dem Aufwachen. Wie sie sich aus dem Bett kugelte. Wie sie zaghaft ihr Frühstücksbrötchen kaute. Als ob es in dem weichen Teig Goldnuggets zu finden gäbe. Wie ich ihr dabei die Haare aus dem Gesicht strich. Wie sie sich davon nicht ablenken ließ in ihrer kauenden Suche.

Ihre Schuhe, die stets in einem wirren Haufen hinter der Tür lagen. Sie musste jedes Mal mindestens zwei Paar ausprobieren, bevor sie sich entschied, welche sie an diesem Tag tragen wollte. Und rannte dann mit lautem Krach die Treppe hinunter, weil sie auch diesmal viel zu spät dran war.

Das Murmeln hinter der Klotür. Da wir ein Stockwerk-WC hatten, bemerkte ich erst spät, dass das sie war. Fragte ich sie später, was sie auf der Kloschüssel sitzend zu murmeln gehabt habe, machte sie nur »Pff!« und lief davon.

Wie sie das Fenster aufriss, ein Bein über den Rahmen nach draußen lüpfte und sich auf die Kante setzte. Und dabei genau wusste, dass ich sofort angerannt kommen würde, um sie hereinzuziehen. Ihr Lachen, wenn ich es tat, halb gerührt, halb verärgert. Meine grenzenlose Angst um sie, ich hatte so etwas noch nie gekannt.

Wie sie mir vor dem Einschlafen ins Ohr flüsterte: »Sehen wir uns morgen wieder?« Jede Nacht den gleichen Satz. Wie ich wortlos nickte und ein Lächeln in die Dunkelheit sandte.

Erinnere ich mich an jene frühen Jahre mit Selma, rasen die Bilder noch immer in deutlicher Schärfe an mir vorbei. Aber es gibt auch die diffusen Räume dazwischen. Sie werden immer größer, je weiter die Zeit fortschreitet.

1966 stürzte Frau Vestergaard in der Ægirsgade die Treppe hinunter und brach sich das Genick. Eine Woche später saßen Selma und ich mit einem halben Dutzend anderer Trauernder in der Kirche und warteten auf Frau Vestergaards Sohn. Alle wussten, dass es ihn gab und dass er nicht kommen wollte. Er tauchte erst auf, als der mit einer Dänenflagge zugedeckte Sarg in den Leichenwagen geschoben wurde. Fünf Minuten später war Kasper-Jørgen wieder verschwunden.

1967 spielte die Band Country Joe and the Fish das Lied »I feel like I'm fixing to Die Rag«, die Jugend in den Städten tobte. Selma und ich wanderten derweil mit Rucksack und Zelt nach Flensburg.

Im gleichen Jahr trat zum ersten Mal die Gruppe der Provotarer in Kopenhagen auf. Ihre Mitglieder weigerten sich, Fahrkarten für die Straßenbahn zu kaufen, weil sie fanden, der öffentliche Verkehr müsse gratis sein. Selma lachte das leichtfertig weg; sie hatte noch nie eine Fahrkarte für die Straßenbahn gekauft.

Im Frühjahr 1968 besetzten die Kopenhagener Psychologiestudenten unter der Führung eines gewissen Finn Ejnar Madsen das Psychologische Laboratorium der Uni, um eine Mitbestimmung des Lehrplans zu erzwingen. Auch Mikkel, der zwei Jahre zuvor von Dänisch zu Psychologie gewechselt hatte, war dabei. Es war in der Woche, in der ich mit Selma und ihren Freundinnen Åse und Britt in einem gemieteten Sommerhaus meinen fünfundzwanzigsten Geburtstag feierte. Wir drehten einen Schweinebraten auf dem offenen Feuer, dazu gab's Stockbrot und Bier. Später sprangen wir splitternackt ins Wasser, die Nacht verbrachten wir unter sternenklarem Himmel. Gegen die Morgendämmerung hin erwachte ich, Selmas Platz neben mir war leer. Ich fand sie in einer Kuhle zwischen zwei Dünen, ein grönländisches Lied singend. Als ich sie in die Arme nahm, hob sie an zu erzählen. Ich verstand kein Wort. Ich mochte sie nicht darauf hinweisen, dass ich kein Grönländisch verstand. Zwei Tage später erfuhren wir, dass Isa gestorben war. Sie war von einem Dach gefallen, in Godthåb, mehrere Hundert Kilometer von Sisimiut entfernt. Langsam war sie in der hellen Nacht verblutet.

Natürlich, die Gier aufeinander und die Lust auf gemeinsame Abschottung ließen nach. Auch das ungewollte Spiegelspiel, die gegenseitige Übernahme von Schrullen. Natürlich, wir stritten häufiger. Doch es war immer noch alles richtig. Der unechte Este Kristian Aavik, der in einem winzigen Zipfel der Schweiz aufgewachsen war und sich auch in Kopenhagen meist von Nische zu Nische bewegte. Die echte Grönländerin Selma Olsen, die sich zeitlebens gerne an Dachrändern aufhielt und sich in der Betrachtung von schwärenden Wunden verlieren konnte. Die stets ein kleines Restknöllchen ihrer Kindheitswut in der Hosentasche herumtrug. Wir zwei gehörten zueinander. Wir wollten uns, wir brauchten uns.

Unsere Verbindungen zur Welt waren überschaubar. Einmal im Monat aßen wir bei Johannes und Annegret. Jede Woche waren Selmas Freundinnen Åse und Britt bei uns. Die zwei Frauen waren ein Paar und hielten es für klüger, als solches in der Öffentlichkeit unsichtbar zu bleiben. Bei uns konnten sie sein, wie sie waren, und manchmal, wenn Selma und ich wegfuhren, bekamen sie unseren Wohnungsschlüssel. Åse war die kleine Schwester von Aalborg-Wurst-Jørgen. Dieser hatte sich irgendwann mit Flatterlid-Jørgen zerstritten und war dazu übergegangen, auf der Straße selbst gezimmerte »Denk-Automaten« aufzustellen, die nach Einwurf von fünfzig Øre einen Denkanstoß ausspuckten, meist in der Form einer groben Beleidigung. Dann bastelte er aus alten Bussitzschalen Sitzmöbel und verteilte sie auf die Gehsteige. Irgendwann begann er dieselben Sitzschalen unter dem Namen »Købenmøbler« zu verkaufen. Nachdem ein Gastronom dreißig Stück aufs Mal bestellt hatte, fanden sie plötzlich reißenden Absatz. Aalborg-Wurst-Jørgen erweiterte in den folgenden Jahren sein Sortiment, stellte zwei Mitarbeiter ein, eröffnete daneben eine Bar und ein Restaurant, stellte weitere Mitarbeiter ein, kaufte sich ein Haus mit sechs Zimmern in Frederiksberg, heiratete, zeugte zwei Kinder, ließ sich scheiden, heiratete neu.

Die Freundschaft zwischen Åse, Britt und Selma hatte ihren Anfang mit einer unglücklichen Liebe genommen. Åse hatte sich in Selma verguckt, doch bevor sie den Mut zusammengenommen hatte, sich ihr anzuvertrauen, war Britts Verliebtheit mit aller Macht auf den Plan getreten und hatte der Verstrickung eine neue Wendung gegeben. Britt war nicht nur unsterblich verliebt in Åse, sie verfügte auch über ein großes Talent zur Verführung, und so schaffte sie es, Åses Verliebtheit in Selma auf sich umzuleiten. Selma nahm das Geschehen mit der ihr eigenen Belustigung wahr. »Wenn jemals mit einer Frau, dann nur mit Åse, aber dafür ist es nun leider zu spät. Ich hab die Chance meines Lebens verpasst«, scherzte sie mir gegenüber, als Åse und Britt bereits ein Paar waren. Das Knistern im Dreieck Åse-Britt-Selma jedoch setzte nie ganz aus, was wiederum ich nicht ohne Belustigung registrierte.

Es war ungefähr ein halbes Jahr nach unserer Hochzeit, als dieses gegenseitige Belauern kurz und heftig aufloderte. Åse und Britt in unserer Wohnstube, Selma und ich ihnen gegenüber, zwei verliebte Knäuel auf zerknautschen Sitzkissen, ein bisschen Alkohol, noch mehr Alkohol, hier ein Geständnis, dort eins, und irgendwann war es um uns geschehen, und es existierte nur noch ein Knäuel. Wir hatten vorher noch die Geistesgegenwart gehabt, es als Experiment zu bezeichnen. Ich war begeistert von den drei Vaginen. Auch von den sechs Brüsten, die mich von allen Seiten her anlachten, Britts voluminöse mit den feinen blauen Äderchen, Åses spitze und Selmas flache mit den schokoladebraunen Warzen. Zugleich war ich heillos überfordert. Åse und Britt wiederum war es anzumerken, dass sie sich für Selmas Vagina mehr interessierten als für alles, was ich zu bieten hatte, und so liebevoll wir alle zueinander waren, so großzügig und nachsichtig, der Konkurrenzkampf um Selmas Vagina konnte letztlich nur unglücklich enden, auch für Selma.

Wir schämten uns nicht für diese Nacht. Im Gegenteil, wir waren zufrieden mit uns. So soll die neue Liebe sein, sagten wir uns. Alle mit allen und jeder, wie er will. Zugleich war uns klar, dass wir damit nicht weitermachen wollten. Es hatte nicht richtig funktioniert. Dass ich derjenige war, der ein womöglich ideales Frauendreieck gestört hatte, sagte niemand. Åse und Britt waren zu höflich, um es laut auszusprechen. Selma selbst hatte durchaus Spaß gehabt, das verheimlichte sie mir nicht, und doch war auch sie überfordert gewesen. »Einmal reicht mir vollkommen«, sagte sie, als wir wieder allein waren. Als ich fragte, ob sie es noch einmal tun würde, wenn ich mich raushielte, lachte sie bloß.

Ein Jahr nach unserer Hochzeit machte Annegret die erste Andeutung. Ob wir denn auch an die Zukunft denken würden. Dass sie damit Kinder meinte, brauchte sie nicht auszusprechen. Auch dass sie glaubte, Selma sei als Hausfrau besser aufgehoben denn als Krankenschwester. Ich wusste nicht, was ich dazu sagen sollte, doch ein Gespräch darüber war ohnehin nicht erwünscht. Ich war nicht sicher, ob ich ein Kind wollte. Aber ich begriff, dass ich mir die Frage bereits vor Annegrets Andeutungen gestellt hatte. Irgendwann stellte ich sie auch Selma. Ihre Antwort war unmissverständlich: Nein, kein Kind, bloß nicht. Sie sei ja selbst noch eins, vielleicht würde sie nie aufhören, eins zu sein. Dazu kam der frühe Tod ihrer Eltern, den sie für ein Omen hielt. Ich ließ davon ab, wir hatten ja Zeit.

Es war in jener Zeit, als Vater sich in meine Aufmerksamkeit zurückkämpfte. Ich bekam einen Brief von ihm, zum ersten Mal in meinem Leben. Diesem Brief sollten über die Jahre weitere folgen, ungefähr einmal im Monat lag ein Kuvert mit Schweizer Briefmarke in unserem Briefkasten. Schnell wusste ich: Vaters Briefe waren mindestens so seltsam wie seine Straßenmonologe.

Lieber Kristi,
schau mal her, der Guggerli, unser fleißiger Metzgergehilfe im Klybeck: unter der Papiermütze blaue Schweinsäuglein, voller Einfalt in die Welt hinauslugend, die Arme knubbelig wie gestutzte Flügel, daran befestigt je eine Faust und über dem Bauch die blutverschmierte Gummischürze. Immer gut gelaunt, unser Guggerli, immer gierig nach kleinen Aufträgen. »Guggerli«, ruft der Kollege Kalberer, »hol mir ein frisches Ausbeinermesser, aber g'schwind! Draußen, beim Schärfer.« Der Guggerli bleckt freudig die Zähne, und schon tapst er hinaus in den Metzgershof, wo seine Äuglein den schmalbrüstigen Denkspazierer erblicken. Der Guggerli kennt ihn, den Sprach-Esten, diese unwahrscheinliche Erscheinung, die tagtäglich murmelnd durch die Klybecker Höfe schleicht, und er hat entschieden, ihn als freundlichen Geist zu betrachten. Ein Geist, der die Welt von ihrem anderen Ende her zusammenhält, einem Ende, das der Guggerli zeitlebens nie gesehen und vor dem er sich stets ein bisschen gefürchtet hat. Aber der Guggerli mag den estnischen Geist trotzdem. Seine Äuglein zwinkern vertraulich, der Spazierdenker nickt ihm zu, und dieses Nicken ist dem Guggerli ein einziger Segen. Dann Abgang Denkspazierer, und der Guggerli eilt seinem Auftrag nach. Ausbeinermesser, schnell!
Diese Welt. In der Enge wird sie groß, und fremde Völker geben sich die Hand.

Sei lieb gegrüßt
Dein Vater

Die Briefe handelten von seinen täglichen Gängen im Kleinbasel, von seinen Unterrichtsstunden, die er nur noch sporadisch gab, von den Amüsements, die ihm die Schweizerrunde bereitete, von Büchern und von Estland. Sie waren rätselhaft, sie waren albern, sie versprachen meist mehr, als sie halten konnten. Selten schaffte ich es, auf sie zu antworten. Ich wollte in meiner eigenen Art erzählen, wusste aber nicht, welche das sein sollte. Saß ich am Telefon in Nachbar Jessens Korridor, sprachen wir nie über diese Briefe. Oft schien mir aber, als spüre er mein Ringen darum, etwas dazu zu sagen, und mir schien auch, das reiche ihm bereits.

Ich hob sie alle auf. Dass sich ihr Ton allmählich veränderte, begriff ich erst, als ich eines Tages die Ernte der ersten drei Jahre seiner Korrespondenztätigkeit auf dem Boden aneinanderreihte. Ich sah, dass sie erst länger wurden, um dann plötzlich wieder kürzer zu werden, zuweilen kaum mehr als drei Zeilen. Dann las ich sie alle noch einmal durch. Die Albernheit nahm irgendwann ab. An ihrer Stelle zog eine Düsternis auf. Es fing ungefähr ein halbes Jahr nach Oma Minnis Tod an, aber vielleicht hatte das eine mit dem anderen nichts zu tun. Ganz sachte richtete sich die Düsternis in den Briefen ein. Als ob ich es vorerst nicht merken durfte.

~

Das Eulenzimmer. Ein fensterloser Raum am Ende des Korridors. Stickige Luft, auf dem Boden seltsame Rieselhäufchen. Und auf mich herunterstarrend, vierzig wachsame Augen.

Ich hatte Abdeckfolie gesucht. Die meisten Zimmer des alten Institutsgebäudes waren leer, in manchen fand ich vergessene Universitäts-Faktoten, in Zettelkästen vertieft oder tote Fliegen vom Fenstersims aufsammelnd. Bei meinem Anblick erstarrten die Damen und Herren zu Salzsäulen, und die Erstarrung ließ sich nur auflösen, indem ich die Tür wortlos hinter mir schloss. Dann das Eulenzimmer. Das verstaubte Gefieder, die Augen. Ich dachte: Sie wissen alles über mich, diese Eulen. Nichts entgeht ihnen.

Ich hatte mir einen festen Tagesablauf eingerichtet: morgens Regale bauen, Material umschichten. Nachmittags zeichnen. Niemand störte mich, wenn ich um Punkt dreizehn Uhr zu meinem Zeichenblock griff und ausgestopfte Iltisse und Eichhörnchen abzeichnete. Mein Vorgesetzter hatte längst aufgehört, mir seine Besuche abzustatten. Ich war selbst zum Faktotum geworden: vorhanden nur noch in den Listen der Buchhaltung, die mir jeden Monat meinen Lohn auszahlte.

Ich nahm eine der Eulen mit. »Skovhornugle. Strix otus (Linn.)« sagte das Schildchen zu ihren Füßen. Ich wollte sie an meinem Platz im Keller abzeichnen. Sie war nicht einverstanden damit. Eulen sind nie einverstanden. Streng und unerbittlich ihr Starren aus flammend orangen Augen. Ich versuchte, den Blickkontakt zu meiden, versteifte mich auf eine möglichst genaue Wiedergabe des Gefieders. Dennoch löste ihr Blick ein seltsames Wohlbefinden in mir aus. Es war, als ob in diesen Augen eine Instanz ruhte, die meine Wege schon immer verfolgt, sämtliches Tun der Aaviks seit ihren dunklen Anfängen begleitet hatte. Trat ich am späteren Nachmittag aus der Hintertür des alten Museums, glaubte ich über mir ein leises Flattern zu hören. Meine Eule hatte sich auf den Weg gemacht, um die Erkenntnisse des Tages mit ihren Kolleginnen zu besprechen. Ich stellte den Kragen hoch und marschierte los.

Nach der Arbeit die Bar. Das Winterplätzchen, das Mikkel und ich uns ausgesucht hatten, um unsere Freundschaft weiter über die Zeit zu retten. Irgendwo versteckt an der hinteren Store Kongensgade ein düsterer Schuppen: Eiffel-Bar. Aus Angst vor dem Schweigen plapperten wir in einem Furor los. Manchmal ein verknautschter Trunkenbold, der sich in unsere Ecke verirrte.

»Was steckt ihr da eure Köpfe zusammen, ihr zwei käsigen Buben? Ich will euer Geheimnis auch wissen!«

»Lass uns bloß in Ruh, Alter«, sagte Mikkel.

»Ihr seid mir nicht ganz koscher, ihr zwei …«

»Siehst du ganz richtig. Koscher sind wir nicht. Und jetzt schnell zurück an deinen Platz. Was ich sagen wollte, Kristi, ist, dass Asger Jorn zwar von aller Welt ein Künstler genannt wird, aber eigentlich viel zu sehr ein politisches Tier ist, viel zu sehr ein Gesellschaftstier, ein Kümmerer im besten Sinn, als dass er …«

»Kümmern ist ein sehr gutes Stichwort«, krächzte der Betrunkene in Mikkels Vortrag hinein, »wie wär's, wenn ihr euch ausnahmsweise mir zuwenden würdet, ihr konspirativen Nebelkrähen.«

»Wir haben was zu besprechen. Geh zu deinen Kumpels zurück«, sagte Mikkel und redete weiter auf mich ein.

Nebelkrähen traf's ganz gut. Dunkelste Ecke musste es sein, drunter ging's nicht. Umhüllt von Zigarettenrauch plapperten Mikkel und ich uns durch den Abend. Er mehr als ich. Seine neuen Steckenpferde: C. G. Jung, Jean Dubuffet, Art brut. Und Asger Jorn, immer wieder Asger Jorn. Jorn lehne sich ja schon lange in Richtung Art brut, meinte er. Weil nicht nur Künstler, sondern auch Gesellschaftstier. Weil Gegenwart. Und deren ganze Psychodynamik. Diese Strömungen, dieses Pulsieren überall. »Wir sind ja mittendrin, weißt du: Vatermorde, Bilderstürme, Barrikaden. Art brut holt das alles hervor, Art brut revolutioniert die Gesellschaft von den Rändern her. Und die Kunsttherapie, wo ich dir letztes Mal erzählt habe davon, setzt genau da an. Hier bei uns kennt das noch kaum einer, in Amerika sind sie viel weiter.«

Ich erzählte Mikkel von den Bildern von Adolf Wölfli, dem Irrenhäusler aus Bern, den Jean Dubuffet entdeckt habe. Der erste Art-brut-Künstler sozusagen, ein Vorgänger Jorns. Aber Wölfli zeichne fein ziseliert, wunderprächtig, palastartig. Seine Bilder seien sanfte Utopien, nichts von Barrikaden und so.

»Ach was, die Dämme sind kurz vor dem Brechen. Man muss die Bilder nur richtig lesen, Kristi. Drum Dubuffet. Drum auch C. G. Jung. Da begreifst du, dass Kunst ein Eisberg ist. Die Archetypenlehre zum Beispiel, das müsstest du lesen, das wäre interessant, gerade für dich …«

Zwei Bier, drei Bier, vier Bier, fünf Bier. Der Rauch immer dicker, die Dunkelheit eine Bärentatze, die einem auf den Rücken patschte, einen kratzte und streichelte. So saßen wir in unserer Ecke und arbeiteten den Abend ab, den Rücken zur Gegenwart und ihren Schlagwörtern, Aufregern. Ihren Gesellschaftstieren, Kümmerern. Ihren Anführern, Wütern. Doch am nächsten Tag war auch Mikkel wieder das Gesellschaftstier, der Kümmerer und manchmal auch Anführer. Und ich selbst, ich stieg in meinen Keller hinab, der randvoll mit Leichen der Naturgeschichte angefüllt war.

Lieber Kristi,
der Mensch in seiner Dreiländerecke steht am Rhein und weiß, hier kommt er nicht weiter. Besser haben's die Ratten. Nördlich des Hafens schlüpfen sie als schmutzgraue Schatten in ihre Gänge, die unter dem Rhein hindurch nach Huningue, nach Saint-Louis, Mulhouse, Belfort, Dijon, Paris führen. Sie nehmen alles unbesehen mit, diese Sammler und Schnüffler, holen von drüben den Geist der Aufruhr und schleppen ihn bei uns ein. Irgendwo in den Dampfzentralen der Schweizer Innenstädte, in Großbasel, in Zürich, in Genf beginnt er zu wüten, bläst das Alte davon. Doch hier in Kleinbasel passiert kaum etwas. Hier sitzt der Eckenmensch zwischen drei Län-

dern eingeklemmt und seufzt. Nein, er kommt nicht weiter, er weiß es. Er muss immer seine Runden drehen und das Kleine zu flüchtiger Literatur machen. Straßenpoet, unglücklicher. Geht's dir gut? Grüße an Selma, die Allerliebste!

Dir stets zugewandt
Dein Vater

Mir ging's gut, ja. Selma auch. Liebesbeweise in der zwergigen Wohnung, wenn auch nicht mehr ganz so sportlich wie ehedem. Ihre Fluchten in die Stadt hinaus, auf Dächer, Kaimauern und Bäume, wie extra für mich ausgelegte Schnitzeljagden. Und dennoch: Vermeintlich zurückgelassene Einsamkeiten kehrten wieder. Hier und da ein Kern von Ungeduld zwischen uns. Die Zeit. Die Zeit und immer dabei unser Viererkreis. Er hielt lange, fast über die ganze Dauer meiner Kopenhagener Jahre. Selma-Kristi, Åse-Britt. Die größte Prüfung, die er zu ertragen hatte, war auch der Moment der größten Nähe. Beinah ging der Kreis zu Bruch damals, beinah. Herbst 1969 war's, wir zu viert mit der Fähre nach Schweden hinüber, weiter nach Helsingborg, dann zu Fuß zum Kullaberg raus, einer felsigen Halbinsel, unter deren Klippen sich wunderschöne, versteckte Kiesstrände verbargen. Selma kratzbürstig, es ging ihr nicht so gut.

»Annegret«, hatte sie nur gezischt, als ich ein paar Tage zuvor herauszufinden wollte, was los war.

»Was denn?«

»Dieser pelzige Blockflötenton von einer Frau! Diese Stallkuh, diese kalte Kloschüssel …«

»Jaja, schon gut, Selmi. Was hat sie dir denn angetan?«

»Alles!«

Es dauerte eine Weile, bis ich den Grund für ihre Wut herausfand. Als Selma für einmal alleine bei ihren Pflegeeltern gegessen hatte, äußerte Annegret sich dahin gehend, dass Selma es hier in Dänemark auch in zwanzig Jahren nicht zu mehr bringen würde, als sie bis jetzt erreicht hätte, und das sei ja doch sehr bescheiden, und von dem Mann, mit dem sie nun auf Gedeih und Verderb verbunden sei, wäre auch nicht mehr zu erwarten. Vielleicht doch zurück nach Grönland? Sie kenne sich mit winzigen, muffigen Wohnungen ja aus, und sowieso hätte sie als Eskimofrau von Natur aus keine großen Ansprüche.

Selma also von Anfang gereizt auf unserem Weg zum Kullaberg. Wir anderen stets zu langsam oder zu schnell. Hunger, Durst, umkehren, nein, besser Pause, nein, doch nicht, besser weiter, nein, lieber Pause. Der Wutanfall überraschte uns dennoch. Ein Stampfen, Beleidigungen, fliegende Steine, und weg rannte sie. Wir waren eben an einem winzigen Strand angelangt, den man nur mit mühseliger Kletterei erreichte. Zu dritt sahen wir ihr hinterher.

»Solltest du ihr nicht folgen?«, sagte Britt und blickte mich an.

»Wer? Ich?«

»Wer denn sonst?«

»Muss erst was trinken. Ich find sie dann schon.«

»Wenn sie mit gebrochenen Knochen in einer Felsspalte festklemmt, oder was?«, rief Britt.

Wir haben es nicht gut getroffen heute, dachte ich. Wir hätten die Fahrt abbrechen sollen.

»Selmi ist die beste Kletterin, die's gibt«, gab ich zur Antwort.

»Seit wann ist dir deine Liebste so gleichgültig?« Britts Ton jetzt beißend.

»Britt, lass mal. Gönn ihm doch die Pause«, sagte Åse.

»Ach, und jetzt stellst ausgerechnet du dich auf seine Seite?«

»Nein, ich stell mich dazwischen, damit ihr nicht auch noch aufeinander losgeht.«

»Wie umsichtig von dir, Åse. Aber dass es Selma schon den ganzen Tag mies geht, hast du wieder mal nicht bemerkt. Woher kommt das denn, dass dir Kristis Befindlichkeit wichtiger ist als die deiner besten Freundin? Sag mir das mal, bitte!«

Das war der Moment, in dem andere Wanderer, wären sie in der Nähe gewesen, ein kurzes und lautes Gezeter gehört hätten. Dann wütende Schritte auf dem Strandkies. Dann nichts mehr.

Und so waren wir nur noch zu zweit. Åse und ich setzten uns hin. Schauten auf das Meer hinaus. Aßen. Badeten. Aßen weiter. Dann öffneten wir die kleine Flasche Akvavit, die ich eingepackt hatte. Als es dämmerte, war alles aufgegessen und die Flasche leer. Es wurde kühler, wir rückten näher aneinander. Klagen über die anderen zwei. Gegenseitiges Trösten. Meine Vorstellung, Åse jetzt einfach so, ohne Überleitung, ohne Erklärung, zu küssen.

Als die Kälte nicht mehr auszuhalten war, holten wir unsere Schlafsäcke hervor. Der Reißverschluss von Åses Schlafsack klemmte, wir knubbelten dran herum, es nützte nichts. Nach einigem Gekicher kletterte sie bei mir hinein. Das Küssen war so gar nicht mehr zu verhindern, es war die logische Folge. Auch das Weitere. Den ganzen Tag waren wir darauf zugesteuert.

Åses Vagina hatte diesmal überhaupt nichts dagegen, dass ich in sie eindringen wollte. Im Gegenteil. So hielten wir uns warm, so trösteten wir uns, so frönten wir einer Lust, die durch ihre Unbotmäßigkeit nochmals gesteigert wurde. Unsere zwei Liebsten klemmten womöglich irgendwo in einer Felsspalte und waren nah am Erfrieren, und wir liebten uns, dass es nur so knallte. Taumeln, Seligkeit, Schuldgefühle.

Jede Nacht steuert unaufhaltsam auf die Ernüchterung zu.

Als am östlichen Horizont ein heller Saum sichtbar wurde, schälten Åse und ich uns aus dem Schlafsack, klatschten Rücken an Rücken kaltes Wasser auf unsere Gesichter. Bald nach Sonnenaufgang tauchten auch die zwei Entflohenen auf. Gemeinsam kletterten sie die Felsen hinab, setzten sich zu uns hin, der etwas zu große Abstand markierte den Vorwurf an uns Zurückgebliebene. Er stand auch den ganzen restlichen Tag zwischen uns. Wir wechselten kaum ein Wort.

Nur langsam erholte sich unser Viererkreis von dieser Nacht. Dass Selma und Britt sich am Vorabend bereits nach einer Stunde in einer verlassenen Hütte getroffen und die Nacht genauso wie Åse und ich in ekstatischer Lust verbracht hatten, erfuhr ich erst später.

~

Ich hatte mehr als ein Jahr fast mutterseelenallein in meinem Archivkeller verbracht, als mir der Durchstich zu Gio gelang. Es war eher ein Versehen als das Ergebnis einer Suche. Ich hatte den Gang hinter dem Heizungskeller vorher schlicht nie bemerkt. Kaum hatte ich drei Schritte getan, legte sich die Luft auf meine Lunge wie feuchtes Laub. Der Gang war bestimmt zehn Meter lang. An seinem anderen Ende eine verschlossene Holztür, ein heller Spalt. Mit einem Schraubenzieher konnte ich von innen den Riegel anheben. Dann trat ich heraus, ans Licht. Und war in Gios Welt.

Noch heute steht der weiße Schriftzug über jener Tür im Hinterhof der Krystalgade: »Hval=Samling«. Walsammlung. Es klingt so absurd, dass die Passanten daran vorbeigehen, ohne einen Gedanken an den Schriftzug zu verschwenden. Wale gab es hier tatsächlich nicht, aber ihre Skelette. Mitten in der Altstadt von Kopenhagen befand sich nicht irgendeine, sondern die größte Sammlung von Walskeletten in Europa, aufgebaut in der Mitte des 19. Jahrhunderts von dem Arzt und Zoologen Daniel Frederick Eschricht. Bis die Universität seine Sammlung übernahm, füllte sie seine Wohnung bis zur Decke. Vor wenigen Jahren hätte sie mit dem Rest des Naturhistorischen Museums an den neuen Ort verfrachtet werden sollen. Bürokratie, Platzmangel und Probleme mit der Einrichtung am neuen Ort hatten es verhindert. Die Walsammlung der Universität Kopenhagen war Gios Welt.

Giovanni Petrini, der Konservator aus Bologna, war selbst eine Art menschlicher Wal. Eins achtundneunzig groß, hundertzehn Kilo schwer. Borstige Fastglatze, stechende Augen mit langen Wimpern. Und dann diese Lippen. Kusslippen, Lustlippen, kirschrot und immer leicht angefeuchtet. Sein Lächeln: schelmisch und zugleich melancholisch. Seit zehn Jahren arbeitete er in Kopenhagen, und noch immer verstanden die Leute sein Dänisch nicht, obwohl er fast keine Fehler machte. Sie konnten sich mit seiner Aussprache nicht anfreunden. Einzelgänger und dennoch leidenschaftlicher Gastgeber war er. Charmant, sofern er Lust dazu hatte. Dass man ihn und seine Walknochen vorläufig nicht an den neuen Ort mitgenommen hatte, störte ihn keineswegs. Im Gegenteil, so konnte er weiterarbeiten wie bis anhin.

Die Sache entwickelte sich bedächtig. Erst nur der Kaffee in seinem Büro. Jeden Tag um zehn Uhr zwängte ich mich durch den Gang und ließ mir von Gio einen Espresso machen, dazu gab's steinharte Nusskekse. Später hie und da eine gemeinsame Mittagspause. Gio freute sich, mit mir Italienisch sprechen zu können. Ich verstand erst nur wenig, vieles aus den Stunden bei Signor Tommasini hatte ich vergessen. Schnell aber lernte ich es wieder. Jede Frage zu einzelnen Wörtern las Gio mir von den Lippen ab und lieferte formvollendete Erklärungen.

Etymologie war seine zweite Leidenschaft nach der Paläontologie; vor meinen Augen dröselte er ganze Wortstammbäume auf.

Als Gio erfuhr, dass ich Steinbildhauer war und Erfahrungen mit Abgüssen gemacht hatte, zeigte er mir seine eigenen Arbeiten. Er war nicht zufrieden damit. Zusammen begannen wir, mit neuen Gips- und Mörtelmischungen zu experimentieren, um Kopien von Skelettteilen herzustellen. So verbrachte ich bald die zweite Hälfte aller meiner Arbeitstage bei ihm.

Bis zu dem Tag, an dem Gio meine Zeichnungen sah. Ab da war ich auch die erste Hälfte meiner Arbeitstage in der Walsammlung. Ich hatte die Regale bei mir drüben größtenteils fertig gebaut, ich hatte Ordnung hergestellt, so weit mir dies möglich war. Meine Arbeit war getan, doch ich stand noch immer auf der Lohnliste der Uni. Nichts als plausibel, dass Gio mich nun übernahm. Ich wurde sein Abgussspezialist und wissenschaftlicher Zeichner. Er forderte mich, ich entwickelte Ehrgeiz. Mehr als beim alten Stöcklin, mehr als auf jeder Baustelle, die ich in Kopenhagen gesehen hatte.

~

Tage, Monate, Jahre, wie von einem mächtigen Wind durch die Krystalgade geschoben. Draußen Studenten mit selbst gemalten Plakaten, vom Weg abgekommene Touristen, In-unseren-Hof-Pisser. Drinnen Gio und ich. Draußen das Sommerlicht, die Herbststürme, der bleierne Stadtnebel. Drinnen Gio und ich. Draußen Mikkel und seine Freunde. Draußen Selma. Drinnen Gio und ich, vertieft in unsere Arbeit, im Hintergrund die Stimmen von Al Bano und Gigliola Cinquetti aus dem Plattenspieler.

All die Jahre hatte ich nicht richtig gewusst, was ich mit meinen Händen anfangen sollte. Das Zeichnen eine absurde Suche. Absurd, weil mutlos. Kasper und die Jørgens hatten recht gehabt: nichts als spießiges Gekritzel. Doch jetzt hatte ich Gio und seine Aufträge. Ich hatte Fragmente von Walskeletten, die ich in detailgenauen Zeichnungen zu ganzen Skeletten ergänzte. Ich hatte meinen Gipsraum.

Nein, Kunst war das nie gewesen, was ich all die Jahre versucht hatte. Kunst war nur die Idee gewesen. Genauso wenig wie Asger Jorns kleiner Bruder Jørgen Nash oder die beiden Jørgens von der Thorsgade hatte ich es geschafft, Kunst zu machen. Alle taten in diesen Jahren so, als machten sie Kunst, aber im Grunde genommen machten sie etwas anderes. Ich hatte nun endgültig aufgehört mit diesem Betrug. Endlich hatte ich etwas gewagt: keine Kunst zu machen. Ich hatte meine Aufträge, meine Skelettentwürfe, ich hatte die Gipskopien. Mir ging es gut.

Kasper. Irgendwann in diesen Jahren sah ich ihn noch einmal, in der neuen Fußgängerzone. Rückwärts war ich in diesen wandelnden Werbeclown hineingestolpert. Ich entschuldigte mich, er blieb stumm. Dann erkannte ich ihn. Über seinen Schultern hängend zwei Tafeln, die fast bis zum Boden reichten: »Mortens kæmpe pølser!« Auf seinem Kopf ein Hut, aus dem eine riesige rote Wurst ragte. In seinem Gesicht, wie mit Schminke aufgemalt: Scham.

Ich weiß nicht, ob Kasper mich auch erkannte. Ich sah nur, dass er sich den ollen Wursthut am liebsten bis übers Kinn hinuntergezogen hätte. Er hatte eine persönliche Niederlage erlitten: gegen die kapitalistische Logik, gegen die Gesellschaft des Spektakels. Kasper war in seiner Geldnot zur Karikatur seiner Straßenaktionen geworden.

»’tschuldigung. Hab dich nicht gesehen«, sagte ich und rückte die auf seinen Schultern verrutschten Tafeln gerade. Sein Blick starr. »Gut, die Würste?«

Er gab keine Antwort.

»Mortens Riesenwürste. Sind sie gut? Ich meine, kannst du sie auch persönlich empfehlen?«

Er wollte mit den Schultern zucken, aber es ging nicht. Die Tafeln verunmöglichten es ihm.

»Viel Glück«, sagte ich.

Er ging weiter. Ich schaute ihm hinterher. Bei jedem Schritt schlugen seine Achillesfersen gegen die untere Kante der Rückentafel. Es musste höllisch wehtun.

Begegnungen wie die braunen Ringe einer Kaffeetasse auf einer alten Notiz. Frida Norquist beispielsweise, die schüchterne Schwedin. Ich bekam sie selten zu sehen. Irgendwo zwischen Mikkels tausend Aktivitäten und unseren Treffen in der Eiffel-Bar musste es eine dünne Schicht seines Lebens geben, in der sie vorkam. Wer nicht aufmerksam war, konnte sie glattweg übersehen.

Ich war mit Selma an dem kleinen Strand hinter der Meerjungfrau gewesen. Ein heißer Frühsommertag, der nach Abkühlung verlangt hatte. Auf dem Rückweg, nahe der Østerport Station, entdeckten wir sie. Sie stand dicht an einer Hausmauer, als ob sie dort ein seltenes Tierchen entdeckt hätte. Als wir näher kamen, sahen wir, dass sie weinte.

»Frida?«, sagte Selma und ging zu ihr hin.

Frida drehte sich um, wischte sich das Gesicht flüchtig ab, lachte.

»Frida, meine süße Freundin, warum bist du traurig?«

Selma legte den Arm auf Fridas Schulter, tupfte ihr eine Träne von der Wange. Ich liebte sie für die Fähigkeit, von ihren Sturheiten, ihrer kindlichen Uneinsichtigkeit blitzschnell umzuschalten auf diese Fürsorglichkeit. Nie drängte sie einem ihre Zuwendung auf, sie kam nur dann ins Spiel, wenn sie wirklich gebraucht wurde.

Frida war mit Mikkel auf einem Fest gewesen und irgendwann verzweifelt abgehauen. Den Grund fand auch Selma nicht heraus. Womöglich hatte Frida wieder einmal mit ihrer Schüchternheit gehadert, oder Mikkel hatte sie bloßgestellt oder jemand sie ungewollt verletzt. Es war vielleicht gar nicht so wichtig. Wichtig war, dass Selma sie nun tröstete. Wie ihre kleinen Hände Frida berührten, am Arm, im Kreuz. Sie machte das auch mit Männern. Diese diskrete Vertraulichkeit, diese Klugheit in ihren Händen.

Lieber Kristi,
der Schriftsteller Friedrich Hebbel schrieb einst: »Alle Träume sind vielleicht nur Erinnerungen.« Warum auch nicht? Wir werden es nie wissen. Wir werden auch nie wissen, ob unsere Erinnerungen uns selbst gehören oder ob sie bloß geliehen sind. Wir werden nie wissen, ob unsere Erinnerungen irgendetwas mit dem gelebten Leben zu tun haben.
In den letzten Nächten träumte ich von meinem guten Freund James Joyce. Wir gingen durch die Gassen von Tartu, lallten deftige Volkslieder, deklamierten Limericks, brunzten in dunkle Hinterhöfe. Was man mit einem James Joyce halt so tut. Als sich unsere Wege trennten, sagte er zum Abschied: Schlaf gut, Jaan, wir sehen uns bald wieder.
Mein alter Freund James. Ich erinnere mich gut an unsere jungen Jahre. Seine perfekten Imitationen anderer Menschen, seine nächtliche Rastlosigkeit, sein verkniffener Blick. Schon damals war sein Augenlicht geschwächt gewesen. Schon damals hatte James mehr gesehen als seine Augen.
Was ich damit sagen will? Friedrich Hebbel ist ein alter

Deppel. Ich habe James Joyce nie getroffen, ich kann mich also nicht an ihn erinnern. Dennoch ist und bleibt er mein Freund. Dennoch ziehen wir Nacht für Nacht durch die Gassen des alten Tartu. In meinen Träumen, die mir mehr gehören als mein Leben.
Und Estland? Was bleibt vom heutigen Estland? Ich weiß es nicht, Kristi, ich weiß es wirklich nicht. Das Estland, das ich kannte, gibt's nicht mehr, zumindest nicht dort, wo es einst war. Vielleicht wird es irgendwann ganz anderswo wiederauferstehen.
Mutter ist gestern nach München gefahren, zu ihrer Freundin Moonika. Sie kennen sich vom Theater. Moonika war vor drei Jahren in Tallinn. Nächstes Jahr will sie wieder hin, und Mutter will mit. Ich nicht. Das Estland, in das man reisen kann, gibt es nicht mehr. Lieber bleibe ich hier und treffe nächtens meinen guten Freund James Joyce.

In Liebe
Dein Vater

Vater würde recht behalten. Er kehrte zeitlebens nicht nach Estland zurück. Sein Estland gab es nicht mehr. Doch auch Mutter fuhr nicht mehr hin. Moonika verliebte sich in einen Franzosen, zog nach Paris und hatte keine Lust mehr auf die alte Heimat. Allein getraute sich Mutter nicht. Stattdessen fuhr sie nach Frankfurt, Stuttgart, Straßburg, Avignon. Sie besuchte ehemalige Kolleginnen vom Theater, zweimal bekam sie ein Angebot als Chefkostümbildnerin. Sie lehnte ab. Sie konnte Vater nicht verlassen. Trotz der Liebschaft, die sie über all die Jahre unterhielt. Sie blieb in Basel, weil Jaan Aavik nicht aus Basel wegzukriegen war.

Eines Spätsommerabends kam Selma auf sie zu sprechen.

»Kristi?«

»Ja.«

»Warum weiß deine Mutter immer genau, wann du nicht da bist?«

»Hat sie angerufen?«

»Ja. Heute Mittag. Nachbar Jessen war ziemlich sauer, als er durchs Treppenhaus nach mir geschrien hat. Genau in seine Medisterwurst mit Kartoffeln und brauner Soße hinein ruft diese Schweizerin an. Jedenfalls, Jaan ist von einem rückwärtsfahrenden Lieferwagen angestupst worden und hat sich den Knöchel gebrochen. Jetzt liegt er den ganzen Tag am Fenster und kommentiert die Welt. Und Marie ist unglücklich.«

»Sie ist nicht unglücklich, Selma. Es klingt nur so.«

»Was ist sie dann?«

»Das weiß man nicht.«

Wir saßen auf unserem winzigen Balkon. Selma im Schneidersitz, ich die nackten Füße auf die Brüstung gelegt. Immer hatte ich zu warme Füße damals, immer suchte ich nach Kühlung für sie.

»In Sisimiut gab es einen Mann, der stellte sich jeden Tag ans Hafenbecken und drohte ins Wasser zu springen«, sagte Selma. »Er habe genug von der ganzen Scheiße, ob es noch jemanden gäbe, der genug von der ganzen Scheiße habe, dann könne man gemeinsam springen.«

»Die Geschichte hast du mir schon mal erzählt, Selmi. Dann kam sein Kumpel: Ja, auch er habe genug von der ganzen Scheiße, aber ein Bier könne man vorher trotzdem noch trinken. Und dann sind sie losgezottelt zum Hafenimbiss.«

»In Sisimiut gab es einen Mann, der war fast blind und hatte seit Jahrzehnten so starke Rückenschmerzen, dass er morgens beim Aufstehen jaulte. Er hatte auch nur noch einen Arm, den anderen hatte ihm ein Eisbär abgebissen. Trotzdem war er immer fröhlich und lieb zu allen. Eines Tages erschoss ihn seine Frau mit dem Jagdgewehr. Sie habe das blöde Strahlen nicht mehr ausgehalten.«

»Die Geschichte kenne ich noch nicht.«

»Ich hab sie eben gerade erfunden.«

Ich lachte. Selma knabberte an ihren Fingern, seufzte.

»Kristi?«

»Ja.«

»Wir sagen immer das Gleiche.«

»Das ist normal, Selmi.«

Sie seufzte nochmals. Ich betrachtete die dicke Schlinge ihrer Haare, die auf ihrer Schulter lag. Ich streckte den Arm aus, wollte mir eine Strähne um den Finger kringeln, wollte meine Hand in dem Haarstrom vergraben. Bevor ich es tun konnte, wandte Selma ihren Kopf zu mir.

»Kristi?«

»Ja.«

»Willst du noch immer ein Kind?«

»Nein. Mach dir keine Sorgen.«

Selma schwieg. Die Haarschlinge, eben noch auf der Schulter liegend, stürzte in den Abgrund ihres Rückens.

»Warum geht deine Mutter nicht mit Tante Leena nach Estland?«

Ich zuckte mit den Schultern.

»Wir beide könnten gehen«, sagte sie. »Als Geschenk an die beiden. Wir fahren alles ab, was sie sehen wollten. Und machen Fotos.«

»Wie denn?«

»Johannes hat eine Kamera.«

»Ich meine, wie nach Estland?«

»Über Schweden und Finnland. Um die ganze Ostsee rum.

Auf dem Weg noch schnell bei Onkel Elch und Vetter Polarfuchs vorbeischauen.«

»Ja, schon, aber wie rein nach Estland? Da kommst du nur mit dieser russischen Agentur hin, und dann zeigen die dir ein paar Sachen, die sie für dich ausgewählt haben, und wenn du das alles gesehen hast, begleiten sie dich an die Tür, um auch ja sicherzugehen, dass du das Land wieder verlässt. Dann bist du in Helsinki und rennst in die nächste Bar, um dich zu betrinken.«

»Vielleicht findet Britt was raus.«

»Selma! Britt arbeitet in einem Reisebüro, das Ferien an der Adria anbietet.«

»Sich umhören kann sie ja trotzdem mal.«

Ein Moped knatterte unten vorbei, eine Taube landete auf der gegenüberliegenden Dachrinne.

»Kristi?«

»Ja.«

»Warum ruft Mutter immer zu der Tageszeit an, in der du sowieso nicht da bist?«

»Das weißt du doch, Selmi. Wir reden nicht, Mutter und ich.«

»Warum ruft sie dann überhaupt an?«

»Sie will wissen, ob's mir gut geht.«

»Will aber nicht reden mit dir.«

»Wollen schon. Können nicht.«

Ich hatte meine Sturzlust schon fast vergessen. Und jetzt dies. Ich war auf dem Weg zur Eiffel-Bar. Obwohl ich die beiden Lastwagen links und rechts herandonnern sah, blieb ich mitten auf der Straße stehen. Ihre Rückspiegel knapp an meinem Kopf vorbei, der Luftwirbel schmiss mich beinah um. Dann waren sie weg, und ich stand noch immer da, mitten auf der Fahrbahn. Schwindel und dazu dieses Drehgefühl, das ich aus Paris kannte. Fast ging ich zu Boden.

Ein, zwei Autos rauschten noch an mir vorbei, dann ging ich weiter. Erschrocken über mich selbst, aufgeglüht, hellwach. Und die Fragen: Warum mache ich das? Warum bin ich so? Warum genau jetzt, wo alles an den rechten Platz gerückt ist?

In der Eiffel-Bar Mikkel vor seinem Bier. Sein Blick, der mich bernsteinwarm empfing, seine Vorfreude. Ich ließ mich in den Blick hineinfallen. Nur dieser Blick, dachte ich, nur der ist wichtig. Dieser Blick, das ist mein Freund Mikkel. Was Mikkel sonst noch sein könnte, was er mit Frida anstellt, wen er trifft, das muss mich nicht kümmern.

Diese späten Sechziger und ihre Aufwallungen. Junge pfeiferauchende Männer, die alte pfeiferauchende Männer in Grund und Boden argumentieren. Junge Mitläufer, die alte Mitläufer in Grund und Boden grölen. Der Wunsch nach der großen Zerlegung und nach der großen Heilung. Gemeinsam und gegeneinander begann man, aus der Gegenwart den Kern einer neuen Gesellschaft zu schälen. Dass man damit bereits auch die Umkehrung dieser neuen Gesellschaft einleitete, wusste man noch nicht. Ein Vierteljahrhundert später würde die große Heilung sich zu einer gut geölten Maschinerie gemausert haben, die Verletzungen in eine endlose Nachfrage und deren Linderung in endlos erneuerte Angebote verwandelte. Die Gesellschaft ein Volk von Therapeuten, sich gegenseitig ihrer Wunden versichernd.

Diese Jahre. Ihre Größe, der man später so viel Bewunderung entgegenbringen würde. Und mittendrin meine Kleinheit. Dass ich im Schatten all der Bewegungen selbst wuchs, bemerkte ich nicht. Auch Selmas Wachstum nahm ich nicht wahr. Ich sah nur die geliebten Landmarken auf ihrem Körper, ihre dicken Haarschlingen, ihre alte Wut und die Zärtlichkeiten, die sie sporadisch verschenkte.

Eines Tages dieser Besuch. Die Ankündigung war kurzfristig und beiläufig gewesen. Als ob sie nur zum Tee vorbeikommen würde. Selma und ich holten sie gemeinsam am Bahnhof ab.

Was für eine erstaunliche Person, dachte ich, als Mutter aus dem Waggon stieg. Man sah auf den ersten Blick, dass sie sich diese Person in mühseliger Arbeit zusammengebaut hatte – bis sie restlos zufrieden mit ihr war. Auch Selma und mir gefiel diese Person, die meine Mutter nun war, in ihrem Mantel mit Fischgrätmuster, in den mondänen schwarzen Stiefeln, mit dieser Bob-Frisur. Wir probierten so etwas wie eine Umarmung zur Begrüßung, aber es klappte nicht so recht.

Viel gesprächiger als sonst war sie auch in diesen Tagen nicht. Nicht einmal die ganz große Überraschung, die sie uns mitgebracht hatte, kündigte sie an. Es war am zweiten Tag ihres Besuchs, sie wollte unbedingt in den Tivoli. Zielstrebig lief sie in den Vergnügungspark neben dem Bahnhof hinein, als ob sie ihn längst kannte. Sie zögerte bei keiner Abzweigung, ging vorbei an Zuckerwatteständen, Würstchenbuden. Und dann war da dieser Mann am Bootsteich, im Mundwinkel der Anflug eines Lächelns.

»Das ist Georges«, sagte Mutter, blieb bei ihm stehen und berührte ihn am Oberarm.

»Hallo, Georges«, sagte Selma.

Ich schaute Mutter fragend an. »Georges?«, sagte ich.

»Ja, Georges«, antwortete Selma an ihrer Stelle. »Siehst du das nicht? Siehst du hier irgendwas nicht, mein lieber, dummer Kristi? Das ist Georges, und alles andere braucht keine Erklärung.«

Ich blickte zu Mutter, ich blickte zu Georges. Jaja, Selma hatte schon recht. Alles andere brauchte keine Erklärung. Es war nur so, dass ich mir in all den Jahren etwas anderes vorgestellt hatte. Ich war mir so sicher gewesen, dass Mutter eine Frau liebte.

Georges erwies sich als äußerst herzlicher Zeitgenosse. Wenn auch fast so schweigsam wie Mutter. Er arbeitete als Klarinettist in einem Straßburger Kammerorchester. Theaterliebhaber. Leidenschaftlicher Gesellschaftstänzer. Tango, Cha-Cha-Cha, Walzer, er konnte alles. Wenn Georges vom Stuhl aufstand oder in einen Bus stieg, erkannte man den Tänzer in ihm. Die Leichtigkeit, die Kontrolle. Zwischen Oberlippe und Nase trug er ein schmales Schnurrbärtchen, das seine Mundbewegungen verstärkte. Auch die Gesichtszüge wirkten wie eine dezente Theaterschminke: die schwarzen Augen, die Falten, die links und rechts der Nasenflügel in Richtung Mundwinkel strebten. Georges erinnerte an eine Figur aus einem Stummfilm.

Steif saßen die beiden in diesen Tagen nebeneinander, aber sie wirkten glücklich zusammen. Georges war das, was Mutter uns als Überraschung nach Kopenhagen mitgebracht hatte. Doch sie wollte uns nicht zu viel zumuten. Er blieb nur zwei Nächte, dann reiste er allein zurück in den Süden.

Nein, alles sei wie immer zu Hause, antwortete sie auf Selmas Nachfrage. Vater bleibe, wo er sei, wo solle er denn hin? Sie bleibe auch. Nur dass sie halt diese regelmäßigen Ausflüge nach Straßburg unternehme.

Die nächste Frage musste Selma nicht stellen. Mutter beantwortete sie von selbst: »Ja, er weiß es. Seit zwei Jahren.«

»Und?«, fragte Selma.

Mutter zögerte. »Es ist schon gut so.«

»Wirklich?«

Das einzige Mal in diesen Tagen wurde Mutter lauter. »Ja, natürlich. Andere könnten das vielleicht nicht, aber wir können das. Es ist richtig, auch für Jaan. Übrigens hat er auch seine Geschichten gehabt.«

Ich schaute sie verwundert an. Selma verdrehte die Augen und wandte sich von mir ab. Dann tätschelte sie Mutters Handrücken. »Ich freue mich für euch«, sagte sie.

Im Frühjahr 1970 gab ich den Widerstand auf. Zu oft hatte Selma mir damit in den Ohren gelegen: mit der Fähre hinüber nach Schweden, an der Küste entlang in Richtung Norden, ganz oben über die Grenze und auf finnischem Boden alles wieder hinab, bis nach Helsinki, dort zum sowjetischen Reisebüro Intourist, in dem man mit Glück ein Kurzvisum für Estland bekam.

Fridas Bruder Sven war in seinem alten Ford für den Sommer aus Helsingborg nach Kopenhagen gekommen und blieb zwei Monate. Er lieh uns seinen Wagen. Dass wir damit einmal rund um die skandinavische Halbinsel fahren würden, zweitausend Kilometer oder mehr, störte ihn nicht. »Ich bin sicher, ihr werdet dem alten Gaul Sorge tragen.« Ironisches Augenrollen.

Im Süden machten wir einen Umweg über Karlskrona und Västervik. Wir fuhren nach Stockholm rein und fanden einen halben Tag lang nicht mehr hinaus. Wir hatten Pannen in Sundsvall, Bureå und Rosvik. Nach einem Nachtbad außerhalb von Skellefteå lag Selma drei Tage lang mit Fieber im Zelt. Dann endlich die Grenze. Kurz dahinter, in Kuivaniemi, stach mich eine Wespe unter dem Auge. Es schwoll zu, und wir legten wieder eine längere Pause ein.

Je näher wir Helsinki kamen, desto missmutiger wurde ich. Ich stellte Selmas Zuversicht infrage. Die würden uns nur auslachen, die Russen, und wahrscheinlich würde die Sache eine Summe kosten, die wir niemals bezahlen könnten, oder man verlangte von uns irgendwelche Papiere, die wir nicht vorweisen könnten. Selma lachte nur und sagte: »Schauen wir mal.«

Ich vernahm merkwürdige Geräusche unter der Kühlerhaube und hielt an, um mich über den heißen Motor zu lehnen, ohne irgendwas herauszufinden. Ich verfuhr mich absichtlich. Je tiefer wir in die Wälder eindringen, desto besser, dachte ich.

Kurz vor der kleinen Stadt Kokkola blieb der Ford stehen. Nach einem Tag des Umherirrens fanden wir einen Garagisten, der den Wagen abholte. Sein blauer Überzug war vorne offen, der Bauchnabel lugte wie ein Auge aus dem Spalt hervor, ich versuchte nicht hinzuschauen. Ich begann, einen Preis für die Reparatur auszuhandeln, was nicht so einfach war, weil der Garagist kein Englisch konnte. Ich versuchte es mit Estnisch, was erst zu funktionieren schien, dann aber zeigte sich, dass ich lauter Missverständnisse produzierte. Schließlich machte er mir ein letztes Angebot, drehte sich um und schloss sich in dem WC-Häuschen ein, das hinter seiner Garage stand. Ein hohles Rauschen ertönte.

»Verkauf!«, sagte Selma.

»Ich kann den Ford doch nicht verkaufen, es gehört nicht uns!«

»Und du glaubst wirklich, Fridas Bruder rechnet damit, dass wir mit dem Wagen zurückkommen?«

»Falls er das tut, wer übernimmt die Verantwortung? Du?«

»Wir beide. Außerdem haben wir keine andere Möglichkeit.«

Wir verkauften, und das war der Anfang vom Ende dieser Reise. Zwei Tage später, wir waren mit dem Bus bis Vaasa gefahren, war die Papiertüte mit dem Geld nicht mehr da. Ich tobte, obwohl ich eigentlich froh darum sein konnte. Selma lachte. Bis zum Schluss lachte sie auf dieser Reise.

Ich holte meinen Notgroschen hervor, den ich auf die Innenseite meiner Jeans genäht hatte. Damit konnten wir gerade noch die Fähre nach Stockholm bezahlen. Von dort aus fuhren wir per Anhalter weiter. Fridas Bruder lachte herzhaft, als ich ihm die Geschichte beichtete. Selma fiel in sein Lachen ein, gemeinsam kugelten sie sich. »Nächstes Jahr probieren wir es wieder«, sagte sie.

Lieber Kristi,
außerhalb von Kärdla gibt es einen Birkenwald, der sich über einen sandigen Hügel erstreckt, kaum zwanzig Meter über dem Meeresspiegel. Hier hat Alvar Aavik sich im Jahre 1871 ein Haus gebaut. Woher er kam, wusste in der Gegend niemand. Eines Tages war er da und ging nicht wieder, baute sich sein Haus an den Rand des Hügels, wo die Sicht bei gutem Wetter bis nach Finnland reicht. Dann suchte er sich eine Frau und schloss sich den Holzfällertrupps der Insel Hiiumaa an. Riike gebar ihm fünf Kinder, vier Jungen und ein Mädchen. Sie wurden groß und stark und jagten gemeinsam durch den Birkenwald, wanderten zum Strand hinab und erkundeten mit dem von ihrem Vater gebauten Ruderboot die Küste. Angst war ihnen ein Fremdwort, für die Monster der Nacht hatten sie nur ein Lachen übrig.
Doch dann starb der Vater – ein Baum hatte ihn unter sich begraben –, und wenig später wurde in Kärdla die Tuchfabrik gebaut. Niemand entkam ihr, auch die jungen Aaviks nicht. Sie verleibte sie unerbittlich in sich ein, einen nach dem anderen, bis nur noch fünf kleine Lohnempfänger übrig blieben, von einer stummen Wut, die mit jedem Jahr an den Maschinen größer wurde. Doch einer von ihnen stieg die Hierarchieleiter immer weiter hoch. Es war Jüri, der Zweitjüngste. Er wurde Betriebsleiter. Niemand arbeitete so gewissenhaft wie er.
Dies ist die Geschichte der Aaviks, mein lieber Kristi. So

simpel, so tragisch. Die Geschichte, die mir mein Vater nie erzählt hat. Vielleicht geht sie ganz anders. Vielleicht hat es den Mann aus dem Nichts, die ungebändigte Wildheit seiner Kinder, die Expeditionen auf dem Wasser nie gegeben. Vielleicht ist Jüri Aavik ein ganz anderer. Vielleicht ist er der herumgeschubste Sohn einer unverheirateten Dienstmagd, aufgewachsen in einer ärmlichen Kate in Kärdlas Hafenviertel.
Er hat seinem Sohn nie etwas erzählt, der alte Jüri. Nie. Nur sein Schweigen hat er dem Jungen mitgegeben. Im Schweigen konnte keiner ihm das Wasser reichen. Und darum ist die Geschichte der Aaviks alles und nichts. Freiheit, Trauer, alles und nichts. Ein Glühen, eine Leere, alles und nichts.

Liebe Grüße aus Basel
Dein Vater

Selma und Flatterlid-Jørgen. Allein standen sie da, neben dem Wurststand, in eine Plauderei vertieft. Der Abstand zwischen ihnen unauffällig. Auch die Blicke. Trotzdem duckte ich mich blitzschnell hinter ein geparktes Auto.

So wie Kasper war mir auch Flatterlid-Jørgen in den letzten Jahren immer wieder über den Weg gelaufen. Einmal waren wir gemeinsam bei einem gewissen Leth gewesen, der ebenfalls Jørgen hieß und Kunstfilme drehte. Jørgen Leth hatte an jenem Tag junge Männer gesucht, die sich eine Stunde lang für einen Kurzfilm vor die Kamera stellen wollten. Flatterlid-Jørgen hatte mich in einem Café aufgegabelt und in seiner grenzenlosen Zutraulichkeit gefragt, ob ich ihn begleiten wolle, er könne so etwas einfach besser, wenn er sich einer verlässlichen Rückendeckung sicher sei. Statt Flatterlid-Jørgen hatte Leth mich für seinen Film genommen, was dieser keineswegs als Beleidigung auffasste. Die Rolle der Rückendeckung sei ihm sowieso lieber. Also hatte ich eine Stunde lang vor Leths Kamera gestanden und dabei auf Kommando seltsame Bewegungen durchgeführt.

Da stand sie also mit Flatterlid-Jørgen an diesem Wurststand, und in diesem Moment wurde mir bewusst, dass Selma alle aus meiner Zeit in der Thorsgade kannte. Restlos alle. Als ob sie in diesem Kreis herumgereicht worden wäre.

Keine Anzeichen, dass irgendwas lief zwischen den beiden. Und dennoch. Diese verdammte Intimität, die sie immer wieder zwischen sich und irgendwelchen Leuten herstellte. Ich rannte davon. Eine Viertelstunde später, in der Station Vesterport, wurde mir schwarz vor Augen, und ich kippte aufs Gleis. Obwohl ich mir kaum mehr als eine Schramme eingehandelt hatte, brachte die Ambulanz mich mit Blaulicht ins Reichshospital. Selma erfuhr nie von diesem kleinen Ausflug.

Mit einem fröhlichen Schlenker kurvte der Omnibus der dänischen Nation in die siebziger Jahre hinein. Alle saßen sie vertrauensvoll auf ihren Sitzen, alle lachten sie, als sie ruckartig zur Seite kippten. Diese Dänen, fünf Millionen Reinkarnationen des guten, alten Ole Jacobsen, der sich so kindlich hatte über seinen neuen Lloyd freuen können. Und der mit seiner Gemütsbiene Sissel noch immer in Basel war.

Die Proteste auf der Straße mündeten in Projekten. Die *Politisk Revy*, Ole Grünbaums Sprachrohr. Das Projekt »Hus«. Das Svanemølle-Kollektiv, das in den frühen Siebzigern in »Maos Lyst« umbenannt wurde und Jahrzehnte überdauerte. Und nun, im Herbst 1971, der Freistaat Christiania, der sich in den alten Kasernen von Christianshavn einzuquartieren begann. Im Gegensatz zu den anderen würde er alle Zeitenwenden überstehen.

Auch Mikkel hatte über die Jahre seine Projekte entwickelt.

Aus Schnellschüssen und Schwärmereien war irgendwann Handfestes geworden. Der Farbdialog. Das Gewerkschaftsmalen. Das Hausfrauenatelier. Drei Ideen, die nebenher entstanden. Und die er am Schluss zu seinem großen Ding zusammenführte.

»Die treffen sich ja nur zu Hause am Esstisch, die Hausfrau und der Angestellte bei Tuborg oder Mærsk, weißt du? Oder vor dem Fernseher oder im Bett. Die kennen sich nur als Ehepaar. Aber als politische Wesen kommen die miteinander nicht in Berührung. Da gibt es Gemeinsames, aber auch Trennendes. Da gibt es Gräben und Wunden. Wir wollen diese andere Berührung ermöglichen, und zwar über die Kunst.«

Ich war an jenem Tag zu spät in die Eiffel-Bar gekommen. Mikkel hatte längst einen anderen Adressaten für seine Ideen gefunden. Karen war Feierabendalkoholikerin, tagsüber arbeitete sie in der Wäscherei gegenüber. Begeistert hörte sie Mikkels Ausführungen zu und rief mit ihrer Reibeisenstimme alle paar Sekunden etwas in seinen Monolog hinein.

Ich stand schwer schnaufend daneben, legte meine Hand aufs Mikkels Schulter. »'tschuldige, bin aufgehalten worden.« Mikkel redete weiter auf Karen ein, ohne mich zu beachten. Er hätte womöglich den ganzen Abend so weitergemacht, wenn in diesem Augenblick nicht Karens Bruder zur Tür hereingekommen wäre. Er holte sie jeden Tag ab, kurz vor dem Kipppunkt, in dem sie die Leute in der Bar anzuschreien begann. Während der Mann seine nölende Schwester aus der Bar bugsierte, hob Mikkel sein Bierglas, nickte gedankenversunken und trank den Rest in einem Schluck aus.

Auch du könntest ein Dampfplauderer sein, genau wie die alte Karen, Tag für Tag in der Bar versumpfend. Das dachte ich, während ich noch immer hinter Mikkel stand und ihm zuschaute, wie er seine eigenen Gedanken abnickte. Ich dachte: Mikkel, der tragische Schluckspecht. Abends die Euphorie, dann der Absturz, Tag für Tag. Ich dachte auch: Kristian Aavik, Lehrer an der Académie de la Grande Chaumière, seinen Schülern in die Kritzeleien reinlangend. Wie viel hätte es gebraucht, damit wir uns in ganz anderen Rollen wiedergefunden hätten?

Wir saßen an diesem Abend lange vor unseren Bieren. Mikkels Ideen von einer malenden Gesellschaft, von schwer erziehbaren Jünglingen, sich mit Meißel und Hammer an Steinen abrackernd und so zu sich selbst findend. An diesem Punkt käme ich ins Spiel. »Du bist Steinmetz, du bist Künstler. Du passt da perfekt rein. Man kann sich keinen Besseren vorstellen, Kristi!«

Nein. Künstler sei ich nie gewesen, erwiderte ich. Überhaupt, die Kunst. Wofür sie alles herhalten müsse. Man sollte sie endlich mal in Ruhe lassen. Ich selbst hätte sie aus meinem Leben verbannt, um vielleicht irgendwann, viel später, wieder in meiner ganzen Verletzlichkeit vor einem Kunstwerk stehen zu können und mich von diesem erschlagen zu lassen.

»Aber, Kristi. Du bist ein Suchender. Genau so einen brauchen wir!«

Nein, auch ein Suchender sei ich nicht. Mir gehe es gut in Gios Labor. Ich könne mir nichts Besseres vorstellen.

Mikkel war keineswegs enttäuscht. Er wusste, er würde mich um den Finger wickeln. Selma habe er übrigens auch gefragt.

»Selma?«

»Ja klar, warum nicht? Ob sie mitmache.«

»Und?«

Kunstpause.

»Sie sagte Nein. Aber auch sie kriege ich noch rum.«

Mikkel lachte. Ich bestellte ein weiteres Bier. Selma hatte er also gefragt. Wann genau? Ich sah mich schon taumeln am

Straßenrand, in allen Details imaginierte ich meine haarsträubenden Pirouetten.

Lieber Kristi,
manchmal erwischst Du den richtigen Moment. Die Stunde vor der Morgendämmerung, zwischen vier und fünf Uhr, wenn du allein mit einem Tee in der Küche sitzt, um auf den Schlaf zu warten. Du hebst Deinen Blick und siehst diesen Spiegel über Dir. In ihm siehst Du Dich selbst und Dein Leben, und während Du es mit einem milden Lächeln quittierst, merkst Du, dass der Spiegel nicht das Leben abbildet, das Du geführt hast. Er zeigt ein Schattenleben, einen Jaanaavik, der dort weitergeht, wo Du stehen geblieben bist. Einen Jaanaavik, der stumm bleibt, wo Du Dich um Kopf und Kragen geplappert hast. Und Du fragst Dich, welches das verlorene Leben ist, das geführte Leben oder das Spiegelleben.
Du senkst Deinen Kopf, Du trinkst Deinen Tee aus, Du legst Dich neben den fast unmerklich sich hebenden und senkenden Körper Deiner Frau. Du weißt nicht, ob Dir warm oder kalt ist. Nie weißt Du es, nie wirst Du es wissen. Und irgendwann schläfst Du ein.
Liebe Grüße an die Frau aus Großgrönland und den Mann aus Kleinsthüningen

Dein Vater

Der Stadtboden unter meinen Füßen ein wankendes Kuchenblech. Kaum war ich aus Gios Labor heraus, warf es mich hierhin und dorthin. Mein Blick schlug gegen scharfe Häuserkanten, meine Wege wanden sich wie Krampfadern. Irgendwann geriet ich an einen Ort, an dem ich vor Jahren schon einmal gestrandet war. Es war im Januar 1972, die zweiunddreißigjährige Margrethe Alexandrine aus dem Hause Glücksburg war eben zur dänischen Königin gekrönt worden. Margrethe saß auf ihrem Thron auf Schloss Amalienborg, und ich stand vor der Glyptothek.

Lange dauerte es, bis ich das Gemälde fand, für das sich kein Mensch dieser Gegenwart zu interessieren schien. Das düstere Zimmer, die verdeckten Lichtquellen, diese Schattenkunst, die Bendz in seiner ganzen Virtuosität ausgespielt hatte. Wie damals nahm mich das Bild augenblicklich gefangen. Die zehn jungen Männer, auf Stühlen oder auf dem Bett sitzend, an- und zugleich abwesend. Die langen Tabakspfeifen, das Cello links, die Gitarre rechts. Die zwei riesigen Schatten an den Wänden als stille Zuschauer des Geschehens.

Auch diesmal kletterte ich in das Bild hinein. Ich kroch rechts an den zwei Männern vorbei, die mit dem Rücken zum Bett saßen, schlich auch an den anderen vorbei und verschwand hinter dem leicht aufgeblähten Vorhang, der all die Jahre auf mich gewartet hatte. Ich stand da, hörte die Stimmen der Männer, sah draußen vor dem Bild den einsamen Betrachter, der ich selbst war, und wieder wusste ich: Hier berühre ich die Welt, nur hier in diesem Bild. Und heute wie damals fühlt sie sich an wie die glatte, feuchte Haut eines Wals, wie das geladene Gewehr von Lee Harvey Oswald, wie ein Auge ohne Lid.

Alles war neu. Alles war das Alte. Ich berührte die Welt, und die Welt war ich selbst, als feuchte Haut eines Wals, als geladenes Gewehr von Lee Harvey Oswald, als ein Auge ohne Lid. Und genau wie Vater in seinen Briefen fragte ich mich, was ich damit eigentlich sagen wollte, und genau wie er hatte ich keine Ahnung. Da war nur dieses Rätsel, das mir fast den Atem nahm.

Von da an ging ich jede Woche mindestens einmal in die Glyptothek. Während es mich draußen in der Stadt herumschleuderte, fand ich hinter dem geblähten Vorhang von Wilhelm Bendz' *Tabaksgesellschaft* zur Ruhe. Ich wusste, dass ich da draußen etwas verpasste. Ich wusste, dass die Stadt und ihre Menschen, dass der ganze Bus der dänischen Nachkriegsjahre mich längst abgehängt hatten. Und konnte nichts dagegen tun.

Der 23. April 1972 war in Dänemark ein Tag für die Geschichtsbücher: Zum letzten Mal fuhr in Kopenhagen eine Straßenbahn. Alles wendete sich an diesem Tag, nicht nur für die Kopenhagener Straßenbahnfahrer, auch für mich, und nichts von dem, was von da an sein würde, hatte ich geahnt.

Früher Abend, ich trat in die Eiffel-Bar. Mikkel war nicht zu sehen. Als ich mich an unseren Lieblingstisch setzte, schlurfte Barkeeper Henning heran und sagte: »Du sollst ihn in der Nähe des Rathausplatzes treffen, im Drop Inn.«

»Wie bitte?«, sagte ich.

»Er hat angerufen, vor einer Viertelstunde.«

»Und du bist sicher, dass er es …«

»Ja, bin ich. Dieses aufgeregte Geplapper, das kenne ich doch. Sie sei übrigens auch da.«

»Sie?«

»Musst du schon selber wissen, wen er meint. Willst du trotzdem noch ein Bier?«

»Okay.«

Ich trank schweigend mein Bier. Drop Inn, dachte ich. War ich da schon mal gewesen? Ich wusste es nicht mehr. Und wer war sie? Frida? Ich hatte die beiden seit mindestens einem Jahr nicht mehr zusammen gesehen.

Ich hatte es nicht eilig, von hier wegzukommen. Im Gegenteil. Vorne am Tresen Karen, mit ihrer knarzigen Stimme irgendeine Theorie zu Staatsminister Jens Otto Krag verbreitend.

Aus dem Lautsprecher dudelte Kim Larsens Stimme. Langsam trank ich mein Bier aus.

Drop Inn. Jazzkonzert um halb neun, stand auf einer Tafel vor dem Lokal. Es war erst halb acht, das Haus trotzdem berstend voll. In einer Ecke erkannte ich Mikkels Freund Torben, den ich in den letzten Monaten zwei- oder dreimal gesehen hatte. Neben ihm Flatterlid-Jørgen. Dann Åse. Dann zwei, die ich nicht kannte. Dann Selma und Mikkel. Sie saßen zusammen auf einem Sessel, ihre Oberschenkel berührten sich. Selmas Kopf kippte in seine Richtung, ihr Ohr legte sich an sein Kinn, ihre Hand grub sich in seine Hand. Er küsste sie aufs Ohr, sie lächelte. Dann sah er mich. Schnell erhob er sich und kam mir entgegen. Selma schaute weg.

»Kristi, hör zu …«

Nein, Mikkel, dachte ich. Ich weiß nicht, ob ich dir diesmal zuhören will. Meine Beine zitterten.

»Komm, wir gehen kurz raus«, sagte er.

Ich schaute zu Selma hin. Suchte ihren Blick. Ich fand ihn nicht. Dann folgte ich Mikkel.

»Wir wollten es dir schon lange sagen, Kristi.«

»Was heißt schon lange?«

»Seit einem halben Jahr.«

»Einem halben Jahr?«

»Ja. Sag bloß nicht, dass du nichts gemerkt hast, Kristi. Angefangen hat es ja schon Monate vorher. Im letzten Sommer, oben in Hornbæk. Du musst es gemerkt haben. So blind kannst auch du nicht sein.«

»Was war oben in Hornbæk?«

»Wir waren ja immer wieder dort, den ganzen Sommer. Du wolltest nie mit. Selma, Frida, Torben und ich. Bestimmt fünfmal waren wir dort. Du nie. Hast dich ständig in deinem Labor verkrochen oder warst irgendwo in der Stadt unterwegs. Was ich übrigens sehr schade fand. Ich wollte dich immer dabeihaben, immer. Tja, und da ist es eben passiert …«

»Passiert …«

Mikkel erzählte weiter. All das, was sich in jenen Sommertagen in Hornbæk neu sortiert hatte. Frida mit Torben. Sie und Mikkel seien ja schon lange kein richtiges Paar mehr gewesen. Auch das müsste ich längst begriffen haben. Und schließlich Selma mit Mikkel. Erst nur eine leichtsinnige Spielerei. Doch es habe gehalten, man habe aneinander Dinge gefunden, die man so nie an jemand anderem gehabt habe, man sei das sehr ernsthaft angegangen. Und so weiter.

Ich wankte. Ich wollte mich fallen lassen, wegkriechen, in den nächsten Gully.

»Lieber Kristian, hör zu«, sagte Mikkel. »So etwas macht man nicht, schon gar nicht als bester Freund. Aber Selma ging's damals nicht gut, weißt du, es ging ihr richtig schlecht damals.« Ein schwaches Lächeln, seine Hand legte sich auf meine Schulter.

Hätte er diese Hand nicht auf meine Schulter gelegt, wäre es vielleicht anders gekommen. Doch mit dieser Hand wendete sich für mich alles, so wie am selben Tag sich alles für die Kopenhagener Straßenbahnfahrer wendete. Mit dieser Hand entzündete sich die Wut in mir. Ich konnte nichts dagegen tun. Ich rammte Mikkel meinen Ellbogen in den Bauch, dann schlug ich ihm mit aller Kraft die Faust ins Gesicht. Er strauchelte, er war bereits düpiert, doch ich schlug noch einmal zu. Und noch einmal. Und noch einmal. Dann rannte ich ins Drop Inn. Breit war die Schneise der Verwüstung, die ich durch das Lokal zog. Stühle und Tische, die mir im Weg standen, warf ich um. Ich schüttete jungen Männern Bier in den Nacken, riss junge Frauen an den Haaren über die Tische; schließlich kam ich ganz hinten an und knallte Torben eine Schale Oliven ins Gesicht, rammte ihm als Zugabe mein Knie in den Bauch, dann schleifte ich Frida, die schlichtend eingreifen wollte, weil sie immer noch das Gefühl hatte, in einer Gruppe mutig sein zu müssen, an den Schultern weg und gab ihr einen Stoß, sodass sie über eine Gruppe von pfeiferauchenden Studenten hinwegflog. Dann stand ich mit blutender Nase vor Selma.

Beinahe. Beinahe hätte ich sie in den Würgegriff genommen. Beinahe hätte ich ihr die Nase zertrümmert, sie über die ganze Verwüstung hinweggeschleudert. Sie blickte mir stumm in die Augen. Es tat ihr leid, ich tat ihr leid, ich sah es. Aber ich sah auch, dass sie es nicht anders gewollt hatte, dass diese Geschichte genau so verlaufen war, wie sie es sich gewünscht hatte, und ich sah auch, dass sie bereits weit weg war. Ich hatte Selma vor langer Zeit verloren. Ich rannte davon, durch meine eigene Verwüstung. Der Besitzer der Bar und zwei, drei andere mir zeternd hinterher, an der Ecke gaben sie es auf.

Ich rannte. Das Gesicht nass von den Tränen, die Fäuste brennend vor Schmerz, rannte ich durch die Gassen, durch die Menschenmenge am Rathausplatz. Auch hier schlug ich eine Schneise, rannte jeden über den Haufen, der mir im Weg stand, rannte in Richtung Hauptbahnhof. Vor dem Eingang des Tivoli drehte ich um, rannte wieder zurück, schlug eine neuerliche Schneise, um kurz vor dem Drop Inn erneut umzukehren. Ich rannte kreuz und quer durch die Altstadt und zog eine Spur von Tränen und Rotz und Blut hinter mir her und wurde am Schluss fast von einer Straßenbahn überfahren. Sie hielt kaum zwanzig Meter weiter an, und weil ich mir bei dem Fastzusammenstoß den Knöchel verstaucht hatte, humpelte ich dem Wagen hinterher und stieg ein. Die Straßenbahn fuhr mit Gebimmel los, ich kauerte heulend an ihrem hinteren Ende und bemerkte dabei lange nicht, wie die Leute draußen Spalier standen und dem Fahrer Applaus spendeten, auf der ganzen

Strecke standen sie und jubelten und johlten und winkten, und der Fahrer bimmelte immerzu und winkte zurück, und ich heulte in meiner Ecke weiter, heulte und hinterließ in der letzten Kopenhagener Straßenbahn einen riesigen Fleck von Tränen, Rotz und Blut.

Dies war der 23. April 1972. Der Tag, an dem in Kopenhagen die allerletzte Straßenbahn fuhr. Der Tag, an dem meine Geschichte in dieser Stadt ein Ende nahm. Ich ging an die Stevnsgade, packte ein paar Sachen ein und marschierte los. Ich marschierte die ganze Nacht hindurch, noch immer meine Spur von Tränen und Rotz hinterlassend. Am nächsten Tag, kurz hinter dem Dorf Lejre, stellte ich mich an die Landstraße und hielt den Daumen hoch. In den Süden, weg von dieser Stadt.

5.

Aus dem Lautsprecher knarrt eine Stimme, die unsere baldige Ankunft in Allinge verkündet. Ein Mann mit speckiger Schürze erscheint, schnappt sich den leeren Kaffeebecher, wischt ein paar Oberflächen ab und verschwindet wieder. Der Zeitungsleser versteckt sich noch immer hinter seiner Zeitung.

Kurz male ich mir das Schreckensszenario aus, das ich im Verlauf der letzten zwanzig Jahre in tausend Varianten durchgespielt habe. Auch diese Variante sorgt für kurzen Schauder: Die Zeitung senkt sich, ein stechender Blick richtet sich auf mich – es ist der Mann aus Buenos Aires, dessen Auftauchen ich so lange erwartet habe. Die schallgedämpfte Pistole hebt sich über den Rand der Zeitung, es macht »plopp«, ich sacke zu Boden. Der Mann faltet seine Zeitung zusammen und verschwindet wortlos aus der Geschichte.

In diesem Moment senkt sich die Zeitung tatsächlich. Verschmitzt blickende Augen, Lippen, die sich zu einem stummen »Oh!« formen. Der Mann nestelt ein Bonbon aus seiner Jackentasche und wirft es sich selig lächelnd in den Mund. Jeder Schein kann trügen, denke ich und weiß zugleich, wie lächerlich es ist, die alte Angst weiter am Leben zu erhalten.

Im Korridor warten sie bereits ungeduldig. Familien mit Sack und Pack. Dänische Rentner, die Zigaretten griffbereit. Schwedische Wanderer in schweren Schuhen. Die Fähre rumst an den Anleger, die Menschenmenge beginnt, sich in Bewegung zu setzen, viel zu früh. Es bildet sich der übliche Pfropf, nichts geht mehr. Irgendwo da vorne ein dunkler Haarschopf. Ich strecke mich, um besser zu sehen. Der Haarschopf dreht sich zur Seite, mein Herz macht einen Sprung. Ihre Haut etwas heller, auch scheint sie mir etwas größer zu sein als Selma. Nun, Töchter sind immer größer als ihre Mütter. Ich überschlage die Jahreszahlen. Achtundzwanzig müsste diese Tochter jetzt sein. Nicht unmöglich. Ich frage mich, wie das war zwischen Selma und mir in den letzten Monaten unserer Ehe. Über der Erinnerung liegt ein dunstiger Schleier.

Sie dreht sich um. Ich ziehe den Kopf ein, gehe links weg und stolpere dabei in den Zeitungsleser. Er wirft mir einen Blick zu, der sagt: Ach, Sie wieder. Erneut tauche ich seitlich weg und knalle in zwei Fahrräder, verliere das Gleichgewicht, es folgt ein laut scheppperndes Domino aus Blech und Menschengliedern. Ein uniformierter Mann hilft mir beim Aufstehen. Ein junges Paar in Radlerausrüstung taucht auf und starrt mich empört an. Der dunkle Haarschopf, denke ich. Achtundzwanzig Jahre, denke ich. Ich muss sie sehen!

Als ich endlich auf den Kai gelange, finde ich sie nicht mehr. Um mich herum eine Meute rauchender Dänen. Das Radlerpaar zischt Böses in meine Richtung, ich hebe beschwichtigend die Arme. Dann gehe ich die Hafenfront hinab bis zur nächsten Kreuzung, weiter die Kirkegade hinauf, biege zweimal nach rechts ab, um kurz später wieder an der Hafenfront zu stehen. Die letzten Dänen schnippen ihre Zigaretten zu Boden und verstreuen sich. Ich bleibe allein zurück.

Weg ist sie. Weg mein Wahn, weg mein lächerliches Phantasiebild. Was bildest du dir ein, Kristian Aavik? Hast du wirklich geglaubt, diese Geschichte hier hätte auch nur den Hauch einer Chance, auf diese Weise zu enden? Mit einer Tochter, von der du nichts gewusst hast und die du nun, nach achtundzwanzig Jahren, kennenlernen darfst? Du bist ein lächerlicher alter Mann. Schleich dich weg von dieser Bühne!

Und Kristian Aavik schleicht sich. Huscht vorbei an Häusern in Indischgelb, Minzgrün und Pastellblau. Es sind die gleichen wie in Simrishamn. Als ob einer sie während der Überfahrt dort eingesammelt und hier hingestellt hätte. In einem Vorgarten eine Frau mit Harke. Sie wedelt mit ihrem Gerät in der Luft herum, wie um jemanden, den ich nicht sehe, über meine Anwesenheit zu unterrichten. Ich gehe weiter. Stockrosen, Pflastersteine, ein Duft nach Bratkartoffeln.

Mikkel, ich glaube, in diesem Moment beginne ich etwas zu verstehen. Die Zauberbude, deren Rückseite ich bis heute vergeblich suche, sie kann nicht nach deinen Regeln gebaut sein. Du magst an manchem Faden ziehen, aber letztlich hängen wir beide in ein und derselben Apparatur. In gleicher Hilflosigkeit, gleicher Erbärmlichkeit. Wir werden durch sie hindurchgeschleust, ohne jemals zu erfahren, wo unser Weg angefangen hat. Eine Weile lang fahren wir an parallel laufenden Haken baumelnd nebeneinanderher, dann reißt es uns auseinander, vielleicht kommen wir später nochmals zusammen, vielleicht auch nicht, auch das werden wir nie wissen. Doch das wirklich Schreckliche an der Sache mit der Apparatur ist, und das beginne ich jetzt erst zu verstehen: Die Tatsache, dass wir beide in der gleichen Situation sind, bringt uns einander nicht näher.

Meine Hilflosigkeit nach diesem 23. April 1972, meine Wut auf dich. Kannst du sie nachvollziehen? Warum habe ich dich nie hilflos erlebt, Mikkel Jacobsen? Wo ist deine Trauer? Wohin führst du sie ab? Irgendwo muss sie doch sein, irgendwo muss sie sich auch in dir ansammeln.

Ja, ich beginne etwas zu verstehen. Doch mein Verstehen führt mich nicht ins Helle, sondern noch tiefer in die Dunkelheit. Es ist immer das Gleiche.

Gehen wir weiter. Gehen wir demütig weiter und halten die Hoffnung klein. Hinter dem Dorf ein Weg, auf einen felsigen Hügel führend. So sieht also Bornholm aus. Die Luft frühsommerlau, keine Wolke trübt den Himmel. Der Weg gelangt in einen Wald, dann auf eine offene Fläche über einem tiefblauen See. Ich marschiere immer weiter in dieses Bild hinein, schnurgerade auf dem Grat zwischen Umkehren und Weitergehen. Und weil das mit dem Aussperren der Gedanken nie funktioniert und die unwahrscheinliche Selmatochter unbehelligt weiter durch meinen Kopf geistert, verwandle ich sie kurzerhand in eine andere junge Frau. Schritt für Schritt wird ihr Haarschopf heller, sie wächst um fünf Zentimeter, ihre Nase wird länger, ihre Augen wechseln von Braun zu Dunkelblau, ihr Kinn wird spitzer.

~

Li Wagner hatte die Angewohnheit, um fünf Uhr aufzustehen, nie ablegen können. Seit der Lehre in der Gastronomie war ihr der Rhythmus von frühem Aufstehen, langer Zimmerstunde und Abenddienst in den Körper eingewachsen. Sie war immer gut damit zurechtgekommen. Tag für Tag wachte sie um Punkt fünf Uhr auf und fügte sich in den Tag ein. Auch hier in der Pension hielt sie es so, obwohl das Haus in der bahnhofsnahen Ludwigsvorstadt selten vor Mitternacht zur Ruhe kam. Die alte Frau Seidl wies keinen der oft spät anklopfenden Reisenden ab.

Drei Wochen wohnte Li nun hier, und noch nie war sie so nah dran gewesen, alles zusammenzupacken und in den Bayerischen Wald zurückzukehren. Zurück nach Finsterau, das Dorf an der tschechischen Grenze, aus dem sie sich endlich, endlich herausgewagt hatte. Sie hatte das Dorf nie ins Herz geschlossen, und doch hatte sie immer gewusst, dass ihr das Weggehen schwerfallen würde. So war sie, sie konnte es nicht ändern. Immer dieses mühselige Sichhinauswuchten aus dem Bekannten – schon damals vor fünf Jahren, als sie mit ihrer Mutter aus Magdeburg verschwunden war. Und noch früher, im Kindergartenalter, als der Vater sie und die Mutter aus dem Ruhrpott heraus- und in die DDR hineingeholt hatte. Zweiundzwanzig Jahre alt war sie nun, und es war allerhöchste Zeit gewesen.

Pension Seidl, Ludwigsvorstadt, München. Ihr Tor zur Welt. Jeden Tag früh raus und rüber ins Café. Sie mochte den Ort. Man beachtete sie nicht, abgesehen von der dicken Frau mit der zeltartigen Schürze, die ihr jeden Morgen ein Lächeln schenkte. Li trank ihren Kaffee, aß dazu zwei Semmeln mit Honig. Dann fing sie den Tag an. Menschen beobachten. Die Stadt lesen. Sie fühlen, sie riechen, sie hören. Die Welt sich anzueignen war Schwerarbeit. Li erledigte sie gewissenhaft wie alle Arbeit, die sie in ihrem Leben zu verrichten hatte. Sie sah, wie andere in ihrem Alter es angingen, registrierte ihre Unbekümmertheit, aber sie hatte keine Ahnung, wie sie das auf diese Weise anstellen sollte.

Sie nahm Englischstunden bei Berlitz. Sie besuchte die großen Museen. Sie ging ins Kino. Sie setzte sich nachmittags nochmals ins Café und spürte die Blicke der Männer und fragte sich, was sie damit anfangen sollte. Langsam hatte sie sich an all das gewöhnt, und doch: jeden Morgen die Angst, jeden Morgen das Ankämpfen gegen die Kälte der Welt.

Nun war es Anfang Juni, und die Temperaturen stiegen auf über zwanzig Grad. Sie kaufte sich einen Badeanzug, suchte sich einen Platz an der Isar. In der Nähe des Deutschen Museums wurde sie fündig. Sie saß eine Stunde auf den warmen Kieseln, dann ging sie wieder. Erst am dritten Tag legte sie ihre Kleider ab, den Badeanzug darunter hatte sie sich schon in ihrem Zimmer angezogen.

Sie wusste, wie stark der Umkehrreflex war. Sie brauchte jemanden, der sie zurückhielt. Aber wer? Sie dachte viel an ihren Vater in diesen Tagen. Er war einer, der andere an die Hand nahm. Manchmal auch gegen ihren Willen, wenn er es für nötig hielt. Glühender Kommunist, seit er denken konnte. Als Fünfzehnjähriger aus den Kriegstrümmern hervorgekrochen, vaterlose Jugend, Arbeit bei der Eisenbahn, früh in die Gewerkschaft. Mit beiden Füßen fest verankert in der Geschichte des Proletariats, wie er immer stolz verkündete. Doch als Li einmal seine alten Fotos hervorkramte und ihn fragte, ob er wirklich schon so früh mit Tennisspielen angefangen habe und wo das gewesen sei, murmelte er, dass das nicht er sei, das sei wohl dieser Otto, ein entfernter Verwandter, den er noch nie gemocht habe. Auf die Frage, wo er denn nun aufgewachsen sei, bekam sie jedes Mal eine andere Antwort. Gelsenkirchen, Bottrop, Oberhausen. Und wo bei der Bahn er gearbeitet habe? Essen! Letztes Mal sagtest du aber Mülheim an der Ruhr, Papa. Nein, meine kleine Li, Essen war's, Essen.

Als Li vier war, kam die Übersiedlung in die DDR. Erst Rostock, dann Magdeburg, wo der Vater im Kombinat Getriebe und Kupplungen eine gute Arbeit bekommen hatte. Li ging zu den Jungpionieren, in den Turn- und Sportbund, die ganze ostdeutsche Kinderkarriere absolvierte sie. Und Mutter versauerte irgendwo in einer Kantine an der Kasse. Sie hatte das nie gewollt. Kaum hatten sie damals in Wartha die Grenze überschritten, hatte das Unglück der Mutter angefangen, und irgendwann, nach drei oder vier Jahren in der DDR, suchte der Vater sich eine andere, und als er zum dritten Mal Vater wurde, mit der zweiten Nebenfrau, hatte die Mutter endgültig genug. Nachdem sie mit ihrer Tochter nach Koblenz gefahren war, um ihren eigenen Vater zu beerdigen, kehrte sie nicht mehr zurück. Es folgten zwei Jahre des Umherirrens in der BRD, schließlich diese Stelle irgendwo im bayrischen Hinterland.

Li hatte ihren Vater nie mehr gesehen. Er hatte ihr nichts als diesen Kosenamen mitgegeben, den sie eigentlich nicht mochte. Sie wäre lieber Lina gewesen, aber weil Li das Einzige war, das sie von ihrem Vater hatte und das immer bei ihr bleiben würde, wenn sie es nur wollte, war sie auch in der BRD Li geblieben.

Am fünften Tag stand sie bis zu den Knien in der Isar, am sechsten sah sie diesen Typ. Er schlief fast ständig. Zwischendurch setzte er sich auf, rauchte eine Zigarette, trank aus seiner Thermosflasche. Sein Blick bewegte sich wie ohne Absicht und Interesse über die Umgebung hinweg. Li fragte sich, ob er sie bemerkt hatte.

Irgendwas ist mit ihm, dachte sie. Kein Obdachloser, nein. Auch kein Tramper. Hat ja kaum Gepäck. Nur diesen Beutel, in dem kaum mehr als eine Unterhose Platz hat. Vor irgendwas ist dieser Mensch davongerannt, irgendwas hat ihn grausam durchgeschüttelt. Ein Irgendwas, an das er lieber nicht mehr denken will.

Dann sah sie seine Hand. Sie konnte nicht recht erkennen, was es war, weil sich die Hand halb im Ärmel versteckte. Sie sah nur, dass da etwas nicht stimmte, und diese Unstimmigkeit verwandelte sich in ihrer Vorstellung in eine Monstrosität. Unwillentlich stellte sie sich eine Mischung aus Amputation und Wucherung vor, eine vielgliedrige Verunstaltung. Sie stellte sich eine Art Tier vor unter diesem Pulli, unter dieser Hose, in diesen Schuhen, etwas Krakenartiges. Sie blickte auf das Wasser hinaus und malte sich aus, wie er frühmorgens aus dem Wasser gekommen war und sich hingelegt hatte, um seine Hautlappen zu trocknen, wie er den ganzen Tag hier liegen würde, um spätabends wieder ins Wasser zurückzugleiten. Es ekelte sie vor ihrer eigenen Vorstellung, doch sie kam nicht davon los. Erst als er sich wieder regte, sich erhob, um ein paar Steine ins Wasser zu werfen, beruhigte sich ihre Phantasie. Da war nichts Krakenartiges. Nur dieser überzählige Finger an der einen Hand. Nach und nach verwandelte sich ihr Ekel in Neugierde. Irgendwie süß, dieser überzählige Finger.

Sie überwand sich und verwickelte ihn in ein Gespräch. Einsilbig, dachte sie. Gibt kaum was von sich preis. Aber freundlich. Auch nicht ganz unhübsch. Einer, der sie mitnehmen würde vielleicht. Sie wollte ja keinen Freund, nein, bloß nicht, sie wollte nur einen, der sie daran hinderte, nach Finsterau zurückzukehren. Der musste nichts von sich preisgeben. Nur sie mitnehmen.

Am nächsten Tag trafen sie sich wieder am Fluss, sie gingen essen – er kannte eine billige Kneipe im Glockenbachviertel –, nachmittags schlief er, abends lud sie ihn auf ein Glas Wein ein. Am übernächsten Tag packte sie in der Pension Seidl ein paar Sachen in einen Rucksack, den Rest ließ sie nach Finsterau schicken. Eine Stunde später bestiegen sie den Zug nach Innsbruck. Die Reise dorthin dauerte nicht einmal halb so lang wie die Fahrt nach Finsterau. Aber immerhin. Innsbruck. Der Typ wanderte aus dem Bahnhof raus und zielstrebig zum Flussufer hinab. Sie ihm voller stummer Fragen hinterher. Fünf Minuten nachdem sie ein Plätzchen gefunden hatten, schlief er. Ein wenig war sie enttäuscht, nur ein wenig.

So fuhr Li Wagner in die Welt hinein. In winzigen Etappen, mit viel Schlaf zwischendurch, immer an Flüssen, an Seen oder in Parks. Das Wetter war recht warm und meist trocken in diesem Frühsommer, wer brauchte da schon ein Zimmer. Okay, die Dusche. Aber irgendwann hatte sie sich ans frische Morgenbad im Fluss gewöhnt. Wie in München versuchte sie, die Welt zu hören, zu spüren. Streitende Schwäne am See. Ein Mädchen, das, kaum hatte die Mutter den Blick abgewandt, den Bruder in den Hintern zwickte. Überhaupt, die stummen Böswilligkeiten. Die Welt war voll davon.

Als Li an einem Güterschuppen in Sterzing einen Wurstbrot

kauenden Gleisarbeiter sah, musste sie an den Vater denken. In Bozen ging sie ins Kino, während ihr Typ am Bach den Nachmittag verdöste. Es lief *Is' was, Doc?*, eine amerikanische Komödie mit Ryan O'Neal und Barbra Streisand. Hinter ihr das feuchte Schmatzen eines knutschenden Paars, rechts vorne eine laute Knistertüte. Es war ihr egal, sie amüsierte sich prächtig. Ryan O'Neal gefiel ihr, in so einen hätte sie sich verlieben können.

In Verona schien ihr Typ plötzlich am Ziel angekommen zu sein. Sie nahmen sich zum ersten Mal ein Zimmer, und Li fragte sich, wie ist das jetzt mit dem Bett, wie machen wir das? Dass sie dann gleich in der ersten Nacht miteinander schliefen, war ihr eine Erleichterung. Dann ist es wenigstens klar, dachte sie.

Der Sex mit ihm war weder gut noch schlecht. Er war ein Teil dieser Welt, die Li zu entdecken sich vorgenommen hatte. Genauso wie die Blicke der Männer in den Münchner Cafés, die Nachmittagsfilme in fast leeren Kinos und die hinter dem Rücken ihrer Mütter zankenden Kinder. Sie taten es jeden Tag. Nach und nach nahm er sich mehr Zeit, er küsste länger, es gab so etwas wie ein Vorspiel, und als er ihr zum ersten Mal in die Augen sah, während er kam, dachte sie: Verlieb dich bloß nicht in mich, du!

Er schien nun einen Plan zu verfolgen. Jeden Tag ging er in die Veroneser Altstadt hinein, steuerte auf den Dom, die Kirche San Zeno oder die Piazza delle Erbe zu und studierte die Architektur, die Skulpturen, die Reliefs. Er kaufte sich einen Skizzenblock, doch nach wenigen Versuchen zerknüllte er alles und schmiss Block und Stift in den nächsten Mülleimer. Dies hinderte ihn nicht daran, es am nächsten Tag von Neuem zu versuchen.

Diese Trauer, diese Wut, dachte Li. Doch sie fragte nicht nach. Es war, als sei er unauflösbar verhakt in einen anderen

Menschen, in eine Verletzung, die dieser ihm zugefügt hatte und an der er zugleich selbst schuld war. Sie wusste, er würde nie von sich aus erzählen. Sie ließ es auf sich beruhen. Würde sie nachfragen, könnte sie sich nie mehr von ihm lösen, und das wollte sie nicht zulassen. Noch immer nannte sie ihn im Geiste nur »mein Typ«, weil sie glaubte, sich so niemals in ihn verlieben zu können.

Auf ihre Frage, wohin es ihn ziehe, antwortete er jeweils: »In den Süden. Wer will nicht in den Süden?« Auf die Frage, woher er komme: »Weiß ich nicht so genau. Ist nicht wichtig.« Sie glaubte es ihm. Sie glaubte es ihm, weil es ihr genauso ging. Fragte man sie, woher sie komme, konnte sie zwar Orte nennen, sie konnte Dortmund, Magdeburg, Finsterau sagen, sie konnte BRD und DDR sagen. Doch das war nur die eine Seite ihrer Herkunft. Was die andere Seite war, konnte sie nicht benennen. Eine Familie und doch so viele Löcher, so viele undeutliche Stimmen aus der Tiefe. Und all diese Zwischenräume im Dreieck Vater-Mutter-Tochter, die sich nicht füllen ließen. Als Kind hatte sie sich oft vorgestellt, dass sie nicht das Kind ihrer Eltern war, dass die beiden sie gekidnappt hatten. Die Vorstellung hatte ihr keine Angst gemacht, im Gegenteil. Und heute? Heute fand sie, dass irgendwo in einer schmierigen Bahnhofsspelunke einer namenlosen Stadt, ganz hinten, neben dem streng nach Pisse riechenden Klo, ein alter Glücksspielautomat stand, der am Laufmeter Familienkonstellationen ausspuckte. Sämtliche Familien der Welt wurden hier ausgelost, in dieser Bahnhofsspelunke einer namenlosen Stadt. So fühlte sich der Gedanke an ihre Familie an.

Sie blieben den ganzen Sommer in der Gegend zwischen Lombardei, Venetien und Emilia-Romagna. Sie fuhren nach Vicenza, Padua, Ravenna, Bologna, Parma. Ab Ravenna setzte er sich jeweils für ein paar Tage auf ein Klappstühlchen und zeichnete Kirchen, Obelisken oder Brunnen und verkaufte seine Zeichnungen für je ein paar Hundert Lire. Li kaufte sich ein Italienisch-Lehrbuch, lauschte den Gesprächen in den Cafés. In Ferrara lernte sie eine ältere Frau kennen, die ihr aus ihrem Leben erzählte, immer wieder die gleichen Episoden. Sie trafen sich jeden Tag auf der gleichen Bank, und die Frau wiederholte in ihrem schleppenden Duktus die Eckpunkte ihres Lebens, und Li verstand es bei jedem Durchgang besser. In Bologna ging sie mit einem jungen Mann täglich ins Kino. Sie dachte, dass er mit ihr schlafen wolle, und sie nahm ihn mit auf ihr Zimmer, zog sich vor ihm aus, legte seine Hände auf ihre Brüste, doch der junge Mann wollte nicht, er wollte nur mit ihr ins Kino und danach in die Bar und sich gegenseitig die besten Filmszenen nacherzählen.

Die Wochen vergingen. Gleichmütig verfolgte ihr Typ seinen Plan, der sich ihr nie gänzlich erschloss. Manchmal wanderten sie aus den Städten hinaus und blieben für zwei, drei Nächte an einem Strand oder in den Hügeln. Wenn sie frühmorgens unter Vogelgezwitscher, sozusagen im Schutz dieses unsichtbaren Walls, miteinander schliefen, war es schön.

Manchmal, wenn er sich am Strand oder in den Hügeln hinlegte und die Augen schloss, saß sie über ihn gebeugt und versuchte, sich seine Züge in all ihren Details zu merken. Jeden Ansatz seiner Falten, jeden Leberfleck, jedes Härchen, das aus seinen Ohren spross. Und den Finger. Sie musterte diesen seltsamen Mann, und unter seinen Lidern, halb dösend, halb lauschend, musterte er sie: ihre erstaunliche Milde gegenüber diesem Leben, in den Jahren zwischen Dortmund, Magdeburg und Finsterau hart erarbeitet, die feinen Ausschläge ihrer Ängste und ihr Ankämpfen dagegen, ihre Gleichgültigkeit ihrem Körper gegenüber, die Abwesenheit von Fragen. Konnte es sein, dass sie tatsächlich nicht mehr über ihn wissen wollte?

Wenn er aus seinem Dösen heraus sich zu rühren begann und schließlich die Augen öffnete, hatte sie sich bereits wieder abgewandt von ihm. Er betrachtete ihren schön geformten Rücken mit der Mittelkuhle über dem Steißbein, den noch kindlichen Schulterblättern, den feinen Höckern im Nacken. Sie saß da, wissend, dass er ihren Rücken betrachtete, und versuchte herauszufinden, wo sein Blick sich gerade aufhielt, eher unten im Kreuz oder weiter oben? Ist man aufmerksam genug, muss man das spüren können, dachte sie. Der Blick eines Mannes ist wie ein Finger, dachte sie, ein Finger, der stupst und kratzt.

Ferrara, Bologna, Parma. Nach und nach gerieten sie an den Rand der norditalienischen Ebene, nach und nach näherten sie sich dem Riegel des Apennins. Für sie ist das alles ein langmütiges, zielloses Hin und Her zwischen Städten, Dörfern, Flüssen, dachte er. Angetrieben vom Wunsch, dass es nie aufhöre. Das war es für mich lange auch, aber nun ändert sich etwas. Immer mehr schält sich ein Ziel heraus. Immer mehr schält sich ein Ende dieses Hin und Her aus, ein Ende von uns zwei auch. Genießen wir die letzten Tage, genießen wir die Abwesenheit von Fragen.

Li wusste nicht, was sein würde in dem Moment, in dem sie sich trennten. Sie hatte keine Ahnung, was sie tun würde. Einfach bleiben vielleicht. Zurück an den Ort, an dem es ihr am besten gefallen hat. Nach Verona. Oder Ravenna? Ans Meer, sie wollte ans Meer. Also Ravenna. Dort bleiben und nicht mehr zurückdenken an das, was vorher gewesen war.

Mitte September verbrachten sie ihre letzte Nacht zusammen. Noch einmal miteinander schlafen zum Abschied, noch einmal zusammen einen Kaffee am Morgen. Wie zwei Schneeflocken waren sie, die sich kurz ineinander verhakt hatten und jetzt, durch einen Luftstoß, wieder getrennt wurden.

6.

Gehen heißt, sich einzulassen auf die Zeit. Zwanzigtausend Schritte braucht es, mindestens, bis man eins geworden ist mit ihr. So verliert sie ihre Bedeutung als äußerer Maßstab, und man weiß nichts mehr über die Welt der Fristen und Termine. Man geht nur, geht, geht, und die Beine essen die Landschaft auf, ohne je satt zu werden.

Das nördliche Bornholm ist eine Landschaft der felsigen Hügel und Buchenwälder. Hier und dort alte Steinbrüche, in manchen davon hat sich ein See gebildet. In Küstennähe offene Heide, weiter südlich Landwirtschaftsflächen. Der Tag verrichtet seine Arbeit. In einem weiten Bogen zieht die Sonne über den Himmel, sinkt ab dem späteren Nachmittag kaum merklich gegen den westlichen Horizont. Kaum lässt die Wärme nach, kehren die Touristen in ihre Unterkünfte zurück. Bald wird sich dieser fast windlose Frühsommertag verwirkt haben, und Stille wird sich über die Landschaft legen. Nur hier, an einem Feldrand zwischen den Weilern Olsker und Vang, raschelt es unentwegt.

Mannshoch, die Hecke, ihre Blätter von einem jungen Grün. Mein Rucksack hat sich in einem Ast über meinem Kopf verschlauft und zieht mir die Arme hoch, die Hose ist staubbedeckt, mein Gesicht voller Kratzer. Irgendwann auf meinem Weg von Allinge her bin ich, einer alten Erinnerung nachspürend, über eine Wurzel gestolpert, in diesen Schwarzdorn gekippt und nicht mehr herausgekommen. Einmal sah ich zwei Wanderer. Sie hätten mir geholfen, doch ich blieb still. Einmal flatterte ein Stieglitz-Pärchen heran, beäugte mich und verschwand. Ich schloss die Augen und sehnte mich nach Schlaf.

So wie damals in meinen ersten italienischen Monaten, als ich im Schlaf Schutz vor dem Leben suchte.

Als der Himmel sich blassviolett einfärbt, kommt ein Mann heran. Bundfaltenhose und Strickjacke, auf dem Hinterkopf ein abstehendes Haarbüschel. Ohne zu zögern und ohne ein Wort zu verlieren, fädelt er mich aus dem Gestrüpp. Er nimmt meinen Rucksack, geht voran. Sein Haus steht hinter der nächsten Baumgruppe. Erst als er auf die Schwelle tritt, erkenne ich in ihm den Zeitungsleser von der Simrishamn-Fähre.

»Hereinspaziert, mein Guter, bloß keine falsche Zurückhaltung«, sagt er, als ich wie angewurzelt stehen bleibe. »Es passiert Ihnen schon nichts. Jedenfalls nicht in diesem Haus. Für alles, was danach kommt, kann ich keine Garantie geben.« Auf seinen Lippen ein ironisches Lächeln. Ein Gedankenschwall flutet kurz mein Hirn, die alte Angst kommt zurück. Doch die Geste des Mannes und meine Müdigkeit wischen das beiseite. Er führt mich in einen kleinen Wintergarten und setzt mich in einen Korbsessel. Dann verschwindet er, um kurz Zeit später mit einer Flasche Rum und zwei Gläsern zurückzukommen.

»Schätze mal, so etwas können Sie jetzt brauchen.« Er spricht das monotone Dänisch der Kopenhagener.

»Warum haben Sie so lange gewartet, bevor Sie mich schnappten?«

Kurzes Prusten. »Wie bitte?«

»Sie waren bereits auf der Fähre hinter mir her. Gehört das Zappelnlassen Ihrer Opfer zum Plan?«

Er lacht und sagt nichts.

»Was passiert jetzt?«, frage ich.

»Erzählen Sie.«

»Was?«

Wieder lacht er. »Wie Sie von Allinge hierherkamen, wie

Sie in dieser Hecke landeten. Und alles andere. Ich möchte es gerne hören, wirklich. Erst aber trinken wir einen Schluck.«

Der Mann greift zur Flasche, das Plopp des Korkens klingt verheißungsvoll. Er füllt die Gläser randvoll, schiebt mir eines davon hin. Einen Schluck, denke ich, einen. Dennoch zögere ich.

»Na, kommen Sie«, sagt er. »Ich bin Hans.«

»Kristian«, sage ich. »Was Sie ja schon wissen. Genauso wie alles andere.«

Er lacht erneut, antwortet nichts. Ich will nicht weiter, denke ich, als ich den Rum die Kehle hinabperlen lasse. Nicht weiter und nicht zurück. Warum also nicht hierbleiben? Sich ergeben, sich reinfuchsen in diese irrwitzige Gefangenschaft. Schlimmer kann's ohnehin kaum werden.

»Ich hab eine Lasagne im Ofen«, sagt der Mann. »Erst erzählen Sie, und dann essen wir. Es bleibt Ihnen sowieso nichts anderes übrig.«

»Was wollen Sie damit sagen?«

»Na, jetzt aber. Müssen Sie wirklich nochmals raus heute? Wissen Sie überhaupt, in welche Richtung es weitergeht? Erzählen Sie mir Ihre Geschichte.«

Ich erzähle. Erst in knappen Sätzen: die Monate in Tallinn, die Fahrt nach Stockholm, Gislövshammar, Simrishamn. Dann, nachdem er mehrmals nachgehakt hat, gehe ich weiter zurück, in immer längeren Schleifen. Er will offensichtlich die Langversion. Also gebe ich ihm die Langversion. Ich erzähle von meinen Eltern und ihrer Flucht aus Estland im Jahr 1944, von Basel und meiner Freundschaft zu Mikkel Jacobsen, von der Schweiz, jenem Land, dessen Staatsbürgerschaft ich besitze, das ich aber kaum kenne. Ich erzähle ihm von meinen Pariser Monaten, meinen dänischen Jahren, meiner Ehe mit Selma. Ich erzähle ihm, wie das Glück nach und nach aus unserer Ehe hinaustropfte, bis es irgendwann ganz weg war. Erzähle von meiner Flucht aus Dänemark und der Idee, mich auf meiner Wanderung durch Italien zu beruhigen, um dann zurückzukehren und mich in Würde von Selma zu verabschieden. Ich erzähle, wie meine Wanderung immer weiterging, Verona, Bologna, Pietrasanta, Neapel, Palermo, Syrakus. Ich erzähle ihm von Li Wagner, von den Baustellen, auf denen ich arbeitete, von den Steinmetzarbeiten, die ich ausführte, und davon, wie die Ruhe sich auch nach vier langen Jahren Italien nicht einfinden wollte. Als ich den Namen Alejandro Lambruschini erwähne, sagt er: »Stopp.«

Ich blicke ihn erstaunt an.

»Ich hab Hunger«, erwidert er lächelnd. »Die Lasagne ist bald fertig.«

»Warum lassen Sie mich zappeln, Hans? Jetzt kommt die Wahrheit. Wir sind kurz davor.«

»Zappeln? Ich füttere Sie doch nur, mein Lieber. Damit Sie gestärkt weitererzählen können.«

»Aber warum? Sie wissen doch schon alles. Sie sind der Mann mit der Pistole. Puff-puff, und weg sind Sie.«

Der Mann, der sich Hans nennt, krümmt sich vor Lachen. Es sieht aus, als ob er sich dieses Lachen aus Filmen abgeschaut hat. Zu betont flegelhaft, zu sehr Paul Newman, um echt zu sein. Irgendwann sagt er: »Ich weiß nicht, was Sie meinen, wirklich nicht. Ich habe zeitlebens nie eine Pistole in den Händen gehabt. Aber ich gebe zu, ich kenne Sie. Sie sind der perfekte Mensch.«

»Der perfekte Mensch?«

»Der perfekte Mensch, unter Hunderten Filmschülern bekannt. Ich habe Sie bereits beim Aussteigen aus der Fähre erkannt. Stichwort Jørgen Leth. Na, klingelt's?«

»Leth? Ja, ich erinnere mich. Diese Aufnahmen wurden tatsächlich veröffentlicht?«

»Veröffentlicht und ganz schnell zur Legende. Was viele nicht wissen: Leth hatte mehrere Darsteller für die Hauptfigur in jenem Film. Die Tanzszene haben Sie gemacht, da bin ich mir ganz sicher. Sie verstecken den Finger sehr geschickt. Aber wer sich den Film ein paar Dutzend Mal anschaut, sieht ihn.«

»Was für Gründe hat man, sich diesen Film ein paar Dutzend Mal anzuschauen?«

»Ich habe bis vor wenigen Monaten im dänischen Filminstitut gearbeitet. Zwölf Jahre lang leitete ich nebenbei ein Seminar über den dänischen Avantgardefilm. Leths *Der perfekte Mensch* ist ein Klassiker. Sprich: Sie sind Teil eines berühmten Kunstwerks.« Er lächelt, er wartet ab. Dann sagt er: »Wie fühlt sich das an?«

»Ich war damals in Kopenhagen ständig unter Leuten, die ein Kunstwerk sein wollten«, antworte ich, »ich selber wollte es nie.«

»Und jetzt sind Sie's doch geworden.«

»Das macht die Sache auch nicht besser.«

»Kann sein«, sagt er. »Kunst macht weder die Welt zu einer besseren noch den Menschen zu einem schlaueren.«

»Was macht sie denn, die Kunst?«

»Den Menschen größer.« Wieder dieses Lächeln, bei dem sich nicht entscheiden lässt, wie viel Ironie drinsteckt.

»Ich habe mir immer das Gegenteil vorgestellt«, antworte ich. »In der Kunst – sei es nun als Künstler oder Betrachter – bringst du dich selber zum Verschwinden. Dank ihr gehst du in der Welt auf. Fliegst als Regentropfen ins endlose Meer. Plitsch, und du bist noch immer da, aber du bist nicht mehr du. Du bist die Welt. Das macht die Kunst mit dir.«

Der Mann, der sich Hans nennt, blickt versonnen und zugleich etwas albern zur Decke hoch – so wie auf der Fähre, als er sich das Bonbon einwarf. »Das hat was«, sagt er. Dann geht er und macht sich in der Küche zu schaffen. Ich schaue mich in dem Wintergarten um. Hinter mir ein hüfthohes Regal mit Büchern. Viel deutsche und dänische Literatur. Botho Strauß, Monika Maron, Peter Høeg, Bjarne Reuter – Namen, die mir nichts sagen. An der gegenüberliegenden Wand hängt das Foto einer dreiköpfigen Familie. Der Mann ist deutlich jünger als mein Gastgeber. Es wird wohl die gleiche Person sein, aber so klar ist das nicht. Halblanges Haar, Panamahut, sein Gesicht verwildert wie ein Kugelschreiberporträt von Giacometti. Die Frau irgendwie verschwommen. Dunkle Haut, hager, ihre Augen liegen als schwarze Kerben in einem schmalen Korridor zwischen zwei Haarvorhängen. In der Mitte der beiden ein Mädchen, ebenfalls nur schwach zu erkennen. In ihrem Gesicht ein Ansatz von indigener Physiognomie, die Haare pechschwarz.

Ich denke an meine kleine Kollektion von Wahnideen. Selmas achtundzwanzigjährige Tochter auf der Fähre von Simrishamn nach Allinge. Der Mann mit der Pistole, mir seit den späten Siebzigern auf den Fersen. Ein umnachteter Mikkel, rätselhafte Briefe an seinen verschollenen Freund schreibend. Sie sitzen in einem Halbkreis um mich herum, meine Wahnideen – unbegreiflich und stumm wie die Steinköpfe von der Osterinsel. Ich denke: Der Mann, der sich Hans nennt, hat recht. Mein einziges Refugium ist das Erzählen. Nur so halte ich die Wahnideen in Schach. Nur so lässt sich das Ende meines dreißigjährigen Umwegs hinauszögern. Wie auch der Wiedersehensschmerz, der mich auf Christiansø erwartet.

Hans kommt zurück mit einer Flasche Wein, Geschirr und Besteck. Ich bemerke, dass er sich eine andere Strickjacke angezogen hat. Von der Aperitif-Strickjacke zur Hauptgang-Strickjacke. Dann bringt er die Lasagne. Köstlich, der Duft. Feierlich schaufelt er eine Riesenportion auf meinen Teller, genauso feierlich schenkt er mir Wein ein. Und in seinem Gesicht immer dieses Lächeln, schwankend zwischen andächtig und blödsinnig.

»Nochmals zu vorhin«, sagt er mit der Gabel vor dem Mund. »Wie war das mit der Pistole? Und weswegen sollte ich Sie damit erschießen?«

Kichern. Dann pustet er und schiebt sich die Gabel in den Mund.

»Ach. Eine Wahnidee, die ich seit mehr als zwanzig Jahren pflege. Ist wie eines dieser kleinen praktischen Haustiere, die man überallhin mitnehmen kann. Wüstenmaus, Hamster, so was in der Art. Ich trage sie neben ein paar anderen Ideen stets in der Tasche herum.«

Sein Blick schaltet auf Begeisterung um. Er fragt, mit vollem Mund: »Hat das etwas mit diesem Alessandro Lambrini zu tun?«

»Alejandro Lambruschini. Ja.«

»Hat er Ihnen Unglück gebracht?«

»So kann man's sehen. Und ich ihm. Drum ist der Mann mit der Pistole hinter mir her. Zumindest stelle ich's mir so vor.«

»Wahnsinn! Erzählen Sie.«

»Ach, ich weiß nicht. Ich will Sie nicht langweilen.«

»Tun Sie nicht, tun Sie nicht.«

»Ich sollte nachher besser gehen, glaube ich.«

»Wohin?«

»Nach Christiansø.«

»Da kommen Sie heute nicht mehr hin. Die Fähre ist längst weg. Sie können geradeso gut hierbleiben und erzählen. Also. Alejandro Lambruschini.«

»Alejandro Lambruschini«, sage ich und seufze. »Nun ja. Ich lernte ihn wie gesagt Anfang 1976 in Syrakus kennen, an die genauen Umstände erinnere ich mich nicht mehr. Von Anfang an interessierte er sich brennend für mich, meine Arbeit, meine Herkunft, meine Odyssee durch Italien. Keine Ahnung, warum. Ich habe mich solchen Menschen immer besinnungslos hingegeben.«

Hans lacht schallend. Dann sagt er: »Nehmen Sie noch ein bisschen Zusatzkäse drauf.« Er schiebt mir die Schüssel hin. »Und dann weitererzählen, immer weitererzählen!«

Ich erzähle weiter. »Ich traf Alejandro in der Folge immer wieder. Er sei für eine Fotoreportage in Sizilien, erklärte er. Die alte Kultur, das griechische Erbe, die Verbundenheit der Menschen mit dem Meer, das wolle er dokumentieren. Ich nahm es ihm ab und fragte mich kein einziges Mal, warum ich ihn nie mit Kamera sah. Wir spielten Billard, gingen ins Kino, trafen Bekannte von ihm. Nach drei Wochen die überraschende Einladung: In ein paar Tagen reise er zurück nach Argentinien. Ein Freund, der mit ihm fliegen sollte, bleibe unerwartet hier. Ob ich diesen ersetzen wolle.

Ich lachte über die Idee. Seit meiner Flucht aus Kopenhagen war mir stets bewusst gewesen, dass all meine Wege nur einen Aufschub vor der Rückkehr darstellten. Doch im letzten meiner italienischen Jahre hatte mich ein neuer Leichtsinn gepackt: Wie lange lässt sich meine Rückkehr noch aufschieben? Welche Zusatzschlaufe habe ich noch nicht gemacht?

Am nächsten Tag sagte ich zu. Ich war noch nie in meinem Leben geflogen. Es muss so schrecklich gewesen sein, dass ich jegliche Erinnerung daran getilgt habe. Gut hingegen erinnere ich mich an den Moment, als ich zum ersten Mal in der Villa der Lambruschinis in Palermo Chico stand, wie ich von meinem Zimmer im zweiten Stock in den Patio hinuntersah und Alejandros Vater erblickte. Señor Lambruschini war kein Charmeur, kein Genießer wie sein Sohn. Nie sah ich ihn lachen, stets wirkte er etwas abwesend. Womit er sein Geld verdiente, erfuhr ich nie, aber ich sah die Gäste, die in dem Haus ein und aus gingen, ständig schien er wichtigen Besuch zu haben. Ich erinnere mich an die folgenden Wochen in der Villa, die spätsommerlichen Nachmittage im Tennisklub, die Nächte in den Bars von San Telmo, die Ausflüge an die Strände von Mar del Plata, die Besuche bei Freunden von Alejandro, die wie die Lambruschinis allesamt in prachtvollen Villen wohnten. Alejandro wollte mir seine Welt zeigen, und er wollte seinen Freunden diesen merkwürdigen Europäer zeigen, den er in Sizilien aufgestöbert hatte. Sie gaben mir Tipps für die Weiterfahrt, an die Iguazú-Fälle müsse ich unbedingt, nach Salta, nach Córdoba. Auch Alejandro lieferte mir Reiseideen, doch zu Hause in der Villa schien er ganz andere Pläne mit mir zu haben. Er half mir, mich in dem Zimmer einzurichten, ließ von dem Bediensteten des Hauses, einem gewissen Nestor, einen Schreibtisch hineintragen. Meine Witze, dass er mich mehr umsorge, als meine Mutter das jemals getan hatte, quittierte er mit diesem Lachen, das mich erst später zu irritieren begann. Nein, Alejandro wollte nicht, dass ich weiterreiste. Er wollte auch nicht, dass ich allein in die Stadt ging. Spazierte ich auf eigene Faust durch die Villa, tauchte früher oder später wie aus einer gut versteckten Luke dieser Nestor auf und zeigte mir den Weg.

Nach zwei Wochen sprach Alejandros Vater mich zum ersten Mal an. Er hatte erfahren, dass ich Schweizer war, jahrelang in Dänemark gelebt hatte und später in Italien unterwegs gewesen war. Die Schweiz war das Einzige, was ihn interessierte. Er nannte Namen von Firmen und Politikern und fragte mich, ob ich sie kannte. Fast alle seine Fragen musste ich verneinen, was seiner spröden Höflichkeit keinen Abbruch tat. Er erzählte von einem Geschäftsfreund und dessen Ferienhaus in Gstaad, von den herrlichen Bergen des Berner Oberlands, doch das beeindrucke mich wohl kaum, sagte er, das langweile mich bestimmt. Nein, erwiderte ich, keineswegs. Ich selbst sei leider nie weiter als bis Olten gekommen.

Drei Wochen nach meiner Ankunft in Buenos Aires entschlüpfte ich Alejandro und auch Nestor. Hinterausgang, Garten, Mäuerchen, und weg war ich. Erst drei Blocks später getraute ich mich, langsamer zu gehen. Ich hatte keine Ahnung von der Geographie der Stadt, ich war ja immer in Alejandros Wagen unterwegs gewesen. Eine halbe Stunde später war ich in einem komplett anderen Viertel gelandet. Gerüche, die mir noch nie begegnet waren. Straßen, deren Lärm sogar das schwer zu ertragende Tosen Roms übertraf, wechselten sich ab mit Gassen, in denen das Leben seltsam gedämpft vor sich hin simmerte. Es gefiel mir, doch waren da auch diese Blicke, die mir mitteilten, dass ich hier nicht hingehörte. Und da war auch noch jener Typ auf dem Mofa, der mich innerhalb weniger Minuten dreimal überholt hatte.

Vier Stunden später war ich zurück, den Typ auf dem Mofa hatte ich noch zweimal gesehen. Auch die Blicke der Passanten hatten mich wie eine Eskorte zurück an die Ränder des Villenviertels Palermo Chico begleitet. Alejandros Standpauke war heftig. Ich hätte keine Ahnung, wie gefährlich die Stadt sei, so etwas dürfe ich nicht mehr machen. Ich solle ihm bitte, bitte sagen, wenn mir etwas fehle, er würde mir gerne alles, aber auch wirklich alles zeigen. Ich konnte mich nicht dazu durchringen, ihm zu gestehen, dass mir meine Einsamkeit fehlte. Wir fuhren mit zwei Freunden für eine Woche ans Meer. Sie brachten mir das Segeln bei, was ich nie gelernt hatte, obwohl ich so lange am Meer gelebt habe. In den Nächten an der Bar sprachen wir über Europa, Lateinamerika, Filme, aber nie kam die Sprache darauf, was sie machten in ihrem Leben.

Nicht lange nach meinem ersten Ausflug in die Stadt entschlüpfte ich erneut. Wieder war da ein Typ auf einem Mofa, diesmal ein anderer. Auch die Blicke der Passanten, überall. Ich ging dennoch weiter. In einer leer gefegten Gasse lächelte mir einer zu, über seinem rechten Auge hatte er eine große Platzwunde.

›Hallo, wie geht's‹, sagte er. Bevor ich antworten konnte, hatte er mich in einen Durchgang geschubst. ›Keine Angst. Ich möchte nur kurz mit dir plaudern.‹

Seine Hand lag schwer auf meiner Schulter, hinter ihm tauchte ein weiterer Mann auf. Ich hatte keine Wahl. Es folgte ein schmaler Korridor, dann eine Treppe, schließlich landeten wir in einem schwach beleuchteten, fensterlosen Raum. Ein Tisch, zwei Stühle.

›Setz dich‹, sagte der Typ mit der Platzwunde. ›Trinkst du Mate?‹

Ich nickte, blieb stehen. In einer Ecke saß ein Mann auf einem Schemel. Es war derselbe, der mir auf dem Mofa gefolgt war.

›Wir wollen dir nichts Böses‹, sagte der Typ mit der Platzwunde. ›Wir wollen dich nur aufklären.‹

Ich nickte ungläubig.

›Setz dich doch. Ist ein netter Kerl, der Alejandro, was?‹

›Schon. Er kümmert sich mehr um mich, als meine Mutter das je getan hat.‹

Der Typ lachte. Und wurde gleich wieder ernst. ›Woher kennst du ihn?‹

›Hab ihn in Sizilien getroffen. Warum fragst du? Wolltet ihr mich nicht aufklären?‹

›Muss man ja erst mal erfahren, was du weißt, bevor man dich aufklärt, oder? Warum setzt du dich nicht?‹

Ein Mann brachte uns Mate, zog sich wieder zurück. Ich setzte mich hin.

›Die Lambruschini sind eine, nun, sagen wir mal, einflussreiche Familie in Argentinien‹, sagte der Typ mit der Platzwunde.

›Kann ich mir vorstellen.‹

›Viele Verbindungen in die Wirtschaft. Vor allem aber Verbindungen zum Militär.‹

›Wusste ich nicht.‹

›Nein, wusstest du nicht. Und du weißt auch nicht, was das bedeutet, was?‹

›Ich kann's mir schon vorstellen.‹

›Nein, mein Lieber, kannst du nicht. Entschuldige, dass ich grob bin, aber ich habe den Eindruck, dass du nicht die geringste Ahnung hast, was hier abläuft.‹

Er hatte recht. Ich hatte keine Ahnung. Und so begann er, mich aufzuklären. Nach einer Stunde wusste ich halbwegs Bescheid. Über Isabel Perón, deren Tage als Präsidentin bald gezählt sein würden. Über den Riss, der seit Längerem durchs Land ging. Die Ölkrise, die Inflation, die drauf und dran war, das Land zugrunde zu richten. Die Rolle der Armee. Die Alianza Anticomunista. Die einflussreichen Familien: Bulgheroni, Perez Companc, Martinez de Hoz, Lambruschini. Auch der Typ mit der Platzwunde konnte oder wollte mir nicht sagen, was Alejandro mit mir vorhatte, aber er prophezeite mir, dass es sich nur noch um Wochen handeln konnte, bis das Land explodieren und sich in zwei Teile aufspalten würde, und dass nach der Spaltung jeder einzelne in Argentinien lebende Mensch entweder auf der todbringenden Seite war oder auf der Seite, die sich zu ducken hatte, wenn er überleben wollte. Manche aber, das könne er mir sagen, manche würden sich nicht ducken, und es seien nicht wenige, sie würden für das Land kämpfen, koste es, was es wolle. Sie würden Gerechtigkeit wiederherstellen, Wohlfahrt für alle und Frieden, und Familien wie die der Lambruschinis, die gäbe es dann nicht mehr.«

Hans greift zum hölzernen Pfannenwender und spediert eine weitere Portion Lasagne auf meinen Teller. Er füllt die Gläser auf, sagt: »Was für eine Geschichte. Nochmals ein paar Bissen zur Stärkung, und vergessen Sie nicht den Käse.« Er reibt sich die Hände. Ein paar Minuten lang schaufle ich mir still Lasagne in den Mund. Als ich die Gabel hinlege, sagt Hans: »Und jetzt weiter. Ich will alles wissen. Lassen Sie bloß nichts aus.«

Ich würde mich gerne den offenen Fragen zuwenden, die Hans geschickt vor mir abschirmt. Zugleich aber weiß ich: Er hat völlig recht, ich muss erst durch diese argentinischen Jahre, um da weitermachen zu können, wo ich jetzt stehe. Ich trinke mein Glas aus und fahre fort: »Ich erfuhr den Namen des Typs mit der Platzwunde nie. Was ich von dem Treffen mitnahm, waren ein Auftrag und eine winzige Kamera mit dem Namen Agfamatic 2000. Ich konnte nicht überprüfen, ob der Typ mir die Wahrheit erzählt hatte. Es war wohl wieder mal meine alte Neigung, diese Kombination aus Furchtlosigkeit und eifriger Dienstbarkeit, die mir den Weg wies: Ich hatte einen Auftrag bekommen, und ich war neugierig. Also ließ ich mich von Alejandro durch die Tage führen und wartete den passenden Moment ab.

Ungefähr eine Woche später entwischte ich Alejandros und Nestors Aufmerksamkeit und schlich in den Trakt von Señor Lambruschini hinüber, in der Hosentasche die Agfamatic. Im Nachhinein ist mir klar, dass ich es nur dank meiner grenzenlosen Naivität schaffte. Der Typ mit der Platzwunde hatte mich zwar über den Zustand des Landes aufgeklärt, die Absichten der Armeespitze und der Eliten, zu denen die Lambruschinis gehörten, die Absichten seiner eigenen Leute, den Bürgerkrieg, dessen Drohung mit Händen zu greifen war. In welcher Gefahr ich mich mit dieser Aktion selbst brachte, begriff ich hingegen kaum. Ich wusste nur, dass der Typ versprochen hatte, mir einen Flug nach Europa zu organisieren – sofern ich den Seinigen die gewünschten Informationen lieferte.

Lambruschinis senior und seine Sekretärin – Señorita Bustamante, ein dürrer, verbitterter Strich in der Landschaft – hatten einen Termin in der Stadt. Im Vorzimmer der Sekretärin fotografierte ich alles, was irgendwie mit den anstehenden Aktivitäten des Hausherrn zu tun haben konnte: Kalendereinträge, Gesprächsnotizen, Telefonnummern, Vertragsentwürfe, Adressen. Zwei Tage später fuhr ich mit Alejandro an ein Trinquete-Spiel in Belgrano, in der Hosentasche die kleine Filmrolle. Sie fiel während des Spiels wie zufällig hinter mir zu Boden, ein Jüngling, der das verabredete Zeichen als Anhänger um den Hals trug, las sie auf und tauchte in dem Zuschauergetümmel ab.

Ich hatte Gefallen gefunden an dem Spiel, das eine Variante des baskischen Pelota darstellte und darin bestand, im Zweierteam einen harten Ball mit einem Holzschläger so gegen eine Wand zu schlagen, dass die Gegenspieler ihn nicht mehr erreichten. Dem skeptischen Staunen über die merkwürdigen Kostüme der Spieler folgte die Einsicht in die Kniffe und Taktiken, mit denen sich das gegnerische Team zermürben ließ. Alejandro nahm meine Begeisterung dankbar auf, und so fuhren wir wenige Tage später erneut nach Belgrano.

Der Wagen schoss viel zu schnell hinter dem stehenden Lkw hervor, als dass wir hätten reagieren können. Ohne die Hand, die mich in letzter Sekunde am Hemdkragen zurückriss, hätte es mich genauso erwischt wie Alejandro. Ein jähes Schneiden in meiner Kehle, ein wegspringender Hemdknopf, ich schrie auf. Dann, keine zwei Meter von mir entfernt, der Aufprall. Der Ton, mit dem der Kühlergrill in Alejandros Hüfte schlug, war mit nichts zu vergleichen, das ich in meinem Leben jemals zuvor gehört hatte. Er donnert mir noch heute nächtens durch den Kopf: dumpf und dennoch von einer unbeschreiblichen Brutalität. Dann sehe ich die verbogenen Beine und die Bewegung seines Oberkörpers, diesen Viertelkreis, an dessen Ende der Schädel auf die grüne Kühlerhaube schlägt. Filmriss, und die Bewegung wird von Neuem abgespielt. Immer und immer wieder.

Was nach dem Aufprall geschah, kann ich nicht mehr nachvollziehen. Schreie rundherum, eine Ballung von Menschen, Hände auf meinem Körper, Sirenen. Eine geordnete Erinnerung setzt erst wieder in einem stillen Dachzimmer ein. Ein Feldbett, eine kahle Glühbirne an der schrägen Decke. Ich saß auf dem Bett, in der Tür stand eine Frau. ›Alles ist gut, mach dir keine Sorgen‹, sagte sie, wie zu einem Kind, das zum ersten Mal allein schlafen muss. Dann schloss sich die Tür hinter ihr. Es folgten zwei einsame Tage. In meinem Kopf immer wieder der Aufprall. Die Frau, Cristina nannte sie sich, brachte mir stets die gleiche Mahlzeit, Eintopf mit Kartoffeln, Karotten und Fleisch. Dann tauchte der Typ mit der Platzwunde auf.

›Ihr wolltet den Alten erledigen, nicht den Sohn‹, sagte ich.

›Haben wir. Das mit dem Sohn war ein Missverständnis. Der Fahrer sollte eigentlich dich anrempeln und ins Krankenhaus bringen, wo du dann den Hinterausgang genommen hättest. Damit der kleine Lambruschini keinen Verdacht schöpft. Zumindest nicht sofort.‹

›Woher wisst ihr, dass Alejandro nicht komplett unschuldig …‹

›Selbst wenn dem so wäre, mein Freund. Alejandro war ein Hedonist, immer auf den eigenen Vorteil bedacht. Das perfekte Instrument für diese Clique.‹

›Euer Typ hätte mich fast auch noch erwischt. Von Anrempeln keine Spur.‹

›Eher einer von der heißblütigen Sorte, ich weiß. Na ja.

Hauptsache, wir haben den Alten erwischt. Er war genau dort, wo wir ihn haben wollten. Du hast uns sehr brauchbare Informationen geliefert. Ich danke dir dafür.‹

›Wie habt ihr ihn …?‹

›Das willst du nicht wissen, mein Freund‹, sagte er und ging.«

Hans schenkt nach. Natürlich ist er nicht der Mann mit der Pistole. Eine Wahnidee, nichts anderes. Dennoch werde ich das Gefühl nicht los, dass er in seinem einsamen Haus nur auf mich gewartet hat. Was will er von mir?

»Jetzt verstehe ich Ihre Angst«, sagt er. »Ich dachte erst, sie machten Witze. Die argentinische Junta ist zwar längst abgelöst, wann war es? Vierundachtzig, fünfundachtzig?«

»Dreiundachtzig.«

»Aber diese Leute, die mit der Junta unter einer Decke steckten, waren in den Jahren danach immer noch da, nehme ich an. Kennt man ja von den Nazis. Da gab es doch dieses Gesetz …«

»Schlussstrichgesetz. Sechsundachtzig.«

»Ab da durften die Mörder und Folterer nicht mehr angeklagt werden, nicht wahr?«

»Ja.«

»Wahnsinn, der reine Wahnsinn. Aber nun erzählen Sie weiter. Wie kamen Sie raus aus Buenos Aires?«

»Erst mal blieb ich in meinem Zimmer. Der Typ mit der Platzwunde erschien nicht mehr«, fuhr ich fort. »Einmal ging die Tür auf, und ein Augenpaar erschien kurz in dem Spalt. Einmal hörte ich, wie jemand im Gang draußen von einem ›suizo‹, einem Schweizer, sprach. Mehr verstand ich nicht. Irgendwann in der Frühe, weit vor der Dämmerung, ging die Tür abermals auf. Wieder das Augenpaar von vor Kurzem.

›Ich komm jetzt rein‹, flüsterte eine Frauenstimme. ›Aber nur wenn du still bleibst.‹

Ich machte das Licht an. Ihre Hand schnellte augenblicklich

an den Schalter, und es wurde wieder schwarz. In den zwei hellen Sekunden hatte ich die Gestalt einer jungen Frau gesehen, schwarze Haare bis fast zur Hüfte, ein rundes Gesicht voller Pickel, Jeansjacke, um den Hals eine Holzperlenkette.

›In drei Minuten bin ich weg‹, sagte sie. ›Du hast mich nie gesehen.‹

›Aber …‹

›Pst, hör zu. Das mit dem Flug nach Europa kannst du vergessen. Die Montoneros werden dich für weitere Aufgaben einsetzen. Sie haben keine andere Wahl. Sie kämpfen um ihr Land, sie brauchen jeden. Aber mit alldem hast du nichts zu tun. Du bist unschuldig. Und ein vollkommener Trottel, um ehrlich zu sein. Ich würde dir raten zu verschwinden. Aber pass auf. Die Antikommunisten wissen von dir.‹

›Und wer bist du?‹

›Niemand. Ich gebe dir einen Tipp, das ist alles. Kannst damit machen, was du willst. Aber wisse, dass ich kein zweites Mal komme. Also: Einen Block weiter findest du ein Lebensmittelgeschäft, Comestibles Albuena. Zweimal die Woche, morgens um halb sieben, kommt ein Lieferwagen und bringt Ware, eine halbe Stunde später fährt er zurück nach San Miguel del Monte. Der Fahrer heißt Roquito. Morgen ist seine nächste Fahrt. Sag ihm, Ferrer schickt einen Sack Hühnerkörner. Roquito wird dich mitnehmen. Ab San Miguel musst du auf eigene Faust weiter. Ich würde dir raten, in die Berge hineinzufahren. Oder nach Patagonien. Also: Comestibles Albuena, Roquito, Sack Hühnerkörner. Mehr musst du dir nicht merken. Und mich hast du nie gesehen.‹

Weg war sie. Ich dachte an Alejandros Schädel, der auf die Kühlerhaube knallte. Ich dachte an Señor Lambruschinis zerlöcherten Körper, irgendwo auf einer Müllhalde verscharrt. Ich wusste nichts über meinen ehemaligen Gastgeber, der jetzt tot war, aber genauso wenig wusste ich über den Typ mit der Platzwunde. Ich stellte mir vor, dass es eine gute und eine böse Seite gab im Kampf um dieses Land. Aber wo die Grenze genau verlief und wozu die Guten imstande waren, das wusste ich nicht. Ich stellte mir vor, dass ich wenig zu verlieren hatte, wenn ich dem Rat der Frau folgen würde.

Zwei Tage später war ich in Bahía Blanca und fand keine Antwort auf die Frage, ob es klüger wäre, sich in einer Stadt oder draußen in der Pampa zu verstecken. Aus dem Land rauszukommen, vielleicht per Flugzeug, war von hier aus nicht möglich. Ich hatte ja kaum Geld. Und es schien mir zu gefährlich, auf einem Flughafen aufzukreuzen. Ich fuhr weiter.

Einen der Lkw-Fahrer, die mich mitnahmen, fragte ich, wo es Arbeit gäbe. So landete ich auf einer Rinderfarm, wo ich vier Wochen lang Zäune baute und zusammen mit einem halben Dutzend Paraguayern und Bolivianern in einem Schuppen schlief. Ich hielt mich still, lächelte über die Witze der Paraguayer, die ich selten verstand, ertrug das Starren der Bolivianer, nahm am Ende der vier Wochen meinen Lohn in Empfang und verschwand.

In Viedma sah ich die Soldaten und die Blicke der Menschen, die alles über die neuesten Entwicklungen im Land erzählten. Ich stieg in den nächsten Bus Richtung Süden. Kurz vor der Abfahrt setzte sich ein stoppelbärtiger Mann mit einer halben Brille auf der Nase auf den Nebensitz. Immer wieder fiel sein Blick auf mich. Ich drückte mich ans Fenster. Nach etwa einer Stunde vertrat er sich im Mittelgang die Füße und musterte mich von vorne. Als der Bus kurze Zeit später abbremste, neigte er sich zu mir. ›Du hast eine lange Reise vor dir, ich seh's dir an. Ich wünsche dir viel Glück, mein Sohn. Nimm das hier auf den Weg‹, flüsterte er und drückte mir eine Tüte Erdnüsse in die Hand. ›Gehst du von Las Grutas aus weiter in südlicher

Richtung, hast du eine gute Entscheidung getroffen.‹ Er stieg aus, ohne sich noch einmal nach mir umzuwenden.

Stunden später entdeckte ich am Boden der leer gegessenen Tüte ein gefaltetes Stück Papier. Es war ein Personalausweis. Andrés Klausner, geboren 1948 in Choele Choel, Provinz Río Negro. Haarfarbe Dunkelblond, Augenfarbe Blau-Grau, Körpergröße eins achtundsiebzig. Das Foto war von schlechter Qualität, aber ich begriff sofort, warum der Alte mich so angestarrt hatte. Andrés Klausner sah mir verblüffend ähnlich. Die etwas knollige Nase, die kleinen Ohren, der auffällige Haaransatz an den Schläfen. Ich packte den Ausweis in die Hosentasche.

In einem Gästehaus in Puerto Madryn fand ich ein Buch mit dem englischen Titel *FitzRoy of the Beagle*. Das Lesen war mir nach meiner Flucht aus Kopenhagen abhandengekommen. Keine drei Bücher hatte ich in meinen italienischen Jahren zu Ende gelesen, ein halbes Dutzend hatte ich nach wenigen Seiten weggelegt.

Das Buch erzählte die Geschichte von dem jungen englischen Seefahrer Robert FitzRoy, der während der ersten Südamerikafahrt der *HMS Beagle* nach dem Selbstmord seines Vorgesetzten das Kommando über das Schiff übernimmt und auf der zweiten Fahrt das Kapitänsamt von Beginn weg innehat. Es handelte sich um jene Fahrt der Jahre 1831 bis 1836, die dank eines zweiundzwanzigjährigen Hobbybotanikers und -geologen in die Geschichtsbücher eingehen würde. Charles Darwin legte mit dieser Reise, die eigentlich ein letzter Ausflug vor der Aufnahme eines Priesteramts hätte sein sollen, den Grundstein für eine Revolution in der Naturgeschichte, wie die Welt sie nie zuvor erlebt hatte. Monatelang streifte Darwin in Patagonien und Feuerland herum. Jeden Küstenort, an dem mein Bus hielt, hatten Darwin und FitzRoy damals gesehen.

FitzRoy selbst war ein schwermütiger Charakter, ein konservativer Geist, der die neue Lehre Darwins ablehnte. Seinem gesellschaftlichen Erfolg tat das keinen Abbruch. Er gehörte der Royal Society an, wurde in die Pariser Académie des sciences aufgenommen. 1865 im Alter von sechzig Jahren, schnitt er sich mit dem Rasiermesser die Kehle durch.

In Camarones glaubte ich, ein Stück weit die Küste hinabwandern zu können. Nach einem halben Tag kehrte ich um. Der Wind war nicht auszuhalten gewesen. Im Comodoro Rivadavia ging ich ins Kino. Es lief *Der weiße Hai*. Fünf Sitze neben mir ein Typ, der nach drei Filmminuten nur noch vier Sitze neben mir saß und nach weiteren drei Minuten zwei. Bevor der Hai aufgetaucht war, stand ich wieder draußen. Drei Stunden später fuhr ich weiter in Richtung Süden.

Zwei Wochen nach meiner Abfahrt von der Rinderfarm machte mein Bus Pause in einem kleinen Kaff irgendwo in den Weiten der Provinz Santa Cruz. Als ich im Kiosk der Tankstelle fragte, wo wir seien, brummelte ein Typ: ›Fissro.‹

›Wie bitte?‹

›Fissro.‹

›Fitzroy?‹

›Sag ich doch, Mann. Fissro.‹

›Nach dem Kapitän?‹

›Schon möglich.‹

Ich kletterte in den Bus und holte meinen kleinen Rucksack.

›Fissro‹, sagte ich leise vor mich hin, als ich über die Straße hinweg zu den geduckten Häusern blickte. ›Hunderte Kilometer von Las Grutas entfernt, Galaxien von Buenos Aires. Hier könnte man auf bessere Zeiten warten.‹

Als ich wenige Stunden später in einer Bar einen scharfen Eintopf aß und dazu ein Bier trank, holte ich den Ausweis von Andrés Klausner hervor. War der Mann von den Antikommunisten zum Verschwinden gebracht worden? War er der Sohn des Alten vom Bus? Sollte er tatsächlich ein Verschwundener sein, dachte ich, würde er kaum mehr auf den Fahndungslisten der Antikommunisten stehen. Aber womöglich auf einer anderen Liste? Was konnte passieren, wenn Andrés Klausner wieder zum Leben erwachte, hier in der patagonischen Provinz Santa Cruz?

Ich steckte den Ausweis ein und holte mir noch ein Bier. Am Tresen saßen drei Männer, die mich hartnäckig nicht beachteten. Sie wussten: Der Fremde verlässt als Erster die Deckung. Auch ich wusste das. Es war eine meiner ersten patagonischen Lektionen gewesen.

Der Mann von der Bar knallte mir ein Schälchen Erdnüsse auf den Tisch. War das eine Geste der Gastfreundschaft? Oder im Gegenteil ein Signal, dass man mich hier als Fremden betrachtete und sich das so schnell nicht ändern würde? Ich knackte mir ein paar Nüsse auf und steckte sie in den Mund. Auch jetzt schaute niemand hin.

In der Dämmerung lief ich die Hauptstraße hinab und klopfte bei der Pension Flores an. Als die Besitzerin, eine Grauhaarige mit zerfurchtem Gesicht und einer erstaunlichen Beweglichkeit in den Gliedern, mir mein Zimmer zeigte, fragte ich sie, ob sie meinen Ausweis sehen wolle.

›Willst du ihn mir denn zeigen?‹

›Ja klar. Kein Problem.‹

›Wenn du das willst, schaue ich ihn mir an.‹

›Bitte.‹

Lange starrte sie ihn an. Während ich versuchte, meine Nervosität zu verbergen, seufzte sie leise. Schließlich hob sie den Blick und sagte: ›Andrés. Schön, dass du zu uns gefunden hast. Wie lange willst du bleiben?‹

›Weiß ich noch nicht. Ist das wichtig?‹

›Nein, nein. Keine Sorge. Bleib, solange du willst. Wir haben genug Platz.‹ Sie überreichte mir Ausweis und Zimmerschlüssel und huschte davon.

An meinem zweiten Tag in Fitz Roy entdeckte ich in einer Ecke der Bar einen Bücherschrank. Als ich am Tresen ein Bier holte, fragte ich den Wirt, ob ich mich bedienen dürfe.

›Klar. Die lesen sowieso nur die Reisenden, aber jetzt kommt keiner mehr. Du bist der letzte. Wo willst du eigentlich hin?‹

›Weiß ich noch nicht. Chile vielleicht?‹

›Chile ist einen Dreck wert. Kannst geradeso gut hierbleiben.‹

›Okay. Dann bleib ich hier.‹

Er wandte sich kopfschüttelnd ab. Der Bücherschrank war gut ausgestattet, kaum Schund, wenig alte Schwarten wie sonst üblich. *La tregua* von Mario Benedetti fiel mir auf. In Buenos Aires hatte ich ein ganzes Schaufenster voll Benedetti-Bücher gesehen. *Cien años de soledad* von einem gewissen García Márquez. *Octaedro* von Julio Cortázar. Klar, dass ich zuerst nach Letzterem griff. Der alte Julio. Ich hatte als Teenager alles von ihm gelesen, zusammen mit meinem besten Freund.

Tagelang saß ich in meiner Ecke und las. Holte mir einen Kaffee, ein Bier, ein Steaksandwich, einen Teller Bohneneintopf. Ging zurück in meine Ecke und las weiter. Cortázar, García Márquez, Benedetti. William Faulkner, Mark Twain, Harper Lee. Und dann war da noch ein Buch in deutscher Sprache. *D-Zug dritter Klasse* von Irmgard Keun. Ich würde es in den nächsten Jahren noch ein paar Mal lesen.

Der Wirt, ein muskulöser Riese, der wirkte, als sei er nur kurz vom Säckeschleppen auf der Baustelle rübergekommen, um ein paar Bier aufzumachen, stellte mir keine einzige Frage mehr. Er war nicht unfreundlich zu mir, aber auch nicht freundlich.

Ebenso die Stammgäste. Sie nahmen mich beim Eintreten kurz wahr, manche grüßten mich sogar, sonst ließen sie mich in Ruhe. Als ich einmal am Tresen stand, um mir einen Kaffee abzuholen, hörte ich im Radio einen Fetzen der täglichen Nachrichten. Die Nation habe ihre Krankheit bald überwunden und könne reorganisiert werden; es werde mit der Regierung unter Herrn General Videla einen radikalen Neuanfang geben, damit christliche Werte endlich wieder im Mittelpunkt des großartigen argentinischen Volks stünden. Die Herren um mich herum hatten aufgehört zu reden, sie wechselten stumme Blicke. Als die Fußballergebnisse abgelesen wurden, wiegte einer von ihnen den Kopf, als würde er gleich zu einem politischen Kommentar abheben. Der Wirt verhinderte es.

›Noch einen Gin, Juan? Du, Ramón? Nehmen wir alle noch einen. Und vergessen die ganze Scheiße.‹

Juan und Ramón nickten. Niemand sagte hier etwas zur Situation im Land. Auch ich nicht. Mir war längst klar, dass die Montoneros verloren hatten.

An meinem fünften Tag kippte einer der Männer vom Stuhl. Er blieb schwer atmend am Boden liegen. Die drei anderen tätschelten ihn auf die Wange: ›Egidio, was ist los? Egidio, steh auf!‹

Sie waren auf läppische Weise ratlos. ›Egidio, was machst du nur?‹ Sie hoben die Arme, schauten sich an.

Schließlich ging ich hin: ›Wo tut's denn weh, Egidio? Sag mir, wo's wehtut!‹

Egidio flüsterte etwas, das ich nicht verstand.

›Zeig's mir!‹

Er hob die rechte Hand, die dünn wie ein Nagel war, und zeigte auf die linke Achsel.

›Ruft den Krankenwagen!‹, sagte ich.

Die Männer schauten sich an.

›Gibt's hier nicht.‹

›Dann einen Arzt!‹

›Ist nur einmal die Woche da.‹

›Consuelo‹, sagte einer. ›Jaime, renn und hol Consuelo.‹ Der jüngste der Männer stolperte davon.

Zehn Minuten später war Consuelo da, eine groß gewachsene Frau, hochgebundenes Haar, schmaler Nacken, kleine Ohrläppchen, an denen je zwei silberne Ringe hingen. Ihr Blick ernst, ihre Stimme herb wie schwarzer Kaffee. Sie war Krankenschwester und bestätigte meinen Verdacht auf Herzinfarkt. Ich hob mit der Hilfe von zwei anderen Egidio in das Auto des Wirts. Dann zeigte Consuelo auf mich und sagte: ›Du kommst mit.‹

Die nächste Krankenstation war in Pico Truncado, sechzig Kilometer ins Landesinnere. Mein Lehrmeister Heiner Stöcklin hatte mich damals in einen Erste-Hilfe-Kurs geschickt, aber das war bald zwanzig Jahre her.

›Ich muss den Oberkörper hochlagern, nicht?‹, fragte ich.

›Ja‹, sagte Consuelo. ›Hochlagern. Hemdknopf öffnen. Reden.‹

Das Reden war das Schwierigste. Ihre Blicke im Rückspiegel. Ihr Warten auf meine Worte. Sie war geduldig, und das machte es noch schlimmer. Meine ersten Sätze musste ich flüstern. Egidio wurde immer fahler im Gesicht, sein Atem schwerer, aber wir schafften es. In der Krankenstation wurde er im Rollstuhl durch eine Milchglastür geschoben. Während Consuelo mit einer Bekannten plauderte, schaute ich zwei Alten mit Schläuchen in der Nase beim Canastaspielen zu. Ihre Zehen in den offenen Pantoffeln wackelten bei jeder Karte, die sie ablegten.

Man beschloss, Egidio über Nacht in der Station zu behalten, wir hatten hier nichts mehr zu tun. Auf der Rückfahrt saß ich stumm neben ihr, dieser Frau, die ich seit weniger als zwei Stunden kannte und die nichts tat, um sich interessant zu machen. Es schien, als ob sie es drauf ankommen ließe, dass ich das Gespräch anfange. Ich oder kein Gespräch. Ich beschloss, mich auf das Spiel einzulassen. Kein einziges Wort fiel in dieser Stunde, doch unsere Aufmerksamkeit krispelte als elektrischer Fluss durch den alten Datsun. Manchmal warf ich einen Blick auf ihre Hand, die auf dem Schaltknüppel lag. Sehnig, schmaler Daumen, der Zeigefinger machte winzige Hüpfer. Sie roch nach Ingwer und einem feinen Parfumhauch, was meinen Wunsch, ihr Gesicht von der Seite zu betrachten, noch mehr verstärkte. Erst später würde ich erfahren, wie sie diese Fahrt genossen hatte, das zähe Rauschen durch die Landschaft, die verzögerte Heimkehr in das Haus ihrer Eltern und auch das Warten auf meine Worte, ja, auch dieses fruchtlose Warten genoss sie. Ich genoss es nicht. Im Gegenteil. Dennoch wollte ich, dass die Fahrt ewig weitergehe.

Es war der Anfang der bleiernen Jahre in Argentinien. Keine gute Zeit für die Liebe. Die Argentinier zogen sich in sich selbst zurück, sie bauten Mauern, belauerten sich. Jemandem zu vertrauen konnte bedeuten, sich in Lebensgefahr zu begeben. Auch ich war nicht bereit für die Liebe, ich traute ihr nicht, und noch weniger traute ich mir selbst. Ich war Selmas nicht würdig gewesen, ich hatte an ihr vorbeigeliebt, ohne es zu bemerken.

Als wir an der Bar ankamen, deutete Consuelo zum Abschied ein komplizenhaftes Lächeln an. Als ob wir einst eine gemeinsame Geschichte gehabt hätten, an deren Details wir uns lieber nicht erinnerten. Ich trat in die Bar, erstattete den Stammgästen Bericht, nahm ein Bier und verzog mich in meine Ecke. Ich würde auch am nächsten Tag in meiner Ecke sitzen, ich würde so lange dort bleiben, wie es in dieser Bar Bücher zu lesen gab.

Schaute ich von meiner Lektüre auf, reichte mein Blick kaum fünf Meter weit, und ich dachte: Diese Bar hat die richtige Größe, etwas Besseres hätte mir nicht passieren können. Doch wandte ich mich wieder meinem Buch zu, sah ich vor meinem geistigen Auge Consuelos Hand, erinnerte ich mich an ihren Duft und unser Schweigen, und ich wusste nicht, ob ich das angenehm fand.

Vielleicht war es die innere Mechanik dieser öden Schachbrettsiedlung, vielleicht ein Homunkulus, der nicht einverstanden war mit meinem Plan, mich auf ewig in der Bar festzusetzen. Jedenfalls stolperte ich bereits zwei Tage später auf dem Weg zur Pension in Consuelo hinein.

Sie sei gerade bei Egidio gewesen.

›Ah‹, sagte ich. ›Und, wie geht's ihm?‹

›Nicht so schlecht. Er nimmt jetzt Medikamente.‹

›Aber in die Bar kommt er nicht mehr.‹

›Er kommt dann schon wieder.‹

›Tja. Was will man denn sonst machen …‹

›… in diesem verlorenen Kaff‹, ergänzte sie.

Wir lachten. Wieder ihr Abwarten, wieder stieg meine Nervosität von Sekunde zu Sekunde.

›Du musst bestimmt weiter‹, sagte ich.

›Ja. Meine Eltern warten auf mich.‹

›Ah.‹

Sie lachte. ›Ich wohne nur vorübergehend bei ihnen.‹

›Hm. Auch schön.‹

›Nein, nicht so. Wirklich nicht. Ganz und gar nicht. Eine nette Begleitung bis zur Haustür könnte es angenehmer machen.‹

Consuelo war drei Jahre älter als ich und hatte weniger als ein Jahr zuvor ihren Mann verloren. Der Fahrer eines entgegenkommenden Lkws war eingeschlafen und von seiner Fahrspur abgekommen. Nach dem Tod ihres Mannes hatte Consuelo ihre Stelle als Krankenpflegerin in Puerto Deseado aufgegeben und war zu ihren Eltern nach Fitz Roy zurückgekehrt. Monatelang hatte sie kaum einen Schritt vor das Haus getan, erst eine Woche vor dem Vorfall in der Bar war sie zum ersten Mal weg von Fitz Roy gewesen.

Wer weiß schon, welche Rolle die Hintergedanken spielten? Sie die Verwitwete, Kinderlose. Ich der Flüchtling, womöglich Verfolgte, auf der Suche nach einem Versteck. Ich wollte lieber keine Nachforschungen in dieser Richtung betreiben. Natürlich gab es die Hintergedanken, aber es gab auch Consuelos Duft und ihre endlose Geduld, die mich zwar nervös machte, nach der ich mich aber sofort zu sehnen begann, sobald Consuelo weg war.

Nein, die späten siebziger Jahre in Argentinien waren keine gute Zeit für die Liebe. Die Verschwundenen, die Angst, all dies saß den Menschen tief in den Knochen. Auch Consuelo und mir. Was an Liebe diesem allgegenwärtigen Misstrauen und den unausgesprochenen Hintergedanken widerstehen konnte, war wie ein kleiner Ofen, der uns beide wärmte. Wir wussten nicht, woher diese Wärme kam, und natürlich misstrauten wir auch ihr, aber sie war nun mal da. Wir nahmen sie an, obwohl wir in jedem Moment mit ihrer Verflüchtigung rechneten. Nie fragte Consuelo mich nach dem wahren Andrés Klausner. Meine ganze Geschichte erzählte ich ihr erst viel später, nach dem Ende der Diktatur. Für sie war ich immer Andrés Klausner, auch später, als ich ihr von Kristian Aavik erzählte.

Ich bin sicher, dass sie den sechsten Finger vom ersten Augenblick an wahrnahm. Doch nie verlor sie ein Wort über ihn. Mit Consuelo fühlte es sich zum ersten Mal in meinem Leben so an, als würde mein sechster Finger mich erst zu einem ganzen Menschen machen.

Dass ich mich nun zum zweiten Mal in eine Krankenschwester verliebt hatte, irritierte mich. Wie so viele neige ich in solchen Dingen zum Aberglauben. War Consuelos Beruf ein schlechtes Vorzeichen für uns? Und überhaupt, was hat das zu bedeuten, wenn ein Mann sich ständig in Krankenschwestern verliebt? Glaubt er, geheilt werden zu müssen? Wovon?

So hartnäckig mir diese Fragen den Schlaf raubten, so wenig vermochten sie, unsere Geschichte aufzuhalten. Drei Monate nach dem Vorfall in der Bar war Consuelo schwanger, im November fand die Hochzeit statt. Consuelo Arning, die früh verwitwete Krankenschwester aus Fitz Roy, heiratete den unglaubwürdigen Nordpatagonier Andrés Klausner mit dem deutschen Akzent. Die Leute im Ort sagten nichts dazu. So wie zu fast allem.«

Hans steht auf, öffnet das Fenster. Eine orange-weiß getigerte Katze springt herein und beginnt augenblicklich, mir um die Beine zu streichen.

»Mein alter Kater«, sagt er. »Er scheint Sie zu mögen.«

Der Kater springt auf meinen Schoß. Als ich meine Hand auf seinen Rücken lege, drückt er sich dagegen. Ich fahre vom Nacken her über seine Wirbelsäule. Erhöhter Gegendruck, gieriges Schnurren.

»Ist das Ihre Familie auf dem Foto?«, frage ich.

»Wo? Ah, das. Jaja. Mein Kater betet Sie ja geradezu an. Ich könnte eifersüchtig werden. Er heißt übrigens Godard.« Hans lächelt bedeutungsvoll.

Ich sage: »Erzählen Sie.«

»Von Godard?«

»Von Ihrer Familie.«

»Ach, da gibt's nicht viel zu erzählen.«

»So?«

»Sie sind weg. Das wär's. Seit zehn Jahren. Ich kann es meiner Frau nicht verübeln.«

»Hatten Sie etwas mit einer anderen?«

»Nein. Das hatte ganz andere Gründe.«

»Lassen Sie mich raten: Sie sind ein schwieriger Mensch.«

Er lacht, greift zu seinem Glas.

»Warum eigentlich diese riesige Lasagne, wenn Sie doch allein sind«, frage ich. »Man könnte meinen, Sie hätten mich erwartet.«

Er lacht wieder, sagt nichts.

»Sie haben mich aus dem Gestrüpp geholt, um mich aufzupäppeln. Damit ich Ihnen meine Geschichte erzählen kann. Sie sind allein hier draußen und brauchen Geschichten, damit Sie nicht versauern in Ihrer Einsamkeit.«

»Das sagen Sie.«

»Das sage ich, ja. Und ich sage auch, dass es Ihnen im Grunde genommen egal ist, ob meine Geschichte der Wahrheit entspricht oder nicht. Stimmt's?«

Er wedelt ratlos und zugleich verspielt mit der Hand in der Luft herum. »Selbst wenn. Wäre das schlimm?«

»Nein, wohl nicht. Außerdem können Sie ihren Wahrheitsgehalt sowieso nicht überprüfen.«

»Stimmt.« Er ist sichtbar erleichtert, mir beipflichten zu können. »Ich kann Ihnen nur zuhören und Ihre Erzählkunst bewundern. Und mit Ihnen mitleiden. Manchmal können wir mit erfundenen Geschichten empathischer umgehen als mit Realitäten, die über jeden Zweifel erhaben sind.«

»Wenn ich aber keine Empathie will von Ihrer Seite?«

»Dann können Sie trotzdem weitererzählen. Sie wollen doch verstehen, nicht? Sie wollen Ihre eigene Geschichte verstehen.«

»Warum erzählen Sie nicht mal von sich, Hans?«

»Ach. Ich führe das Leben eines Zuschauers. Seit fünfzig

Jahren schaue ich Filme, lese Bücher. Das wär's. Ich bin nun mal kein Akteur.«

»Wo ist Ihre Frau damals hin?«

»Stockholm.«

»Und was macht Ihre Tochter heute?«

»Die treibt sich rum. Sie kennen die Jungen. Einmal hier, einmal dort. Ich mache mir keine Sorgen um sie.«

Der Kater springt von meinem Schoß und verzieht sich auf einen Sessel.

»Lieber Kristian, hören Sie mal zu«, sagt Hans mit einem hauchfeinen Unterton der Verzweiflung in der Stimme. »Wir sitzen hier in meinem kleinen einsamen Haus, und es gibt nichts anderes mehr, was wir heute noch tun könnten. Ich zeige Ihnen nachher Ihr Bett, und morgen früh bringe ich Sie zur Fähre. Doch nun erzählen Sie weiter. Tun Sie mir den Gefallen. Bitte!«

Er scheint es ernst zu meinen. Er braucht seine Gutenachtgeschichte. Und ich will verstehen. Er hat ja recht. Ich will tatsächlich verstehen.

»Der Tag, an dem Ihr Kind auf die Welt kam«, sagt er. »Erzählen Sie mir davon. Bitte!«

Mein Blick fällt auf mein leeres Glas. Hans springt auf und schenkt mir nach. Sein Lächeln noch immer versonnen und blöd.

»Es war der 30. März 1977«, fahre ich fort. »Der Schauplatz: Caleta Olivia, eine deprimierende Ölstadt an der patagonischen Küste, eineinhalb Autostunden von Fitz Roy entfernt. Stundenlang saß ich im Wartesaal des Krankenhauses, nichts passierte. Man ließ mich nicht zu Consuelo, immer wieder wurde ich abgewimmelt. Schließlich hielt ich es nicht mehr aus.

Die Luft draußen kühl, es war Herbst. Vorne an der Straße die Bar »Sur«. Auf der Veranda ein junger Mann mit Seesack zwischen den Beinen. Schlaksig, rotblondes Haar, in der Hand ein Bier. Jeder, der ihn erblickte, wusste: keiner von hier. Auch ich wusste das. Ich war in kurzer Zeit so weit einer von hier geworden, dass ich jeden Fremden sofort erkannte. Er betrachtete seine Flasche Quilmes, als ob das blau-weiße Etikett ihm etwas Bestimmtes zu sagen hatte. Ich schlenderte über den Rasen und die Straße zur Bar hin. Wir nickten uns zu, als ich an ihm vorbeiging, und wir nickten uns nochmals zu, als ich mit meinem eigenen Quilmes wieder rauskam.

›Hallo‹, sagte ich.

›Hallo.‹

Ich hob meine Flasche zu einer Anstoßgeste und trank einen Schluck.

›Schönes Wetter‹, sagte ich.

›Ja‹, antwortete er. Müde Stimme, nördlicher Dialekt. ›Schöner als in Comodoro jedenfalls.‹

Wir tranken beide.

›Auch schöner als in Puerto Madryn?‹, fragte ich.

›Auch schöner als in Puerto Madryn‹, antwortete er.

›Lange Reise bis hierhin, was?‹

›Ja.‹

Er wusste, dass er beobachtet wurde. Er wusste auch, dass ich ihn im Verdacht hatte, mich zu beobachten. Er wusste, dass er nichts sagen konnte, dass wir beide nichts sagen konnten. Ein Wort zu viel, und man endete in diesen argentinischen Jahren als Gespenst. Dennoch wagte ich einen Vorstoß. Ich wollte sehen, wie er auf mein Stichwort reagierte.

›Schöner als hier ist es nur in Las Grutas‹, sagte ich.

›Ja. In Las Grutas ist's schön‹, sagte er mit einem schwachen Lächeln.

›Schöne Strände, schöne Menschen. Kein Gespenst weit und breit.‹

›Wie bitte?‹

›Ich sagte: keine Gespenster in Las Grutas.‹

Er hob die Flasche, dachte nach, sagte: ›Stimmt. Und dennoch. Wer von Las Grutas aus weiter südwärts geht, hat eine gute Entscheidung getroffen.‹ Er trank in gierigen Schlucken.

Der gleiche Satz, dachte ich. Der gleiche Satz, den damals der Mann im Bus gesagt hatte, kurz nach Bahía Blanca.

›Das sehe ich auch so‹, sagte ich.

›Die Frage ist, wie weit südwärts man geht.‹

Er wollte einen Rat. Ich konnte es ihm nachfühlen. Aber ich konnte ihm den Rat nicht geben.

›Das muss jeder für sich selbst beantworten.‹

›Ja, schon klar‹, antwortete er. ›Jeder für sich selbst.‹

Ich holte uns neue Biere. Er fragte mich, woher ich käme, worauf ich mit einem Witz à la ›überall und nirgends‹ antwortete. Er schaute mich lange an. Mein Spanisch war noch immer dürftig. Alle Wörter, die ich nicht kannte, nahm ich kurzerhand aus dem Italienischen, und das war etwa die Hälfte. Er wusste, dass ich Europäer war, und ich wusste, dass kein Argentinier begreifen konnte, was ein Europäer in diesen Jahren der argentinischen Diktatur hier in Patagonien zu suchen hatte. Nein, meine Anwesenheit hier war nicht zu erklären. Aber meine Anwesenheit war noch an keinem Ort einfach zu erklären gewesen.

Wir sprachen eine Weile über Musik, Biersorten und Fußball. Dann erblickte ich die Frau im weißen Kittel auf der anderen Straßenseite. »Señor Klausner, schnell«, rief sie.

Ich rannte los. Den jungen Mann mit dem Seesack sah ich nie mehr. Ich hoffe, er hat die schlimmen argentinischen Jahre überlebt.

Eine halbe Stunde später brachte meine Frau die Zwillinge Giovanni und Hernán zur Welt. Giovanni nach dem großen

Kopenhagener Paläontologen Giovanni Petrini, Hernán nach dem Vater von Consuelo. Klein und furchtbar leicht waren sie, aber gesund. Über der Stirn hatten sie beide diesen Haarfleck, als hätte ein vorwitziger Fasnachtsclown ihn dort hingeklebt. Ihr Blick abwartend, von milder Skepsis geprägt.

Stundenlang würde ich mit ihnen in den kommenden Monaten auf dem Bett liegen und ihnen von den Bauwundern Italiens erzählen, von dorischen Säulen und barocken Kirchenfassaden, und sie würden mir stirnrunzelnd, aber mit unendlicher Geduld zuhören. Giovanni erwies sich bald als der Aktivere, und das würde für den Rest ihrer Kindheit so bleiben. An allem Greifbaren krallte er sich fest. Er war auch der Erste der beiden, der an seinen eigenen Füßen herumkaute und Laute zu erzeugen begann, die kein Schreien waren. Hernán hingegen schien genau zu wissen, von wem er seinen Namen bekommen hatte. Wie sein Großvater fasste er jedes Ding auf eine Art an, als könne man seiner Erscheinungsweise nicht ganz trauen. Als ob der Breilöffel auch eine tote Ratte sein könnte und das Spielzeugauto ein Igel.

Consuelos Vater fuhr uns in seinem Dodge zurück nach Fitz Roy. Er ließ sich seine Freude kaum anmerken, aber wir wussten, dass er sich immer einen Stammhalter gewünscht hatte. Er war zufrieden, und Zufriedenheit, das hatte ich mittlerweile gelernt, äußerte sich bei meinem Schwiegervater in leisen Grummeltönen, die er in unregelmäßigen Abständen von sich gab. An der Tankstelle von Fitz Roy machte er einen Stopp, obwohl das nicht nötig war. Wir wussten, dass er seinem alten Freund Mason die Zwillinge zeigen wollte, und Mason kam und steckte seine riesige Nase durch die Fensteröffnung und tippte mit seinen Pranken auf die kleinen Fäustchen der Zwillinge. Dann klopfte er Hernán senior auf die Schulter und lachte.

Am nächsten Tag stieg ich bereits wieder in den alten

Drewry-Zug in Richtung Puerto Deseado, um meinen Dienst als Fahrkartenkontrolleur zu verrichten. Die Normalität unseres Familienlebens stellte sich so schnell ein wie kaum ein Jahr zuvor unsere Normalität als kinderloses Paar, wie meine Normalität als Andrés Klausner in dem Vierhundert-Seelen-Ort Fitz Roy. Es ist diese Normalität, in die sich derjenige flüchtet, der die Geschwindigkeit nicht zu fassen vermag, mit der ein Leben in sich zusammenfällt und sich wieder neu aufrichtet.

Viermal die Woche fuhr ich in dem Zug, der die Hafenstadt Puerto Deseado mit Las Heras im Landesinneren verband. Selten stieg ein Fahrgast zu. Einst eine viel benutzte Bahn in einer im Ölrausch taumelnden Gegend, war sie nur noch ein Schatten ihrer selbst. Bald würde die Strecke eingestellt, es konnte sich nur noch um Monate handeln. Dass die Bahn kaum mehr benutzt wurde, hatte unter anderem mit ihrer Langsamkeit zu tun. Ich hätte mitrennen können, so langsam fuhr der Drewry. Doch ich saß nur da und vermied den Blick in den Himmel. Ich hielt ihn nicht aus. Er erinnerte mich an den Schrecken von Buenos Aires, an meine Fehler.

Es wurde Winter, es wurde Frühling, es wurde Sommer. Meine Söhne wuchsen heran, und ich fuhr noch immer im Drewry. Endlose Arbeitstage. Abbremsen an windzerzausten Haltestellen, warten auf nichts und niemanden, losfahren. Die Passagiere waren fast immer die gleichen, ich kannte die meisten. Ein Alter, der immer ein Tier dabeihatte, ein Kaninchen, ein Huhn, zweimal sogar eine Ziege, und am nächsten Tag ohne das Tier zurück in sein Dorf fuhr. Ein Dutzend Ölarbeiter, die vier Tage die Woche auf den Förderstellen um Las Heras arbeiteten, vierzehn, fünfzehn Stunden pro Tag, um dann für ein verlängertes Wochenende nach Hause zu fahren. Zwei Minuten nachdem sie eingestiegen waren, schliefen sie. Eine Mutter, die ihre zwei Kinder zur Großmutter in Puerto Deseado brachte.

Wir waren eine seltsame Gemeinschaft. Überschaubar wie eine Familie, doch es wurde selten gesprochen. Einer löste das Kreuzworträtsel in der Zeitung. Ein anderer setzte sich neben ihn und schaute ihm zu. Er wusste immer alle Lösungen, verriet sie dem anderen aber nur, wenn dieser danach fragte. Da der andere meist keine Lust hatte zu fragen, blieben viele Kästchen leer. Die Kinder, die zur Großmutter in Deseado fuhren, lasen Comics, während ihre Mutter sich die Haare machte oder endlos in ihrer Handtasche herumwühlte.

Ungefähr alle halbe Stunde machte ich einen Kontrollgang durch die zwei Waggons. Ein Blick in die Lokführerkabine, schauen, ob beim Kollegen alles in Ordnung ist. Der Kollege, ohne aufzusehen: »Du schon wieder.« Dann zurück ins Abteil, meine Zeitung und mein kleines Wörterbuch hervorgeholt. Ich war derjenige mit dem Kreuzworträtsel. Stundenlang knobelte ich herum, ohne meinen schlauen Nachbarn nach der Lösung zu fragen.

Draußen diese Landschaft. Nach wie vor tat ich, als brause da die Basler Vorstadt oder das Kopenhagener Viertel Nørrebro vorbei. Ich hatte beschlossen, es so zu machen wie alle anderen, die hier lebten: Nur indem sie die Weite der Landschaft ignorierten, ertrugen sie sie.

Die Tage zu Hause waren die nahtlose Verlängerung meiner Tage im Drewry-Zug. Auch hier befand ich mich auf einer endlosen Brücke, die eine weit entfernt scheinende Vergangenheit mit einer ungewissen Zukunft verband. Wir wohnten in den ersten Monaten unserer Ehe bei Consuelos Eltern. Zwar hatten wir nur ein Zimmer für uns, doch Hernán senior und Sara waren Menschen, die einen in Ruhe ließen. Ich lag auf dem Bett und erzählte den beiden winzigen Menschenbündeln, die meine Söhne waren, von Europa, von den Erdnussplantagen der Pampa, der wilden Küste von Chubut mit ihren Seelöwen und Walen. Giovanni und Hernán wie zwei Schildkröten auf meinem Bauch, konzentriert lauschend, mit wackelnd sich hebenden Köpfen, mit suchenden Blicken. Wie ich sie vergötterte. Sie waren das größte Geschenk, das mir dieses Leben gegeben hatte. Consuelo an dem winzigen Tisch daneben, die Unterlagen vom patagonischen Institut für Krankenpflege studierend. Sie wollte nicht nur zurück in ihren alten Beruf, sie wollte sich auch weiterbilden. Jede freie Minute büffelte sie. Manchmal ihre flüchtigen Blicke in meine Richtung. Als ob sie mehr sehen würde, wenn sie nur einen Schnappschuss in sich abspeicherte. Sie nahm die Kinder vom ersten Tag an als selbstverständlich, doch mich musterte sie mit einer Mischung aus Verwunderung und belustigter Ratlosigkeit.«

Hans schenkt nach. »Consuelo«, sagt er. »Ein schöner Name.«

»*El consuelo*, der Trost«, sage ich. »Sie war mir Trost, ja. Und ich ihr auch, so hoffe ich zumindest. Wir waren zwei Versehrte, die sich gegenseitig stützten. Die karge Art, in der wir das taten, war nur angemessen in dieser Landschaft, dieser Zeit.«

»Wussten Sie, dass die Frau von dem berühmten Franzosen …«

»Saint-Exupéry? Klar. Auch Consuelo Suncin de Sandoval Gomez war als Bildhauerin nach Argentinien gekommen, fast fünfzig Jahre vor mir. Der französische Schriftsteller lernte sie in Buenos Aires kennen und erpresste sie angeblich während eines waghalsigen Flugs zur Heirat. Würde sie Nein sagen, hätte er keine Kontrolle mehr über das Steuer und könne für nichts mehr garantieren.«

Hans lacht selig.

»Manchmal ist das Leben der beste Film, was?«, sage ich.

»Machen Sie sich etwa lustig über mich?«

Ich zucke mit den Schultern.

»Aber Sie haben recht«, sagt Hans, »Ihr Leben ist in der Tat so unglaublich, dass man meinen könnte, es …«

»Jaja, schon gut. Lassen Sie's.«

»Nein, ehrlich. Es ist eine Art Kunstwerk.«

»Passen Sie auf, ich erzähle Ihnen kurz eine andere Geschichte. Eine winzige Episode in meinem eigenen Leben, zugleich ein Blick durchs Schlüsselloch in ein anderes Leben, das zum tragischen Kunstwerk wurde. Es war im August 1973, inmitten meiner rastlosen italienischen Jahre, am Strand von Sperlonga. Wie so oft in diesem Sommer suchte ich mir einen Schlafplatz unter dem bestirnten Himmel, als ein junger Mann mit einer Flasche in der Hand mir entgegenkam. Ich solle bitte mit ihm Champagner trinken, er brauche einen Kumpan für ein kultiviertes Besäufnis. Sein Lachen entwaffnend naiv. Er ertrage das Geschwätz nicht mehr, fuhr er fort, während er mit dem Kinn zu den Klippen über uns zeigte. Ich sah eine hell erleuchtete Villa, aus der Stimmen und laute Musik in den Himmel schallten. Der junge Mann sprach zwar sehr gut Italienisch, war aber wohl Amerikaner, was er allerdings nicht zugeben wollte. Wir tranken, er begann zu erzählen. Er wollte Künstler werden, er wollte sich den Roten Brigaden anschließen, er wollte nach Afrika, er wollte den schönsten Schmuckstein herstellen, den es je gegeben hatte, er wollte mit jeder Frau unter dreißig, die ihm über den Weg lief, Sex haben. Er war naiv, er war zum Lachen, er war außer Rand und Band. Er wollte mich seinen Freunden vorstellen, mit mir nackt im Meer baden, die amerikanische Botschaft in die Luft sprengen, Picassos Grab besuchen und sich dort hemmungslos betrinken. Als er begann, seine sexuellen Eroberungen der letzten Monate aufzuzählen, verzog ich mich. Er redete einfach weiter.

Zwei Monate später – ich war mittlerweile in Sizilien angekommen –, erfuhr ich von der Entführung des Milliardärsenkels John Paul Getty III. Sie werden sich an die Geschichte erinnern. Alle Zeitungen waren voll davon, auf sämtlichen Titelseiten prangte sein Bild. Es zeigte den jungen Mann, der mir in jener Nacht in Sperlonga begegnet war: lockiges Haar, kräftige Kieferknochen und dieser Blick, selbstbewusst bis größenwahnsinnig, übermütig, verzweifelt, lasziv. Er hatte aus seinem Leben ein phantastisches Kunstwerk machen wollen, doch dann kamen andere und machten ihre eigene Art von Kunst draus. Er hat sich offenbar nie mehr davon erholt.«

»Tragisch, ja«, sagt Hans, »Ihr Leben hingegen …«

»Mein Leben wurde zu dem, was es ist, indem ich immer genau das Gegenteil gemacht habe von dem, was ein vernünftiger Mann getan hätte.«

»Na, sehen Sie! Ein Leben als Werk der reinen Unvernunft. Die besten Kunstwerke der Moderne sind Werke der Unvernunft. Joan Miró, Max Ernst, James Joyce. Die Liste ließe sich beliebig fortsetzen.«

»Das sehe ich anders. Womöglich haben diese Männer sich bei der Unvernunft bedient, doch die Ausführung der Arbeit folgte einem nüchternen Plan. Und – nicht zu vergessen – sie haben ihre Werke beendet. Mein Leben hingegen ist noch immer eine Skizze mit tausend losen Enden.« Die Uhr, die neben der Tür hängt, steht auf zehn Minuten nach Mitternacht. »Entschuldigung, aber ich bin müde«, sage ich.

»Drum gibt's jetzt noch einen starken Kaffee. Sie müssen mir den Rest erzählen, Sie müssen! Sie können nicht schlafen gehen, ohne mir die losen Enden gezeigt zu haben.«

Ich seufze.

»Ich mache schnell Kaffee, dann geht's weiter.«

Er verschwindet in der Küche. Mein Blick fällt auf den Kater, der eingekringelt auf seinem Kissen liegt. Irgendwann vor der Morgendämmerung wird er aufstehen und sich einen Weg nach draußen suchen. Jetzt aber schläft er seinen seligen Katerschlaf, und nichts hindert ihn dran.

Fünf Minuten später ist der Kaffee da, und ich erzähle weiter. »Im Jahr 1978, wenige Monate nach der Fußballweltmeisterschaft, die in Argentinien stattfand, wurde die Bahn eingestellt. In den Monaten zuvor hatte ich eine Idee entwickelt. Sie beruhte auf einem Bus, der in Las Heras herumstand, ganz in der Nähe des Bahngleises. Ich hatte herumgefragt und herausgefunden, dass er der nationalen Ölgesellschaft YPF gehörte. Seit der Krise und den vielen Entlassungen hatte man offenbar keine Verwendung mehr für ihn. Meine Idee bestand darin, eine Route zusammenzustellen, auf der ich der einzige Anbieter wäre.

Kurz vor dem Ende der Bahn war Consuelo in die Arbeit zurückgekehrt. Als die Leiterin der Krankenstation von Pico Truncado weggezogen war, hatte man sich an jene Krankenpflegerin erinnert, die Monate zuvor den alten Egidio Claver eingeliefert hatte. Consuelo blühte auf in ihrer neuen Stelle. Schnell hatte sie den Laden im Griff, schuf Vorsorgeangebote, obwohl kaum Geld zur Verfügung stand. Sara kümmerte sich um Giovanni und Hernán, das war der Vorteil unserer prekären Wohnsituation.

Als ich beim YPF-Büro in Las Heras aufkreuzte, um Erkundigungen nach dem Bus einzuholen, verschwand der Pförtner in seinem Kabäuschen und griff zum Telefon. Dann tauchte ein Typ in einem schmierigen Overall auf. Ich erkannte ihn. Auch er hatte manchmal im Drewry gesessen.

›Komm mal schnell rüber in meine Werkstatt, Kumpel. Warum auch die Geschleckten in ihren Büros stören. Außerdem hab ich grad einen Mate aufgegossen. Nach dem Bus hast du gefragt? Da kann ich dir gerne Auskunft geben, mein Lieber. Weißt du, auch ich werde meinen Job bald verlieren, genauso wie du ihn verloren hast, genauso wie noch viele andere hier in der Gegend. Seit ein paar Tagen – und das bleibt jetzt unter uns –, seit ein paar Tagen stelle ich mir die Frage: Warum soll ich vor meinem Abschied nicht noch ein paar Geschenke machen? Diese Scheißfirma hat nichts anderes verdient, als dass ich in ihrem Namen noch ein bisschen wohltätig bin. Der Bus ist gut in Schuss, ich hab hier den Schlüssel, niemand wird die Karre vermissen. Verstehst du, was ich meine?‹

›Ja, schon.‹

›Na, also. Vielleicht kannst du mir irgendwann auch einen Gefallen tun. Bist du schon mal Bus gefahren?‹

Wenige Tage später erteilte er mir meine erste und letzte Fahrlektion. Wir kreuzten zwei Stunden lang im Pegaso 5023 über die staubigen Straßen hinter Las Heras, bis er sagte: ›So, und jetzt übst du alleine weiter. Das schaffst du schon. Und wenn du deine Route eröffnest, sag mir Bescheid. Ich werde dir Kunden beschaffen.‹

Ich stellte den Bus hinter eine unbenutzte Lagerhalle am Rand von Fitz Roy und begann, meine Route auszuarbeiten. Doch Consuelos Mutter machte mir einen Strich durch die Rechnung. Schon vor geraumer Zeit hatte Sara begonnen, Dinge zu vergessen. Was sie eben gerade tun wollte. Wo sie hinmusste. Was ihr Mann ihr vor fünf Minuten gesagt hatte. Dann war das mit den Wörtern hinzugekommen. Verdrehte Wörter und Wörter, die es nicht gab, purzelten ihr aus dem Mund. Dann begann sie, mit dem Kopf gegen Türrahmen zu schlagen. Immer trug sie irgendwo ein Pflaster. Schließlich der Befund des Hausarztes: Demenz, Frühstadium. Sie war nicht mehr imstande, auf die Kinder aufzupassen. Sie war nicht einmal mehr imstande, selbstständig durch den Tag zu kommen. Sie brauchte ihren Mann. Und die Kinder brauchten mich.

Wir bekamen von Consuelos Cousine einen Kinderwagen,

den ich mit zwei Alustangen und einem Leinentuch zu einem Zwillingswagen umbaute. So ging ich mit den beiden morgens zum Bahnhof, setzte mich auf die Bank unter dem Vordach und kramte meine Thermosflasche hervor. Ich setzte Giovanni und Hernán auf den Boden und schaute ihnen zu, wie sie die Welt erkundeten. Das Gebäude diente nach der Bahnschließung während ein paar Jahren als Postbüro. Die wenigen, die vorbeikamen, um einen Brief zu bringen oder ein Paket abzuholen, nickten mir stumm zu. Nur einer, der alte Egidio, setzte sich manchmal zu mir. Da er mit mir nichts anzufangen wusste, plauderte er mit den Buben, während er den Kaffee trank, den ich ihm servierte. Es war seine Art, seinem Lebensretter von damals Dankbarkeit zu zeigen.

Später, als Giovanni und Hernán flinkere Beine hatten, spielten wir Fangen und Verstecken um die Bahnhofsbäume herum – es waren fast die einzigen Bäume in Fitz Roy –, wir rannten auch um die Wette, bis zum Reservoirturm und zurück. Der alte Bahnhof war unser Vorgarten, hier ging's uns gut. Warteten wir abends auf die Rückkehr von Consuelo, erzählte ich den Buben von den Apuanischen Alpen, durch die ich tagelang geirrt war, stets auf der Suche nach dem Trick mit dem Rückweg nach Dänemark. Ich erzählte ihnen, wie ich damals immer weiter hinauf in die Berge geriet, von deren Gipfeln aus man über den flachen Küstenstreifen hinweg aufs Meer hinaussah. Wie ich in billigen Herbergen übernachtete und vor dem Einschlafen an Li dachte, die Frau ohne Fragen. Wie ich nach langen Gratwanderungen endlich auf die andere Seite des Gebirges abstieg und in einer Gegend landete, die die Einwohner Garfagnana nannten. Ich erzählte ihnen vom alten Steinmetz Gianni, den ich Jahre zuvor in Paris kennengelernt hatte und in Pietrasanta wiedersah. Wie ich bei ihm überwinterte und im Frühjahr weiter südwärts zog. In wankenden

Bussen fuhr ich die Mittelmeerküste ab, machte länger Station in Pisa, Piombino, Grosseto und Civitavecchia. Von Connie, der Holländerin, mit der ich in Anzio ein paar Tage lang zusammen war, erzählte ich den Buben nicht. Sie arbeitete als Reiseleiterin und gönnte sich eine Woche am Meer, bevor ihre Saison anfangen würde. Ich ertrug sie von der ersten Minute an nicht, sie war laut und ordinär, aber solange wir uns liebten, war sie sehr weich und still und ganz erträglich. Zwischendurch rauchten wir, tranken Prosecco Spumante und hörten Radio. Plapperte sie wieder los, zog ich ihr die Bluse über den Kopf und die Unterhose über die Knie und brachte sie zum Schweigen. Ich erzählte den Buben von den Fischern in Trapani, jener Küstenstadt, die ich zu meinem nächsten Winterquartier erkoren hatte. Von den Abenden, die ich mit meinem Freund Javier, einem spanischen Steinmetz, an der Hafenmole verbrachte, von seiner unheilbaren Schüchternheit, seinem Wunsch, endlich einmal eine Frau kennenzulernen. Ich erzählte ihnen nicht von den Gedanken an Selma, die mich Tag und Nacht verfolgten, die in mir drin wucherten, sich zu fiebrigen Bildern aufbauten. Bereits in den ersten Wochen, als ich erst alleine, dann mit Li zusammen unterwegs gewesen war, hatte ich die Grenze zwischen Erinnerung und Einbildung nicht mehr gefunden. Jeder Versuch, mich der großen Liebe meines Lebens zu vergewissern, scheiterte. Ich traute meinem eigenen Gedächtnis nicht mehr. Die sieben Jahre mit Selma wurden zum Spuk, und in meiner Verwirrung begann ich, Mikkel die Schuld an allem zuzuschreiben.

Am liebsten erzählte ich den Buben von Syrakus. Fast zwei Jahre hatte ich in dieser Stadt am südlichen Rand Siziliens verbracht. Ich beschrieb ihnen den dünnen Finger der Halbinsel Ortygia, der sich ins Meer hinausstreckte, ganz vorne das Castello Maniace und das Felsengebirge, das sich vor den Hafenmauern in die blaue Tiefe wand, die Sonnenaufgänge weit draußen, diese goldene Feuerkugel irgendwo über dem Peloponnes oder über Kreta. Ich erzählte ihnen von den Katzen der Syrakuser Altstadt, von dunklen Bars, die schmal und tief in die alten Gebäude hineinreichten, von wild gewordenen jungen Männern, auf ihren Vespas durch die Gassen rasend. Und natürlich vom prächtigen Palazzo Beneventano del Bosco, an dessen Restaurierung ich beteiligt gewesen war. Ich schilderte ihnen Süditalien als Paradies aus Sonnenglut, gelb leuchtendem Kalkstein und so ruppigen wie herzlichen Menschen, die fürs Leben gern Theater spielten, und sei ihre Bühne noch so klein. Dass meine Kopenhagener Jahre in dieser Welt zu kleinen Verhärtungen in meiner Brust gepresst wurden, dass ich es in der ganzen Zeit nicht ein einziges Mal schaffte, meinen Eltern einen Besuch abzustatten, dass sich mein Rückweg nach Dänemark längst zu einem endlosen Labyrinth ausgewachsen hatte – das alles verschwieg ich meinen zwei Buben.

Nein, ich hatte den Pegaso nicht vergessen. Noch immer hielt ich an meinem Plan fest, selbst in den kältesten, hoffnungslosesten Jahren der argentinischen Geschichte. Während Consuelo sich in Pico Truncado unentbehrlich machte, ließ ich den Buben meine exzentrische Erziehung angedeihen und brütete in stillen Stunden über meiner Karte der Provinz Santa Cruz, steckte Nadeln mit bunten Köpfen in mögliche Etappenorte. Als Giovanni und Hernán vier Jahre alt waren – sie sprachen nun eine Mischung aus einem seltsamen Spanisch und einem mindestens so seltsamen Deutsch –, holte ich den Pegaso hinter dem Schuppen hervor und begann, mit ihnen Runden durch die Gegend zu drehen. Die Buben kommentierten die vorbeifliegende Landschaft, erfanden Zauberwesen, die sich aus Sträuchern und Steinhaufen erhoben. Die Runden wurden länger, wir fuhren ins trockene Flussbett des Río Deseado hinein, an den Strand von Las Golondrinas oder an jenen namenlosen kupferroten See im Niemandsland zwischen der Ruta 3 und der menschenleeren Küste. So vergingen die Tage, die Monate, die Jahre.

Consuelo sah ich wenig in jener Zeit. Nicht selten schlief auch ich schon, wenn sie nach Hause kam. Doch da war ein Einverständnis zwischen uns, das nicht viel Worte brauchte. Da waren aber auch die Hintergedanken, die es vielleicht gar nicht gab, doch die reine Möglichkeit ihrer Existenz war nicht zu leugnen, und sie wog schwer. Hintergedanken waren endemisch in diesem Land, wo das Misstrauen in sämtliche Herzen gesickert war, wo nicht einmal Liebende bereit waren, sich preiszugeben. Die früh Verwitwete, die nun doch Mutter geworden war, und der aus der Hauptstadt Geflohene, der sich hier unter falschem Namen schadlos hielt – wir wussten, dass die größte Nähe zwischen uns nur im Banalen, Alltäglichen entstehen konnte. Und so geriet das nächtliche Dudo – Consuelos liebstes Würfelspiel – nicht selten zu einem strategisch geregelten Austausch von Zärtlichkeiten.

Die Distanz zwischen uns war zugleich eine Nähe, so paradox das klingen mag. Verbrachten wir unsere Tage getrennt in diesem unwahrscheinlichen Sonnenlicht, krochen wir nächtens in das Höhlensystem unserer Ehe hinab. In der Dunkelheit dieser Gänge suchten wir nach den Duftmarken des anderen, tasteten wir uns vorsichtig ab und fanden schließlich flüsternd zueinander. Jede Nacht eine neue Rekonstruktion dessen, was der andere sein könnte. Jede Nacht versuchten wir herauszufinden, wie unsere Liebe am besten funktionierte.

Im Jahr 1983 wurde in Argentinien die Demokratie wiedereingeführt, doch die Gewaltexzesse der Militärdiktatur und das Wissen um die Zehntausenden von Verschwundenen würden in dieser Gesellschaft noch lange nachhallen. Auch meine

Angst vor den Rächern der Lambruschinis blieb. Doch ich hatte ohnehin keinen Grund mehr, Patagonien zu verlassen. Ich hatte Consuelo, ich hatte meine zwei Söhne.

Das von der Diktatur befreite Argentinien machte sich auf in die Zukunft, und ich wusste sehr wohl, es würde noch eine geraume Weile dauern, bis die Zukunft unsere Provinz erreichte. Doch ich wollte vorbereitet sein, ich wollte da sein, wenn die ersten Reisenden kamen, aus Buenos Aires, aus Montevideo, Miami, Madrid, Liverpool und Tokio. Also holte ich meinen alten Plan wieder hervor. Nach einem Monat hatte ich mit drei Pensionsbesitzern in Comodoro, Sarmiento und Los Antiguos eine Vereinbarung getroffen: Sie würden mir ihre Gäste zuführen und ich Ihnen meine Passagiere. Ich wollte zweimal wöchentlich eine große Runde fahren, fast tausend Kilometer, von der Küstenstadt Comodoro Rivadavia ins Landesinnere, mit Zwischenhalt in Sarmiento, dann weiter an den Lago Argentino am Rand der Anden und von dort aus zurück nach Fitz Roy. Damit konnte ich von Norden kommende Touristen abfangen, sie in die Anden hinauffahren und dort wieder abholen, in Fitz Roy hätten sie Anschluss an den Bus, der südwärts in Richtung Feuerland fuhr. Ich würde haltmachen bei den wichtigsten Attraktionen – dem versteinerten Wald bei Sarmiento, dem Lago Colhué Huapi mit seinen Flamingos – und zugleich den Anwohnern einen verlässlichen Service bieten.

Die ersten drei Runden fuhr ich ohne einen einzigen Fahrgast. Nach einem Monat hatte sich meine Pünktlichkeit in der Gegend herumgesprochen, nach einem halben Jahr kamen die ersten Touristen. Die Sache lief nicht schlecht, aber auch nicht besonders gut. Da ich bei meinem Kumpel in Las Heras – dem Mann, der mir im Namen der Erdölgesellschaft den Pegaso geschenkt hatte – fast gratis Benzin bekam, machte ich in manchen Wochen sogar einen kleinen Gewinn.

Ab und zu fuhr Consuelos Bruder Ricardo die Runde, damit ich mit meiner Familie zusammen sein konnte. Wir besuchten Sara, die mittlerweile in einem Heim wohnte, oder fuhren mit den Buben zum Leuchtturm am Cabo Blanco, um die Pinguine zu sehen. Ich schaute Consuelo und den Kindern beim Muschelsuchen, Steinestapeln, Pipimachen zu und dachte dabei an meine Eltern. Aus Syrakus hatte ich ihnen zum letzten Mal geschrieben. Ich würde einen Abstecher nach Argentinien machen und dann nach Basel kommen, hatte ich ihnen mitgeteilt. Seitdem hatten sie nichts mehr von mir gehört.

Vater war nun über siebzig. Ich hatte seinem Altern über die letzten Jahre nicht zusehen müssen, wofür ich womöglich dankbar sein konnte. Durch seine Briefe nach Kopenhagen und Syrakus war ich Zeuge geworden, wie er immer weiter in den eigenen Echoraum hineinwuchs, jene endlose Kammer, die sich selbst zu genügen schien.

Im ersten Jahr nach der Rückkehr der Demokratie schrieb ich ihnen endlich. Zwei Monate vergingen, bis eine Antwort kam. Es war Mutter, die antwortete:

Lieber Kristian,
danke für Deinen Brief. Wir sind froh, dass es Dir gut geht. Du hast eine Familie? Wie schön! Vielleicht wollt Ihr einmal nach Europa kommen, jetzt, wo Argentinien wieder ein freies Land ist? Ihr wärt jederzeit willkommen hier.
Jaan geht es nicht gut, er hatte das Pfeiffer'sche Drüsenfieber, meinte der Arzt. Lag fast ein halbes Jahr nur herum, stand kaum auf, schrieb keine zehn Zeilen pro Tag. Langsam geht es ihm besser. Er wird Dir bald schreiben. Leena wohnt seit Jakobs Tod im Altersheim. Sie bräuchte nicht dort zu sein, sie ist gesund und lustig wie immer, aber es gefällt ihr dort, und sie hat ein Publikum, das ihr rund um die Uhr ergeben

ist. Was will man da machen? Einmal die Woche gehe ich zu ihr, und wir essen Kartoffelstock mit Ekelhaftem, und Leena macht blöde Witze. Ab und zu kommt Ilmars Sohn, der in Basel Literatur studiert, zu uns ins Klybeck raus. Dann redet er mit Jaan über Bücher. Das tut ihm gut, dem alten Mann.

Liebste Grüße
Deine Mutter Marie

Und wie ging es ihr selbst? War sie noch mit diesem Georges aus dem Elsass zusammen? Hatte sie ihn aufgegeben, um für Vater da zu sein? Und warum schrieb sie, als ob wir uns erst letzten Monat gesehen hätten, als ob sie in all den Jahren keine Sekunde lang Angst um mich gehabt hätte?

In Argentinien ist der Norden im Süden, dachte ich. Die Menschen hier sind wie die Menschen im europäischen Norden. Sie tun, als ob es den ständigen Wind, die winterliche Dunkelheit und die Kälte nicht gäbe. Doch während die Nordeuropäer sich die Lustigkeit der Welt gerne in Form von Akvavit oder Bier einverleibten und das Zusammensein feierten, blieben die Patagonier auch im Rausch einsilbig.

Nach und nach kamen mehr Touristen. Über den Buslautsprecher erzählte ich ihnen von der Geschichte des Landes, den Walisern, den Italienern, den Deutschen, die in den letzten hundert Jahren hierhergekommen waren, von den Siedlungen, die sie gebaut und wieder verlassen hatten, vom Öl, das die Menschen in Schwärmen angezogen und sie dann allesamt im Stich gelassen hatte. Ich erzählte ihnen auch von Charles Darwin und Robert FitzRoy, dem depressiven Kapitän, der sich das Leben genommen hatte.

Ein Schotte setzte sich neben mich, legte die Hand auf meine

Schulter und sagte: ›Chatwin hast du bestimmt auch getroffen damals.‹

›Chatwin? Klar. Der ist hier mehrmals aufgekreuzt.‹

›Und, wie war er?‹

›Na ja. Hm.‹ Ich wiegte den Kopf.

›Alles klar, ich verstehe.‹

›Nicht einfach, ein gerechtes Urteil zu fällen …‹

›Verstehe schon, verstehe. Chatwin ist ein Fall für sich. Schwieriger Charakter. Aber das Buch ist ein Meisterwerk.‹

›Absolut.‹

Bei der nächsten Pinkelpause sah ich das Buch auf dem Sitz des Schotten. *In Patagonia* lautete sein Titel. Ich hatte noch nie davon gehört.

Viele meiner Passagiere wollten mit mir über Bruce Chatwin sprechen. Ich las sein Reisebuch über Patagonien nie, doch mit der Zeit wurde ich zum absoluten Kenner in Sachen Chatwin. Ich gab einfach stets das wieder, was ich im letzten Gespräch aufgeschnappt hatte: ›Chatwin hatte anfänglich ja keine Ahnung von Patagonien, weißt du? Aber er hat es geschafft, die Menschen hier zu knacken. Das muss man erst mal hinbekommen. Ich bin ja auch von Europa herübergekommen, ich weiß, wie das ist.‹

›Und was hat dich hierhergebracht?‹

›Was wohl?‹ Ich zwinkerte meinem Gesprächspartner zu.

›Nein, echt? Du bist auch auf Chatwins Spuren gekommen?‹

Fast acht Jahre lang lief das recht gut. Ich war mehr als ein Geheimtipp. Doch dann kam das Problem mit der Lizenz, einer Erfindung des neu erfundenen Tourismusministeriums. Ich brauchte Papiere, die ich nicht auftreiben konnte. Ich hätte Abrechnungen vorweisen müssen, eine korrekte Buchhaltung, einen Geschäftssitz.

Irgendwie hätte ich mich wohl durchmogeln können. Doch

ich war zu langsam. Ich versuchte es bei den falschen Leuten. Und so verlor ich meine Strecke. Eine Weile lang fuhr ich zwischen Las Heras und Deseado, meiner alten Zugstrecke, doch da gab es mittlerweile Konkurrenz, und die machte mir schnell klar, mit welchen Konsequenzen ich zu rechnen hatte, wenn ich es auf einen Machtkampf hinauslaufen lassen wollte. Und so landete der Pegaso wieder hinter dem alten Schuppen.

Die Schule in Fitz Roy hatte aufgrund des Schülermangels vor einigen Jahren das fünfte und das sechste Schuljahr gestrichen. Giovanni und Hernán wurden nach Pico versetzt. Da Consuelo die Fahrt sowieso fast jeden Tag machte, war ich nun überflüssig geworden. Dennoch fuhr ich die drei an manchen Tagen hin. Ich lieferte sie ab, setzte ich mich in eine Bar und las für den Rest des Tages. Auf der Gepäckablage im Bus hatte ich in den letzten Jahren eine kleine Bibliothek eingerichtet, mit Büchern, die Reisende liegengelassen hatten. Etliche Ausgaben von Chatwins Buch, in sechs Sprachen. Romane von Truman Capote, Thomas Mann, Johannes Mario Simmel. Krimis von Eric Ambler, Agatha Christie, John Le Carré. Ich saß in der Bar und las die Bücher meiner ehemaligen Passagiere, während die Patagonier am Tresen in ihre Gläser stierten.

Später holte ich Giovanni und Hernán von der Schule ab, und bis Consuelo so weit war, machten wir in der Bar Hausaufgaben, danach las ich ihnen aus *D-Zug dritter Klasse* von Irmgard Keun vor, damit sie ihr Deutsch nicht verloren. Manchmal fuhren wir in die Prärie hinaus, auf der Suche nach einem Baum für Giovanni. Er liebte das Klettern noch immer.

So verging die Zeit. Und in meinem Kopf immer dabei dieses Nachglühen des Bilds vom Zusammenprall in Buenos Aires, von Alejandro Lambruschinis verbogenem Körper auf der Kühlerhaube. Die Drohung, dass das nicht vergessen sei, war wie ein Scheinwerfer stets auf mich gerichtet. Ich war schutzlos im grellen Licht der patagonischen Weite, und irgendwo versteckten sich die Augen, deren Blick meine Wege verfolgte.

Wie die Patagonier hatte ich immer so getan, als nähme ich die Weite nicht wahr. Den Pegaso hatte ich durch die Prärie gefahren, als wäre ich in Basel oder Syrakus unterwegs, das Sonnenrollo an der Frontscheibe stets so tief wie möglich, damit ich diesen Himmel nicht anschauen musste. In den Pausen schnell rein in die Bar, in die schützende Enge. Und am Strand, mit den Kindern: Steine suchen, Löcher graben, Feuer machen. Bloß nicht den Blick zum Horizont heben.

Dennoch war es irgendwann passiert. Ich hatte es nicht verhindern können. Die Weite hatte mir nach und nach ihr Zauberpulver in die Augen gestreut. Bis sie mich endlich auf ihre Seite gezogen hatte. Vom Himmelsflüchter wurde ich zum Himmelsanbeter. Vom Abstinenzler zum Süchtigen.

Seit Anfang der neunziger Jahre gingen meine Söhne in Pico in eine Tagesschule. Am Abend Fußball und Aufgabenhilfe, dann Freunde treffen. Als eine Freundin von Consuelo uns anbot, Giovanni und Hernán unter der Woche bei sich übernachten zu lassen, war Consuelo sofort einverstanden. Natürlich fand auch ich es sinnvoll, auch wenn ich nur zu gerne als Chauffeur bereitgestanden hätte.

Ich holte meinen Pegaso hervor und begann, in der Landschaft herumzukurven. Consuelo erzählte ich, dass ich ein paar interessante Kontakte hätte mit Leuten, die Abenteuertouren für Europäer organisierten. Während ich ihr jeden Abend neue Lügen auftischte, entfernte ich mich auf meinen Fahrten immer weiter von der Küste, frönte der Himmelssucht, fuhr auf staubigen Pisten in jene Räume hinein, die Fülle und Leere zugleich versprachen. Der Himmel über den Ebenen von Santa Cruz war das Gegenstück zur Speisekammer von Kleinhüningen, die ich als Kind so gerne aufgesucht hatte. Doch das Versprechen war das gleiche: dass das Nichts, aus dem mein Vorfahr Alvar Aavik in die Geschichte hineingetreten war, tatsächlich existierte und dass ich nur lange genug suchen musste, um es zu finden und als letzter Aavik wieder aus der Geschichte zu verschwinden.

Mehr als ein halbes Jahr fuhr ich so herum, und meine Lügen zu Hause wurden immer dreister. Dann kam das Jahr 1992. Auf die israelische Botschaft in Buenos Aires wurde ein Bombenanschlag verübt, Estland erlebte seine Wiedergeburt als Nationalstaat, und ich stieß in Patagonien auf sechzehn Steine, die alles verändern würden. Sie lagen im leeren Dreieck zwischen Jaramillo, Puerto Deseado und San Julián. Sechzehn große Kalksteinblöcke, je vier Meter lang und eineinhalb hoch, an einem Ort, an dem womöglich seit Jahren kein Mensch mehr vorbeigekommen war. Eine Sinnlosigkeit, ein Witz, ein einsames Fest.

Eine kiesige Piste führte zu der Stelle hin, knapp zehn Kilometer vom Flussbett des Río Deseado entfernt. Keine Estancia weit und breit, nicht einmal eine dieser Wellblechhütten, die mitunter ohne sichtbaren Grund in der Leere standen. Wer hatte diese Blöcke hierher transportiert? Wofür hätten sie benutzt werden sollen? Ich würde es nie herausfinden.

Immer wieder fuhr ich zu den Steinen hin, setzte mich morgens auf ihre Sonnenseite, nachmittags in ihren Schatten. Ich war von ihrer Größe gleichermaßen berauscht wie von ihrer Zwecklosigkeit. Aus der Ferne unauffällig, schienen diese Blöcke um sich herum einen Raum mit eigenen Gesetzen zu stiften, eine Verdichtung aller patagonischen Ingredienzen, eine Verkörperung jener Dehnung, die die Zeit hier unweigerlich erlitt.

Eines Tages fuhr ich nach Puerto Deseado und suchte eine Eisenwarenhandlung auf. Steinbildhauerwerkzeug gab es hier keines, aber der Inhaber wollte mir ein paar Sachen bestellen: verschiedene Eisen, Knüpfel, Fäustel. Zwei Wochen später konnte ich meine Sachen abholen.

Ich hatte keinen Plan. Obwohl ich jeden Tag mindestens vier Stunden haute, dauerte es lange, bis ich herausfand, was ich mit diesen Steinen wollte. Das abgeschlagene Geröll spielte dabei eine genauso wichtige Rolle wie die Formen, die ich abschlug. Nichts von dem Zeug schaffte ich weg, und so wuchs um die Blöcke herum allmählich ein mächtiger Schotterhaufen heran. Mein Werk war ein Gedicht an niemanden. Ein Monument der reinen Absurdität. So viele Jahre hatte ich weder gezeichnet noch irgendeinen Stein gehauen noch einen Abguss hergestellt. Ich hatte geschafft, was ich mir in Kopenhagen vorgenommen hatte: die Kunst in Ruhe zu lassen. Nun hatte ich neu mit ihr angefangen, und es war, als ob ich nur eine kurze Pause von ihr gemacht hätte. Wieder das Herumfrickeln, Bosseln, Tüfteln. Wieder die feinen Linien und Geflechte.

Stein nötigt dich zu Geduld. Es dauerte, bis die Gesichter aus den Liniengeflechten zu wachsen begannen. Meine Hände mussten schon länger nach ihnen gesucht haben. Kaum hatte auch ich sie entdeckt, geschah etwas Seltsames: Ihre Augen stellten mir nach. Ich wusste, dass sie nach dem Verräter von Palermo Chico suchten, jenem Mann, der fünfzehn Jahre zuvor die Auslöschung der Familie Lambruschini verursacht hatte.

Die Augen verfolgen mich noch heute. Dass ich Sie, mein lieber Hans, für den Rächer der Lambruschinis gehalten habe, ist ein übler Scherz meiner Vorstellungskraft. Immer wieder spielt sie dieses Spiel mit mir, ich kann sie nicht davon abbringen. Heute beobachte ich das aus einer gewissen Distanz, doch damals war ich trunken von dem Wahn.

Es dauerte ein weiteres halbes Jahr, bis ich aufflog. Wie jeden Morgen ging ich zum Pegaso, der hinter der Lagerhalle auf mich wartete, als sich langsam von hinten ein Wagen näherte. Ich drehte mich um.

›Soll ich dich mitnehmen?‹

Es war Consuelo. Sie hatte sich den Tag freigenommen, um endlich herauszufinden, was mit mir los war. Mir blieb nichts anderes, als sie zu meinem einsamen Platz in der Wüste zu führen. Als wir von der 281 auf eine wilde Piste abbogen, fragte sie: ›Wohin fahren wir denn nun?‹

Ich sagte nichts. Nach einer Viertelstunde zeigte ich auf die kubischen Silhouetten in der Ebene, Consuelo krauste die Stirn. Als wir bei den Blöcken angekommen waren, holte ich die Kiste mit dem Werkzeug hervor, erklärte ihr meine Arbeit der letzten Monate: wo ich angefangen hatte und wo ich mit der Arbeit jetzt stand. Als ich fertig war, legte Consuelo die Hand auf meinen Unterarm und sagte: ›Andrés, warum weiß ich nichts von alldem? Und warum holst du diese Leute, von denen du gesprochen hast, nicht hierhin? Das ist doch großartig. Die Europäer werden sich darauf stürzen, sie werden das feiern. Warum suchst dir nicht jemanden, der die Leute mit dem Bus hierherfährt? Warum versteckst du dich, Andrés?‹

Ich war froh, meine Arbeit nicht mehr verheimlichen zu müssen. Doch ich wusste, dass ich Consuelos Rat nicht befolgen würde. Als ich damals in Kopenhagen vor Wilhelm Bendz' *Tabaksgesellschaft* gestanden hatte, war mir klar geworden, dass ich die Welt durch die Kunst auf eine ganz eigene Weise berühren konnte. Nun schuf ich zum ersten Mal etwas, das mir bedeutend vorkam, das eine neue Berührung mit der Welt ermögliche, und es war mir, als ob mein ganzer Weg seit Mikkels Weggang aus Basel genau an diesen Ort, zu diesen sechzehn Kalksteinblöcken geführt hätte. Dies war das Universum, das ich stets gesucht hatte. Doch es konnte nur weiterbestehen, solange ich sein einziger Bewohner war.

Ich hätte mich Consuelo gegenüber erklären können. Ich hätte ihr sagen können, dass ich lange auf die Kunst verzichtet hatte, in der Zeit mit Selma genauso wie in meinen italienischen Jahren, als ich von Baustelle zu Baustelle getingelt war, und auch hier in Patagonien, als ich erst im Drewry Löcher in Fahrkarten gestanzt hatte und später meine Busroute gefahren war. Ich hätte ihr sagen können, dass ich mich jetzt, wo sie eine gute Stelle hatte und unsere Söhne in Pico Truncado versorgt waren, endlich wieder der Kunst zuwenden könne, nach all den Jahren sei ich bereit für sie. Aber ohne Publikum. Von mir aus könnten sie irgendwann kommen, die Europäer und alle anderen, die das hier feiern wollten, aber erst, wenn ich weg sein würde.

Nichts davon sagte ich ihr. Stur arbeitete ich weiter, sie konnte mich nicht davon abhalten. Ein Jahr verging so, zwei Jahre. Ich muss in dieser Zeit zu Hause eine seltsame Figur abgegeben haben. Giovanni und Hernán waren beschäftigt mit Schule, Fußball, Freunden. Consuelo hatte ihre Arbeit, die sie erfüllte, sie hatte ihren Vater, den sie dreimal in der Woche besuchte – Sara war mittlerweile verstorben. Kurz, alle drei hatten zu viel zu tun, als dass sie die Veränderungen in mir hätten bemerken können. Doch irgendwann mussten auch sie gespürt haben, dass etwas in mir vorging. Womöglich fragten sie nach, was mit mir los sei, und womöglich gab ich ihnen redlich Antwort, doch ich kann mich nicht mehr daran erinnern. Es waren zwei Jahre der Trance, die alles verwischte, was neben meinen Steinblöcken sonst noch vorkam.

Draußen an den Blöcken kamen zuweilen undeutliche Gedanken an Selma auf mich zu, wie Wolkenfetzen am weiten Himmel. Die Frage, was wäre, wenn ich damals anders gehandelt hätte. Die Vorstellung, dass Selma als Consuelo zu mir zurückgekommen war und noch immer darauf wartete, dass ich ihre Verkleidung entdeckte. Ich war mir sicher, ich hatte

Selma damals zum richtigen Zeitpunkt getroffen, und vielleicht war auch unser Ende zum richtigen Zeitpunkt gekommen. Und doch hatte ich die Trauer um sie nie ganz abstreifen können. Hier an meinen Steinblöcken wurde ich Selma wieder gewahr, dachte einen oder zwei Gedanken an sie, während die Wolkenfetzen am Himmel sich in nichts auflösten und in einer anderen Ecke des Himmels neu entstanden.

Die kalkweißen Gerieselhaufen um die Steine herum wuchsen weiter an, Striche wucherten, Profile schärften sich, Gesichter erschienen, verschwanden und tauchten an anderer Stelle erneut auf. Meine Hände wurden hart, in meinem ergrauenden Haar verfing sich Staub, der kaum mehr rauszukriegen war. Ich war glücklich, diesen Händen zusehen zu können, der sechsfingrigen Linken, die Heiner Stöcklin so bewundert hatte, und auch der ausdauernden Rechten. Glücklich, niemandem etwas erklären zu müssen. Und die Kunst selbst, sie führte mich auf ihr eigenes Ziel hin. Ich sah es lange nicht kommen. Erst als ich auf der Zielgeraden war, verstand ich, was sie mit mir vorhatte.

Ich war über die Monate hinweg immer langsamer geworden. Irgendwann waren die Linien, die ich schlug, nur noch im Zeitlupentempo gewachsen. Als ich schließlich einen ganzen Tag mit dem Zahneisen und dem Knüpfel dastand und auf die Stelle starrte, die ich abschlagen wollte, einfach nur dastand und mich nicht rührte, wusste ich: Die Kunst hat mich in sich aufgesogen, hier, im leeren Dreieck zwischen Jaramillo, Puerto Deseado und San Julián. Die Kunst hat mein Selbst zum Verschwinden gebracht. Ein Regentropfen im Meer. Plitsch, und ich bin weg.

Von diesem Moment an nahm ich kein Werkzeug mehr in die Hand. Tag für Tag legte ich mich auf die Blöcke und tat nichts anderes mehr, als in den Himmel zu starren. Beseelt, einfältig und überheblich wie ein Religionsgründer.

Nicht dass das ein glücklicher Zustand war. Aber es war auch kein unglücklicher Zustand. Ich lag unter dem endlosen patagonischen Himmel, im reinen Sein, ohne Ziel, ohne Herkunft, ohne Geschichte. Über mir Wolken, wie aus dem Nichts gewachsen und nach kurzer Zeit wieder ins Nichts zurücksinkend. Im Gegensatz zu jedem anderen Religionsgründer hatte ich kein Bedürfnis, aufzustehen und meine Botschaft unter die Menschen zu bringen.

Es hätte das Ende von mir sein können. Ich bin überzeugt, es wäre ein gutes Ende gewesen. Ich wäre wohl verdurstet, verhungert. Verwest, versteinert. Im Dreieck zwischen Jaramillo, Puerto Deseado und San Julián. An meinem Kunstwerk, dem einzigen wirklichen Kunstwerk, das ich in meinem Leben geschaffen hatte.

Consuelo verhinderte es. Eines Morgens stellte sie sich mit diesem Brief in der Hand vor mich hin. Er trug eine Schweizer Briefmarke. Wochenlang hatte er im Haus herumgelegen, ich hatte keinen Mut gehabt, ihn zu öffnen. Ihr Blick sagte mir unmissverständlich, dass dies mehr als ein beiläufiger Moment war. Doch ich war nicht bereit, darauf einzugehen.

›Oh, danke‹, sagte ich. ›Ich nehme ihn mit.‹

›Zu deinen Felsen, wo du ihn hinlegst, damit der Wind ihn wegtragen kann?‹

Ich wich ihrem Blick aus, griff nach meiner Jacke.

›Andrés, hör zu. Ich habe nie mehr nachgefragt nach den Steinen, ich habe dich einfach weiterarbeiten lassen da draußen. Ich wusste, dass du das brauchst. Ich fand, ich müsse dich das machen lassen, auch wenn ich's nicht verstehe. Aber dieser Brief hier, der ist wichtig. Auch du hast gesehen, woher er kommt. Ich weiß, du wirst ihn allein nicht öffnen. Deshalb tun wir das jetzt gemeinsam.‹

Der Brief war von Mutter. Vater sei seit Wochen krank, er

stehe nicht mehr auf, er rede auch kaum mehr. Niemand wisse, was er habe, kein Doktor wisse Rat. Es fehle Vater ganz offensichtlich an Kraft, sagten sie alle, doch sie könnten keinen Mangel feststellen. Ab einem gewissen Punkt fehlten jedem Arzt die Worte, schrieb Mutter, und vielleicht sei man bei Vater nun an diesem Punkt angekommen: Er wolle nicht mehr. Sie rate mir, baldmöglichst zu kommen.

Es dauerte sechs Wochen, bis ich meinen Schweizer Pass erneuert hatte. Am 10. Mai 1995 bestieg Kristian Aavik zum zweiten Mal in seinem Leben ein Flugzeug.«

7.

Ein weiterer windstiller Morgen an der Ostsee. Steht man auf den Hügeln am nördlichen Rand Bornholms, lässt sich die schwedische Küste mit den Häfen von Ystad und Simrishamn erahnen. Wendet man sich nach rechts, erblickt man eine Verdunkelung, die die Stelle von Christiansø anzeigt. Alles ist da, alles lässt sich per Fingerzeig einkreisen. Doch der Raum ist zugleich voller loser Enden und nicht aufzufindender Anfänge. Eine Geographie der halben Geschichten.

Hans und ich marschieren nach Gudhjem. Wie ein Walross bin ich letzte Nacht auf das Kanapee gekippt, das er mir bereit gemacht hatte. Schwer von Alkohol, schwer von meiner lausigen Geschichte fiel ich in den Schlaf. Jetzt, nach Kaffee und Frühstücksei, will Hans den Rest hören.

»Den Rest, den können Sie sich ausdenken«, sage ich.

»Ihr Vater war tot, als sie in Basel ankamen. Und Sie verwünschten sich, so lange gewartet zu haben.«

»Ach, Hans. Sie haben zu viele Filme gesehen.«

»Er war also nicht tot. Auch gut. Sie haben ihn gepflegt. Bis an sein Ende.«

»Und bin mit ihm endlich ins Reine gekommen. Auch ein Filmdrehbuch. Aber so war es tatsächlich. Ich habe ihn gepflegt, bis an sein Ende. Oder sagen wir so: Mutter und ich haben uns abgewechselt. Manchmal, wenn sie Abstand brauchte, ging sie für ein paar Tage nach Straßburg, zu ihrem Freund. Immer war er da gewesen, der gute Georges, all die Jahre hatte es dieses Paar gegeben, mit einem eigenen Leben, einer eigenen Geschichte, für alle Basler Bekannten unsichtbar.«

»Das ist schön. Und wie lange dauerte es?«

»Wie lange dauerte was?«

»Bis er starb.«

»Mehr als ein Jahr. Vierzehn Monate war ich bei Vater. Es war keine schlechte Zeit. Es gab Tage, an denen er nochmals zu alter Form auflief, in denen er assoziierend und kalauernd durch Kleinbasel wanderte, mit mir an seiner Seite. In Gedanken machten wir unsere alten Spaziergänge. An anderen Tagen deklarierte er in langen Sermonen seine unverbrüchliche Liebe zu mir. ›Wir sind aus dem gleichen Holz geschnitzt, mein Sohn. All die Jahre, in denen du in deinem Südamerika verschwunden warst, habe ich an dich gedacht. Jeden einzelnen Tag. Ich habe gewusst, dass dieses Verschwinden der einzige Weg für dich ist, so wie mein Weg in dieses Land der einzige für mich war. Wir sind nicht fürs Glück gemacht, wir beide, aber wir kommen der Welt auf unsere ganz eigene Weise nahe. Wir tragen beide unser Estland in die Welt hinaus, und wenn du jetzt sagst, dass du dieses Estland nicht kennst, dann sage ich dir: Ich kenne dieses Estland auch nicht. Es ist eine Augenwischerei, eine Irritation im Gedächtnis, die den Nachteil hat, dass sie nie mehr weggeht.‹ Dann lachte er schwach, und ich wusste, dass er unrecht hatte. Sein Estland mochte für ihn eine Irritation sein, aber wenigstens hatte er sie mit eigenen Augen gesehen und gerochen.

Seltsam, wie ich in diesen Monaten in Vaters Fußstapfen geriet. Ich imitierte seine Basler Existenz bis ins kleinste Detail. Dreimal die Woche gab ich abends Spanischstunden, und nach dem Mittagessen, wenn er schlief, verließ ich die Wohnung und zog durchs Viertel, stundenlang, und schaute mir diese mir fremd gewordene Stadt an. Ich ging an den Hochbergerplatz, suchte die Klingelschilder ab, doch die Jacobsens schienen nicht mehr hier zu wohnen. Ich machte Besuche bei Tante Leena, und einmal sah ich das Mareili, eine Bekanntschaft aus meinen Kindheitsjahren. Sie erinnerte mich an meine eigene Mutter: sanft und spröde, gezeichnet von Verzicht und viel Arbeit. Nachts, wenn die Stadt in ihren Schlaf gesunken war, schrieb ich Briefe an Consuelo und meine Söhne.

Woran Vater schließlich sterben würde, fanden die Ärzte auch in diesen vierzehn Monaten nicht heraus. ›Ich gehe an dem Geflimmer meines Geistes zugrunde, es bringt mich um, seit Jahren bringt es mich um, mein Sohn. Aber das macht nichts. Ich habe immer gewusst, dass ich so enden werde, und es ist in Ordnung so‹, sagte er einmal. Er wurde vierundachtzig Jahre alt, der kauzige estnische Denkspazierer.«

»Hut ab«, sagt Hans.

»Warum Hut ab?«

»Weil Sie Ihren Vater diese lange Zeit begleitet haben. Das schaffen nicht alle. Das leisten sich nicht alle.«

»Nun ja. Ich hatte sowieso nichts Schlaueres gemacht zuvor. Aber es ist schön, ja. Schön, dass ich es doch noch zurückgeschafft habe nach all den Jahren. Doch jetzt bin ich auf einer weit schwierigeren Rückkehr. Ich muss zu meinem alten Freund zurück, der mir vor bald dreißig Jahren meine damalige Frau weggenommen hat. Ach, womöglich kennen Sie ihn sogar. Hier kennen sich doch alle, nicht? Er lebt auf Christiansø. Mikkel Jacobsen. Der alte Meggelman Jacobsen aus Kleinhüningen.«

»Sie haben ihn schon gestern genannt. Natürlich kenne ich ihn. Allgemein bekannter Luftikus. Hat drüben vor bald zwanzig Jahren eine Schule für schwer erziehbare Jugendliche aufgebaut. Werkhaus Cobra. Eine Anspielung auf Asger Jorn, den er verehrt, aber natürlich versteht das keiner hier. Die Bude ist mittlerweile zu, wenn ich richtig informiert bin. Einer von den Jungen hat ihn von den Klippen geschubst. Muss man sich ja nicht wundern.«

»Von den Klippen geschubst?«

»Ja. Aber wie gesagt, der hat das provoziert. Musste immer aufs Äußerste gehen mit seinen Zöglingen. Veranstaltete mit jedem von ihnen ein Riesentheater. Nur so kämen sie aus ihrem Schneckenhaus heraus, verkündete er, und die Leute von Christiansø und Westbornholm lachten. Tja, und dann kam dieser Schubser, und der Mikkel Jacobsen fiel da runter. Erzählt man sich jedenfalls. Er ist noch immer da, aber die Bude ist zu. So, mein Freund, von hier an finden Sie allein weiter. Da vorne die Hecke entlang. Aber nicht reinspringen. Einfach schön entlanglaufen, an ihrem Ende sehen Sie Gudhjem. Die Fähre legt in einer Stunde los. Schaffen Sie locker. Ich danke Ihnen für Ihre Geschichte. Ein Kunstwerk, ihr Leben, ein echtes Kunstwerk. Ich weiß, Sie lachen, aber besser hätte es kein Drehbuchautor schreiben können.«

Ich hebe die Hand zum Abschied und marschiere los. Am Ende der Hecke blicke ich zurück, aber Hans ist schon weg. Als hätte ich ihn geträumt.

Gudhjem. Die gleichen Spielklötze wie in Simrishamn und Allinge, in anderer Anordnung. Ein Hund hinter einem Zaun bellt schwanzwedelnd, eine rundgesichtige Frau lächelt mir über einen Rosenstrauch hinweg zu. Ich gehe durch die Gassen und denke dem Mann, der sich Hans nennt, hinterher. Wie hat er das gemeint mit dem Schubser über die Klippen?

Am Fähranleger durchlaufe ich das gleiche Prozedere wie gestern. Fahrkarte kaufen, anstehen, an Bord steigen. Ich halte den Kopf geduckt. Jetzt bloß keiner phantasierten Selmatochter begegnen. Ich möchte einfach nur da rüberfahren und das erledigen, was zu erledigen ist.

Ich habe Angst. Vor Mikkel, aber auch vor mir selbst in dem Moment, wenn ich Mikkel gegenüberstehe. Angst, dass ich einbreche vor ihm, dass ich nicht mehr ich bin, sobald ich den

Mund aufmache und den ersten Satz sage. Und doch will ich ihn sehen. Ich will ihm vergeben können.

Die Fähre legt ab und beginnt, die allerletzten Meilen zwischen Mikkel und mir aufzufressen. Ich schließe die Augen und lenke mich davon ab, indem ich im Geiste jene Monate zu meiner Geschichte hinzufüge, die ich Hans nicht erzählt habe. Ich denke an Vaters ferne Freunde, die in seinen letzten vierzehn Monaten vorbeikamen. Ein Autor, der wie er in Tartu studiert hatte und nun in Stockholm lebte. Ein Bibliothekar aus Frankfurt. Ein Übersetzer aus Berlin. Über Jahrzehnte hatte Vater mit ihnen korrespondiert. Nun kamen sie, um Abschied zu nehmen. Die Übersetzer planten gerade ein Symposium in Tallinn, bei welchem Vaters Arbeiten im Mittelpunkt stehen sollten, seine Übersetzungen amerikanischer und englischer Modernisten ins Estnische: Melville, Joyce, Dylan Thomas. Als ich die beiden an den Bahnhof begleitete, sprachen sie aus, was sie vor Vater nicht erwähnt hatten – dass er es wohl nicht mehr schaffe, dabei zu sein und ob ich für ihn nach Estland kommen wolle. Es würde sie sehr ehren wie auch die anderen Teilnehmer. Die Intellektuellen des neuen Estland achteten Vaters Arbeit hoch, und es wäre schön, wenn wenigstens ich diese Wertschätzung erfahren könne.

Zwei Wochen nach Vaters Begräbnis stieg ich in den Zug Richtung Nordosten. Als ich an dem Übersetzersymposium herumgereicht wurde, wurde jemand auf meine Sprachkenntnisse aufmerksam und stellte mir sein Projekt vor: Er sammle Dokumente aus der estnischen Diaspora, um ein Archiv aufzubauen, mit Fotos, Briefen, Vereinsstatuten, Tagebüchern und so weiter. Estland war für mich immer ein seltsamer Traum gewesen, aber in diesem Moment spürte ich so etwas wie eine Verpflichtung. Ich wollte etwas tun für das Land, das so großartige Menschen hervorgebracht hatte wie Herrn Uibo, die Saars oder Ilmar. Und so kam es, dass ich nach dem Symposium nicht zurückkehrte und in einem Tallinner Hinterhaus machte, was Vater zeitlebens gemacht hatte: übersetzen. Es waren Texte von ausgewanderten Estinnen und Esten der zweiten Generation: das auf Spanisch verfasste Tagebuch einer jungen Frau in Sevilla, die Briefe eines Studenten, der in den späten sechziger Jahren aus Chile an seine Eltern in Barcelona schrieb, Postkarten von jungen Menschen, die auf Italienisch an ihre Eltern in Mailand schrieben. In dem Hinterhaus waren noch zwei andere, die ebenfalls übersetzten sowie Fotos und andere Dokumente datierten. Märt und Raak amüsierten sich köstlich über mein seltsames Estnisch: voller altmodischer Schnörkel, die ich von Vater übernommen hatte.

Es war eine seltsame Berührung mit dem Land meiner Eltern. Ich wollte nicht bleiben und konnte das Abdriften dennoch nicht verhindern. Ich wollte nach Patagonien zurück, ich wollte Consuelo sehen, meine Söhne, und doch schaute ich mir völlig hilflos bei diesem Abdriften zu. Ich versprach Consuelo und den Zwillingen meine Rückkehr bis Weihnachten, dann bis Ostern, dann bis zum Sommer; immer wieder schob ich das Datum hinaus und wusste, solange keiner kommt und mir hilft, mache ich ewig so weiter. Dann kam der Brief aus Christiansø.

Ein Schnarren aus dem Lautsprecher, ich öffne die Augen. Die Insel ist nun deutlich sichtbar, ein felsiger Rücken im sanft brandenden Wasser der Ostsee. Fast dreißig Jahre, denke ich. Ich habe noch immer keine Ahnung, was ich Mikkel sagen soll.

Wenige Minuten später steige ich mit wankenden Beinen aus, stelle meinen Rucksack ab. Als alle anderen Passagiere verschwunden sind, sehe ich eine einzelne Gestalt vor dem Hafenbüro. Ich erkenne sie. Es ist Selmas Tochter. Oder die,

die ich dafür gehalten habe gestern auf der Bornholmfähre. Sie kommt auf mich zu.

»Du musst Kristian sein«, sagt sie. Ihre Stimme klingt müde. Als ob sie eine lange Krankheit durchgemacht hätte.

»Hallo. Woher …?«

»Wir warten ja schon länger auf dich. Und kennen tu ich dich von den Fotos. Paar graue Haare sind dazugekommen.«

»Ah. Und was für Fotos sind das?«

»Von früher. Aus Basel, aus Kopenhagen. Was Mikkel halt so aufbewahrt hat.«

Ihr Ton freundlich, aber da schwingt auch ein Unmut mit. Hat Mikkel sie gegen ihren Willen hergeschickt?

»Wo ist er?«

»Ich bringe dich hin.«

»Okay. Und wer bist du?«

»Ich heiße Nina.«

Die Ungeduld in ihrem Blick zwingt mich wegzuschauen. Nein, definitiv nicht Selmas Tochter. Und doch glaube ich, dieses Gesicht nicht nur auf der Bornholmfähre gesehen zu haben.

Wir gehen die Treppe neben dem Hafenbüro hoch. Erst jetzt sehe ich, dass Nina ein Paket in den Händen trägt.

»Was machst du hier, wenn ich fragen darf? Arbeitest du im Cobrahaus?«

»Werkhaus Cobra. Ich bin schon ewig hier«, sagt sie. »Helfe, wo ich kann. Die Jungs sind ja nicht mehr da seit dem Unfall, aber zu tun gibt's dennoch immer genug.«

»Du meinst den Sturz von den Klippen?«

Sie bleibt stehen. »Welcher Sturz von den Klippen?«

»Mikkels Sturz.«

»Wer hat dir das erzählt?«

»Er nannte sich Hans.«

Seufzen. Wieder dieser Unmut. »Hat Hans auch gesagt, dass es einer der Jungs war, der ihn über den Rand geschubst hat?«

»Ja«, sage ich.

Nina schlägt in zerknirschter Wut das Paket auf einen nahen Mauervorsprung. Es klirrt im Karton. Sie seufzt erneut, murmelt Unverständliches. Wir gehen weiter.

»Hab ich was Falsches gesagt?«

Sie schüttelt den Kopf. Wir befinden uns nun zwischen zwei langen Gebäuden. Ist das die ehemalige Garnison? Ich traue mich nicht, Nina danach zu fragen.

»Du hast also mit Hans gesprochen«, sagt sie.

»Ich habe sogar bei ihm übernachtet.«

Wieder schüttelt sie den Kopf.

»Was ist daran falsch?«, frage ich.

»Nichts.«

Die zwei Gebäude wollen kein Ende nehmen.

»Das mit dem Fall von den Klippen stimmt also nicht«, sage ich vorsichtig.

Zögern, dann, fast gehaucht: »Nein.«

»Wer ist Hans?«, frage ich.

Wieder das Zögern. »Mein Vater.«

Gut, denke ich. Dann weiß ich jetzt immerhin, wer das Mädchen auf dem Foto in seinem Wintergarten ist. Was sagte Hans nochmals über seine Tochter? Sie treibe sich irgendwo rum, wie das eben so sei bei den Jungen. Dabei war sie in ebenjenem Moment ganz in der Nähe. Und wenige Stunden zuvor, da war sie nicht nur in der Nähe, da war sie auf der Bornholmfähre gewesen, so wie er. Im gleichen Passagierraum. Ohne dass die beiden die geringste Notiz voneinander genommen hätten.

»Warum erzählt dein Vater, dass Mikkel von den Klippen gestoßen wurde?«

»Schuldverdrängung.«

»Verstehe ich nicht.«

Sie seufzt. »Eigentlich hab ich keine Lust, aber gut, hier die Kurzversion: Mein Vater hat Mikkel vor einem Jahr mit dem Auto angefahren, außerhalb von Gudhjem. Er ist ein vorsichtiger Fahrer, jeder weiß das, lieber bremst er einmal zu viel ab. Niemand, wirklich niemand auf der Insel hat ihm eine böse Absicht unterstellt. Es war ein Unglück. Mein Vater erträgt es dennoch nicht. Es muss für ihn derart fürchterlich sein, dass er beschlossen hat, die Tatsache dieses Unfalls nicht zu anerkennen. Für ihn hat es den Zusammenstoß schlicht nie gegeben. Stattdessen erfindet er immer wieder etwas Neues. Mal ist Mikkel am Kai von der Fähre gefallen und in die Schiffsschraube geraten, mal von einem seiner Jungs von den Klippen gestoßen worden. Die es hier auf Christiansø notabene gar nicht gibt.«

Sie presst die Lippen zusammen und steigt energisch eine Treppe hoch, die am Ende der zwei langen Gebäude den Hügel hinaufführt. Keuchend steige ich ihr hinterher.

»Wie geht es Mikkel seit dem Unfall?«

Keine Antwort. Am Ende der Treppe rechtsherum. Nach dreißig Metern linker Hand ein winziges Häuschen, dahinter ein größeres. Vor der Tür des größeren Hauses sitzt ein Mann. Blond, nicht mehr ganz jung. Kurz glaube ich, Mikkel vor mir zu sehen. Dann erkenne ich jenen Menschen, den ich vor bald fünfzig Jahren zum ersten Mal gesehen habe, aber noch nie als Erwachsenen: Erik, Mikkels kleinen Bruder.

»Hallo, Erik«, sagt Nina.

»Hallo, Nina.«

»Ist alles in Ordnung?«

»Ja.«

»Ist Mikkel schon aufgestanden?«

»Nein.«

»Was macht er?«

»Auf dem Bett sitzen.«

»Gut«, sagt Nina und blickt mich an. Auch Erik mustert mich nun. Erkennt er mich? Ich weiß es nicht. Aber er wirkt gerade ziemlich unzufrieden. »Könntest du bitte ein wenig zur Seite gehen, Kristian? Du stehst mir in der Sonne«, sagt er.

»Oh, entschuldige. Hallo, Erik.«

Nina neigt sich zu ihm hin, zieht ein übertriebenes, clowneskes Grinsen, macht eine flüchtige Geste.

»Hallo, Kristian. Wie geht es dir, Kristian?«, sagt Erik nach einer langen Pause. In seinem Gesicht der Versuch eines Lächelns.

»Gut, danke. Und dir, Erik?«

»Auch gut.«

Schweigen. Nina flüstert ihm etwas ins Ohr.

»Schön, dass du gekommen bist«, sagt Erik.

Nina lädt mich mit einem Kopfnicken ein, ins Haus zu treten.

»Dies war das Haupthaus der Institution Werkhaus Cobra. Küche, Büro, eine Werkstatt, Lernräume. Das kleine Haus da vorne und die zwei größeren hinter den Bäumen waren die Wohnhäuser für die Jungen. Von den späten Siebzigern bis vor einem Jahr war es hier immer voll. Es gab eine lange Warteliste, Sozialarbeiter in ganz Dänemark meldeten sich verzweifelt und bettelten Mikkel an, ihre Problemfälle aufzunehmen. Er hätte die ganze Insel mit fiesen Jungs füllen können, aber er wollte nie mehr als achtzehn. Qualität war ihm wichtiger als Quantität.«

»Und was haben sie hier gemacht, die fiesen Jungs?«

»Gelernt. Sich gestritten. Kunst gemacht. Sie haben den Menschen aus sich selbst herausgemeißelt, wie Mikkel immer sagte. Hier rauf.«

Eine enge Treppe, ein Flur, von dessen Ende her schwaches Licht kommt. Wieder ein knappes Kopfnicken als Einladung an mich weiterzugehen. Am Ende des Flurs ein sonnendurchfluteter Raum, ein Stuhl, ein Tisch, ein Bett, ein Mann. Gekrümmt sitzt er auf der Bettkante, von unsichtbarer Last niedergedrückt. Mikkel Jacobsen, der als Junge lieber einen Opel Kapitän gehabt hätte als den lächerlichen Lloyd. Mikkel Jacobsen, jugendlicher Liebhaber von Julio Cortázars literarischen Grotesken. Mikkel Jacobsen, Bäumekletterer, Warmbiertrinker, WG-König. Mein lebenslänglicher bester Freund. Fast dreißig Jahre habe ich ihn nicht mehr gesehen.

Der etwas wild geratene Bart steht ihm nicht schlecht. Sein schon immer schütteres, dünnes Haar im Übergang von Weizenblond zu Fahlgrau. Zwischen Nasenflügeln und Mundecken haben die Jahre je eine tiefe Furche gezogen, auch über dem Nasenbein findet sich eine. Aus seinen Ohren sprießen ein paar dieser borstigen Härchen, die auch ich bei mir entdecke, wenn ich bei gutem Licht in den Spiegel schaue. Sein Blick konzentriert, als dächte er über ein Problem nach, dessen Lösung greifbar nah ist.

»Hallo, Mikkel«, sage ich. Meine Worte klingen wie ein schüchterner Hilferuf.

Es ist nicht zu erkennen, ob er mich bemerkt hat. Aber in seinem Kopf scheint etwas in Bewegung geraten zu sein. Ein Murmeln auf rissigen Lippen, ein Stirnrunzeln, das die Furche über dem Nasenbein nachzieht. Ich wende meinen Blick fragend zur Tür. Nina steht reglos da, die Arme verschränkt. Hinter ihr Erik, händeringend. Draußen irgendwo ein klingelndes Telefon. Hier im Zimmer nur Stille.

Eine Stunde später hat sich das Bild nur leicht verschoben. Ich sitze neben Mikkel auf dem Bett, zwischen uns ein Meter gnadenloser Stille. Nina ist längst hinuntergegangen, Erik steht in unveränderter Position an der Tür. Mikkel spricht noch immer nicht, doch das Problem in seinem Kopf scheint sich zu bewegen. Vielleicht geht es um seine Jungs, die nicht mehr da sind, vielleicht um Verschüttetes aus Kleinhüninger Tagen.

Nein, es gibt keine Hilfe in dieser Situation. Ich habe kein Recht darauf. Nina weiß das. Ohnehin scheint sie ziemlich viel zu wissen. Bestimmt weiß sie auch, dass Mikkel und ich uns so viel angetan haben, dass es in diesem Moment nicht mehr darauf ankommt, unsere Taten gegeneinander aufzurechnen. Es geht jetzt nur noch darum, Vergangenheit und Gegenwart zur Kenntnis zu nehmen.

Einen halben Tag lang sitze ich bei Mikkel, der kein einziges Wort sagt. Sein Sprachzentrum ist seit dem Unfall blockiert, aber da scheint es noch mehr zu geben, was nicht mehr funktioniert. Er rührt sich kaum, obwohl sein Bewegungsapparat offensichtlich keinen Schaden erlitten hat. Es gibt in seiner neuen Welt keinen Grund mehr, sich zu bewegen.

Einmal bringe ich ihn dazu, sich zu erheben, ein paar Schritte zu gehen. Einmal hole ich Kaffee, den er brühheiß und in einem Zug austrinkt. Einen zweiten, den ich hole, rührt er nicht an, Kekse genauso wenig. Er schaut mir in all den Stunden kein einziges Mal in die Augen. Als ich Erik mustere, der während all der Stunden nervös an der offenen Tür wartet, begreife ich, dass er Mikkel als seinen kleinen Bruder betrachtet, auf den es aufzupassen gilt. Er macht es besser als Mikkel damals bei ihm.

Als Mikkel kurz eine Bewegung mit dem Oberkörper macht, die wie eine Reminiszenz an sein einstiges Tänzeln anmutet, perlen in meinen Augen Tränen auf. Irgendwo weit drin in diesem müden, stummen Tier lebt noch das junge, kapriziöse Tier, das ich einst kannte. Es wird da nie mehr herauskommen, nie mehr.

Ich ertappe mich dabei, wie ich an das Sterbezimmer meines Vaters denke. Dies hier ist kein Sterbezimmer, und doch ist mein Wiedersehen mit Mikkel ein Abschied von unserer Freundschaft. Auch ein Abschied von meinem Umweg, den ich mir fast dreißig Jahre lang wie eine exzentrische Marotte geleistet habe und der alles im Vagen beließ, dem Miteinander wie auch dem Ohne-Einander die Tür offen hielt.

Es ist später Abend, als ich mit Nina am Wohnzimmertisch sitze. Sie schenkt sich ein Glas Wein ein. Mit schräg gelegtem Kopf lässt sie den Pegel langsam bis einen halben Zentimeter unter den Glasrand steigen. Es sieht aus, als sei dieses eine Glas ihre tägliche Ration, die sie braucht, um die Geschichte um ihren Vater und Mikkel zu ertragen.

»Wenn du Fragen hast, schieß los«, sagt sie mit matter Stimme. Nein, sie hat keine Lust drauf. Aber sie weiß, dass sie sie mir gewähren muss.

Ich habe mir ein Bier aus dem Kühlschrank geholt. Ein Tuborg, wie zu alten Zeiten. Ich trinke und denke an meine Fragen.

»Weißt du etwas über Selma?«

»Selma?«

»Meine Frau, später Mikkels Geliebte.«

»Ach ja. Åse hat mir von ihr erzählt. Åse war hier angestellt, ist aber lange her. Bis heute kommt sie einmal im Jahr und bleibt für einige Tage. Sie hat mir ein paarmal von dieser Selma erzählt. Mit Mikkel sei die nur kurz zusammen gewesen, ein Jahr vielleicht, dann sei sie aus Dänemark verschwunden. In den Libanon, als Krankenpflegerin. Später Sri Lanka, dann Jugoslawien. Immer mitten rein in die Krisengebiete. Das sei so ein Drang von ihr gewesen, niemand hätte es ihr ausreden können. So hat's mir Åse erzählt, und sie kam mir dabei vor, als wäre sie einst unglücklich in Selma verliebt gewesen. War vielleicht nur ein falscher Eindruck. Jedenfalls ist Selma offenbar noch heute in der Weltgeschichte unterwegs. Vor ein paar

Jahren ist sie in den Kongo gegangen und seither nicht zurückgekommen.«

Neue Fragen reihen sich vor meinem inneren Auge auf: Warum bin ich in all den Jahren stets davon ausgegangen, dass Mikkel und Selma noch immer zusammen sind? Weiß Selma etwas über meine Geschichte zwischen München und Fitz Roy? Denkt sie manchmal an mich so wie ich an sie? Viele Fragen, doch die nächste stellt Nina.

»War Selma der Grund, warum ihr euch nie mehr gesehen habt, du und Mikkel?«

Ich nicke.

»Das tut mir leid.«

Ihre Mitleidsbekundung klingt nicht sehr überzeugend. Ich nehme es ihr nicht übel.

»Niemand ist wirklich schuld«, sage ich, während Nina sich eine Zigarette ansteckt. »Am Anfang ist man wütend und traurig, und wenn man sein Gemüt nach Jahren endlich beruhigt hat, weiß man nicht mehr, was genau passiert ist damals.«

Nina lacht, als ob sie genau wüsste, wovon ich spreche. Doch sie ist viel zu jung, um eine Ahnung davon zu haben.

»Hat Mikkel von mir gesprochen?«, frage ich.

»Er hat dir jede Woche einen Entschuldigungsbrief geschrieben. Jahrelang.«

»Und das soll ich dir glauben?«

»Kein einziger wurde abgeschickt. Stattdessen hat er sie seinen fiesen Jungs vorgelesen. Hat ihnen lang und breit die Geschichte von seinem Betrug an dir erzählt und daraufhin seine Versöhnungsbriefe vorgelesen, um ihnen Vorbild zu sein. Dutzende Briefe an bestohlene und betrogene Eltern, an verachtete Lehrer, an vergessene Großeltern sind daraufhin geschrieben und abgeschickt worden. Mikkels Briefe an dich hingegen sind alle liegen geblieben.«

Wut, sich wie ein Dolch in die Versöhnung dieses Tages hineinschiebend. Mikkel, denke ich. Mikkel, du elender Hund. Dass du mir einst Selma wegnahmst, verzeihe ich dir. Ich hatte sie nicht mehr verdient. Auch dass du nie verstanden hast, wer ich bin, worum es mir in meinem Leben gegangen ist. Du konntest es nicht verstehen, und es ist in Ordnung so. Dass du aber deine Reue mir gegenüber benutzt hast, um andere zur Reue zu animieren. Das verzeihe ich dir nicht, du verfluchter Halunke.

Ich könnte schreien. Ich könnte auf der Stelle hinaufgehen und ihn würgen. Stattdessen: sitzen bleiben, abwarten, den Schmerz und die Wut durch sich hindurchsickern lassen. Kühl und konzentriert, wie ein Arzt, der sich selbst eine Schnittwunde zunäht. Die einzige schmerzlindernde Tablette: das Wissen, dass es irgendwann vorbeigeht. Ich will nicht, dass Nina erfährt, wie groß mein Schmerz und meine Wut sind. Sie wird mit ihren eigenen Verletzungen genug zu tun haben.

Ich trinke mein Bier in einem Zug aus. Der Schmerz und die Wut wühlen weiter in mir drin, und ich weiß, das ist nicht gut. Ich hole ein zweites Bier, trinke auch dieses schnell aus, gehe erneut zum Kühlschrank und nehme, was ich an Essbarem finde. Eine kalte Wurst, ein paar Kartoffeln, drei Frikadellen, eine kleine Schüssel gekochter Bohnen. Ich setze mich an den Tisch, stelle die Esswaren in einem Halbkreis auf, stopfe sie in mich hinein. Nina schaut mir zu, ich zucke entschuldigend mit den Schultern. Sie sagt: »Mach nur, schon okay. Morgen kochst du.«

Als ich alles in mich hineingestopft habe, erbettle ich mir von ihr eine Zigarette. Lange ist es her seit der letzten. Beim ersten Zug muss ich husten. Nina schaut mir dabei zu, mit einer Verwunderung, die sich allmählich in Belustigung verwandelt. Ich suche mir eine neue Frage, eine möglichst harmlose: »In jenen

Jahren, als Mikkels Institution so gut lief, gab es da auch Künstler, die hier arbeiteten?«

»Natürlich. Das war ja der Grundpfeiler seiner Arbeit. Jørgen Piil zum Beispiel. Der war von allen am längsten hier. Noch heute stehen auf der ganzen Insel Sachen von ihm herum. Jørgen war einer dieser Kunstbastler, die es damals überall gab. Er hat fast nur mit Hammer, Klebeband und Kleister gearbeitet.«

»Hatte er ein Flatterlid?«

»Flatterlid?«

»Zitterlid, Flimmerlid, Zucklid.«

»Weiß ich nicht. Als ich hier regelmäßig ein und aus zu gehen anfing, war der schon nicht mehr da.«

»Wie hast du das genannt? Kunstbastler? Und die gibt's heute nicht mehr?«

»Schon, aber sie bekommen mächtig Konkurrenz von den Konzeptlern und Denkimitatoren. Heute glauben ja alle Künstler, zuerst etwas über die Welt denken zu müssen und diesen Gedanken dann in irgendwas Sichtbares zu verbasteln. Das Problem dabei ist, dass die meisten Künstler nicht unbedingt die besten Denker sind. Meine Meinung. Warum sollen Künstler denken? Ist doch nicht deren Aufgabe.«

»Wann hast du begonnen, hier regelmäßig ein und aus zu gehen?«

»Wir hatten ja dieses Sommerhaus, da wo du letzte Nacht warst. Seit ich drei war, waren wir mehrmals im Jahr für einige Tage auf Bornholm. Und natürlich den ganzen Sommer, sechs Wochen lang. Vater ständig hinter seinen Büchern versteckt, Mutter und ich meist unterwegs. Ich muss etwa acht Jahre alt gewesen sein, als ich zum ersten Mal mit Mikkels Leuten in Berührung kam. Mutter und ich waren ja immer wieder hier auf Christiansø; sie hatte eine Bekannte, die sommers im Werkhaus Cobra arbeitete. Einmal haben Mikkels Leute mich bei so einem Theater mitmachen lassen. Da war Jørgen Piil wohl noch da. Von diesem Zeitpunkt an war ich öfter hier. Erst mit Mutter zusammen, später alleine. Mikkel und seine Leute haben uns immer mit offenen Armen empfangen.«

»Seine Leute?«

»Na ja, diese Bande halt. Pädagogen, Künstler, Handwerker.«

»Frauen?«

»Frauen, ja, natürlich, immer.«

»Ich meine, hatte er Frauen?«

»Ja, alle.«

Sie schaut weg, als sich unsere Blicke treffen. Dann lacht sie verächtlich und klaubt sich eine neue Zigarette aus ihrem Päckchen.

Ich denke an ihre Mutter. Und frage mich. Aber ich spreche die Frage nicht aus. Dann denke ich an ihren Vater. An seine verdrängte Schuld. An seine Weigerung, sich als Akteur in diesem Leben zu verstehen.

»Ich hätte noch eine persönliche Frage«, sage ich.

Nina verdreht die Augen, nimmt einen langen Zug. Ein Aschehäufchen bricht von der Spitze ihrer Zigarette ab, sie wedelt es mit einer energischen Handbewegung weg.

»Lieber nicht?«

»Lieber nicht. Aber ich beantworte sie dir trotzdem. Ich bin hier, um die Schuld meines Vaters abzuarbeiten. Das ist, was du fragen wolltest, nicht? Ich schmeiße den Laden im Alleingang, um meines Vaters Schuld abzuarbeiten. Was zur Folge hat, dass wir nicht mehr miteinander sprechen. Ständig laufen wir uns auf Bornholm über den Weg und tun, als ob wir uns nicht bemerken würden. Je länger das so weitergeht, desto mehr denke ich, dass ich hierbleiben muss. Je länger ich hierbleibe, desto kleiner wird die Wahrscheinlichkeit, dass mein Vater und ich jemals wieder miteinander sprechen. Kurz: Wir kommen da nicht mehr raus. Und so verwalte ich also das Erbe dieser einst gefragten Institution. Ich hege die drei Pferde, füttere die Hühner, halte die fünf Häuser instand. In den Schulferien organisiere ich Kurse für Kinder und Jugendliche, damit diese Sache hier noch einigermaßen Sinn ergibt. Zum Glück habe ich Ludmilla, die unten am Hafen wohnt. Sie hilft mir, wenn es viel zu tun gibt. Erik ist nur für Mikkel da. Mikkel ist seine einzige Aufgabe. Er löst sie mit der größtmöglichen Sorgfalt.«

Ich hole mir ein drittes Bier. Nina schlürft an ihrem Weinglas. Sie weiß genau, wie oft und wie viel aufs Mal sie schlürfen darf, damit das Glas für einen Abend reicht.

Ich denke an Erik. Natürlich war er es, der mich hierhergelotst hat. Die Umständlichkeit des Briefs, die Wortwahl, das kann nur er gewesen sein. Es ist mir wie Schuppen von den Augen gefallen, als ich ihn wiedersah. Doch warum wollte er mich hierhaben? Glaubte er an eine Versöhnung? Oder hat Mikkel irgendwann doch gesprochen und seinen Bruder gebeten, mir zu schreiben?

»Dreißig Jahre habt ihr euch nicht gesehen?«, fragt Nina. »Dreißig Jahre und keine Versöhnung. Ziemliche Scheißsituation.«

»Danke für die Zusammenfassung.«

»Hättest früher kommen müssen. Als er noch sprach.«

»Wer weiß, ob es etwas genützt hätte.«

»Ich hätte auch eine persönliche Frage«, sagt Nina. »Damals, als Mikkel dir die Frau ausspannte, hattest du da den Wunsch, ihn zu bestrafen?«

»Ich glaube, daran habe ich in all den Jahren nie gedacht. Aber wie gesagt, ich kann mich nicht mehr so richtig daran erinnern, was ich damals fühlte. Im Rückblick hat die ganze Entwicklung eine stringente Logik. Aber ich weiß schon, worauf du hinauswillst.«

»Worauf will ich hinaus?«

»Dass Mikkel nun seine gerechte Strafe bekommen hat. Ob ich mir das nun gewünscht habe oder nicht.«

»Man könnte fast so etwas wie Genugtuung verspüren«, sagt Nina. Kurz entsteht eine Spannung in ihren Mundwinkeln, die sich zu einem Lächeln entwickeln könnte. Bevor es geschieht, erschlaffen die Muskeln wieder. »Aber man ist ja kein Unmensch. Alles andere als Mitleid verbietet sich in dieser Situation.«

Sie schaut mich kurz an. Ihr Blick ist hart. Dann nimmt sie den nächsten winzigen Schluck.

»Ja«, sage ich, »alles andere verbietet sich.« Auch mein Blick wird hart.

Am nächsten Tag gehe ich um die Insel herum, einmal, zweimal, dreimal. Ich setze mich in den Inselkrug am Hafen, trinke zwei Bier. Dann, es ist mittlerweile Mittag, kehre ich zum Haus zurück. Neben der Tür sitzt Erik.

»Hallo, Erik.«

»Hallo, Kristian.«

»Das Essen auf der Fähre war übrigens exzellent. Wie du in deinem Brief angekündigt hattest.«

Er sagt nichts.

»Was macht Mikkel?«

»Mikkel sitzt auf dem Bett.«

»Wie lange will er noch auf dem Bett sitzen?«

»Das weiß ich nicht.«

»Was hat er sonst noch vor, jetzt, wo er keine Entschuldigungsbriefe mehr an mich schreiben kann, die er nicht abzuschicken gedenkt?«

»Wie bitte?«

»Was glaubst du, was dein Bruder über dich denkt, Erik?«

»Wie bitte?«

»War er damals auch so fürsorglich zu dir, als du ein kleiner Junge warst? Hat er auch so gut aufgepasst auf dich, damals in Kleinhüningen?«

»Wie bitte?«

»Kannst du mir einen einzigen Grund sagen, einen einzigen Grund, warum Mikkel es verdient hat, dass man sich so um ihn sorgt, wie du es tust?«

»Wie bitte?«

Nina kommt um die Ecke. Sie packt mich am Ärmel, zieht mich weg.

»Leb dein Leben, Erik. Aber leb es so weit weg von Mikkel, wie du nur kannst«, schreie ich. Dann hat Nina mich hinter das Haus gezogen.

»Kannst jetzt loslassen!«, schreie ich.

»Erik kann nichts dafür!«

»Das weiß ich!«

»Warum schreist du ihn dann an?«

»Weil ich Mikkel nicht anschreien kann!«

Nina zupft ein zerquetschtes Zigarettenpäckchen aus ihrer Hosentasche, zieht zwei Zigaretten raus, zündet sie beide an, streckt mir eine davon hin.

»Tut mir leid«, sage ich. »Erik kann nichts dafür. Aber die nicht abgeschickten Briefe, das hat mich einfach …« Ich werde von einem Hustenanfall unterbrochen.

»Ich hätte es dir ersparen sollen«, sagt Nina. »Hätte dir besser ein paar schöne Lügen aufgetischt. Dass Mikkel sich aufgemacht hat, dich zu suchen. Dass er vor lauter Zerknirschtheit keinen Schlaf fand. Und alles wäre gut gewesen.«

»Nicht gut. Aber besser.«

Zwei Enten fliegen fast auf gleicher Höhe quer über die Insel. Man könnte nicht sagen, wer wen verfolgt.

»Als ich Kind war, hat Vater mir immer erzählt, Mutter käme aus Lappland«, sagt Nina. »Ich fand das toll und er auch. Rentiere, Hundeschlitten, lustige Trachten.«

»Und die Wahrheit?«

»Grönland. Grönland ist nicht halb so toll wie Lappland. Aus Grönland kommt das reine Elend. Armut, Alkoholismus, häusliche Gewalt. So war es zumindest in den Siebzigern.«

»Ich erinnere mich. Selma ist auch aus Grönland. Aber warum hat deine Mutter ihn nicht korrigiert?«

»Weil es ihr so auch lieber war.«

Wir schweigen. Wir rauchen.

Tage vergehen. Ein paarmal gehe ich zu Mikkel hinauf, stehe eine Weile in der Tür, schaue mit ihm aus dem Fenster. Und gehe wieder. Ein paarmal ein verstohlener Blick auf seine Kehle, ein Zittern in meinen Händen, ein erhöhter Puls. Nur wenige Sekunden dauert das an, dann geht mein Blick wieder zum Fenster.

Ich helfe Nina bei Reparaturen am Haus, ich gehe über die winzige Insel, marschiere Mal für Mal die große Runde auf dem Bastionsweg, klettere über die Felsrücken, steige Treppen rauf, Treppen runter und halte dabei stets Ausschau nach Flatterlid-Jørgens Kunstbasteleien. Ich bringe Erik Kekse aus dem Inselladen, über die er sich zu meinem Erstaunen sehr freut.

Eine Woche nach meiner Ankunft spaziere ich eben gerade am Hafen vorbei, als die Fähre einläuft. Ich sehe den Ausflugsdänen zu, wie sie mit roten Gesichtern herumstehen, sich gegenseitig zum gelungenen Tag beglückwünschen, rauchen und sich schließlich in Kleingruppen entfernen. Am Schluss steht nur noch diese Frau da, mit einem Koffer, viel zu groß für eine Tagesausflüglerin. Ganz offensichtlich weiß sie nicht, wohin sie soll, doch in ihrer Orientierungslosigkeit bleibt sie die Ruhe selbst. Selten sieht man in Europa Menschen, die allein neu an einem Ort sind und dennoch nicht in Panik geraten.

Wie ich die Frau mit dem riesigen Koffer beobachte, baut sich in meinem Kopf eine ungewohnte Verbindung auf, und just als die Verbindung endlich steht, entdeckt die Frau mich. Bei der ersten Berührung zucken unsere Blicke zurück, wie angetippte Schneckenfühler. Neuerliches Ausstrecken, eine zweite Berührung, schließlich das Lächeln des Erkennens. Ich gehe langsam auf die Frau zu, umarme sie, und diese Umarmung ist wie die Rückkehr in einen angenehmen Traum, wie die Wunscherfüllung, die sonst nie gelingt.

»Andrés«, sagt sie. »Gibt's dich doch noch. Gibt's dich wirklich noch.«

Dieses argentinische Spanisch, wie mit stumpfer Zunge gesprochen, alle Zischlaute verschluckend. Wie schön es mir auf einmal vorkommt.

»Du hast mich gefunden«, sage ich.

Consuelo lacht leise.

»Danke«, sage ich, »danke, dass du mich gesucht hast.«

»Ich wusste von Anfang an, dass ich dich irgendwann holen muss.«

»Wie hast du hierhergefunden?«

»Ich war in Basel, länger, als ich wollte. Deine Mutter ist sehr nett. Ich mag sie. Leena auch. Was für eine Frau! Genau wie dieser attraktive Mann, der Mitte der Siebziger allein in Fitz Roy auftauchte, spricht sie nur ein paar Fetzen Spanisch. Aber im Gegensatz zu ihm ist sie fest überzeugt davon, dass sie's perfekt beherrscht. Stundenlang überschüttet sie einen mit ihrer Phantasiesprache. Irgendwann hat man genug und möchte wieder zu Marie zurück.«

»Ja. Unserer alten Leena ist jedes Publikum recht. Auch eine Patagonierin auf der Suche nach ihrem Mann.«

Ich trete einen Schritt zurück. Hier, in dieser Welt von rot- und bleichgesichtigen Dänen, scheint Consuelos dunkle Schönheit geradezu zu leuchten. In unseren patagonischen Jahren kam mir ihr Gesicht stets etwas verschattet vor, wie nach innen gewendet. In ihren Zügen diese Skepsis, die auch heute noch zu erkennen ist. Doch ein Teil dieser Skepsis scheint sich in eine Großzügigkeit gegenüber den Fährnissen des Lebens verwandelt zu haben.

»Wie hast du herausgefunden, dass ich hier bin?«

»Marie zierte sich lange, für mich in Tallinn anzurufen. Ich glaube, sie hatte Angst, mit ihrer Herkunft in Kontakt zu treten. Scheint eine Art Erbkrankheit zu sein in deiner Familie. Schließlich überwand sie sich. Als sie endlich an die richtigen Leute geriet, sagte man ihr, dass du eben gerade in Richtung Christiansø abgereist seist.«

Ich habe mir Consuelo nie außerhalb von Patagonien vorstellen können. Jetzt steht sie vor mir, als ob sie sich seit Jahren mit der größten Leichtigkeit in Europa bewegen würde. Nur eine von vielen Überraschungen, die sie mir an diesem Tag bereitet.

»Wie geht es den Jungs?«, frage ich.

»Oh, sehr gut. Wie das so ist in diesem Alter, du weißt schon. Sie treiben sich herum. Giovanni arbeitet im Moment in Viedma, bei einem Bildhauer. Er ist der größte Fan von ›Fragen ohne Antwort‹«.

»Fragen ohne Antwort?«

»Die sechzehn Steinblöcke in der Wüste, dein einsames Werk. Wie der Name entstanden ist, weiß niemand mehr. Aber mittlerweile kennt es jeder. Der ungeheimste Geheimtipp unter den Reisenden in Santa Cruz. Auch die Hauptstadtpresse kommt immer wieder, das Werk gilt längst als die perfekte bildhauerische Umsetzung der argentinischen achtziger Jahre.«

Je nun, denke ich. Auch dies muss man zur Kenntnis nehmen.

»Und Hernán?«

»Frisch verliebt, Studium in Bahía Blanca. Deutsche Literatur und Philosophie. Aber er ist nicht zufrieden. Gut möglich, dass er bald etwas ganz anderes macht. Vielleicht wird er so wie du, ein beruflicher Vagabund, mal hier, mal dort. Und irgendwann zum Alleskönner. Ich hoffe nur, er versteckt seine Talente nicht so wie du. Sie vermissen dich. Beide. Sie sagen's nicht, aber die Sehnsucht nach dir bringt sie fast um.«

So sind wir nun zu fünft im großen Haus über der Garnison von Christiansø. Nina ist anfänglich zurückhaltend. Sie scheint Consuelo als Konkurrenz zu betrachten. Doch das Misstrauen verfliegt bald. Nach zwei Tagen verstehen die beiden sich blendend, auch wenn sie sich nur mit Händen und Füßen verständigen können. Consuelos Englisch ist in Ordnung, doch Nina versteht weder Spanisch noch Deutsch, und ihr Englisch ist für eine Dänin erstaunlich schlecht.

Zu dritt legen wir mit Steinen und Heidekraut einen Labyrinthgarten an, ich repariere eine Vortreppe, dichte ein Dach ab. Daneben bereitet Nina ihre nächsten Sommerkurse vor, und Consuelo verbringt jeden Tag ein bis zwei Stunden mit Mikkel, versucht einen Kontakt zu ihm herzustellen. Erik steht immer dabei und schaut mit sorgenverzerrtem Gesicht zu.

Ich weiß, diese Tage sind ein Ende, ein Übergang und auch ein Anfang. Bald werden Consuelo und ich die Insel verlassen. Nina weiß das ebenso und versucht, das Beste aus unserer Anwesenheit herauszuholen. Erik hingegen hofft auf ein baldiges Ende dieses Zustands. Er war es, der mich nach Christansø eingeladen hat, doch er wird erleichtert sein, wenn wir endlich weg sind. Dann braucht er keine Angst mehr zu haben, dass ihm jemand seinen Mikkel wegnimmt.

Consuelo und ich spazieren dieser Tage oft um die Insel herum. Zwei-, drei-, viermal hintereinander. Immer den gleichen Weg nehmen, das ist genau das, was wir jetzt brauchen. Mehr als drei Jahre haben wir uns nicht gesehen. Consuelo weiß Bescheid über Vaters Sterben, meine Monate in Basel und auch die erste Zeit in Tallinn, ich hatte ihr davon in meinen Briefen berichtet. Doch dann kamen immer weniger Briefe von mir und irgendwann war die Leitung ganz gekappt.

Unser Gespräch tastet die große Lücke ab, Consuelo fragt nach dem Projekt, meinen Übersetzungen der Briefe und Tagebücher, nach dem Essen und den Menschen in Estland. Ich war viel durch Tallinn gegangen in jener Zeit, doch selten war ich über die Stadtgrenzen hinausgekommen. Einmal war ich mit einem der anderen Übersetzer, dem langen Raak, an die Nordküste gefahren. Auch er war außerhalb Estlands aufgewachsen und hatte diesen ratlosen Blick auf das Land. Es war uns, als inszenierten die Menschen etwas, das wir für das heutige Leben in Estland halten sollten, doch wir wurden den Verdacht nicht los, dass sie selbst nicht so recht daran glaubten. Ihnen fehlte dieses ganz bestimmte Estentum, von dem unsere Eltern uns so oft erzählt hatten. Daneben war ich in Tartu gewesen, um Leute zu besuchen, die Kontakte in die Diaspora in Südeuropa und Lateinamerika hatten. Aber diese Ausflüge konnte ich an einer Hand aufzählen.

Und dann war da jenes Wochenende, an dem ich allein nach Hiiumaa übersetzte, jene Insel, auf der Vater und Leena ihre Kindheit verbracht hatten. Danach war nichts mehr so wie vorher, und ich verließ die Stadt fast gar nicht mehr. Ich weiß nicht, wie ich ihr das erzählen soll. Doch Consuelo will es unbedingt wissen.

»Hiiumaa«, sagt sie, »das klingt so leer und verlassen.«

»Da wohnen schon Leute. Aber auf eine Weise hast du recht. Da, wo ich niemanden antraf, in den Wäldern, auf der sandigen Heide, wirkte die Insel irgendwie verlassener, verlorener als andere einsame Orte. Es war, als würde auf Hiiumaa jedes Geräusch, jedes Rascheln von einem akustischen Vakuum weggesaugt. Auch an der Stelle, die ich gesucht hatte und dann auch tatsächlich fand. Da war diese Lichtung am Ende eines Kiefernwalds, außerhalb des Inselhauptorts Kärdla. Sie öffnete sich immer weiter, und irgendwann begriff ich, dass das keine Lichtung war, sondern ein schmaler Keil offenen Lands, der weit in den Wald hineinreichte. Hier musste die Hiiu-Kärdla Kalevivabriku Osaühisus gestanden haben, vormals Dago-Kertelsche Tuchfabrik, noch weiter davor Tuchfabrik K. u. E. Ungern-Sternberg. Über viele Jahre ein erfolgreiches Unternehmen, jedoch 1940 von den Sowjets verstaatlicht und ein Jahr später im Krieg zerstört. Hier also war Jüri Aavik Betriebsleiter gewesen, von hier kam jenes Raunen, das manche Erzählung Vaters und Leenas grundiert hatte, diese Leere, die die beiden mit tausend Worten füllen mussten. Ich stolperte herum, eine leere Halle stand in einer Senke, ansonsten war da nur diese von Wald umrahmte Ebene, deren Narben man bloß vermuten konnte. Doch ich fand auch Spuren. Hinter einem Brombeerwall stieß ich auf den Sandboden eines ehemaligen Tennisplatzes, und ich musste an Leena denken, die auf einem solchen Tennisplatz ihrem Bruder aus einer mir rätselhaften Wut heraus fast das Ohr abgebissen hatte, eine Geschichte, die mich als Junge sehr verstörte. Doch meine eigentliche Suche, die Suche nach Jüris Wirken, nach irgendeiner Hinterlassenschaft, blieb ergebnislos. Ich hatte schon aufgegeben, als ich an einen Weg gelangte, der in einen weiteren Kiefernbestand führte. Durch die Bäume sah ich eine Uferverbauung, darüber den Horizont. An einer Stelle, wo der Wald bis fast ans Meer reichte, saß eine alte Frau auf einer Sitzbank. Sie zeigte keine Regung, als ich herankam. Als ich schon beinah an ihr vorbei war, rief sie: ›Kristian Aavik.‹

›Wie bitte?‹, sagte ich.

›Kristian Aavik, hab ich gesagt.‹ Ihre Augen wie Schlitze. Ihr Gesicht wie ein Stein.

›Woher kennen Sie mich?‹

›Der Finger. Und du hast den gleichen Gang.‹

›Den gleichen Gang wie wer?‹

Sie schüttelte versonnen den Kopf. ›Jaan. Mehr als zehn Jahre habe ich als Sekretärin für den Herrn Jüri gearbeitet. Ich sah Jaan fast jeden Tag.‹

›Wie war es denn bei dem Herrn Jüri?‹

Sie seufzte.

›Streng, strikt, schonungslos?‹

Ein Zucken der Augenbrauen genügte als Antwort.

›Er kam oft vor in Vaters und Leenas Geschichten‹, sagte ich. ›Aber kaum hatten sie seinen Namen ausgesprochen, verstummten sie. Opa Jüris Name war eine Sackgasse. Tausendmal hab ich ihn gehört, aber nie bekam ich eine Erklärung, warum Jüri so war, wie er war.‹

›Weil sie's nicht wussten‹, sagte die Frau etwas barsch.

›Wissen Sie's?‹

Sie seufzte erneut.

›Erzählen Sie's mir!‹

Sie knetete die Hände, die sie auf den Schoß gelegt hatte. Die Bewegung verursachte ein Geräusch wie eine Feile auf rauem Holz. Dann sagte sie: ›Dieser Ort hier. Er lässt einem keine Ruhe. Ich wohne ja nicht gleich um die Ecke, dennoch komme ich jede Woche hierher. Wird mit dem Alter auch nicht einfacher. Nächsten Monat werde ich zweiundneunzig. Aber solange es geht, komme ich. Alle deine falschen Erinnerungen verschwinden hier. Nur die wahren behältst du.‹

›Ich weiß nicht, ob es wahre Erinnerungen gibt. Früher oder später beginnen alle Erinnerungen zu lügen‹, sagte ich.

›Alvar Aavik, ein Baum von einem Mann‹, fuhr sie fort, ohne auf meine Bemerkung einzugehen. ›Kommt im Jahr der Krönung von Kaiser Wilhelm I. aus dem Nichts nach Hiiumaa, nimmt sich eine Frau, bringt fünf Kinder auf die Welt, die bestimmt sind, so zu werden wie er: sorglos, wild, unberechenbar. Aber nachdem Alvar viel zu früh stirbt, muss Sohn Jüri in der Fabrik arbeiten, und bald beginnt ihn der Gedanke, keine anständige Herkunft vorweisen zu können, zu stören. Er erträgt es nicht, dass sein Alter, dieser Waldschrat, aus dem Nichts gekommen ist. Er will kein Märchen als Familiengeschichte, sondern eine Herkunft, die man vorzeigen kann. Ich war diejenige, die ihm dabei helfen musste. Fragte auf dem nahen Festland in jeder Gemeinde nach. Ging in Archive, erstellte Stammbäume aller Aaviks, die ich fand, und natürlich gab es darunter auch ein paar Alvars, jedoch den Alvar Aavik, der 1871 auf die Insel gekommen war, den fand ich nicht. Herr Jüri verging vor Scham, aber sich eine bürgerliche Herkunft erfinden, das konnte er nicht. Ich war die Einzige, die Bescheid wusste über sein Drama. Ich weiß auch, wie er Jaan und Leena hat leiden lassen für diese Herkunft. Sie hatten's nicht leicht, die beiden. Viele Jahre später der Besuch von Jaan und seiner Frau mit ihrem Neugeborenen. Ein einziges Mal wart ihr hier, ich erinnere mich gut. Herr Jüri wollte deinen Finger wegmachen lassen, aber dein Vater ließ es nicht zu.‹

›Der Finger steht also für die Wildheit des Alvar Aavik, unsere märchenhafte Herkunft?‹

›Übertreib's mal nicht, junger Mann. Aber ganz unrecht hast du wohl nicht. Vielleicht steht er tatsächlich für den Widerstand gegen Herrn Jüri. Dein Vater und Leena haben sich als Kinder gegen ihn gewehrt, indem sie geflunkert haben, was das Zeug hielt. Stets das Blaue vom Himmel erzählt.‹

Ihre Augenbrauen schieben sich zusammen, sie gräbt in Erinnerungen. Dann hebt sie die Hand und macht eine energische Bewegung. ›So. Jetzt muss ich, meine Kartenspielrunde wartet. Schön, dich getroffen zu haben. Gruß an Jaan.‹

›Er ist tot.‹

›Dann hoffe ich, er ruhe in Frieden. Bald werde ich ihm nachfolgen.‹

Sie wankte davon. Ich schaute ihr nach, bis sie nicht mehr zu sehen war.«

Consuelos Blick ungläubig und zugleich voller Begeisterung. »Eine schöne Geschichte«, sagt sie.

»Ja. Eben noch war ich ganz sicher, die Frau damals wirklich gesehen zu haben, aber vielleicht ist's tatsächlich nur eine Geschichte. Vielleicht erzähle auch ich das Blaue vom Himmel.«

»Natürlich hast du diese Frau getroffen«, sagt Consuelo. »Ich kann bei dir jedenfalls keine Anzeichen von Gedächtnisverlust erkennen. Was ich sagen wollte: Du hast das schön erzählt. So wie damals, als du Giovanni und Hernán von Italien erzähltest.«

Ich lache. »Danke, aber das ändert nichts an dem Befund. Im Grunde genommen bin ich nicht besser als mein Vater. Schön erzählen, das können wir Aaviks. Aber hat es mein Leben wirklich gegeben? Es ist mir ernst damit. Woher weiß ich, dass es dieses Leben gegeben hat?«

Ich bleibe stehen, eingeschlossen von dieser Frage, die sich wie eine gläserne Glocke auf mich herabgesenkt hat: Hat es mein Leben gegeben? Ich blicke durch die Glocke in den Himmel über Christiansø, weit und betörend wie der Himmel über

Fitz Roy und doch ganz anders – weicher, erträglicher –, und ich denke: Man kann sich an diesem Himmel nirgendwo festhalten, genauso wie man sich am Leben nirgendwo festhalten kann. Es gibt Tatsachen, es gibt Erinnerungen, die beide falsch oder wahr sein mögen, doch das Leben, das ist weder das eine noch das andere, weder Tatsache noch Erinnerung. Aber was ist es dann, das Leben?

»Vielleicht gehe ich deshalb immer wieder verloren«, sage ich. »Vielleicht neige ich deshalb so sehr zur Verwilderung. Weil ich einfach nicht weiß, ob es mein Leben gibt. Verstehst du?«

»Nein, das verstehe ich nicht«, sagt Consuelo. »Aber dies weiß ich, Andrés: Ich bin hier, um dich zurückzuholen. Womöglich bin ich die Erste, die das versucht. Du musst nicht für den Rest deines Lebens bei uns bleiben, aber jetzt brauchen wir dich, deine Söhne genauso wie ich.« Ihr Arm schlingt sich um meine Taille.

Ich sage: »Okay.«

Ich drehe mich zu ihr um, nehme ihren Kopf in die Hände. Ich mustere diese Frau, die ich schon so lange kenne und die mir doch auf eine erregende Weise unbekannt ist. Eine Welle fährt durch meinen Körper, eine Welle aus Wärme und Kälte zugleich, fährt erst durch den Rumpf und dann hinein in die äußersten Glieder.

Als ob Consuelo meine Gedanken lesen könnte, sagt sie: »Ich wusste schon damals, dass ich Jahre brauche, um dich kennenzulernen. Ich fand den Gedanken schön. Ich wollte nicht noch einmal einen Mann, dessen Marotten ich nach drei Monaten in- und auswendig kenne. Und deshalb ist unsere Ehe nach mehr als zwanzig Jahren sozusagen noch immer im Anfangsstadium. Du hast einen längeren Ausflug gemacht, doch jetzt machen wir weiter.«

Ich lache. »Gut, aber pass auf mich auf. Sonst gehe ich wieder verloren.«

»Mach ich, Andrés. Mach ich.«

Es gibt diese eine Stelle hier auf Christiansø, in der Mitte zwischen dem Mühlenhügel und Bielkes Bastion. Die Sicht geht fast ganz rundherum, von Norden mit der schwedischen Küste über den Osten, wo sich irgendwo Finnland, Estland, Lettland, Litauen verstecken, den Süden mit der Pommer'schen Küste und Rügen, bis in den Westen mit der dänischen Südsee. Hier, an dieser Stelle, setzt du dich auf den blanken Granit und lässt den Kopf in den Nacken fallen. Weil du die Bewegung zu schnell gemacht hast, stockt das Blut in deinen verkalkten Arterien. Ein Schwindel ergreift dich, und hinein kippst du in diesen endlosen Himmel, und kurz ist es, als ob du in jene ferne Zeit zurückgeworfen worden wärst, als dir bei jeder Erregung der Boden unter den Füßen abhandenkam, in jenes törichte Alter, das nie mehr zurückzuholen ist. Vorsichtig hebst du den Kopf aus dem Mahlstrom deines Taumels, in deinen Gliedern ein Kribbeln. Du fühlst dich jung und zugleich greisenhaft alt.

Du stehst langsam auf, schüttelst dir das Kribbeln aus den Gliedern. Dann gehst du zum Weg hinab, der weiter unten die Bastionsmauer durchbricht. In den Felsfurchen einzelne Grasnelken und Haferwurzel. Sie gedeihen hier auf Christiansø weitab von ihrem Stammgebiet. Du denkst an all die, welche diese Insel im Laufe der Zeiten in Besitz genommen haben: die Kegelrobben, die Eiderenten, die dänischen Könige und ihre Armeen, die Landschaftsmaler um Karl Isakson.

Kurz bevor du auf den Rundweg an der Bastionsmauer gerätst, siehst du diese Figur, einen Kopf aus rostigem Blech mit einer ausgedienten Schiffsschraube als Hut. Es muss eines der

Bastelkunstwerke sein, die überall auf der Insel herumstehen. Der rostige Schraubenheini will dich nicht an sich vorbeigehen lassen. Herausfordernd schaut er dich an, und du fragst dich: Ist Kunst ein Berühren der Welt, oder ist sie eine Flucht vor der Welt?

Du wirst nie wissen, was Kunst ist. Manchmal ist sie eine Luke zur Welt, manchmal ein Ausweg. Und manchmal ist sie einfach nur eine große Lüge.